W0368626

Économie internationale

Ouvrages de Philippe Norel

Faim au Sud, crise au Nord
(co-direction avec J.-P. Alaux d'un ouvrage collectif)
L'Harmattan, Paris, 1985

Nord-Sud, les enjeux du développement
Syros, Paris, 1986

L'Endettement du tiers-monde
(en collaboration avec E. Saint-Alary)
Syros, Paris, 1988 ; rééd., 1991 et 1992

Crises et tiers-monde – une approche historique des ruptures du capitalisme
Syros, Paris, 1989

Les Banques face aux pays endettés
Syros, Paris, 1990

Problèmes du développement économique
Le Seuil, coll. « Mémo », Paris, 1997

Christian Aubin
Philippe Norel

Économie internationale

Faits, théories et politiques

Éditions du Seuil

OUVRAGE PUBLIÉ SOUS LA DIRECTION
ÉDITORIALE DE JACQUES GÉNÉREUX

ISBN 2-02-036112-4

© Éditions du Seuil, mars 2000

Le Code de la propriété intellectuelle interdit les copies ou reproductions destinées à une utilisation collective. Toute représentation ou reproduction intégrale ou partielle faite par quelque procédé que ce soit, sans le consentement de l'auteur ou de ses ayants cause, est illicite et constitue une contrefaçon sanctionnée par les articles L.335-2 et suivants du Code de la propriété intellectuelle.

Introduction

Traiter d'économie internationale, c'est aujourd'hui tenter d'appréhender une dimension incontournable, présente dans tous les champs de l'économie… La consommation des Français est ainsi faite d'une quantité toujours plus importante de biens importés et de nombreuses firmes dites « nationales » délocalisent leur production ou établissent d'emblée leurs stratégies à l'échelle mondiale. Depuis une vingtaine d'années également, l'intensification des mouvements internationaux de capitaux distribue inégalement l'épargne mondiale, fait trembler les monnaies, voire les gouvernements, oblige les États à faire preuve de crédibilité pour ne pas que soient marginalisées les économies nationales qu'ils prétendent réguler. Dans le même temps, de très grandes firmes tendent à créer des oligopoles mondiaux dans des branches importantes d'activité (informatique, construction aéronautique ou automobile, banque…) tandis que la « globalisation financière » permet aux pays émergents d'accéder à l'épargne dont ils ont besoin pour investir, tout en rendant possibles de graves crises sur le marché des changes.

L'ensemble de ces phénomènes décrit ce qu'il est désormais convenu d'appeler la « mondialisation » en tant que réalité spécifique aux vingt dernières années du siècle qui vient de s'achever… Le mot reste cependant douteux, scientifiquement imprécis et largement incantatoire dans la bouche de fonctionnaires de l'idéologie, plus aptes à la manipulation des foules qu'à l'analyse économique rigoureuse. Néanmoins, au-delà d'un mouvement d'extension des échanges internationaux de biens et de capitaux, engagé depuis fort longtemps, c'est bien à la puissance des firmes transnationales d'une part, aux avantages et aux dangers de la globalisation financière d'autre part, que fait référence ce terme de « mondialisation » soudainement apparu dans notre vocabulaire quotidien. Et ces deux dernières caractéristiques distinguent largement le mouvement en cours du phénomène d'internationalisation du capital, lié à la montée des investissements internationaux directs ou de portefeuille, largement analysé dès les années 1970 et que certains auteurs marxistes ont cru déceler déjà à la fin du XIXe siècle.

Cette nouvelle donne de l'économie planétaire souligne d'emblée les limites des manuels traditionnels d'économie internationale. Ceux-ci traitent traditionnellement du commerce international en première partie (théorie des échanges de biens, spécialisations nationales, politiques commerciales…), puis abordent la dimension financière internationale (marché des changes et déterminants du taux de change, nature des flux internationaux de capitaux). Ces dernières années, la place croissante prise par la finance internationale a conduit de nombreux manuels à se spécialiser, soit en commerce, soit en finance, au risque de perdre quelque peu l'unité de la discipline. Plus fondamentalement, on peut estimer que l'intérêt de ces manuels a été relativisé à deux niveaux différents.

La pertinence d'une étude préalable des réalités et théories du commerce international est un premier motif d'interrogation. D'abord parce que les flux commerciaux bruts représentent désormais une part très faible des flux de relations internationales recensés dans la balance des paiements, les mouvements de capitaux devenant totalement prépondérants (de l'ordre de 80 à 90 %). Ainsi le primat des relations commerciales, naturel il y a trente ou quarante ans lorsqu'on commençait seulement à évoquer les « capitaux flottants », devient-il abusif à l'heure du marché financier mondial unifié. Ensuite parce qu'une part importante des flux commerciaux internationaux ne se réalise plus à proprement parler entre nations, mais à l'intérieur même des firmes transnationalisées, entre différentes filiales ou encore entre maison mère et filiales. Dans ces conditions, les prix internationaux perdent une partie de leur sens et deviennent des « prix de transfert » régis par des considérations stratégiques globales (fiscales notamment) n'entretenant pas toujours un rapport direct avec les avantages comparatifs des économies nationales engagées par ces flux. Autrement dit, ces deux raisons font que tant l'économie financière internationale que l'économie industrielle aspirent à devenir disciplines centrales à l'intérieur de l'économie internationale.

En deuxième lieu, il importe de remarquer que l'objet de la théorie économique internationale reste bien réducteur, voire simpliste. Il est en effet constitué des relations économiques mises en œuvre par des États séparés, pourvus d'une rationalité relativement élémentaire, revenant à maximiser les gains mutuels ou particuliers dans l'échange (qu'il concerne les biens ou les capitaux). Cette théorie raisonne donc dans un espace international idéalisé, sans tenir compte des motivations conflictuelles qui peuvent expliquer les comportements réels des États existants, sans prendre en compte les volontés de puissance qui s'expriment en permanence, sans saisir non plus la nature des espaces transnationaux constitués depuis plus de trente ans. C'est en particulier parce que la théorie économique internationale se veut d'abord normative (elle répond à des questions du genre : « Qui doit échanger avec qui et combien ? » « Quel est le taux de change d'équilibre ou maximisant la croissance ? » « Quelle politique économique est la plus efficace pour maximiser le revenu de deux espaces économiques en relations ? ») qu'elle est ainsi amenée à se construire sur des hypothèses largement irréelles. Elle tient justement sa pertinence et sa force de construire des modèles relativement désincarnés mais qui, dans le cadre restrictif qui est le leur, apportent des réponses précises à des questions précises. Il est cependant toujours abusif de retenir leurs conclusions dans des cadres réels plus complexes… Et en la matière, les mises en garde ne suffisent pas tant il est tentant de s'en tenir à un simplisme théoriquement étayé et pourtant inapplicable à toute situation réelle : c'est par exemple toute la discussion de l'optimum de second rang (développée ici au chapitre 4) qui est ici évocable. Il n'en reste pas moins que toute analyse fine (positive ou interprétative) des situations réelles doit immanquablement avoir recours à l'« économie politique internationale », discipline relativement neuve qui conceptualise les comportements complexes des États en interaction (avec notamment la théorie des régimes internationaux – Kebadjian [1999]) ou encore spécifie les pouvoirs à l'œuvre dans l'espace économique international et étudie le fait transnational (Strange [1988, 1996] ; Chavagneux [1998]).

Face à ce constat d'insuffisance de la discipline traditionnelle de l'économie internationale, désormais débordée en aval par l'économie financière et l'économie industrielle, relativisée en amont par l'économie politique internationale, la tentative de rédiger une nouvelle introduction à la discipline apparaît douteuse… Le danger est grand, en effet, soit de répéter les manuels du passé avec leurs limites, soit de s'engager dans une difficile, voire illusoire, entreprise de synthèse des apports de chacun à l'économie internationale. Cette dernière tâche apparaît bien insurmontable aujourd'hui puisqu'elle oblige à spécifier un objet pluridimensionnel de l'économie internationale, non seulement faisceau de relations entre États (mais inégaux, hétérogènes et ne cherchant pas nécessairement la maximisation d'un gain collectif, international ou national), mais aussi tissu de relations entre firmes (et à l'intérieur des firmes) et encore nœud d'interactions entre épargnants, marchés financiers et autorités politiques et monétaires… En supposant même que cet objet soit caractérisable, des problèmes de méthode surgissent alors suivant que l'objectif de la discipline est normatif (dire ce qui doit être), positif (expliquer ce qui est, en donner des « lois »), voire interprétatif (donner sens à ce qui est)…

Le pari de cette introduction à l'économie internationale sera donc beaucoup plus modeste. Sur la base d'un plan d'ensemble des plus classiques (« commerce international », puis « finance internationale » et enfin « gérer l'économie ouverte » en troisième partie), nous tenterons d'abord de présenter les théories et les savoirs de référence tout en montrant systématiquement les remises en cause réalisées de l'intérieur de la discipline traditionnelle (premier objectif). Ce n'est que par touches allusives que nous introduirons dans ce manuel certains questionnements apportés par l'économie financière, l'économie industrielle, l'économie politique internationale ou l'histoire économique (second objectif).

Le premier objectif sera particulièrement illustré dans la première partie où, après l'énoncé des théories standard du commerce international (chapitre 1), leur incapacité à rendre compte de certains faits sera au centre de la réflexion (chapitre 2), débouchant sur les théories contemporaines les plus simples à présenter. Le second objectif ne sera cependant pas absent de cette première partie : l'évolution des spécialisations et l'apparition du fait transnational et de ses conséquences seront au cœur du chapitre 3, tandis que les politiques commerciales des États seront traitées au chapitre 4.

La deuxième partie, consacrée à la finance internationale, prendra d'abord acte de la prédominance des flux de capitaux sur les flux de biens telle que la balance des paiements la révèle et replacera la globalisation financière dans son contexte historique de moyenne durée (chapitre 5). La présentation du marché des changes (chapitre 6) mettra l'accent sur certains nouveaux produits financiers et leur rôle dans le déclenchement des crises. Le chapitre 7 (« Les théories du change ») constituera à la fois une analyse critique des théories standard et une introduction aux modalités selon lesquelles les comportements d'agents hétérogènes sur les marchés financiers peuvent déstabiliser violemment les taux de change, déterminant ainsi pour partie les déséquilibres internationaux. Enfin, le chapitre 8 traitera, d'un point de vue historique et de politique économique, des moyens *a priori* de gérer les taux de change tout en présentant comment les pratiques conséquentes ont contribué aux crises récentes.

En troisième partie, nous aborderons les problèmes complexes de politique économique en économie ouverte (chapitre 9), puis nous nous intéresserons aux politiques actives de change de la part des États (chapitre 10). Consacré aux enjeux contemporains, le dernier chapitre traitera de la coordination internationale des politiques sans laquelle les interventions nationales séparées peuvent déboucher sur des résultats largement contre-productifs. La problématique de gestion et de prévention des crises financières sera également évoquée tandis que les enjeux liés à l'union monétaire européenne clôtureront l'ouvrage. Plus difficile à suivre, l'ensemble de cette partie suppose du lecteur une certaine familiarité avec les modèles de type IS-LM, les techniques de politique monétaire ou encore les bases de la théorie des jeux.

Conçu comme une introduction à l'économie internationale, ce qui suppose une définition pas à pas des termes employés et des principaux concepts, ce livre cherche aussi à proposer un certain « état de la question » sur les différents thèmes abordés. En conséquence, le lecteur qui s'initie à l'économie internationale pourra parfois se sentir submergé par une densité d'informations dont il n'a pas nécessairement immédiatement besoin. À l'intention de ce type de lecteur, nous proposons une trajectoire allégée à l'intérieur de l'ouvrage. Après la lecture du chapitre 1 (impérative), seul le titre I du chapitre 2 pourra être lu en première approche pour comprendre l'intérêt des nouvelles théories du commerce international. Les transformations du commerce international constituent le chapitre 3, d'un abord facile et largement factuel. Plus théorique, le chapitre 4 ne pose néanmoins pas de difficulté particulière insurmontable. Si le chapitre 5 apparaît nécessaire, le chapitre 6 pourra être réduit à son titre I dans la perspective de comprendre les chapitres suivants. De même, le lourd chapitre 7 peut être réduit à son titre I et aux deux premiers sous-titres du titre II. Plus historique et faisant largement appel à l'intuition, le chapitre 8 doit être conservé en première lecture. Quant à la troisième partie, nous conseillons au lecteur débutant de se contenter des sections 9-I et 10-I ainsi que de l'ensemble du chapitre 11. Ce n'est qu'une fois cette trajectoire terminée qu'il pourra éventuellement reprendre systématiquement les sections éludées dans une première lecture.

Fruit d'un travail en collaboration, cet ouvrage reste marqué, dans ses différentes parties, par l'expérience acquise par chacun des deux enseignants qui l'ont rédigé. En conséquence, Christian Aubin s'est plus particulièrement chargé de la partie « Commerce international » et du chapitre 9, tandis que Philippe Norel a rédigé la partie « Finance internationale » ainsi que le chapitre 10, le dernier chapitre étant rédigé en commun.

PREMIÈRE PARTIE

Commerce international

1. L'analyse traditionnelle du commerce international

Essentiellement théorique, ce chapitre expose la démarche et les principaux résultats de ce que l'on peut considérer comme l'expression traditionnelle de la théorie pure du commerce international. Le libre-échange est au centre de l'analyse. Dans cette perspective, l'inspiration des premiers auteurs relevait pour une bonne part d'une démarche normative. L'objectif était de montrer l'avantage que les pays pouvaient retirer d'une libéralisation du commerce. Le caractère normatif de l'analyse demeure dans les travaux ultérieurs. Le libre-échange est décrit comme une situation optimale de référence. Il serait cependant faux de ne voir dans la théorie pure du commerce international qu'un simple exercice de style sans considération pour la réalité. La dimension positive de l'analyse, cherchant à comprendre le fonctionnement effectif de l'échange international, est également présente. Le fait que les modèles théoriques multiplient les hypothèses restrictives ne signifie pas qu'ils se désintéressent de la réalité, mais qu'ils s'efforcent de la simplifier, de n'en retenir que les aspects fondamentaux, pour mieux l'expliquer.

Afin de préciser le cadre de l'analyse traditionnelle du commerce international, il importe d'expliciter ses caractéristiques et ses hypothèses essentielles. Disons, en premier lieu, que l'analyse est « a-monétaire », « a-temporelle » et « a-spatiale ». Elle ignore la monnaie en supposant sa parfaite neutralité et raisonne donc en termes réels et non en termes nominaux. Elle ne fait pas intervenir le temps et ignore donc les problèmes de dynamique de l'ajustement à l'équilibre. Elle ne prend pas en compte l'espace et lorsqu'il est question de localisation des activités, cela est fait en référence aux caractéristiques propres aux pays, indépendamment de leur éloignement géographique.

Le cadre théorique reprend, en outre, les hypothèses qui fondent l'analyse microéconomique dans un monde de concurrence pure et parfaite et de parfaite certitude. Enfin, la dimension internationale de l'échange est caractérisée en faisant référence à une différence de mobilité des biens et des facteurs productifs. Les biens sont supposés parfaitement mobiles au sein de chaque pays et entre les pays. Les facteurs sont supposés parfaitement mobiles à l'intérieur d'un même pays, mais ne peuvent se déplacer entre les pays.

Cette caractérisation de la dimension internationale explique que l'analyse débouche sur une interprétation factorielle de l'échange (titre III). Pour comprendre la démarche qui a conduit à une telle interprétation, nous verrons comment les fondements de la théorie du commerce international furent posés par les classiques (titre I) avant d'être reformulés dans le cadre de la modélisation néoclassique (titre II).

I. Les fondements classiques

La théorie du commerce international est née de l'analyse développée par les auteurs classiques anglais. Les thèses de ces auteurs ont été élaborées au moment de la révolution industrielle en Grande-Bretagne. S'opposant aux arguments mercantilistes favorables au protectionnisme, elles défendaient les vertus du libre-échange. En cela, elles répondaient aux attentes de l'industrie anglaise naissante. D'un côté, la libéralisation du commerce permettait une baisse du coût de la main-d'œuvre en rendant possible une diminution des coûts de subsistance grâce à l'importation de produits agricoles étrangers moins onéreux. D'un autre côté, elle procurait des débouchés à la production industrielle britannique.

Cette adéquation aux conditions de son époque explique sans doute, au moins partiellement, le succès de l'analyse classique. Mais si elle nous intéresse encore aujourd'hui, c'est parce que le schéma général qu'elle a tracé reste toujours au cœur de la théorie du commerce international.

Toute l'analyse du commerce international s'articule autour de trois questions essentielles. « Pourquoi les pays échangent-ils ? », c'est la question du fondement de l'échange. « Quel pays échange quel produit ? », c'est la question du sens de l'échange. « Comment se fait l'échange ? », c'est la question des termes de l'échange avec son corollaire, la répartition de ses gains.

Au risque de caricaturer quelque peu, il est possible d'établir une correspondance entre les contributions des trois grands auteurs classiques anglais et ces trois questions fondamentales. L'apport essentiel de Smith [1776] réside dans sa réponse à la première question. L'échange est le corollaire de la spécialisation, de la division du travail, qui est source de richesse. Ricardo [1817] a marqué l'analyse du commerce international par sa réponse à la deuxième question. C'est la célèbre loi de l'avantage relatif. La réponse la plus complète à la question des termes de l'échange est fournie par Mill [1848] avec sa loi des valeurs internationales, qui n'est autre qu'une extension de la loi de l'offre et de la demande. Les réponses apportées par l'analyse classique sont toujours d'actualité. Elles ont pu être reformulées, affinées, complétées ; elles n'ont pas été rejetées.

1. Le fondement de l'échange : la spécialisation des tâches

Smith a largement célébré les avantages de la division du travail, de la spécialisation des tâches. C'est là un moyen de produire davantage ou à moindre coût. Mais la division du travail va de pair avec l'échange. Se spécialiser implique de renoncer à produire soi-même certains biens qui sont obtenus en échange du surplus de production que permet la spécialisation. Ce principe général fonde toute la doctrine libérale de Smith et des économistes classiques. Il vaut tout aussi bien pour les individus qu'à l'échelle internationale. L'ouverture au libre-échange doit être la plus large possible, puisque l'extension du marché accroît la faculté d'échanger et que c'est cette faculté qui donne lieu à la division du travail, source de richesse. L'échange permet à chacun de concentrer ses activités dans le domaine où il est le plus performant, voire de renforcer ses compétences si la spécialisation accroît la productivité. En d'autres termes, l'échange permet une affectation plus efficace des ressources productives.

L'idée est présente dans toutes les analyses du commerce international. Elle apparaît cependant sous une forme quelque peu tronquée dans les formulations qui, à la suite de Ricardo, vont constituer les bases de l'analyse traditionnelle jusqu'à la période contemporaine. Dans ces formulations, l'accent est mis sur la capacité d'exploiter, par la spécialisation, des écarts de compétence qui sont prédéterminés. Pour Smith, ce n'est pas là le seul avantage de la spécialisation. Selon l'adage « c'est en forgeant que l'on devient forgeron », la spécialisation permet aussi d'accroître la productivité. Le renforcement de la production peut s'accompagner d'une baisse du coût unitaire. Cette idée, très présente dans l'œuvre de Smith, sera pendant longtemps négligée par les théoriciens du commerce international. Elle se retrouve aujourd'hui dans les analyses modernes qui envisagent l'existence d'économies d'échelle.

2. Le sens de l'échange : de l'avantage absolu à l'avantage relatif

Un exemple simple permet de comprendre l'analyse de Smith. Deux pays (l'Angleterre et le Portugal) produisent deux biens (le vin et le drap). Les coûts unitaires en travail de ces productions sont donnés dans le tableau suivant.

Production Pays	Drap	Vin
Angleterre	3	4
Portugal	6	2

Chaque pays est capable de produire un bien à un coût unitaire qui est, dans l'absolu, plus faible que celui de son partenaire. L'Angleterre possède un avantage absolu dans la production du drap tandis que le Portugal a l'avantage absolu dans la production de vin. On comprend aisément que la production totale des deux pays peut être accrue si chaque pays se spécialise conformément à son avantage.

Compte tenu de la variété des besoins dans chaque pays, une telle spécialisation n'est acceptable que s'il existe une possibilité d'échange avec le partenaire spécialisé dans la production qui est délaissée. La réponse à la première question est claire. Pourquoi les pays échangent-ils ? Pour bénéficier des avantages de la spécialisation, de la division internationale du travail.

La théorie de l'avantage absolu apporte aussi un début de réponse à la question du sens des échanges. Elle enseigne que chaque pays doit se spécialiser dans la production pour laquelle il a l'avantage. Cela signifie qu'il produira, dans ce secteur, au-delà de ses besoins et qu'il pourra exporter cet excédent de production. Ces exportations permettront d'acquérir, par l'importation, les biens que le pays renonce à produire. Ainsi, chaque pays exporte le bien pour lequel il a un avantage absolu, c'est-à-dire qu'il produit à un coût plus faible que son partenaire. On perçoit cependant une limite de la théorie de l'avantage absolu dans sa réponse à la question « Qui échange quoi ? ». Elle ne permet pas de traiter du cas où l'un des pays est capable de produire les deux biens à un coût unitaire plus faible que son partenaire. En généralisant l'analyse de Smith, Ricardo va résoudre ce problème en posant le principe général de l'avantage relatif.

Reprenons notre exemple en supposant maintenant que l'Angleterre est capable de produire les deux biens à un coût unitaire inférieur à celui du Portugal.

Production / Pays	Drap	Vin
Angleterre	3	4
Portugal	6	5

Plutôt que de retenir les coûts absolus tels qu'ils apparaissent dans le tableau, Ricardo va raisonner sur les rapports de ces coûts, ce qu'il est convenu d'appeler les « coûts relatifs ». Pour bénéficier des avantages de la spécialisation et de l'échange, chaque pays doit développer la production pour laquelle il a le coût relatif le plus faible. Dans l'exemple, l'Angleterre possède l'avantage relatif dans la production de drap et le Portugal a l'avantage relatif dans la production de vin. Dans un cadre à deux biens et deux pays, la distribution des avantages relatifs est sans aucune équivoque possible ; les positions des deux pays sont nécessairement inverses l'une de l'autre.

Selon la logique de division internationale du travail mise en avant par Smith, la spécialisation et l'échange international, conformément à l'avantage relatif, permettent une plus grande efficacité productive. Pour développer sa production de drap de 1 unité, l'Angleterre a besoin de déplacer 3 unités de travail de la production de vin vers celle de drap. Il suffit donc de renoncer à produire 0,75 unité de vin (le coût relatif du drap est de 3/4 en Angleterre). Symétriquement, en renonçant à produire 1 unité de drap, le Portugal peut accroître sa production de vin de 1,2 unité (le coût relatif du drap est de 6/5 dans ce pays). La spécialisation des pays, conformément à leurs avantages relatifs, a permis une création nette de richesse (augmentation de la production mondiale de vin sans diminution de celle de drap).

Si l'on suppose que les coûts unitaires de production restent constants, le gain que l'on a fait apparaître peut être obtenu de nouveau par l'abandon d'une unité supplémentaire de la production dans laquelle le pays n'a pas l'avantage. La recherche d'un gain maximal pousse chaque pays à renoncer totalement à la production pour laquelle il n'est pas compétitif. C'est une logique de spécialisation intégrale, sous réserve que les capacités de production soient suffisantes pour satisfaire les besoins totaux des deux pays. Dans le cas de deux pays de tailles très inégales, le grand pays peut être conduit à réduire sa production dans le secteur où il n'a pas l'avantage relatif, mais sans l'annuler si le petit pays, même intégralement spécialisé, ne peut répondre à la demande totale mondiale.

3. Les termes de l'échange : la loi de l'offre et de la demande

La théorie de l'avantage relatif permet aussi d'esquisser une première approche de la question des termes de l'échange. En autarcie, les rapports d'échange des biens dans chaque pays sont déterminés par les rapports de coûts de ces biens. Pour être accepté par les deux partenaires, le rapport d'échange international doit avoir une valeur comprise entre les rapports d'échange d'autarcie. Mill a parachevé l'analyse classique en explicitant les mécanismes sous-jacents à la détermination de l'équilibre international. Selon ses propres termes, il ne s'agit que d'une extension de la loi plus générale de l'offre et de la demande.

L'analyse peut être aisément illustrée en repartant de l'exemple utilisé pour présenter le concept d'avantage relatif. En autarcie, il faut l'équivalent en travail de 3/4 d'unité de vin pour obtenir 1 unité de drap en Angleterre, alors que cette même unité de drap est obtenue avec l'équivalent en travail de 6/5 d'unité de vin au Portugal. Supposons que l'on ouvre la possibilité d'échange des biens et donc d'arbitrages entre les deux pays. À l'évidence, il est plus avantageux d'acquérir le drap en Angleterre en y vendant du vin et symétriquement, d'acquérir du vin en vendant du drap au Portugal.

On assiste donc à un double déséquilibre : demande excédentaire de drap (ou offre excédentaire de vin) en Angleterre et demande excédentaire de vin (ou offre excédentaire de drap) au Portugal. Cela conduit à une hausse de la valeur d'échange du drap en termes de vin en Angleterre et à une baisse de ce même rapport au Portugal. Ce double mouvement se poursuit jusqu'à l'élimination de l'écart justifiant l'arbitrage entre les deux marchés nationaux. En faisant l'hypothèse d'une nullité des coûts de transaction, l'équilibre est atteint lorsque un même rapport d'échange prévaut dans l'un et l'autre pays : c'est la loi du prix unique qui caractérise l'intégration des marchés.

On peut s'assurer que ce rapport d'échange international d'équilibre, compris entre les rapports d'échange d'autarcie, correspond bien à une spécialisation et à des flux de commerce conformes à la distribution des avantages relatifs. Le rapport d'échange du drap en termes de vin est plus élevé sur le marché international qu'en Angleterre en autarcie. Cela constitue bien une incitation, pour les producteurs anglais, à réorienter leur activité vers la fabrication du drap, ce qui implique, dans des conditions de plein emploi, une réduction de la production de vin. L'inverse vaut pour le Portugal. Le mécanisme marchand qui conduit à l'équilibre des échanges s'accompagne d'une spécialisation des pays qui est celle dont l'analyse de Ricardo avait montré qu'elle était source de gains.

Qui plus est, l'analyse de Mill confirme que cette amélioration globale n'est pas obtenue par un pays au détriment de l'autre. Dans la mesure où le rapport d'échange d'équilibre international se situe entre les rapports d'échange d'autarcie, cela correspond, pour chaque pays, à une augmentation de la valeur d'échange du bien qu'il exporte : chacun bénéficie d'une amélioration des termes de l'échange par rapport à l'autarcie. Il s'agit bien évidemment d'une condition nécessaire pour que les pays acceptent librement de participer à l'échange. À la limite, il est concevable qu'un pays bénéficie seul des gains de l'échange, l'autre ne connaissant ni gain ni perte par rapport à l'autarcie. Cette situation serait celle où le rapport d'échange international serait confondu avec le rapport d'autarcie de l'un des pays, qui serait alors indifférent à l'échange.

II. La reformulation néoclassique

Si l'on s'en tient aux grandes lignes, l'analyse néoclassique standard du commerce international se caractérise plus par une continuité que par une rupture avec l'analyse classique. À l'instar de Ricardo, le modèle néoclassique explique le sens des échanges par la distribution des avantages relatifs et, comme Mill, il voit dans la détermination des termes de l'échange un processus d'adéquation de l'offre et de la demande.

L'analyse néoclassique constitue surtout un remarquable travail de reformulation. Cette reformulation permet de mettre les principes fondamentaux énoncés par les classiques en cohérence avec le nouveau cadre général de l'analyse économique. Dans le même temps, la formalisation et l'emploi de nouveaux instruments d'analyse ouvrent la voie à une construction logico-mathématique rigoureuse qui pourra être prolongée ou complétée par la définition de variantes sur telle ou telle de ses hypothèses. Dans ce cadre général, on peut dire que le modèle ricardien, archétype de l'analyse classique, n'est qu'un cas particulier de l'analyse néoclassique du commerce international.

1. Le cadre d'analyse

Le modèle néoclassique standard du commerce international s'inscrit dans un cadre d'équilibre général permettant la confrontation des caractéristiques d'offre et de demande de chaque pays. Dans ce cadre, le prix relatif des biens devient la variable clé permettant de définir les avantages relatifs et d'analyser les conditions de l'échange.

La détermination des possibilités de production de l'économie résume le côté offre du modèle. Dans un modèle simplifié à deux biens (notés X et Y), une courbe, appelée frontière des possibilités de production, peut être tracée dans le plan des quantités produites (notées X_S et Y_S [voir figure 1.1]). C'est l'ensemble des combinaisons des deux biens qu'il est possible de produire dans des conditions de plein emploi efficace des facteurs de production disponibles en quantités fixes dans le pays. La valeur absolue de la pente de cette courbe décroissante, appelée taux marginal de transformation (TMT), décrit les coûts d'opportunité de la production. Le TMT mesure la quantité que l'on doit renoncer à produire dans un secteur pour accroître de une unité la production de l'autre bien.

Si l'on se réfère au cadre classique simple de la section précédente, la notion de coûts d'opportunité correspond au rapport des coûts en travail. Puisque ceux-ci sont constants, on peut caractériser le modèle classique par une constance des coûts d'opportunité. Dans le cadre d'hypothèses privilégié par l'analyse néoclassique standard, les coûts d'opportunité sont croissants. Plus le niveau initial de production d'un bien est élevé et plus on doit renoncer à des quantités fortes de l'autre bien chaque fois que l'on veut accroître de une unité la production du premier bien. Graphiquement, cela signifie que la frontière des possibilités de production est une courbe concave dans le plan des quantités produites.

Sous l'hypothèse de concurrence parfaite sur les marchés des produits et des facteurs et en l'absence de toute forme de distorsions, on démontre que l'équilibre résultant des comportements d'optimisation par les producteurs correspond à l'égalité du TMT au rapport de prix des biens. Cette égalité signifie qu'un équilibre est atteint lorsque le gain en recettes que procurerait la production de une unité supplémentaire de bien X (soit $p_X.dX_S$) est juste égal à la perte qui résulterait de la réduction concomitante de la production de Y (soit $-p_Y.dY_S$). On a bien :

$$\text{TMT} = -\frac{dY_S}{dX_S} = \frac{p_X}{p_Y} = P_X\,.$$

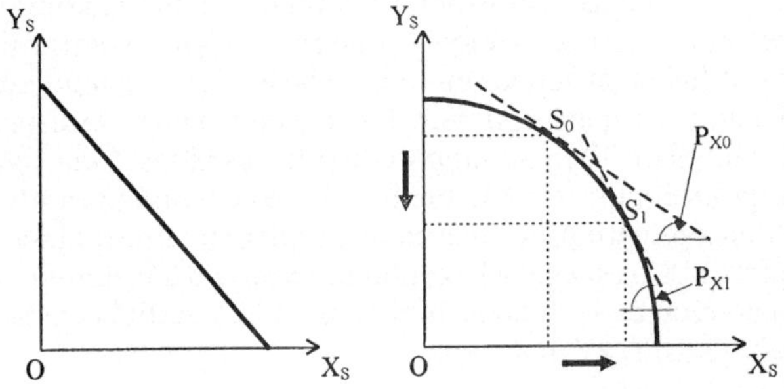

1.1a 1.1b

Figure 1.1. Frontières des possibilités de production

1.1a : coûts d'opportunités constants (modèle classique).
1.1b. coûts d'opportunités croissants (modèle néoclassique)

Conséquence de cette égalité, dans le modèle néoclassique à coûts d'opportunité croissants, une hausse du prix relatif du bien X par rapport au bien Y (de P_{X0} à P_{X1}) conduit logiquement à une hausse de la production de X et à une baisse de celle de Y (passage de S_0 à S_1 sur la figure 1.1b).

Les caractéristiques de demande sont dérivées d'une fonction d'utilité collective résumant les préférences d'un pays quant à la consommation des produits. Cette fonction possède des propriétés semblables à celles de la fonction d'utilité d'un consommateur individuel. Il est ainsi possible de tracer, dans le plan des quantités consommées (notées X_C et Y_C [voir figure 1.2]), un ensemble de courbes d'indifférence décroissantes et convexes. Chaque courbe représente l'ensemble des combinaisons de consommation procurant un même niveau d'utilité. Celui-ci est d'autant plus élevé que la courbe est éloignée de l'origine.

La valeur absolue de la pente d'une courbe d'indifférence est appelée taux marginal de substitution (TMS). Ce taux, égal au rapport des utilités marginales, mesure la quantité que l'on renonce à consommer d'un bien pour accroître de une unité la consommation de l'autre bien, sans modification de l'utilité et en supposant toutes choses égales par ailleurs. On démontre que l'optimum des consommateurs correspond à l'égalité du TMS au rapport de prix des biens. Cela signifie qu'un équilibre est atteint lorsque le coût qu'engendrerait la consommation de une unité supplémentaire de bien X (soit $p_X.dX_C$) est égal à l'économie permise par la diminution concomitante de la consommation de Y, à utilité constante (soit $-p_Y.dY_C$). On a bien :

$$TMS = -\frac{dY_C}{dX_C} = \frac{p_X}{p_Y} = P_X .$$

Toutes choses égales par ailleurs et en neutralisant l'incidence d'un éventuel effet revenu, une hausse du prix relatif du bien X par rapport au bien Y (de P_{X0} à P_{X1}) conduit logiquement à une baisse de la consommation de X et à une hausse de celle de Y (passage de C_0 à C_1 sur la figure 1.2).

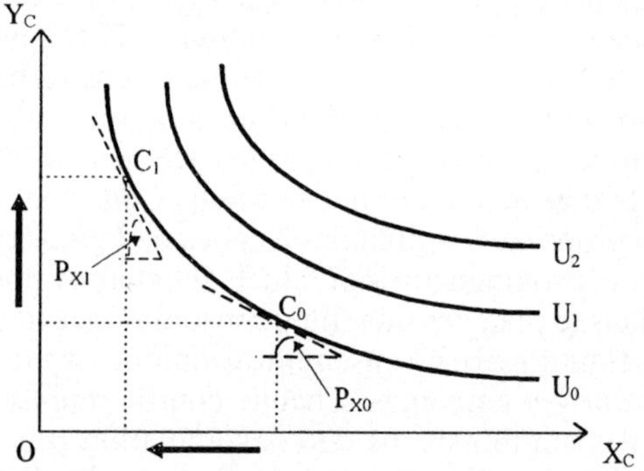

Figure 1.2. Courbes d'indifférence collective

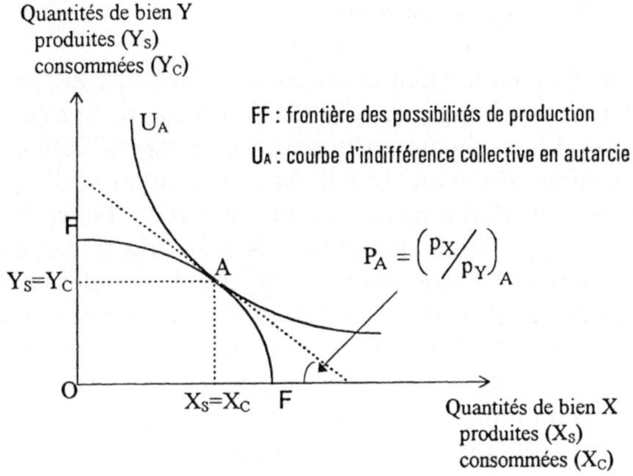

Figure 1.3. L'équilibre d'autarcie

En autarcie, les quantités produites et consommées sont nécessairement égales. La solution d'équilibre général, solution optimale dans un cadre de concurrence pure et parfaite, correspond à la maximisation de l'utilité collective sous la contrainte des possibilités de production. Graphiquement (voir figure 1.3), dans le plan des quantités produites et consommées, cette solution est représentée par le point de contact de la frontière des possibilités de production avec la courbe d'indifférence collective la plus éloignée de l'origine. En ce point de contact, la pente de la tangente commune aux deux courbes définit, en valeur absolue, le rapport de prix d'équilibre du pays en autarcie. Ce rapport de prix, égal à la fois au TMT et au TMS, résulte de la confrontation des conditions d'offre et de demande dans l'économie.

2. L'équilibre en économie ouverte

Envisageons maintenant la situation d'ouverture de l'économie au libre-échange. À ce stade de l'analyse, le rapport de prix d'équilibre du marché mondial est supposé donné de façon exogène. Pour illustrer la nouvelle situation d'équilibre, nous considérerons une économie à deux biens, X et Y, et nous supposerons que le bien X a un prix relatif plus élevé sur le marché mondial (P_{LE}) que sur le marché national en autarcie (P_A). En libre-échange et en l'absence de coûts de transaction, l'arbitrage sur le marché des biens implique l'égalisation du rapport de prix dans le pays au rapport de prix mondial. Cela signifie une hausse du prix relatif du bien X lors de l'ouverture du pays à l'échange international.

La production de ce bien devenant plus rémunératrice, on va assister à une réaffectation des ressources productives en faveur de X et au détriment de Y. Le pays se spécialise dans la production de X. Mais, du fait de la croissance des coûts d'opportunité, les accroissements supplémentaires de cette production sont de plus en plus coûteux. Le mouvement de spécialisation s'interrompt lorsque son coût marginal devient égal au gain marginal qu'elle procure. En d'autres termes, l'optimum de production est caractérisé par l'égalité du taux marginal de transformation au nouveau rapport de prix. La hausse de ce dernier lors du passage de l'autarcie au libre-échange doit donc s'accompagner d'une hausse du taux marginal de transformation : cela signifie un déplacement sur la frontière des possibilités de production jusqu'au point où la pente de sa tangente est égale, en valeur absolue, au rapport de prix mondial (point S sur la figure 1.4).

L'ouverture de l'économie permet de dissocier les combinaisons produites et consommées. La contrainte de consommation, ou contrainte de revenu, n'est plus donnée par les seules possibilités de production nationale, mais par l'équilibre des échanges extérieurs. Graphiquement, cette contrainte est représentée par une droite passant par le point de production et ayant une pente égale, en valeur absolue, au rapport de prix mondial.

Le relâchement de la contrainte de revenu par rapport à l'autarcie permet d'envisager une augmentation de la consommation des deux biens. Mais cet effet revenu doit être combiné avec un effet de substitution lié à la variation du rapport de prix. L'augmentation du prix relatif du bien X incite les consommateurs à réduire leur demande pour ce bien et à lui substituer du bien Y. Au total, les deux effets convergent dans le sens d'une augmentation de la consommation du bien Y. La variation de la consommation de X est indéterminée, en raison des influences contraires des effets de revenu et de substitution.

On peut néanmoins conclure sur le sens des échanges du pays. La baisse de production du bien Y et la hausse de sa consommation, par rapport à la situation d'autarcie, impliquent l'importation de ce produit par le pays. Le bien X doit donc être exporté pour équilibrer les échanges.

Graphiquement, la combinaison de consommation est représentée par le point de contact (C) entre la contrainte de

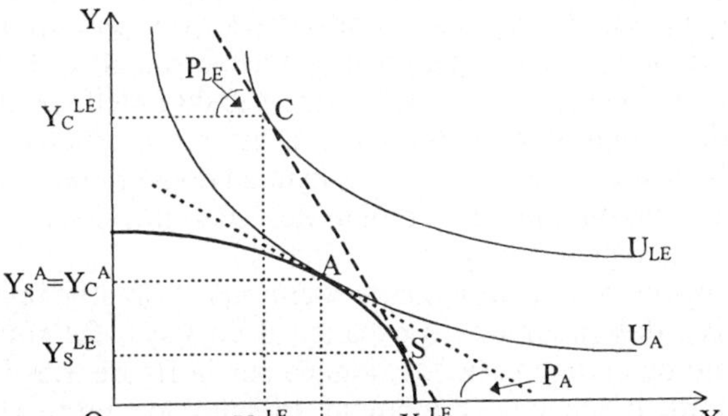

Figure 1.4. L'équilibre en libre-échange

revenu et une courbe d'indifférence le plus éloignée possible de l'origine. L'écart entre les combinaisons produite et consommée matérialise les échanges extérieurs du pays (soit $X_S - X_C$ exportés et $Y_C - Y_S$ importés).

Le gain résultant de l'ouverture au libre-échange apparaît au travers du passage à une courbe d'indifférence plus éloignée de l'origine ($U_{LE} > U_A$).

Un raisonnement tout à fait symétrique permettrait d'étudier le cas où le prix relatif mondial (P_{LE}) est inférieur au prix relatif d'autarcie (P_A). On observerait alors une hausse de la production de Y et des exportations de ce bien.

3. L'équilibre international

Une fois connus les comportements de production et de consommation d'une économie ouverte, il devient possible de déterminer l'équilibre international et donc les termes de l'échange. Ces termes de l'échange constituent le rapport de prix du marché mondial, égal au rapport des quantités échangées du fait de la contrainte d'équilibre extérieur.

En généralisant l'analyse précédente, on peut associer, à chaque valeur de P_{LE}, une combinaison d'importation et d'exportation souhaitée par un pays. La confrontation de ces intentions d'échange avec celles du reste du monde permet de définir l'équilibre international. Dans le cas général, cet équilibre est unique et stable. On peut en donner une représentation graphique dans le plan des quantités échangées pour un modèle à deux pays.

On appelle courbe de demande réciproque la courbe représentative des intentions d'échange d'un pays. La forme générale de cette courbe est donnée sur la figure 1.5. Les intentions d'échange s'annulent lorsque les termes de l'échange coïncident avec le rapport de prix d'autarcie (on se situe alors au point O). À partir de cette valeur, à mesure que les termes de l'échange s'élèvent, c'est-à-dire que baisse le prix relatif de Y sur le marché mondial, la demande d'importations de Y augmente. L'autre bien (X) est exporté,

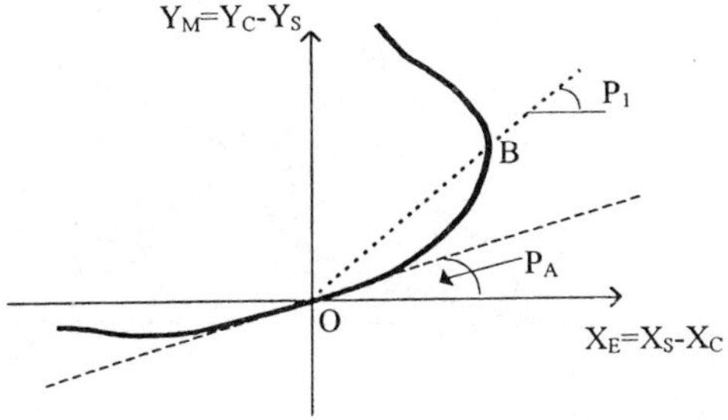

Figure 1.5. Courbe de demande réciproque

mais l'évolution de l'offre d'exportations n'est pas uniforme. On conçoit intuitivement que, avec l'amélioration des conditions d'approvisionnement en bien Y sur le marché mondial, l'offre d'exportations croît moins que proportionnellement à la demande d'importations. En cas de forte amélioration des termes de l'échange (prix relatif de X supérieur à P_1 sur la figure 1.5), le prix relatif du bien importé (Y) peut même devenir suffisamment faible pour que l'on puisse souhaiter accroître les importations de ce bien sans avoir besoin d'augmenter les quantités exportées de l'autre bien (X). La courbe présente alors un point de retournement (point B sur le graphique). Un raisonnement symétrique permet de comprendre la forme de la courbe représentative des intentions d'échange lorsque les termes de l'échange correspondent à un prix relatif du bien X inférieur à sa valeur d'autarcie. Il y a alors importation de X et exportation de Y.

Dans un modèle à deux pays, les exportations de l'un sont les importations de l'autre. On peut donc superposer les courbes de demande réciproque de ces deux pays après avoir inversé les axes pour le pays étranger (variables repérées par un astérisque sur la figure 1.6). L'intersection des deux courbes matérialise alors la rencontre des intentions d'échange et définit l'équilibre international (point E du

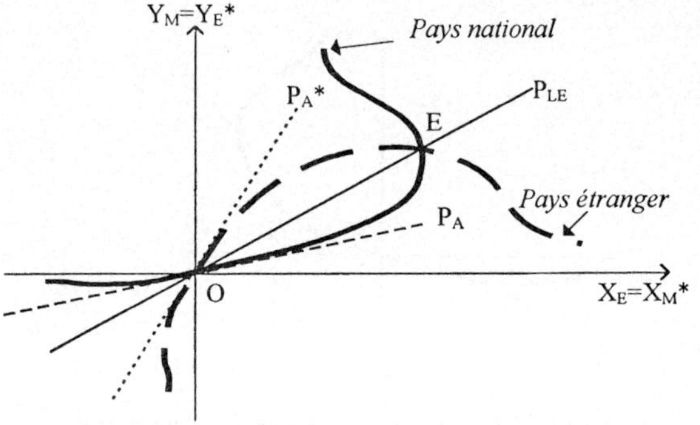

Figure 1.6. L'équilibre international

graphique). On suppose remplies les conditions nécessaires pour que cet équilibre soit unique et stable.

Les caractéristiques générales de l'équilibre peuvent alors être résumées. Cet équilibre est atteint pour un rapport de prix strictement compris entre les rapports de prix des pays en autarcie. Le sens des échanges est donc déterminé par la comparaison des rapports de prix d'autarcie. Un pays exporte le bien dont le prix relatif en autarcie est plus faible que celui du partenaire. Par ailleurs, le rapport de prix d'équilibre international correspond pour l'un et l'autre pays à une augmentation du prix relatif des exportations ou à une baisse de celui des importations. Les deux pays bénéficient d'une amélioration des termes de l'échange par rapport à l'autarcie. Aucun pays ne peut donc être indifférent à l'ouverture ; tous en retirent un gain.

4. Les apports de l'analyse néoclassique

L'analyse néoclassique du commerce international s'inscrit dans le prolongement direct de l'analyse classique. Les réponses qu'elle apporte aux trois questions fondamentales de la théorie du commerce international ne s'écartent pas, sur l'essentiel, de la logique développée par les auteurs classiques. L'échange international permet une réaffectation des ressources productives vers une plus forte spécialisation des pays, source de gains mutuels. Le sens des échanges est strictement déterminé par les caractéristiques propres aux économies en présence. Il est conforme à la distribution des avantages relatifs définis par la comparaison des prix relatifs en autarcie. Les termes de l'échange sont la résultante d'une confrontation des offres et des demandes sur le marché mondial des biens.

L'intérêt de la contribution néoclassique réside dans une reformulation qui donne à l'analyse une plus grande rigueur formelle et permet en même temps une généralisation. Ainsi, le modèle classique peut apparaître comme une simple variante de l'analyse néoclassique. La différence essentielle entre le modèle classique et le modèle néoclassique standard réside dans les coûts d'opportunité de la production. Dans le modèle ricardien, les biens apparaissent produits à l'aide d'un facteur unique avec des coûts unitaires constants. Cela implique la constance des coûts d'opportunité (la frontière des possibilités de production est linéaire). Dans le modèle néoclassique standard, c'est l'hypothèse de croissance de ces coûts qui est retenue. Ce changement d'hypothèses engendre des différences dans les conclusions des deux modèles sur trois points :

- La distribution des avantages relatifs et donc le sens des échanges sont déterminés conjointement par les conditions d'offre et par les conditions de demande des biens.
- La logique de spécialisation des productions n'est plus nécessairement une logique de spécialisation intégrale.

• Un pays ne peut participer à l'échange si le rapport de prix d'équilibre sur le marché mondial est égal à son rapport de prix en autarcie. Cela signifie que tout pays participant à l'échange international bénéficie d'un gain strictement positif.

III. L'interprétation factorielle du commerce international

Deux économistes suédois, Heckscher [1919], puis Ohlin [1933], ont fortement marqué la théorie du commerce international en développant une analyse des déterminants de l'avantage relatif. Leur démarche est liée au cadre général d'hypothèses dans lequel s'inscrit le modèle néoclassique. Dans ce cadre, ce qui caractérise l'échelon international et le différencie d'un échelon national, c'est la mobilité des facteurs productifs. Elle est nulle entre les pays et parfaite à l'intérieur de chacun. Dans cette perspective, un pays apparaît comme un bloc de facteurs. Il n'est pas étonnant que l'on veuille alors chercher l'explication première de l'avantage relatif, et donc de l'échange, dans les dotations factorielles des pays.

L'analyse de Heckscher et Ohlin occupe une position charnière dans l'histoire des théories du commerce international. Dans ce domaine, elle constitue à la fois l'aboutissement d'un programme de recherche initié par Ricardo et l'expression la plus pure du modèle walrasien d'équilibre général. Dans le même temps, ses limites, qui ne tardèrent pas à apparaître, ont été le catalyseur d'un renouvellement du programme de recherche.

1. La loi des proportions de facteurs

Formulée aussi simplement que possible, le théorème de Heckscher et Ohlin, aussi appelé loi des proportions de facteurs, peut s'énoncer comme suit : sous certaines hypothèses, un pays a l'avantage relatif dans la production utilisant plus intensivement le facteur de production relativement plus abondant. Ainsi exprimée, la proposition semble frappée au coin du bon sens. Une analyse plus fine montre qu'elle repose sur un ensemble d'hypothèses relativement contraignant.

En premier lieu, il convient de rappeler que l'analyse de Heckscher et Ohlin s'intègre totalement dans le modèle néoclassique standard. Elle en reprend donc toutes les hypothèses. Dans une version initiale simple, l'analyse se limite à une configuration ne retenant que deux pays échangeant deux biens produits à l'aide de deux facteurs, le capital et le travail. On doit aussi supposer que, en autarcie, chacun des pays produit les deux biens.

À ces hypothèses vont s'en ajouter d'autres pour pouvoir isoler les dotations factorielles comme déterminant de l'avantage relatif. Les conditions de production, résumées par la frontière des possibilités de production, dépendent simultanément des dotations en facteurs et des fonctions de production. La validation du théorème de Heckscher et Ohlin exige que soit neutralisée l'influence potentielle d'écarts technologiques entre les pays. L'hypothèse est ainsi faite, pour chaque bien, d'une fonction de production identique dans les deux pays. Dans ce modèle atemporel, la question de la diffusion internationale de l'innovation technologique ne se pose pas. L'identité des fonctions de production permet aussi de garantir que la comparaison des intensités factorielles à laquelle fait référence le théorème peut être effectuée sur une base identique dans les deux pays. Cette hypothèse n'est cependant pas suffisante. Il faut encore supposer une absence de renversement des intensités factorielles.

L'intensité factorielle d'une production est définie par sa technique, c'est-à-dire par le rapport des quantités de facteurs utilisées. Dans le cas général d'une production à facteurs substituables, ce rapport varie en fonction du rapport de prix des facteurs. Une augmentation du prix relatif du travail par rapport au capital induit une technique de production plus intensive en capital. La caractérisation des productions en termes d'intensité factorielle n'est possible que s'il existe une invariance du classement de leurs techniques. Si la technique de production d'un bien est moins capitalistique que celle de l'autre bien pour une valeur donnée du prix relatif des facteurs, elle doit le rester pour toute autre valeur de ce prix relatif. C'est l'hypothèse d'irréversibilité des intensités factorielles.

Dans un tel cadre d'hypothèses, une relation peut être établie entre les rapports de prix des biens et des facteurs. Envisageons une augmentation du prix relatif du bien à production relativement plus intensive en travail. Ce mouvement incite à développer la production de ce bien en réduisant celle de l'autre bien. Compte tenu des écarts d'intensités factorielles des deux secteurs, la réduction de la seconde production libère relativement plus de capital que de travail par rapport à ce qu'exige une augmentation de la production moins capitalistique du premier bien. Il y a apparition d'un déséquilibre sur le marché des facteurs de production avec une demande excédentaire de travail et une offre excédentaire de capital. Il en résulte une augmentation du prix du premier par rapport au second. Cette augmentation est bien de nature à restaurer un équilibre puisqu'elle conduit à utiliser des techniques plus capitalistiques dans les deux secteurs, ce qui résorbe l'excès relatif d'offre de capital sur le marché des facteurs.

À une variation du prix relatif d'un bien est donc associée une variation de même sens du prix relatif du facteur utilisé intensivement dans la production de ce bien. Cette relation est l'expression générale du théorème de Stolper et Samuelson. Elle fonde le théorème de Heckscher et Ohlin énoncé sur la base d'une définition de l'abondance des facteurs en termes économiques.

Selon cette définition, un facteur est relativement abondant dans le pays où son prix relatif est relativement plus faible en autarcie. Compte tenu de la relation précédente, le prix relatif du bien dont la production utilise intensivement le facteur abondant est donc relativement plus faible en autarcie. Cet écart de prix relatif des biens en autarcie définit l'avantage relatif du pays dans la production intensive en facteur abondant.

Ainsi formulé, le théorème de Heckscher et Ohlin donne une nouvelle expression, en termes factoriels, de l'avantage relatif. Mais la relation entre prix relatifs des biens et des facteurs n'implique aucune causalité. Il demeure donc abusif de dire, à ce stade de l'analyse, que la source de l'avantage relatif se situe dans les différences factorielles entre les pays.

Pour aller plus loin, il faut établir l'existence d'une relation entre les écarts de prix relatifs des facteurs (fondement d'une définition économique de l'abondance) et les écarts de dotations relatives en facteurs (fondement d'une définition physique de l'abondance). L'établissement de la loi des proportions de facteurs requiert alors de nouvelles hypothèses restrictives. Celles-ci ont pour objet de neutraliser une éventuelle influence des conditions de demande.

On a vu en effet que, dans le cadre d'analyse néoclassique, l'hypothèse de croissance des coûts d'opportunité implique la détermination de l'avantage relatif conjointement par les conditions d'offre et de demande. Avec une définition physique de l'abondance des facteurs, la loi des proportions de facteurs veut déterminer l'avantage par des différences entre les pays qui se situent uniquement du côté offre du modèle. Seules des restrictions sur les caractéristiques du côté demande du modèle peuvent autoriser une validation du théorème de Heckscher et Ohlin. On fait alors la double hypothèse d'une identité des préférences entre les pays et d'une neutralité des effets de revenu sur les structures de consommation.

C'est au prix de cet ensemble d'hypothèses restrictives que l'on peut établir la loi des proportions de facteurs et considérer que les écarts exogènes de dotations factorielles constituent la source des avantages relatifs et donc la cause première de l'échange international.

2. *L'échange des produits comme substitut à l'échange des facteurs*

La loi des proportions de facteurs explique les échanges de produits par les écarts entre les situations internes d'autarcie sur les marchés des facteurs. Tout se passe comme si, face à la contrainte d'immobilité internationale des facteurs, les pays échangeaient indirectement leurs facteurs en les incorporant aux produits mobiles. L'échange international des biens apparaît comme un substitut à l'échange international des facteurs. Il paraît alors intéressant, dans cette optique, de s'interroger sur les effets qu'exerce en retour l'échange international des biens sur les marchés nationaux des facteurs.

On retrouve alors l'enseignement du théorème de Stolper et Samuelson, qui lie les prix relatifs des produits et des facteurs. Le libre-échange des biens conduit à l'équilibre international, à l'égalisation de leurs prix relatifs. Le passage de l'autarcie au libre-échange s'accompagne donc, pour chaque pays, d'une hausse du prix relatif du bien exporté. Ce bien, pour lequel le pays a l'avantage relatif, est celui dont la production est intensive en facteur abondant. On peut donc conclure à l'augmentation de la rémunération relative du facteur abondant lors de l'ouverture à l'échange.

L'égalisation des prix relatifs des biens implique un rapprochement des prix relatifs des facteurs dans les deux économies, mais non nécessairement leur égalisation. En effet, la relation établie entre les deux types de prix relatifs ne vaut qu'en l'absence de spécialisation intégrale de l'économie dans un secteur d'activité. Il faut donc faire l'hypothèse supplémentaire de maintien d'une production diversifiée pour conclure que le libre-échange des produits conduit à l'égalisation internationale des prix relatifs des facteurs. C'est le théorème de Heckscher, Ohlin et Samuelson.

Ce théorème conforte l'interprétation de l'échange des produits comme substitut à l'échange des facteurs. Une telle interprétation est encore renforcée par le théorème de Mundell. Celui-ci, symétrique du précédent, retient un cadre d'hypothèses similaires mais suppose, entre les pays, une parfaite mobilité des facteurs et une immobilité des biens. Il est alors démontré que le libre-échange des facteurs conduit à l'égalisation des rapports de prix des produits dans les deux pays.

3. Croissance et commerce international

Dans le prolongement de l'interprétation factorielle du commerce international, il est possible d'analyser les effets de la croissance sur le commerce extérieur d'un pays. Plus précisément, il s'agit de montrer comment se modifient, à l'équilibre, les exportations et importations après un accroissement exogène des possibilités de production.

En considérant un pays ayant un poids négligeable sur l'équilibre mondial, il est possible de raisonner sous une hypothèse d'invariance des termes de l'échange. À l'équilibre, importations et exportations varient alors de façon proportionnelle. La croissance, qui se traduit par une expansion des possibilités de production, entraîne un relâchement de la contrainte de revenu et permet donc une modification des consommations. Les variations de la production et de la consommation déterminent celles des échanges extérieurs. L'effet global de la croissance sur le commerce peut être décomposé en deux effets partiels : un effet-production et un effet-consommation.

L'effet-consommation se comprend en analysant les variations de la consommation du bien importé puisque, toutes choses égales par ailleurs, ces variations induisent des variations de même sens des importations. La nature de l'effet consommation dépend alors de l'élasticité-revenu de la consommation du bien importé. S'il s'agit d'un bien inférieur, c'est-à-dire dont la consommation diminue lorsque le revenu augmente, l'effet-consommation de la croissance est de nature à réduire les importations. Dans tous les autres cas, l'effet-consommation joue dans le sens d'une augmentation des échanges.

L'effet-production peut être caractérisé à partir des variations de la production du bien exporté. Il s'analyse différemment selon la source de la croissance.

Lorsque la croissance a son origine dans l'augmentation de la dotation en un facteur, on assiste à une hausse de la production qui utilise intensivement ce facteur et à une baisse de l'autre production. C'est le théorème de Rybczynski. On comprend intuitivement que les quantités additionnelles d'un facteur dont la dotation croît trouvent plus facilement à s'employer dans le secteur qui utilise déjà intensivement ce facteur. Mais, en plein emploi et sous l'hypothèse d'invariance des techniques du fait de la constance des prix relatifs, ce secteur doit aussi utiliser des unités supplémentaires de l'autre facteur, qui sont libérées par une moindre production du second secteur. Ainsi, un accroissement de la dotation en facteur abondant, utilisé intensivement dans le secteur d'exportation, conduit à une hausse de la production de ce secteur et à une baisse de la production concurrente des importations. L'effet-production joue alors dans le sens d'un accroissement des échanges. Inversement, une hausse de la dotation en facteur rare, utilisé dans le secteur concurrent des importations, induit un effet-production dans le sens d'une diminution des échanges.

Lorsque la croissance résulte du progrès technique, deux influences s'exercent. D'un côté, le progrès technique favorise la production du secteur dans lequel il survient. D'un autre côté, lorsqu'il n'est pas neutre (c'est-à-dire lorsqu'il modifie la relation entre technique de production et prix relatif des facteurs), le progrès technique, en permettant d'économiser relativement plus d'un facteur, favorise la production qui utilise intensivement ce facteur au détriment de l'autre production. Ainsi un progrès technique neutre ou économisant le facteur abondant et survenant dans le secteur d'exportation conduit à une hausse de la production dans ce secteur et joue donc dans le sens d'une hausse des échanges. Symétriquement, un progrès technique neutre ou économisant le facteur rare dans le secteur concurrent des importations exerce un effet-production à la baisse des échanges. Dans les autres cas, il y a indétermination puisque les deux influences du progrès technique jouent en sens opposés.

Au total, si l'on néglige l'effet-consommation, il apparaît que la croissance est d'autant plus favorable au développement du commerce qu'elle résulte de la mise à disposition, par une augmentation des dotations factorielles ou par le progrès technique, d'une proportion de facteur abondant relativement plus élevée que celle qui caractérisait les dotations initiales. Ce résultat est bien conforme à la logique d'interprétation factorielle de l'échange international.

Dans le prolongement de ces analyses, on peut s'interroger sur les effets, en termes de bien-être, de la croissance en économie ouverte. Cette question se pose notamment lorsque est prise en compte la variation de l'équilibre international à la suite de la modification des intentions d'échange du pays en croissance. En levant l'hypothèse d'une influence négligeable du pays sur l'équilibre international, il apparaît que l'augmentation des intentions d'échange induit une détérioration des termes de l'échange. Toutes choses égales par ailleurs, on assiste en effet à un double déséquilibre aux conditions initiales de prix. Sur le marché mondial du bien exporté apparaît un excès d'offre résultant de la hausse des exportations du pays en croissance. Sur le marché mondial du bien importé par ce pays, il y a dans le même temps un excès de demande correspondant à la hausse des importations. Ce double déséquilibre s'élimine par une baisse du prix relatif du bien exporté. Si cette détérioration des termes de l'échange est très forte, on peut concevoir des situations où elle fait plus que compenser les gains propres de la croissance. C'est ce que Bhagwati a appelé la « croissance appauvrissante ».

2. Le renouvellement des théories du commerce international

Des premiers travaux classiques jusqu'au modèle de Heckscher et Ohlin, la théorie du commerce international a connu un développement que l'on pourrait qualifier de linéaire. Chaque étape a reformulé et approfondi la précédente sans qu'il y ait de véritable rupture dans la démarche initiée par l'analyse ricardienne de l'avantage relatif. Même si quelques contributions existaient en marge du courant dominant, il n'est pas abusif de dire que l'essentiel des éléments de théorie du commerce international pouvait s'inscrire dans le cadre d'un modèle général commun. La théorie du commerce international présentait une indéniable unité formelle. Les choses allaient changer à partir de la fin des années 1950. On assistait alors à une ramification des directions de recherche dans le domaine au point que le pluriel semble aujourd'hui mieux adapté pour désigner le foisonnement des analyses.

Ce renouvellement des théories du commerce international apparaissait nécessaire au vu d'une relative inadéquation entre les conclusions théoriques traditionnelles et les observations empiriques (titre I). Sans remettre fondamentalement en cause l'approche théorique traditionnelle, divers travaux se sont alors efforcés d'en relâcher certaines hypothèses simplificatrices restrictives (titre II). Le renouvellement théorique s'est encore amplifié avec le développement d'analyses qui allaient proposer d'expliquer l'échange international non plus sur la base d'une logique d'exploitation de différences entre les pays, mais sur celle d'une logique d'exploitation d'économies d'échelle (titre III).

I. Nécessité d'un redéploiement théorique

Le souci d'une meilleure adéquation à la réalité du commerce international a incontestablement contribué à la remise en cause, au moins partielle, de la construction théorique issue de la lignée traditionnelle. Pour séduisante qu'elle fût, celle-ci devenait une épure sans doute utile comme élément de référence, mais ayant bien du mal à rendre compte des faits. D'un côté, le « paradoxe de Leontief » mettait en évidence la difficulté d'une validation empirique de la loi des proportions de facteurs. D'un autre côté, le constat d'un développement des échanges croisés de produits similaires entre pays ayant des caractéristiques économiques proches apparaissait difficilement conciliable avec les enseignements de l'analyse traditionnelle du commerce international.

1. Le paradoxe de Leontief

Parce qu'elle fonde son explication de l'échange sur des caractéristiques physiques, exogènes et observables, la loi des proportions de facteurs se prête à la validation empirique. Une observation sommaire invite à accepter la proposition selon laquelle chaque pays exporte le bien qui utilise davantage le facteur dont il est relativement mieux pourvu. Mais ce qui pouvait sembler une vérité d'évidence s'est trouvé remis en question après que Leontief eut réalisé la première tentative de vérification empirique rigoureuse du théorème de Heckscher et Ohlin.

Considérant que les États-Unis étaient relativement mieux dotés en capital que le reste du monde, Leontief [1953] voulait montrer que leurs exportations avaient un contenu en capital plus élevé que leurs importations. Un tel résultat aurait été conforme aux conclusions théoriques de la loi des proportions de facteurs.

Pour évaluer le contenu en facteurs des biens échangés, Leontief utilise les informations rassemblées dans le tableau d'échanges interindustriels. L'étude de l'intensité factorielle des secteurs américains exportateurs peut être effectuée de manière directe. Ne disposant pas d'un tableau d'échanges interindustriels agrégé pour le reste du monde, Leontief évalue le contenu en facteurs productifs des biens importés par les États-Unis à partir de l'intensité factorielle dans les secteurs américains produisant des biens concurrents des produits importés. Bien qu'elle constitue une approximation, cette procédure semble licite si l'on accepte l'hypothèse de non-renversement des intensités factorielles.

Les résultats de Leontief créent la surprise. Selon ses calculs, la production domestique de biens destinés à remplacer les importations des États-Unis nécessite 30 % de capital par unité de travail, en plus de ce qui est utilisé dans les secteurs d'exportation. La contradiction avec les conclusions dérivées du modèle théorique est patente. L'habitude a été prise de désigner ce résultat sous l'expression de « paradoxe de Leontief ».

Ce paradoxe de Leontief a alimenté une abondante littérature à la fois théorique et empirique. Les études empiriques, réalisées dans le droit fil de l'analyse de Leontief, n'ont fait que confirmer les doutes qu'avaient fait naître les premiers résultats. Leontief lui-même refit une étude sur les données américaines de 1951 et obtint à nouveau des résultats en contradiction avec la loi des proportions de facteurs. Plus tard, en 1971, Baldwin effectua une nouvelle tentative, sans plus de succès, sur les données américaines de l'année 1962. D'autres études encore portèrent sur divers pays et firent apparaître des résultats confirmant ou infirmant, selon les cas, les conclusions du modèle théorique. Parfois le paradoxe mis en évidence, lors de l'étude du commerce extérieur global, semblait pouvoir s'expliquer par sa structure géographique. L'agrégation masquait en fait des échanges bilatéraux conformes à l'interprétation factorielle dans une structure d'ensemble hiérarchisée selon les partenaires. Mais, ailleurs, c'est au niveau désagrégé que l'on mettait en évidence des résultats paradoxaux qui n'apparaissaient pas lors de l'analyse des flux globaux. À l'évidence, les tests empiriques conduits à la suite de Leontief soulevaient, par leurs résultats peu satisfaisants et contradictoires, de nombreuses questions.

A priori, trois positions sont envisageables face à ce qu'il est convenu d'appeler un paradoxe :

• rejeter purement et simplement le théorème de Heckscher et Ohlin ;

• considérer que les études à la Leontief ne constituent pas un test fiable du modèle théorique qui resterait valide ;

• approfondir l'analyse théorique pour dépasser les faiblesses du modèle de base que met en évidence le test empirique.

De ces trois attitudes évoquées plus haut, la dernière est la plus pertinente. Il suffit de se rappeler les multiples hypothèses qui sous-tendent la démonstration du théorème de Heckscher et Ohlin pour comprendre que ce modèle de base ne peut donner qu'une vision idéalisée de la réalité. Le terme de « paradoxe » apparaît alors bien excessif, mais l'analyse de Leontief aura eu le mérite de susciter un renouvellement de l'analyse avec le souci d'une meilleure adaptation des modèles théoriques à la réalité empirique.

2. Les échanges intrabranches

À côté du paradoxe de Leontief, deux autres faits stylisés paraissent également difficilement conciliables avec la conception du commerce, qui ressort de l'approche théorique traditionnelle. Selon celle-ci, le commerce international vise à exploiter des avantages relatifs déterminés de façon exogène par des différences entre les pays. Dans cette perspective, on s'attend à observer des échanges plus intenses entre les pays présentant des structures économiques dissemblables. Par ailleurs la spécialisation, conformément aux avantages relatifs, devrait conduire chaque pays à exporter et à importer des biens de nature différente. La

Destination / Origine	Amérique du Nord	Europe occidentale	Asie	Amérique latine	Autres
Amérique du Nord	55 **63**	23 **33**	42 **43**	17 **29**	5 **7**
Europe occidentale	20 **42**	247 **297**	18 **48**	4 **13**	34 **55**
Asie	14 **78**	18 **51**	129 **135**	3 **8**	11 **19**
Amérique latine	43 **24**	27 **2**	15 **2**	20 **8**	9 **1**
Autres	27 **4**	91 **24**	82 **5**	7 **1**	39 **8**

1re ligne de chaque cellule : produits agricoles et des industries extractives.
2e ligne de chaque cellule (chiffres gras) : produits manufacturés.
Source : calculs d'après les statistiques de l'OMC, *Le Commerce international*.

Tableau 2.1. Matrice du commerce international en 1997 (en millièmes des exportations mondiales)

réalité des échanges ne correspond que partiellement à cette image.

Un simple regard à la matrice des exportations mondiales (voir tableau 2.1) suffit à montrer la prédominance, plus nette encore dans le commerce de produits manufacturés, des échanges entre pays industrialisés, c'est-à-dire entre pays ayant des structures économiques relativement proches. De multiples facteurs contribuent à cette situation : le développement de l'activité économique accroît les opportunités d'échange ; la proximité géographique ou l'existence d'accords régionaux peuvent amplifier le phénomène.

Ce qui paraît plus surprenant, au regard de la théorie traditionnelle du commerce international, c'est de constater que les opportunités d'échange qui semblent accompagner le développement industriel se traduisent, pour une part significative, dans des échanges croisés de produits issus d'une même branche d'activité. Le fait qu'un pays puisse à la fois exporter et importer des produits semblables semble en contradiction avec la logique de l'avantage relatif qui définit le sens des échanges de façon univoque.

L'intensité du commerce intrabranche d'un pays peut être mesurée à l'aide d'un indicateur synthétique défini par Grubel et Lloyd [1975]. Cet indicateur s'écrit :

$$I = 1 - \frac{\text{somme des valeurs absolues des soldes commerciaux par branche}}{\text{exportations totales + importations totales}}$$

Lorsque le commerce intrabranche est intense, les échanges tendent à s'équilibrer au sein des branches et la somme des soldes commerciaux par branche est faible. L'indicateur prend une valeur proche de 1. À l'inverse, si le commerce est principalement de type interindustriel, les soldes par branche sont élevés en valeur absolue. La valeur de l'indicateur est faible.

Le tableau 2.2 donne les résultats de calculs effectués à deux niveaux de désagrégation pour le commerce de produits manufacturés de quelques pays développés. L'importance du commerce intrabranche pour ces pays apparaît manifeste, même en retenant la décomposition la plus fine des échanges (niveau 5). Le phénomène semble s'être intensifié dans les décennies 1960 et 1970. L'analyse peut encore être affinée en tenant compte de la décomposition géographique du commerce. L'intensité du commerce intrabranche apparaît alors sensiblement plus faible dans les échanges bilatéraux. L'importance de ce type d'échanges au niveau global peut donc s'expliquer, au moins partiellement, par l'existence de flux d'importations et d'exportations en provenance et à destination de pays différents.

		1965	1970	1975	1980	1985
États-Unis	niv. 3	0,50	0,57	0,62	0,62	0,60
	niv. 5	*0,36*	*0,35*	*0,40*	*0,46*	*0,48*
Canada	niv. 3	0,41	0,62	0,61	0,62	0,72
	niv. 5	*0,38*	*0,45*	*0,51*	*0,47*	*0,54*
RFA	niv. 3	0,53	0,60	0,57	0,65	0,66
	niv. 5	*0,41*	*0,54*	*0,53*	*0,60*	*0,60*
France	niv. 3	0,72	0,78	0,78	0,82	0,82
	niv. 5	*0,60*	*0,67*	*0,68*	*0,70*	*0,71*
Italie	niv. 3	0,55	0,61	0,61	0,64	0,64
	niv. 5	*0,46*	*0,51*	*0,52*	*0,53*	*0,54*
Roy.-Uni	niv. 3	0,56	0,64	0,73	0,81	0,81
	niv. 5	*0,48*	*0,56*	*0,65*	*0,71*	*0,71*
Japon	niv. 3	0,26	0,33	0,27	0,27	0,25
	niv. 5	*0,15*	*0,23*	*0,20*	*0,22*	*0,19*

La décomposition au niveau 3 retient 130 groupes de produits ; la décomposition au niveau 5, plus fine, en retient 940.

Source : J.-L. Mucchielli et F. Mazerolle, « Commerce intrabranche et intraproduit dans la spécialisation internationale de la France », in *Revue économique*, 39(6), novembre 1988.

Tableau 2.2. Indicateurs de commerce intrabranche

3. Vers une variété d'approches théoriques

Le double constat d'une relative inadéquation des analyses traditionnelles à la réalité a conduit à un redéploiement des approches théoriques. Le paradoxe de Leontief invitait à lever les hypothèses trop restrictives des premières interprétations factorielles d'un commerce interindustriel. La prise en compte du commerce intrabranche invitait à un renouvellement encore plus radical des approches théoriques.

Sur ce point, les flux croisés de produits issus d'une même branche d'activité peuvent recouvrir des phénomènes variés. Il peut s'agir de produits fonctionnellement homogènes qui se différencient par leur localisation, leur caractère saisonnier ou leur conditionnement. Il peut aussi s'agir de produits fonctionnellement différenciés : produits substituables dans leur utilisation, mais différenciés dans leurs inputs ; produits similaires dans leurs inputs, mais différents dans leur utilisation ; produits différenciés par la qualité. Il peut encore s'agir de produits ne bénéficiant pas de la même avancée technologique ou dont le processus de production peut faire l'objet d'une décomposition internationale. Face à une telle diversité de nature des échanges commerciaux, des auteurs comme Grubel et Lloyd proposent une approche éclectique, empruntant à divers courants d'analyses.

Les sections suivantes brossent un panorama des orientations modernes de la recherche en articulant les principaux courants d'analyse en deux lignées. La première, que l'on peut qualifier de ricardienne, voit, dans le commerce, le moyen de tirer profit, par la spécialisation, d'avantages relatifs prédéterminés, exogènes. Les différences entre pays constituent alors la justification première de l'échange. La seconde, que l'on qualifiera de smithienne, repose sur l'idée que la spécialisation peut en elle-même être source de compétitivité. L'échange repose alors davantage sur l'exploitation d'économies d'échelle.

Il convient de noter que la multiplicité des approches ne signifie pas que les différentes analyses sont exclusives les unes des autres ; au contraire, elles doivent plutôt être considérées comme des éclairages complémentaires d'une réalité complexe.

II. L'explication par les différences (lignée ricardienne)

Héritière du courant traditionnel de l'analyse du commerce international, la lignée ricardienne met l'accent sur des facteurs de différenciation entre les pays. L'héritage ricardien se retrouve aussi dans le fait que ces facteurs de différenciation sont recherchés, le plus souvent, du côté des conditions de production. Trois familles de travaux s'inscrivent dans cette lignée. Les deux premières se situent dans le prolongement direct de l'interprétation factorielle du commerce international. La troisième met davantage l'accent sur des différences technologiques entre les pays.

1. Extensions du modèle de Heckscher et Ohlin

La formulation initiale de la loi des proportions de facteurs dans un cadre à deux biens, deux facteurs et deux pays offre d'évidentes commodités analytiques puisque toutes les notions relatives (abondance, intensité factorielle, avantage) peuvent être traitées de façon symétrique entre les pays ou entre les industries. Mais le caractère réducteur d'un tel cadre d'analyse est tout aussi évident. Plusieurs auteurs s'attachèrent à généraliser l'analyse. Parmi eux, Vanek [1968] proposa une formulation s'appliquant à un cadre retenant plus de deux facteurs. Dans cette généralisation, le concept d'intensité factorielle, défini par comparaison des techniques (rapports de quantités employées des deux facteurs), cède la place à celui de contenu factoriel, donné par la matrice des coefficients techniques (quantité de facteurs par unité produite).

Cette reformulation conduit alors à l'énoncé du théorème de Heckscher, Ohlin et Vanek (ou version « contenu factoriel » du théorème de Heckscher et Ohlin). Selon ce théorème, un pays exporte les services de ses facteurs abondants et importe les services de ses facteurs rares. L'abondance d'un facteur est définie par comparaison entre la part de la dotation nationale dans le stock mondial de ce facteur et la part du pays dans la consommation mondiale. Les enseignements du modèle de base ne sont pas fondamentalement remis en cause par les extensions de l'analyse dans un cadre avec multiplicité de facteurs, de produits et de pays. L'interprétation factorielle du commerce international conserve son intérêt général comme explication de la tendance moyenne du sens des échanges (voir, par exemple, Deardorff [1982]).

D'autres travaux se sont attachés à prendre en compte l'hétérogénéité du facteur travail. Une manière relativement simple de traiter de ce problème consiste à se référer au théorème de Heckscher, Ohlin et Vanek. La main-d'œuvre est répartie en groupes homogènes en termes de degré de qualification. Chaque type de main-d'œuvre est alors considéré comme un facteur de production différent. Chaque pays tend à exporter les biens dont la production utilise relativement plus les catégories de travail abondantes dans son économie. Des études empiriques sur le contenu en travail qualifié du commerce extérieur ont été réalisées et ont fourni des éléments confirmant l'intérêt de cette approche.

Une autre démarche s'appuie sur la théorie du capital humain (Kenen [1965] ; Findlay et Kierzkowski [1983]). Tout travail qualifié résulte d'une transformation de travail non qualifié grâce à des investissements en éducation et formation. Le capital humain est alors la quantité de capital incorporée dans chaque unité de travail pour en améliorer la qualification. La rentabilité de ce capital est reflétée dans les écarts de rémunération entre différents niveaux de qualification de la main-d'œuvre.

Appliquée à l'analyse du commerce international, cette théorie du capital humain permet de revenir à une modélisation à deux facteurs primaires seulement : le capital et le travail non qualifié. Mais ici le capital doit être compris comme englobant à la fois le capital physique et le capital humain. Il apparaît alors que le pays le mieux doté en capital a l'avantage relatif dans la production intensive en travail qualifié.

Une particularité de ce type d'analyse réside dans le fait que les stocks de facteurs travail de différentes catégories ne sont pas fixes. Même si l'on suppose invariantes les dotations en facteurs primaires (capital et population), le partage entre main-d'œuvre qualifiée et main-d'œuvre non qualifiée est endogène. Il peut être affecté par l'ouverture à l'échange international. Selon une logique identique à celle du théorème de Stolper et Samuelson, cette ouverture induit une amélioration de la rémunération relative du travail qualifié là où il est le plus abondant. Cette évolution peut alors inciter à un renforcement des investissements en capital humain. Ainsi, l'ouverture accentue la différence des proportions de main-d'œuvre plus ou moins qualifiée entre les pays.

2. Le modèle à facteurs spécifiques

Les idées que reprend et synthétise le modèle à facteurs spécifiques, développé notamment par Samuelson [1971] et Jones [1971], ne sont pas véritablement nouvelles. Il apparaît comme une variante du modèle néoclassique standard. À certains égards, on peut dire qu'il est une forme intermédiaire entre le modèle ricardien, réécrit en utilisant le cadre conceptuel néoclassique, et le modèle de Heckscher et Ohlin.

Comme dans la version standard du modèle néoclassique, la production est une fonction de plusieurs facteurs substituables. Mais une distinction est effectuée entre ces facteurs. Certains sont dits « spécifiques à une industrie particulière » ; ils sont immobiles entre les secteurs. Seul le facteur dit « générique » peut se déplacer d'un secteur à l'autre sans toutefois que cette mobilité dépasse les frontières nationales.

Dans une perspective appliquée, cette distinction entre facteurs spécifiques et facteur générique autorise bien évidemment la prise en compte des ressources naturelles. Elle peut aussi s'appliquer de manière beaucoup plus large. Dans une perspective de court terme, le capital physique tout comme la main-d'œuvre spécialisée peuvent être considérés comme des facteurs spécifiques. Même si la reconversion du capital et de la main-d'œuvre est concevable à long terme, il n'en va pas de même à court terme. Le modèle à facteurs spécifiques apparaît ainsi mieux adapté pour développer une vision de plus court terme de l'échange international, tandis que l'analyse de Heckscher et Ohlin retrouve davantage sa place dans une perspective de long terme.

Formellement, l'analyse du modèle à facteurs spécifiques est semblable à celle du modèle néoclassique standard. La décroissance des rendements du facteur générique assure la croissance des coûts d'opportunité. Comme dans le modèle des proportions de facteurs, en neutralisant l'influence potentielle des conditions de demande, la différence entre les dotations factorielles des pays devient un déterminant premier de l'avantage relatif et donc du sens des échanges commerciaux. Toutefois, ici, ce critère peut ne pas être suffisant pour une détermination complète.

On comprend aisément qu'un pays mieux doté en facteur spécifique à l'industrie X a, toutes choses égales par ailleurs, son avantage relatif dans ce secteur. Mais si, dans le même temps, le pays partenaire possède une plus forte dotation en facteur générique et si ce facteur peut facilement être substitué au facteur spécifique dans l'industrie X, alors l'avantage que le premier pays pouvait tirer de sa plus forte dotation en facteur spécifique peut disparaître. La substituabilité entre les facteurs devient ainsi un déterminant à prendre en compte, en complément des dotations factorielles, pour déterminer la distribution des avantages relatifs.

Comme dans toute l'interprétation factorielle du commerce international, l'ouverture à l'échange des produits affecte la rémunération des facteurs. Selon une logique comparable à celle du théorème de Stolper et Samuelson, l'ouverture améliore la rémunération du facteur spécifique au secteur d'exportation et détériore celle du facteur spécifique au secteur concurrent des importations. On notera, toutefois, que l'ouverture au libre-échange ne garantit pas l'égalisation des rémunérations relatives des facteurs entre les pays, et ce quel que soit le degré de spécialisation de la production qui, dans le modèle à facteurs spécifiques, reste toujours diversifiée pour assurer le plein emploi des facteurs spécifiques.

Il est également possible d'établir une forme d'équivalent du théorème de Rybczynski. Une hausse de la dotation en un facteur spécifique engendre une augmentation de la production dans laquelle il est employé et une baisse de l'autre production. On se réfère parfois à ce résultat pour expliquer le risque qu'une forme de désindustrialisation accompagne la découverte d'une ressource naturelle en quantité importante. Cette augmentation de la dotation en un facteur spécifique peut en effet induire une croissance de l'activité d'exploitation de cette ressource nouvelle au détriment des autres secteurs industriels. C'est ce qu'il est convenu d'appeler le « syndrome hollandais », par référence aux difficultés rencontrées aux Pays-Bas à la suite de la découverte d'importants gisements de gaz naturel. Certains pays exportateurs de pétrole ont illustré ce syndrome dans les années 1974-1986.

3. L'approche néotechnologique

Définie comme un changement de fonction de production, l'innovation joue un rôle central dans l'approche technologique qui lève l'hypothèse d'identité des fonctions de production assurée par une diffusion internationale parfaite de la technologie. Posner [1961] s'efforce de préciser l'approche en étudiant les composants de l'écart technologique. L'innovation permet une brèche technologique et procure un avantage temporaire dans la production et l'exportation. L'importance de l'écart technologique dépend de deux délais de réponse de la part des pays partenaires. Le premier concerne la réponse de la demande étrangère face à l'apparition d'un produit nouveau. Le second est celui nécessaire à une réaction de l'offre étrangère pour imiter ou récupérer la nouvelle technologie. Posner considère que le premier délai est plus court que le second. Il existe donc une période pendant laquelle les consommateurs étrangers exprimeront une demande que les producteurs étrangers ne seront pas en mesure de satisfaire : c'est l'intervalle de temps durant lequel le pays innovateur peut exporter le produit nouveau.

La théorie du cycle de vie du produit (Vernon [1966]) prolonge l'approche technologique en proposant une synthèse originale d'apports antérieurs multiples. Ces divers éléments sont intégrés dans une perspective d'ensemble dont la dynamique est donnée par une conception « biologique » du cycle du produit.

Cycle du produit	Production	Consommation	Structures de marché
Naissance	• Technologie instable • Forte intensité en Recherche et Développement et en travail qualifié • Séries courtes, coûts unitaires élevés	• Revenu élevé • Faible élasticité-prix • Absence de substituts proches • Goût pour la nouveauté	• Monopole de la firme innovatrice
Croissance	• Technologie stabilisée • Plus forte intensité en travail semi-qualifié et en capital • Séries longues, coûts unitaires en baisse	• Élargissement de la sphère de consommation • Augmentation de l'élasticité-prix	• Structure oligopolistique instable • Imitations • Concurrence par différenciation des produits
Maturité	• Technologie banalisée • Forte intensité en travail peu qualifié • Séries longues	• Élasticité-prix accrue • Désintérêt des consommateurs à revenus élevés	• Structure stabilisée • Recherche d'économies d'échelle • Concurrence par les prix
Déclin	• Technologie obsolète • Forte intensité en travail non qualifié	• Demande en baisse	• Surcapacité • Déstabilisation de la structure

Tableau 2.3. Caractéristiques du cycle de vie du produit

Selon cette conception, la période d'existence d'un produit peut être découpée en phases : naissance, croissance, maturité et déclin. Au cours du cycle de vie du produit, on assiste à une modification progressive des conditions qui caractérisent sa production, sa consommation et la structure de son marché. Il est possible de résumer, dans un tableau synthétique simplifié (voir tableau 2.3), les principales caractéristiques des étapes successives de la vie du produit.

Pour définir la dimension internationale du cycle de vie du produit, les caractéristiques de ce cycle sont croisées avec celles propres aux pays, répartis en trois groupes.

• Le premier groupe est constitué du seul pays leader. Il doit cette position à l'existence d'un marché interne large, à des niveaux de revenus élevés, à une abondance de la main-d'œuvre qualifiée et à une forte capacité en recherche et développement.

• Le deuxième groupe, occupant une position intermédiaire, réunit les pays industrialisés autres que le leader. Les caractéristiques de ces pays, tout en étant légèrement inférieures à celles du pays leader en termes de revenus, font apparaître, de manière relative, un avantage de dotation en capital et en main-d'œuvre moyennement qualifiée.

• Le troisième groupe est celui des pays en développement, caractérisés par de bas niveaux de revenus et une abondance de la main-d'œuvre non qualifiée.

La confrontation des caractéristiques du cycle et des pays permet alors de décrire l'évolution de la production et de la consommation du produit par les différents pays et donc d'en déduire les flux internationaux d'échange. Le graphique 2.1 illustre ces flux.

La naissance du produit a lieu dans le pays leader. Après une période de développement limité au marché interne du pays leader, on assiste à une extension vers les autres marchés. La diffusion du produit et de sa technologie qui se standardise provoque une modification progressive de la distribution des avantages relatifs. Les besoins en capacité de recherche et développement et en main-d'œuvre hautement qualifiée diminuent tandis que montent ceux qui accompa-

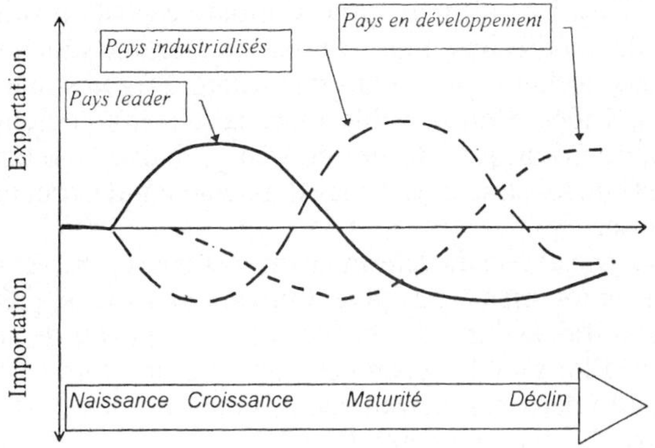

Figure 2.1. Le cycle international de vie du produit

gnent le passage à une production en grande série. Les pays industrialisés, qui sont relativement bien dotés en capital et qui ont été les premiers touchés par la diffusion du produit, peuvent concurrencer le pays leader. Ultérieurement, lorsque la concurrence par les prix conduit à rechercher la mise en œuvre au moindre coût d'une technologie banalisée, un dernier basculement des avantages relatifs s'amorce en faveur des pays en développement.

La théorie du cycle international de vie du produit possède incontestablement des attraits. Son effort pour intégrer des apports antérieurs variés dans une vision globale et cohérente en est un aspect important. Sa conception plus dynamique d'une distribution des avantages relatifs capable d'expliquer une évolution des courants d'échange des produits est également séduisante. Toutefois, alors même qu'elle introduit une vision plus dynamique du commerce international, l'analyse semble toujours marquée par un assez grand déterminisme. Ce déterminisme apparaît à la fois dans la hiérarchisation des pays et dans le déroulement du cycle.

Il paraît tout à fait concevable qu'un pays ou une firme (car, en matière d'innovation, l'initiative peut se situer à l'échelle microéconomique) puisse adopter une stratégie de remontée technologique dans une filière. Dès lors que l'on accepte l'idée d'un possible rattrapage technologique, la conception d'un pays leader doit être relativisée selon les produits ou les stratégies de développement industriel mises en œuvre.

Le second aspect du déterminisme de l'analyse réside dans la conception même du cycle. Certes, l'analyse ne prétend pas quantifier la durée de chaque phase de ce cycle de vie du produit. Elle semble cependant admettre une forme d'inéluctabilité dans son déroulement. Pourtant, des stratégies industrielles ou commerciales adaptées peuvent altérer le déroulement du cycle, prolonger certaines phases ou en abréger d'autres pour maintenir ou renforcer une position sur le marché mondial. La mondialisation des marchés et la multinationalisation des firmes ne peuvent que favoriser le développement de telles stratégies pour échapper au déterminisme du cycle. Vernon lui-même, en 1979, a d'ailleurs sensiblement nuancé le pouvoir explicatif du cycle du produit, compte tenu des modifications qu'a connues l'organisation du commerce mondial.

III. L'explication par les économies d'échelle (lignée smithienne)

La fin des années 1970 et plus encore les années 1980 ont vu se développer rapidement un courant d'analyse qui, dès l'origine, a revendiqué le titre de nouvelle théorie du commerce international. L'originalité de ces travaux, leur rupture par rapport à la théorie traditionnelle, résidait dans l'abandon de l'hypothèse de concurrence parfaite, hypothèse centrale du modèle néoclassique standard et de ses avatars. Dans cette perspective, l'échange ne tire pas nécessairement profit de différences entre les partenaires, mais d'économies d'échelle dans l'activité productrice. Ces économies peuvent être de deux types. D'un côté, une diminution des coûts unitaires de production peut résulter du développement de l'activité d'ensemble du secteur et bénéficier à toutes les entreprises qui en font partie, indépendamment de leur contribution individuelle à cette hausse d'activité. On parle alors d'économies d'échelle externes aux firmes. D'un autre côté, les gains de productivité peuvent rester localisés au sein de la firme qui accroît sa production. On parle alors d'économies d'échelle internes.

La référence aux économies d'échelle permet le rattachement à une lignée smithienne. On peut y associer des contributions qui, dans les années 1920-1930, analysaient les conséquences de la présence d'économies d'échelle externes. La théorie de la demande représentative de Linder peut aussi être rattachée à ce courant dans la mesure où, même si elle ne formalise pas une analyse de concurrence imparfaite, elle fait référence à des comportements de différenciation de produits dont la logique est semblable à celle des modèles de concurrence imparfaite.

1. Les économies d'échelle externes

Les économies d'échelle externes touchent de façon uniforme toutes les firmes du secteur. La concurrence entre elles n'est donc pas affectée, mais l'équilibre concurrentiel risque fort d'être sous-optimal. Du fait de l'externalité, le coût d'opportunité privé, qui guide le comportement des producteurs, diffère du coût d'opportunité social qui définit l'optimum collectif. De multiples configurations sont concevables et nous nous bornerons à illustrer la variété de conclusions qu'autorise la prise en compte des économies d'échelle externes et les différences qui peuvent apparaître par rapport au modèle standard.

L'un des traits originaux des analyses avec économies d'échelle est de montrer la possibilité de gains à l'échange même en l'absence de toute différence entre les pays. Pour le comprendre, supposons l'existence de deux économies semblables dans toutes leurs caractéristiques de production et de consommation de deux biens. En autarcie, les combinaisons produites et consommées sont identiques, de même que les rapports de prix. Il n'y a pas d'avantages relatifs. Pourtant, s'il existe des économies d'échelle similaires dans les deux productions, les deux pays peuvent réaliser un gain en bien-être en se spécialisant chacun dans une seule activité et en échangeant leurs produits.

Il apparaît cependant, du fait de l'absence d'avantages relatifs prédéterminés, que l'obtention du gain de l'échange requiert une concertation minimale entre les pays pour éviter qu'ils ne s'engagent tous les deux dans le même type de spécialisation. Les conclusions peuvent être élargies en levant les hypothèses de parfaite similitude entre les pays et les biens. On peut notamment envisager des problèmes liés à une répartition inégale des gains entre les pays, même si ceux-ci sont parfaitement identiques.

Si l'un des biens apparaît comme un bien de luxe, sa demande croît plus que proportionnellement au gain de revenu engendré par l'échange. Toutes choses égales par ailleurs, il y a alors une hausse du prix relatif de ce bien. Le pays spécialisé dans la production de ce bien bénéficie d'une amélioration des termes de l'échange renforçant ses gains de spécialisation. L'inverse vaut pour son partenaire. Alors que les pays étaient en tout point identiques en autarcie, la répartition des gains de l'échange peut se révéler inégalitaire. Les deux pays identiques chercheront donc à se spécialiser dans la production la plus avantageuse. Seul un accord entre eux, éventuellement assorti d'un mécanisme de transfert pour une répartition plus égalitaire des gains, permettra de sortir de l'impasse et de profiter des gains liés à la spécialisation et à l'échange.

L'asymétrie entre les biens introduite peut aussi apparaître du côté de la production. C'est le cas notamment si les économies d'échelle n'ont pas la même importance dans les deux secteurs d'activité. Toutes choses égales par ailleurs, il y a alors un avantage pour le pays qui se spécialise dans la production qui bénéficie des plus fortes économies d'échelle. Il devient même possible de concevoir un équilibre s'accompagnant d'une perte de bien-être pour l'un des pays par rapport à l'autarcie.

Ce risque avait été signalé par Graham, dès 1923, à propos d'un exemple mettant en scène deux pays de structures identiques, mais différents par la taille. On suppose qu'il existe un secteur d'activité sujet aux économies d'échelle et un secteur sujet aux déséconomies d'échelle. En autarcie, le grand pays produit des quantités plus élevées des deux biens que ne le fait le petit pays. En conséquence, il bénéficie davantage des économies d'échelle dans le secteur où elles existent et subit plus fortement les déséconomies d'échelle dans l'autre secteur. Ainsi l'équilibre d'autarcie s'établit pour un prix relatif du bien sujet aux économies d'échelle plus faible dans le grand pays que dans le petit pays. En d'autres termes, le petit pays apparaît comme ayant son avantage relatif dans le secteur sujet aux déséconomies d'échelle. Une spécialisation conforme à cette hiérarchie des prix d'autarcie se révélerait défavorable pour le petit pays. On voit bien là l'opposition de conclusion par rapport au modèle classique (ou même néoclassique standard) qui considère que, toutes choses égales par ailleurs, l'ouverture au libre-échange est plus avantageuse pour le petit pays que pour le grand.

Au total, ces quelques exemples suffisent à démontrer la diversité de résultats qu'autorise l'introduction des économies d'échelle dans l'analyse. L'échange devient possible entre pays identiques, c'est-à-dire sans que préexiste un avantage relatif. Le sens de cet échange peut être indéterminé et l'ouverture à l'échange peut même être génératrice de pertes, du moins en l'absence de mécanismes ou d'institutions capables de restaurer l'optimalité de l'équilibre en présence d'externalités.

2. *La théorie de la demande représentative*

L'analyse de Linder [1961] eut le mérite d'être l'une des premières à tenter une explication de l'échange intrabranche entre pays de niveaux de développement semblables. Aux explications par des différences du côté de l'offre, Linder oppose une analyse qui met en avant les similitudes de demande.

Deux propositions de base justifient cette approche. D'un côté, les caractéristiques de production dépendent des conditions de demande. L'apparition d'une production efficiente ne se fait qu'en réponse à une demande suffisamment forte. D'un autre côté, les producteurs sont plus familiarisés avec les conditions du marché qui leur est proche ; ils sont plus sensibles aux caractéristiques de demande qui s'expriment sur le marché national qu'à celles des marchés étrangers. En conséquence, le développement d'une production efficiente par un pays est conditionné par l'existence d'une demande domestique suffisante. L'exportation apparaît comme le prolongement de la vente sur le marché intérieur.

L'existence d'une demande domestique représentative est la condition nécessaire à l'exportation, mais ce n'est pas une condition suffisante. Il faut encore que les produits développés en réponse à cette demande trouvent des débouchés à l'extérieur. À l'évidence, de tels débouchés apparaîtront sur des marchés étrangers possédant des caractéristiques de demande proches de celles du marché domestique. Selon la logique d'analyse proposée par Linder, la destination idéale pour les exportations d'un pays est un pays identique. Mais alors, les mêmes causes produisant les mêmes effets, la demande domestique représentative de ce pays partenaire a dû engendrer une production également efficiente dans les mêmes secteurs. Ainsi, les deux pays se trouveraient vouloir exporter l'un vers l'autre le même type de produits et ils auraient les mêmes capacités pour le faire. Pour lever l'indétermination, Linder invoque la possibilité « presque illimitée d'une différenciation du produit, réelle ou annoncée ».

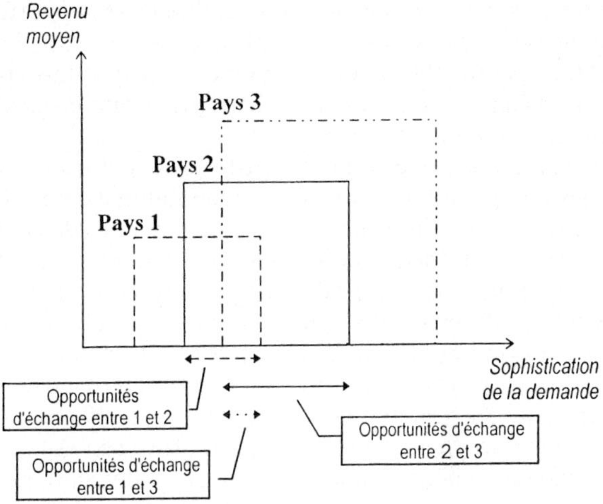

Figure 2.2. Revenu et sophistication de la demande

L'échange international porte alors sur des variétés appartenant à une même classe de produits. Il s'agit bien d'un commerce de type intrabranche, réalisé entre des pays semblables.

Linder va plus loin dans son analyse en établissant une relation entre le niveau de revenu individuel et le degré de sophistication de la demande. À un faible niveau de revenu, la demande porte sur des produits peu sophistiqués, présentant des possibilités réduites de différenciation. À des niveaux de revenu plus élevés, la sophistication des produits augmente et avec elle l'étendue de la gamme de produits semblables qui peuvent être demandés. Les opportunités d'échange international sont alors représentées par les zones de chevauchement entre les éventails de demande des différents pays (voir la figure 2.2). Deux conclusions se dégagent de l'analyse. En premier lieu, les opportunités d'échange sont plus grandes entre pays proches qu'entre pays éloignés en termes de revenu moyen. En second lieu, ces opportunités sont plus fortes entre pays proches à revenus élevés qu'entre pays proches à revenus faibles. Ces résultats apparaissent cohérents avec les caractéristiques principales de la réalité du commerce intrabranche.

L'analyse de Linder a pour mérite principal d'ouvrir la voie à une explication de l'échange international de produits proches par leur nature entre des pays semblables dans leurs structures. Toutefois, cette théorie explique l'existence et l'intensité d'un certain type d'échange, mais non la structure des échanges. Lorsqu'il s'agit de dire pourquoi tel bien est exporté ici ou importé là, Linder doit soit en revenir à des considérations sur les différences de conditions d'offre, soit admettre que la structure de flux croisés est le résultat d'un « hasard historique » et qu'elle risque d'être « fort volatile ». Plus fondamentalement peut-être, l'analyse demeure relativement imprécise pour expliquer l'intérêt que les partenaires trouvent dans une diversification conduite à l'échelle internationale plutôt qu'à l'échelle nationale pour répondre à la demande de variété. Pourquoi chercher des débouchés à l'extérieur s'il apparaît que, dans le même temps, il existe encore, sur le marché interne, des débouchés pour des produits importés semblables ? La réponse, implicite à ce stade de l'analyse, réside dans l'exploitation d'économies d'échelle. C'est elle qui sera développée par les théories du commerce international en concurrence imparfaite.

3. Les structures oligopolistiques

En présence d'économies d'échelle internes aux firmes, les entreprises de grande taille se trouvent alors en position de force et les conditions de la concurrence parfaite ne sont plus réunies. Il peut en résulter une situation d'oligopole dans laquelle un nombre réduit de producteurs se partagent le marché d'un même bien. Du point de vue de la théorie du commerce international, les structures oligopolistiques permettent d'expliquer des échanges croisés d'un même produit. Résultat de stratégies des firmes, l'échange n'est plus inter-industriel (entre des secteurs d'activité différents) ni même seulement intra-industriel (pour des produits différents issus d'un même secteur d'activité), il devient intraproduit.

La difficulté réside dans la formalisation de l'analyse. À partir du moment où les entreprises en présence sur le marché sont en nombre limité, chacune ne peut plus considérer comme négligeable son influence sur l'équilibre. Des comportements stratégiques voient le jour. Ceux-ci peuvent prendre des formes diverses. Les firmes peuvent agir de manière coopérative ou non, utiliser les quantités ou les prix comme variables stratégiques, formuler des conjectures différentes quant aux réactions de leurs concurrents... L'entrée même de ces concurrents peut faire l'objet d'hypothèses alternatives. À chaque configuration correspond un type de jeu et, potentiellement, une solution particulière. Nous nous bornerons ici à la présentation d'un des modèles les plus simples dans ce type d'analyse : un modèle de duopole.

Dans ce modèle, développé par Brander [1981] et Brander et Krugman [1983], l'analyse est centrée sur le marché d'un bien unique dans un modèle à deux pays parfaitement identiques. Dans chaque pays, une firme unique produit le bien. En autarcie, chaque firme fournit son marché domestique en maximisant son profit de monopole. La parfaite similitude des pays conduit à l'identité des situations d'autarcie (prix et quantités). L'ouverture des frontières signifie l'apparition d'un marché mondial en situation de duopole. On suppose que chaque firme choisit sa production (variable stratégique) de façon à maximiser son profit et en considérant comme donnée la production de sa rivale (duopole de Cournot). On introduit, en outre, l'hypothèse d'une segmentation des marchés. Cela signifie que, en dépit de l'ouverture à l'échange, les producteurs perçoivent les deux pays dans lesquels ils peuvent vendre leur marchandise comme deux marchés indépendants. Cette hypothèse est essentielle au résultat de l'analyse. En son absence, du fait de la similitude des pays, l'équilibre de duopole pourrait être atteint sans échange international, chaque firme continuant à fournir son marché d'origine. Tout au plus y aurait-il un gain en bien-être lié au passage du monopole au duopole, c'est-à-dire à un mouvement vers une structure plus concurrentielle.

Sous l'hypothèse de segmentation des marchés, l'équilibre du duopole est obtenu avec un partage de chacun des segments entre les deux firmes. Avec une parfaite identité de caractéristiques des pays, ou segments de marchés, le partage se fait de manière rigoureusement égale. Chaque firme fournit la moitié de son marché national d'origine et la moitié du marché étranger. Il y a donc bien un échange croisé.

L'hypothèse de segmentation des marchés peut être justifiée en introduisant, dans le modèle, des coûts de transport spécifiques à l'échange international. Cette introduction implique, dans le même temps, une rupture de la parfaite similitude entre les différents segments de marchés et l'équilibre ne s'établit plus avec un partage rigoureusement égal entre les firmes. Il apparaît alors que chaque producteur conserve une part de marché plus grande dans son pays d'origine qu'à l'étranger. Il y a bien toujours échange croisé d'un même produit entre les pays, mais on observe en outre un phénomène de dumping réciproque. Chaque firme vend à un prix plus faible à l'exportation que sur son marché d'origine. Sur le marché d'un pays, le bien ne peut avoir qu'un seul prix. Puisque le bien en provenance de l'étranger supporte des coûts de transport, l'égalité de prix à l'arrivée implique la prise en charge de ces coûts par le fournisseur étranger.

4. La concurrence monopolistique

La théorie de la concurrence monopolistique fut élaborée dans les années 1930 par Chamberlin, mais sa transposition à l'étude du commerce international est beaucoup plus récente (Krugman [1979, 1980]). Lancaster [1979, 1980] a proposé une modélisation quelque peu différente dans ses fondements, mais conduisant à des conclusions comparables.

Le point commun de ces analyses réside dans l'idée d'une différenciation des produits. Pour répondre à une diversité dans les goûts des consommateurs, chaque bien peut être décliné en une gamme différenciée. Chaque entreprise se spécialise alors sur une variété particulière du produit de façon à bénéficier des économies d'échelle internes dans la production. Il y a alors monopole de fait sur une variété de produits, mais la libre entrée de concurrents offrant des variétés proches interdit la réalisation de profits de monopole. De fait, le nombre de firmes présentes dans le secteur, et donc le nombre de variétés produites, est endogène au modèle, déterminé par l'annulation des profits.

La référence à une différenciation des produits a déjà été mentionnée à propos de l'analyse de Linder. Plus généralement, cette différenciation permet de satisfaire ce que Lassudrie-Duchêne [1971] a appelé une « demande de différence » et l'intérêt de l'échange international est de proposer une gamme élargie, autorisant une meilleure satisfaction de cette demande. C'est dans l'expression de cette demande de différence que les formulations de Krugman et de Lancaster se séparent.

Le modèle chamberlinien utilisé par Krugman suppose que tous les individus ont les mêmes préférences, mais celles-ci témoignent d'un goût pour la variété. Les différents types de bien sont substituables du côté de la demande et le consommateur préfère avoir une unité de chacune des n variétés disponibles sur le marché plutôt que n unités d'une même variété.

Lancaster fonde son analyse sur ses propres travaux dans le domaine de ce que l'on nomme « la nouvelle théorie du consommateur ». Selon cette théorie, les consommateurs recherchent non pas des produits en eux-mêmes, mais des « caractéristiques ». Les consommateurs, semblables par ailleurs, se distinguent par leurs préférences quant à la combinaison de ces caractéristiques. Pour chaque consommateur, il existe une variété idéale du produit assurant la meilleure combinaison possible. Ainsi les différentes variétés ne sont pas substituables du point de vue de la demande.

La demande de différence apparaît lorsque l'on agrège les demandes des consommateurs individuels. À ce stade on suppose, pour simplifier, que ces derniers sont répartis de façon uniforme sur l'ensemble des variétés idéales du point de vue des préférences individuelles.

Dans les deux modèles, le nombre de variétés demandées est potentiellement infini. Mais la croissance des rendements d'échelle conduit les firmes à se spécialiser et le nombre de variétés offertes est limité par les opportunités de profit, c'est-à-dire par l'étendue du marché. Les différentes variétés apparaissent comme parfaitement substituables du côté de la production. Dans le modèle de Lancaster, les firmes vont choisir les variétés à produire en se positionnant sur le spectre des variétés idéales demandées selon une logique que l'on a pu comparer à celle de la concurrence spatiale. Sous l'hypothèse que les consommateurs ne diffèrent que par leurs préférences et que celles-ci sont uniformément distribuées, les variétés produites se situent sur le spectre, à égale distance les unes des autres. Tous les biens sont produits dans la même quantité et vendus au même prix. Le modèle de Krugman conduit au même résultat, mais sans référence à une notion de distance entre les variétés.

Les mécanismes qui président à l'échange international sont similaires dans les deux modèles. On peut les résumer en considérant deux pays identiques. En autarcie, la concurrence monopolistique a conduit, dans chacun, à la production de n variétés différentes du produit considéré. Si l'identité est totale, ces variétés peuvent être les mêmes dans l'un et l'autre pays. Lors de l'ouverture à l'échange, deux firmes se retrouvent produire la même variété sur le marché mondial. Il y a rupture de l'équilibre initial et recomposition d'un nouvel équilibre avec différenciation des variétés sur le marché mondial. Le nombre de variétés est alors supérieur à ce qu'il était dans les pays en autarcie. En effet, si la rupture de l'équilibre entraîne la disparition de la moitié des firmes, celles qui subsistent peuvent doubler leur production et donc réaliser des profits du fait des économies d'échelle. De nouvelles firmes réapparaissent donc, attirées par ces opportunités de profit. Selon les modalités plus précises des modèles, le nombre de variétés disponibles en libre-échange (n′), égal au nombre de firmes subsistant sur le marché mondial, peut être inférieur ou égal au nombre total de firmes qui existaient dans les deux pays en autarcie (2.n).

Chaque variété est produite par une seule firme, donc dans un seul pays, mais consommée dans les deux pays. Il y a donc bien échanges croisés de produits similaires. Le gain de l'échange apparaît dans l'augmentation du nombre de produits disponibles. Même si l'on suppose inchangés les prix et revenus, cette extension de la gamme engendre un gain en utilité pour les consommateurs, soit parce qu'elle leur permet de mieux satisfaire leur goût de la diversité (modèle de Krugman), soit parce qu'elle leur permet de réduire la distance par rapport à leurs variétés idéales (modèle de Lancaster). À ce gain de diversification s'ajoute celui lié aux économies d'échelle si la production individuelle des firmes augmente du fait d'une diminution de leur nombre total sur le marché mondial ($n' < 2.n$).

Les modèles de concurrence monopolistique offrent un cadre analytique commode pour l'analyse du commerce intrabranche. Il est à noter que cette approche peut être combinée avec la prise en compte de différences factorielles entre les pays pour intégrer les deux logiques d'explication d'un commerce international à la fois inter- et intra-industriel.

3. Les transformations du commerce international

On estime que, depuis cinquante ans, le commerce international a été multiplié par dix-sept. Cette croissance a été nettement plus rapide que celle de la production, de sorte que la dépendance de l'activité économique globale des pays envers le commerce international a augmenté. Le double mouvement de croissance de l'activité économique et du commerce international s'est accompagné d'importantes transformations.

Celles-ci se manifestent dans l'apparition de nouvelles puissances commerciales sur la scène internationale capables, par leurs choix de spécialisation, de remettre en cause les positions relatives des pays. Une grille de lecture est proposée dans le titre I pour apprécier ces choix de spécialisation et évaluer leur évolution dans le monde contemporain. Une étude plus spécifique des conséquences de la montée des NPI (nouveaux pays industriels) permet d'illustrer les problèmes posés par les changements dans la distribution des spécialisations (titre II).

Les transformations des relations économiques internationales se traduisent aussi par des mutations dans leur nature même sous la pression des stratégies des firmes qui redéploient leurs activités en considérant simultanément les opportunités de commerce et de délocalisation de leurs productions. L'analyse doit alors aller au-delà de la simple recherche des déterminants de l'échange des biens pour s'intéresser à l'articulation entre commerce international et investissement direct à l'étranger (titre III). Ce faisant, elle contribue à la compréhension de la mondialisation, phénomène complexe lié au développement d'arbitrages qui dépassent les cadres nationaux et dont nous retrouverons l'expression financière dans la deuxième partie de cet ouvrage (chapitre 5).

I. Compétitivité et spécialisation

L'idée de compétitivité d'un pays, au sens de capacité à réussir au moins aussi bien, voire mieux que les autres, est souvent évoquée dans les débats sur l'évolution de l'économie mondiale. Pourtant, cette notion peut paraître mal établie au regard de la théorie pure du commerce international. Elle peut même apparaître pernicieuse si elle ouvre la voie à des interprétations renouant, d'une certaine manière, avec les thèses mercantilistes. D'un point de vue théorique, le commerce international n'est pas une compétition entre les nations, un jeu à somme nulle, mais le moyen de développer des spécialisations différentes selon les pays pour améliorer la situation de tous.

Cette section apporte un éclairage sur ces questions en s'efforçant de préciser la notion de compétitivité et de la relier à celle de qualité de la spécialisation. L'analyse est complétée par la présentation des caractéristiques principales de l'évolution des spécialisations dans l'économie mondiale contemporaine.

1. Avantage comparatif et compétitivité

La notion de compétitivité présente une relative ambiguïté du fait même qu'elle recouvre des réalités différentes. On peut ainsi l'appréhender sous quatre aspects (CEPII [1998]) :

• Lorsque l'on se place au niveau le plus général et dans une perspective de long terme, la compétitivité d'un pays est sa capacité à accroître le bien-être de ses habitants.

• En restant à un niveau macroéconomique, mais dans une perspective de court terme, on peut faire référence à la compétitivité d'un pays en se référant à l'écart de ses prix par rapport à ceux de ses partenaires.

• Lorsque l'analyse est désagrégée au niveau sectoriel, la compétitivité d'un pays renvoie, à long terme, à ses avantages relatifs et à la qualité de sa spécialisation.

• À court terme et en se situant au niveau sectoriel, on peut encore parler de compétitivité pour évoquer l'évolution des parts de marché d'une industrie.

Dans la perspective privilégiée par la théorie pure du commerce international, la notion de compétitivité paraît devoir être comprise au niveau sectoriel. On peut concevoir qu'un pays soit plus compétitif qu'un autre dans tel ou tel secteur d'activité. En revanche, l'idée d'une compétitivité globale du pays n'a pas sa place dans les modélisations théoriques traditionnelles. Pour autant, dans un monde réel où des imperfections et des rigidités entravent le jeu des marchés, où les ajustements ne sont pas instantanés et où existent des rapports de forces incontournables entre les États nations, les choix de spécialisation méritent une analyse plus précise.

Toute spécialisation qui permet d'accroître l'efficacité des ressources productives d'un pays bénéficie à l'ensemble de l'économie mondiale. On sait cependant que les niveaux et les évolutions du produit par habitant (mesure sommaire du bien-être) diffèrent selon les pays sans que l'on puisse faire apparaître une convergence d'ensemble. Divers travaux ont montré l'existence d'une influence de l'ouverture au commerce international sur la croissance (OMC [1998]). Mais on peut aller plus loin et se demander si certaines formes de spécialisation ne favorisent pas plus que d'autres la capacité à améliorer le niveau de vie. Nous reviendrons plus loin sur ce point.

La référence à une compétitivité-prix globale d'un pays est également absente de la théorie pure du commerce international. Cela tient au cadre d'analyse a-monétaire dans lequel seuls importent les prix relatifs des produits et des facteurs, l'hypothèse de parité des pouvoirs d'achat neutralisant l'influence des évolutions nominales. La réalité montre que, au moins à court terme, cette neutralisation n'est pas toujours réalisée. Des pays ont pu connaître une amélioration de leurs performances commerciales grâce à une compétitivité-prix. Celle-ci peut résulter de l'évolution des coûts salariaux unitaires, mais ce sont plus encore les variations de change qui semblent avoir l'impact le plus important. Ainsi les exportations d'un pays peuvent être favorisées ou freinées selon que sa monnaie est sous- ou surévaluée. Ce problème qui relève de l'analyse des taux de change réels sera traité ultérieurement (voir chapitres 7 et 9).

Dans une perspective qui fonde l'analyse de l'échange international sur le concept d'avantage relatif, la comparaison entre les secteurs productifs des différents pays occupe une place centrale. C'est l'interprétation sectorielle de la notion de compétitivité qui doit alors être retenue. Si l'on se réfère aux modélisations les plus traditionnelles du commerce international, la référence au concept de compétitivité ne paraît guère plus qu'un simple changement de terminologie. Dire qu'un pays est plus compétitif qu'un autre dans un secteur de production équivaut à dire qu'il possède l'avantage relatif dans cette production. Si l'on considère comme exogènes les facteurs déterminant la distribution des avantages relatifs, l'analyse de la compétitivité ne serait qu'un recensement des différences exogènes entre les pays. Le gain de l'échange est essentiellement statique puisque l'exploitation d'un avantage relatif exogène conduit à raréfier les facteurs utilisés intensivement dans les secteurs d'exportation. Mais les développements modernes de la théorie du commerce international permettent d'infléchir l'analyse.

Les politiques de formation de la main-d'œuvre et d'accumulation du capital peuvent modifier les dotations factorielles et donc la distribution des avantages relatifs. La diffusion internationale plus ou moins rapide de la technologie affecte aussi cette distribution et les stratégies d'innovation conditionnent ainsi le maintien ou le renouvellement de l'avantage relatif. L'existence d'économies d'échelle autorise la réalisation d'un gain à l'échange, même s'il n'existe pas d'avantage relatif initial. Tous ces éléments ouvrent la voie à une forme d'endogénéisation des fondements de l'échange international. On pourrait ainsi dire que, à côté des avantages relatifs « naturels », il existe aussi des avantages relatifs « acquis ». *In fine*, la stimulation des échanges, quelle qu'en soit l'origine, est une source de gains mutuels grâce à une plus grande efficacité dans l'affectation des ressources productives, dès lors que sont préservées les règles du jeu du libre-échange international. Mais la structure du commerce international, l'ampleur des gains engendrés et leur répartition peuvent être influencées par l'ensemble des déterminants des échanges.

La spécialisation résulte non seulement de facteurs exogènes, mais aussi des comportements privés (stratégies des firmes) et publics (politiques industrielles). C'est en considérant cette dimension plus politique des choix de spécialisation que la notion de compétitivité appliquée à une nation peut dépasser celle d'avantage relatif. Il convient alors de définir des critères permettant de qualifier la spécialisation des pays.

2. *Qualité de la spécialisation*

Dans une perspective dynamique, la qualité de la spécialisation peut être appréciée en termes d'adaptation à la demande mondiale. C'est une telle analyse que développe la théorie des créneaux de Lafay [1979].

L'insertion d'une économie dans les échanges internationaux est évaluée en comparant la structure de ses productions et les taux de croissance sectoriels de la demande mondiale. Le classement des secteurs selon le critère d'évolution de la demande conduit à distinguer des produits progressifs, dont la demande croît à un taux supérieur à la moyenne, et des produits régressifs, dont la demande croît faiblement ou diminue. Un engagement fort dans la production des biens dont la demande croît est un signe de bonne spécialisation. Il permet un développement rapide des exportations. L'amélioration de la position d'un pays passe donc par un renforcement de la spécialisation dans les activités progressives et une déspécialisation dans les activités régressives.

La stratégie de créneau qui cherche à constituer un avantage comparatif dans une activité progressive peut déboucher sur la formation de pôles de compétitivité. La conquête d'un créneau peut avoir des effets en amont (développement d'un marché pour les biens intermédiaires et d'équipement) et en aval (réduction des coûts pour les branches utilisatrices du produit). C'est ainsi l'ensemble des activités situées le long d'une filière de production qui peut bénéficier des effets d'entraînement exercés par les entreprises qui ont investi un créneau.

Les réussites commerciales de certains pays sur les marchés extérieurs (Japon notamment) ont pu être considérées comme une bonne illustration de l'analyse. Il convient cependant de noter que l'insertion dans des créneaux porteurs exige que l'on dispose de conditions de coûts avantageuses, ou que l'on se donne les moyens de les obtenir, dans les activités progressives. Par ailleurs, la spécialisation sur certains créneaux implique l'abandon d'autres segments de production. Les risques d'affaiblissement de l'économie pendant la période de restructuration du tissu industriel ne doivent donc pas être ignorés. Si l'on considère que ces restructurations ne peuvent s'effectuer que dans un cadre de moyen terme, ces risques sont d'autant moins à négliger qu'est difficile la prévision des taux de croissance de la demande mondiale à un tel horizon. Il est aisé de juger aujourd'hui de la plus ou moins bonne adaptation structurelle d'une économie à la demande mondiale, il l'est beaucoup moins de dire quels seront les créneaux porteurs dans cinq ou dix ans.

La prudence doit donc rester de mise lorsqu'il s'agit d'utiliser la théorie des créneaux pour en tirer des recommandations de politique économique visant à améliorer la compétitivité d'une économie. D'ailleurs, s'en remettre au seul critère d'évolution de la demande mondiale pour orienter la spécialisation conduit à une forme de contradiction. Parce que ce critère est le même pour tous, il devrait inciter l'ensemble des pays à adopter une structure de production identique. On devrait alors craindre un excédent de production mondiale dans les activités progressives, ce qui serait de nature à ruiner les efforts de spécialisation.

3. Les spécialisations dans le monde contemporain

On trouvera, dans un récent rapport du Centre d'études prospectives et d'informations internationales (CEPII [1998]), de nombreuses informations utiles à l'étude de la compétitivité des nations. Le rapport fournit également des évaluations permettant d'évaluer les spécialisations en termes d'adéquation à la demande internationale. Nous reprenons ici les résultats obtenus au niveau le plus agrégé.

À ce niveau, trois groupes de pays sont distingués sur la base des caractéristiques de croissance de leurs économies. Un premier groupe de référence est constitué de 17 pays parmi les plus riches en 1960 et qui le sont restés en 1995. Un deuxième groupe réunit 20 pays qui ont connu, sur l'ensemble de la période 1960-1995, une croissance de leur PIB par tête relativement plus rapide que celle du groupe de référence (pays convergents). Le troisième groupe compte 19 pays, caractérisés par une croissance de leur PIB, par tête sur la période 1960-1995, plus faible que celle du groupe de référence (pays divergents).

Les soixante-douze produits de la base de données retenue par l'étude sont répartis en trois groupes, selon le dynamisme de leurs échanges. Ce dynamisme est apprécié par l'évolution des poids relatifs des produits dans le total des importations des pays. Le découpage distingue ainsi des produits en progression (forte croissance du poids relatif), des produits en régression (forte décroissance du poids relatif) et des produits stables (situation intermédiaire).

La spécialisation est évaluée à travers un indicateur de contribution au solde commercial. Cet indicateur est construit sur la base d'une comparaison entre le solde commer-

	Produits en progression		Produits stables		Produits en régression	
	1967	**1996**	*1967*	**1996**	*1967*	**1996**
Pays riches (Groupe de référence)	*+ 4,3*	– 9,5	*0*	+ 6,5	*– 4*	+ 3,1
Pays convergents	*+ 5,9*	+ 19,3	*– 6,7*	– 12,2	*+ 0,7*	– 7,2
Pays divergents	*– 11,8*	– 15,1	*+ 4,3*	+ 8,4	*+ 7,5*	+ 6,6

L'indicateur constitue une mesure directe du degré de spécialisation ; un signe positif (négatif) signale un point fort (faible).
Source : CEPII, *Compétitivité des nations*, 1998.

Tableau 3.1. Spécialisation par dynamique de produits

cial effectif pour un produit donné et un solde théorique correspondant à une absence de spécialisation. Les résultats obtenus montrent des structures nettement différenciées entre les groupes de pays.

Considérés globalement, les pays riches du groupe de référence paraissent avoir aujourd'hui leur avantage dans les produits stables et un désavantage dans les produits en progression. L'évolution de leur spécialisation au cours des trois dernières décennies est marquée par un affaiblissement régulier de leur position sur les produits en progression. Il y a là une différence marquée avec l'évolution des spécialisations de pays convergents. Ceux-ci (parmi lesquels se trouvent notamment le Japon et les NPI asiatiques) n'ont cessé de renforcer leur position sur les produits en progression en laissant se creuser un désavantage sur les produits stables ou en régression. La comparaison des évolutions sur la période indique un mouvement de bascule des spécialisations entre ces deux premiers groupes de pays. Le troisième groupe (pays divergents) semble être resté à l'écart du mouvement. La spécialisation n'y a pas connu une évolution aussi contrastée. La mauvaise qualité de la spécialisation (faiblesse sur les produits en progression) s'y est maintenue.

Les quelques résultats présentés ici demandent bien évidemment à être affinés et le rapport du CEPII dont ils sont issus développe plus largement l'analyse (désagrégation par pays et par filière). Il convient également de rester prudent quant à l'interprétation d'un lien entre l'évolution de la spécialisation dans les produits en progression et un phénomène de rattrapage par une croissance économique plus rapide. L'existence d'un tel lien devrait être confirmée par une étude systématique à un niveau désagrégé par pays, et il conviendrait encore de s'interroger sur sa signification en termes de causalité. Pour ce qui concerne l'analyse du commerce international, les éléments, même partiels, qui viennent d'être présentés suffisent à montrer le caractère évolutif des spécialisations internationales. Parce qu'ils s'accompagnent de mutations structurelles des économies en présence (avec leur lot de conséquences économiques et sociales), ces changements dans les positions relatives des pays ne peuvent manquer de nourrir bien des débats, voire de susciter certains mouvements d'hostilité à l'encontre de la libéralisation des échanges. La surveillance du respect des règles du jeu international et l'accompagnement ou l'orientation des restructurations internes doivent alors contribuer à ce que la spécialisation et l'échange puissent continuer à produire leurs effets bénéfiques.

II. La concurrence des NPI

La section précédente a permis de prendre la mesure, à un niveau très général, de l'évolution des spécialisations internationales. L'étude des NPI permet de compléter cette vision globale. Ces pays appartiennent au groupe des pays convergents de l'analyse qui vient d'être présentée. Ils en sont les éléments les plus dynamiques à la fois en termes de croissance et en termes de spécialisation. Parce qu'ils viennent directement concurrencer les pays industriels « anciens », ces pays fournissent un bon exemple des problèmes posés par les transformations de l'économie mondiale au cours des dernières décennies.

Sans prétendre à l'exhaustivité mais en s'efforçant de dégager quelques éléments significatifs dans l'évolution de ces économies, l'analyse peut ainsi illustrer la possibilité de battre en brèche le déterminisme qui pouvait apparaître dans la hiérarchisation des pays retenus par certaines explications du commerce international sur la base d'écarts technologiques. La concurrence des NPI impose une restructuration des systèmes productifs des pays occidentaux industrialisés. Les conséquences de ces restructurations, particulièrement en matière d'emploi, suscitent bien des débats et conduisent parfois à une condamnation du processus de redéfinition des spécialisations à l'échelle internationale. Seule une évaluation rigoureuse des conséquences de la concurrence des NPI permet d'éclairer ces débats. Nous verrons qu'une telle évaluation, qui ne va pas sans difficultés, ne peut qu'être globale et dynamique.

1. Réussites des économies industrielles exportatrices

Avec des taux de croissance industrielle situés entre 10 % et 15 % par an sur les vingt dernières années, les NPI, notamment asiatiques, ont largement transformé l'image classique d'un « tiers-monde » en proie à un sous-développement chronique. C'est d'abord la part des exportations industrielles dans le total des exportations de ces pays qui apparaît spectaculaire dès les début des années 1990 : 94 % pour la Corée du Sud (dont plus de 33 % en biens d'équipement), 64 % pour la Thaïlande et même 60 % pour le Sri Lanka, des taux équivalents pour le Brésil dès 1981 et pour le Mexique au milieu des années 1990. C'est ensuite la montée des salaires réels sous l'effet de cette poussée industrielle : les rémunérations coréennes de 1996 n'avaient plus rien à envier à celles du sud de l'Union européenne… Sans détailler ici les chemins complexes de cette réussite, dégageons à grands traits les moteurs de cette industrialisation rapide.

En premier lieu, il est sans doute possible d'avancer que ces pays ont pris au sérieux la « prophétie » de Samuelson quand celui-ci estimait probable, sous certaines hypothèses, une égalisation du prix relatif des facteurs entre pays partenaires du commerce international. De fait, la montée des salaires réels de ces NPI a accompagné une insertion très particulière dans l'échange international. Refus de la monoproduction primaire et souci de diversification des biens exportés, adoption des « fonctions de production » (donc des combinaisons capital-travail) utilisées au Nord, rapprochement de leur dotation en capital de celle des pays avancés (notamment grâce à l'aide étrangère – Corée, Taïwan) caractérisent les conditions de leur ouverture. Or ces traits matérialisent une partie des hypothèses théoriques nécessaires à la satisfaction du théorème de Samuelson. Il n'est donc pas étonnant, du strict point de vue théorique, que leur rattrapage ait été spectaculaire.

Néanmoins d'autres raisons pratiques, sans doute plus déterminantes, sont à invoquer. En se tournant vers l'exportation de produits industriels, ces NPI ont permis que leurs bas salaires initiaux ne gênent pas leur croissance (au contraire), celle-ci n'étant pas, dans un premier temps, fondée sur le marché intérieur. De même ils ont été incités, en vendant sur le marché mondial, à développer les gains de productivité qui signifiaient, en l'occurrence, gains de parts de marché (mais cet argument a été contesté par Krugman). Enfin, ils ont pu ainsi contourner l'apparente malédiction qui touche traditionnellement les pays en voie de développement (PVD), à savoir la détérioration des termes de l'échange…

Si l'appel aux investissements étrangers caractérise parfois cette nouvelle industrialisation (sauf en Corée), si l'existence de zones franches d'exportation a pu accentuer l'attrait de ces économies pour les entreprises multinationales, c'est sans doute plutôt dans une articulation réussie entre gestion autoritaire de la force de travail et intervention étatique que réside l'explication de leurs premiers succès. En orientant le crédit vers les branches industrielles prioritaires pour l'exportation, en assumant le coût d'investissements de long terme et en stimulant la recherche et le développement, en menant des politiques agricoles parfois ambitieuses (réforme agraire et industrialisation rurale à Taïwan), l'État a constitué de fait un acteur moteur de l'industrialisation. S'il a permis le maintien de salaires bas, il a aussi parfois contribué à une certaine redistribution des revenus, notamment dans une seconde phase du développement.

Les véritables réussites de cette nouvelle industrialisation sont en effet à trouver dans les pays qui sont passés d'exportations industrielles légères (textile, cuir, électronique grand public) à des exportations plus élaborées, voire lourdes (mécanique, sidérurgie, électronique de précision…). Non pas seulement du fait du caractère plus sophistiqué des produits concernés, mais plutôt dans la mesure où la réussite à l'exportation sur ce type de biens pouvait s'accompagner d'une hausse non négligeable des salaires, les concurrents étant alors les économies les plus riches de la planète, avec des salaires beaucoup plus élevés… Corée, Taïwan, de façon plus inégale le Brésil, ont réussi ce passage, développant paradoxalement leur marché intérieur grâce à leurs réussites sur le marché mondial… En retour, la croissance de leurs débouchés internes a permis à ces pays d'internaliser un développement, à l'évidence trop extraverti dans sa phase initiale.

On le voit, l'industrialisation des PVD depuis une trentaine d'années est solidaire d'un processus global de développement qu'il n'y a pas lieu d'approfondir ici (Courlet [1990] ; Norel [1997]). En revanche, l'impact de cette concurrence sur les structures économiques des pays développés du Nord, en particulier le niveau de l'emploi, va nous intéresser maintenant.

2. *L'impact des NPI sur l'emploi*

Depuis le milieu des années 1970, le Sud s'est trouvé régulièrement accusé de contribuer au chômage dans les pays développés : commerce à partir de bas salaires (car n'incluant qu'une protection sociale dérisoire), délocalisations unilatérales de production par les firmes du Nord, dumping commercial seraient responsables… Tentons de cerner de plus près cette question à partir de plusieurs études faites sur les relations de la France avec les pays en développement.

D'un point de vue global, la France fait déjà 80 % de son commerce avec l'OCDE (Organisation de coopération et de développement économiques)… Par ailleurs, le Sud nous achète plus qu'il ne nous vend, sous l'effet de ses besoins en biens d'équipement. À ce premier niveau d'analyse, le développement du Sud apparaît comme un jeu marginal pour nos économies, mais un jeu où l'on gagne… Il faut cependant aller plus loin.

a. Les méthodes d'évaluation et leurs résultats

Évaluer les pertes d'emplois provoquées par les délocalisations vers les PVD et la concurrence de ces pays est impossible en raisonnant à partir de ces délocalisations elles-mêmes. D'abord on dispose de peu de statistiques sur ces délocalisations. Ensuite ces délocalisations prennent de fait des formes très diverses : délocalisations proprement dites, contrats de sous-traitance (par exemple dans la grande distribution), voire organisation de concurrence avec une firme française par un négociant international… Toutes ces formes d'activité attaquent l'emploi en France, mais ne donnent pas lieu à l'établissement de statistiques fiables.

En supposant cependant qu'on les obtînt, on ne pourrait pas déceler, pour chaque délocalisation, le nombre net d'emplois perdus. Celui-ci dépend en effet des emplois éliminés immédiatement, mais aussi des emplois recréés sur le territoire national par les profits issus de la délocalisation (que ces profits soient consommés ou investis). Il dépend aussi des emplois créés grâce au supplément de pouvoir d'achat qu'obtiennent les consommateurs qui achètent désormais des produits importés moins chers des PVD. On a donc systématiquement une interférence entre les niveaux micro et macroéconomique, qui empêche tout repérage à partir d'une observation centrée sur chaque cas de délocalisation pris tour à tour.

Au total, il semble plus juste de raisonner à un niveau macroéconomique : dans la mesure où ce sont les importations des PVD qui font problème, il faut les prendre globalement en considérant qu'elles se substituent à des emplois en France, emplois qui seraient nécessaires pour fabriquer les produits équivalents. Mais symétriquement, il faut considérer que nos exportations corrigent ces pertes d'emplois. À un niveau élémentaire, on peut donc comparer les contenus en emplois (et même en emplois de différents types de qualification) des importations et des exportations et établir le solde. C'est la méthode dite des « contenus en emplois ».

En pratique il est clair que ce n'est pas le contenu (en emplois à l'étranger) des importations qui est pertinent, mais le contenu (en emplois français) des biens qui seraient substituables à ces importations. On fait donc la somme algébrique (c'est-à-dire la différence) des emplois contenus dans nos exportations et des emplois qui seraient nécessaires pour produire les biens importés en contrepartie. Résultat, la France aurait gagné 106 000 emplois en 1991 grâce à son commerce extérieur… (Vimont). Notre solde commercial étant de plus en plus excédentaire, on peut penser que ce résultat positif serait confirmé en étudiant les années récentes.

Cette première méthode pose cependant un problème technique important : on raisonne en effet à valeur donnée, or une valeur de biens importés du Sud correspond à plus de biens faits au Sud qu'au Nord. Pourquoi ? Essentiellement parce qu'un même bien sera moins cher, fabriqué au Sud que produit au Nord. Pour fabriquer au Nord cette même quantité de biens, il faudrait donc plus d'emplois qu'il n'en faut pour fabriquer la valeur concernée. Voyons ce principe sur un exemple…

Soit une valeur de 1 000 francs d'importations de chaussures chinoises représentant environ 20 paires de chaussures. À ces 1 000 francs correspondrait une production de quelque 7 paires de chaussures françaises. Si l'on évalue les emplois qui seraient nécessaires en France pour fabriquer ces 7 paires (1 000 F), ce qui est la méthode de Vimont, on sous-estime le nombre d'emplois perdus. En effet, les 20 paires chinoises se substituent *a priori* à 20 paires françaises. Il faut donc, pour connaître la perte en emplois réelle, calculer le nombre d'emplois nécessaires en France à la fabrication de 20 paires et non de 7. Autrement dit, la méthode des contenus bruts en emplois, basée sur les seules valeurs, sous-estime la perte d'emplois au Nord.

Tenant compte de cet élément, la direction de la prévision du ministère de l'Économie et des Finances a estimé que le commerce extérieur aurait coûté 330 000 emplois à la France en 1992.

Wood conteste ces arguments en invoquant le fait que les biens importés sont de plus en plus non substituables, c'est-à-dire non produits dans les pays riches. Conclusion pratique, la méthode précédente sous-estime la perte en travail non qualifié du fait de la concurrence du tiers-monde. Les pertes d'emplois seraient alors de 9 millions en trente ans pour l'ensemble des pays du Nord, voire de 36 millions si l'on prend en compte les mesures destinées à prévenir cette concurrence. Cela dit, la non-substituabilité resterait cependant faible (de l'ordre de 15 % pour les États-Unis) dans le commerce international : l'estimation catastrophiste de Wood est donc sans doute abusive.

b. Vers une approche dynamique du problème

Mais il se pose surtout un autre problème car le raisonnement demeure jusqu'ici purement statique. Il faut tenir compte en effet :

• du supplément de biens industriels que le Sud, grâce à ses exportations (nos importations), va pouvoir nous acheter, notamment dans l'avenir ;

• du supplément de pouvoir d'achat obtenu par les Français (en consommant des biens importés bon marché) et qui leur permet d'acheter plus de biens français, donc de contribuer à la création de nouveaux emplois ;

• des investissements éventuels en France des profits dégagés par les industriels français ayant délocalisé.

A contrario il faut évaluer aussi la diminution de nos exportations, vers des pays tiers, imputable à la concurrence sur ces marchés des PVD.

Enfin, à supposer qu'il y ait perte d'emplois nette, il faut évaluer son impact cumulatif sur l'emploi *via* le « multiplicateur de Keynes » : la perte de ces emplois signifie moins de dépenses donc moins de production et par conséquent moins d'emplois.

Selon une étude de l'OFCE (Mathieu et Sterdyniak [1995]), la France aurait, en tenant compte de la plupart de ces éléments, perdu en stock (c'est-à-dire en valeur cumulée depuis vingt ans) de 190 000 à 230 000 emplois, par son commerce avec les pays asiatiques. Ces pays seraient ainsi responsables du chômage de moins de 1 % de la population active, soit de l'ordre de 6 % du niveau actuel de chômage.

C'est vraisemblablement négligeable... Il n'en reste pas moins que ce phénomène a des conséquences différentes selon que les salaires sont flexibles ou pas (Mathieu et Sterdyniak).

Si les salaires sont flexibles, la concurrence des pays à bas salaires tend à faire baisser le salaire du travail non qualifié dans les pays du Nord. En contrepartie, la demande d'importations en biens d'équipement par ces NPI va vraisemblablement faire monter le salaire du travail qualifié dans les pays développés.

En revanche, si les bas salaires sont rigides à la baisse, le chômage des travailleurs non qualifiés augmente. De plus, avec un système d'allocations chômage, les travailleurs qualifiés peuvent eux-mêmes se trouver dans une position moins favorable puisqu'ils devront payer pour les indemnités des non-qualifiés.

Pour que l'ouverture soit donc favorable à tous, Mathieu et Sterdyniak proposent que l'État verse une allocation compensatrice aux travailleurs non qualifiés (en salaires flexibles), qu'il subventionne l'emploi ou la production dans les secteurs concurrencés par les productions des pays à bas salaires (en salaires rigides). Si le bilan des relations avec l'ensemble des PVD apparaît donc positif, il importe cependant de corriger les conséquences sociales sectorielles de la concurrence avec les plus dynamiques des NPI…

III. Stratégies des firmes et investissement direct à l'étranger

Dans le prolongement des théories modernes du commerce international, qui mettent l'accent sur les déterminants technologiques et les imperfections de concurrence, l'analyse est amenée à prendre en compte les stratégies des firmes. Ce faisant, on assiste à un rapprochement entre les analyses relevant de l'économie internationale et de l'économie industrielle (Krugman [1989]). L'intérêt de cette évolution théorique apparaît au regard de l'internationalisation de l'activité des entreprises. Face à une mondialisation qu'elles contribuent elles-mêmes à promouvoir, les firmes sont poussées à réviser l'échelle de leurs opérations et leurs modes d'organisation.

On estime aujourd'hui que les échanges intragroupes des sociétés multinationales représentent environ 33 % du commerce mondial et leurs exportations vers des entreprises non affiliées, 33 %. La part significative des échanges intragroupes s'explique par la constitution de réseaux de filiales résultant d'une implantation des différents éléments du processus de production dans les pays différents. Cette réorganisation des modes de production passe par un développement des investissements directs à l'étranger. Les liens réciproques entre cette activité d'investissement et le commerce international deviennent un sujet de préoccupation de premier plan (OMC [1996]) et l'importance des enjeux rend

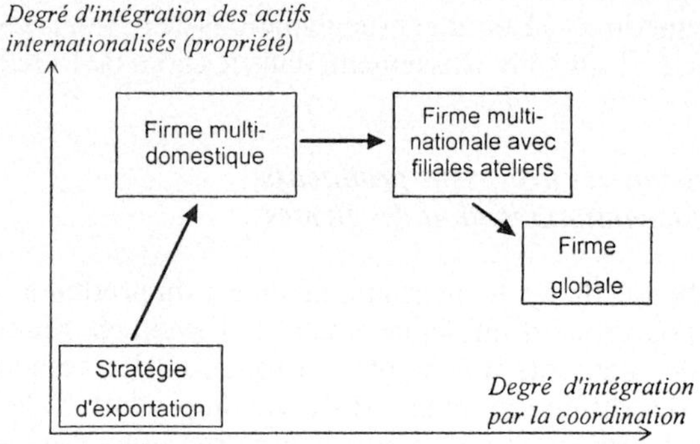

Source : B. Guilhon, *Les firmes globales*, Economica, 1998, p.18

Figure 3.1. Déploiement des firmes à l'échelle internationale

donne les activités des unités de production délocalisées. L'analyse est ainsi conduite à prendre en considération l'organisation des firmes à l'échelle internationale.

Dans une perspective d'économie industrielle, l'évolution des firmes peut être schématiquement représentée en considérant deux dimensions de l'intégration de leurs activités : l'intégration par la propriété des actifs et l'intégration par la coordination (Guilhon [1998]).

Le degré d'intégration le plus faible est associé à une firme adoptant une stratégie d'exportation à partir de bases nationales. La firme dite « multidomestique » développe des implantations dans plusieurs pays pour satisfaire des demandes locales (création de « filiales relais » dans le cadre d'une stratégie de marché). La coordination des activités s'accroît avec la multinationalisation pour mettre en œuvre une division internationale des processus productifs (création de « filiales ateliers » dans le cadre d'une stratégie de rationalisation de la production). La globalisation se caractérise par une forte intensité de coordination au sein de réseaux d'entreprises conservant leurs propres bases nationales. Les stratégies de marché et de rationalisation de la production tendent à se fondre tandis que s'impose une stratégie techno-financière qui fonde l'internationalisation sur les actifs intangibles de la firme et permet une diversification sous des modes originaux (sous-traitance, cession de marques, participations minoritaires...).

Dans une perspective d'économie internationale, le passage d'une stratégie d'exportation à une stratégie de délocalisation pose la question de l'investissement direct à l'étranger, des facteurs qui le déterminent et de ses incidences sur le commerce des produits.

L'investissement direct à l'étranger (IDE) peut être défini comme une opération par laquelle un investisseur basé dans un pays (pays d'origine) acquiert un actif dans un autre pays (pays d'accueil) avec l'intention de le gérer. Cette intention assure la distinction entre IDE et investissement de portefeuille. L'investissement direct à l'étranger recouvre trois formes d'opérations :

• la participation au capital (par fusion, acquisition ou création de nouvelles installations) à un niveau suffisant pour pouvoir exercer un contrôle ;

• le réinvestissement sur place des bénéfices d'une filiale implantée à l'étranger ;

• les prêts à court ou à long terme réalisés entre la société mère et sa filiale.

Bien que les statistiques existantes ne soient pas toujours idéales ni parfaitement comparables entre les pays, on peut donner une évaluation globale de l'ampleur de l'investissement direct à l'étranger. On estime que, sur la période 1973-1995, la valeur des flux annuels d'investissements directs à l'étranger est passée de 25 à 315 milliards de dollars. Cette évolution traduit une progression globale plus rapide que celle du commerce mondial des produits puisque, sur la même période, la valeur des exportations a augmenté de 575 à 4 900 milliards de dollars. La croissance de l'investissement direct est particulièrement nette dans le secteur tertiaire des services (plus de 50 % des flux annuels d'IDE). On notera enfin que, sur la période récente, l'évolution a été marquée par une montée de l'investissement international croisé au sein de la zone OCDE et par une suprématie des fusions-acquisitions sur les créations nouvelles.

2. Raisons de l'investissement direct à l'étranger

Il ne suffit pas de montrer l'intérêt d'une extension de la production (pour bénéficier d'économies d'échelle sur un marché élargi) ou d'une division internationale des processus productifs (pour exploiter les avantages comparatifs des pays) pour expliquer l'investissement direct à l'étranger. Il faut encore expliquer pourquoi ce type d'opération est préféré au développement local de la production pour l'exportation ou à la concession de licences à des entreprises étrangères pour l'exploitation des technologies.

À l'instar des développements de la nouvelle théorie du commerce international concernant les situations de concurrence imparfaite, la référence à la théorie des jeux et aux comportements stratégiques peut contribuer à formaliser l'analyse. Les comportements d'investissement direct à l'étranger et les structures de marché qui en résultent répondent à des choix pour faire face à des concurrents locaux existants ou potentiels. D'autres motivations peuvent expliquer l'investissement à l'étranger.

Ainsi, dans une perspective plus générale, l'analyse se réfère au « paradigme OLI » (pour *ownership, localisation, internalisation* – Dunning [1981]). Celui-ci fait de de la multinationalisation le résultat d'une combinaison de trois éléments interdépendants :

• le premier (*ownership*) est la possession par l'entreprise d'actifs susceptibles d'être exploités de manière rentable à une échelle relativement large ;

• le deuxième (*localisation*) est l'existence d'un avantage à utiliser ces actifs pour produire dans plusieurs pays plutôt que d'exporter à partir d'une production dans le seul pays d'origine ;

• le troisième (*internalisation*) réside dans les avantages potentiels d'une « internalisation » de l'exploitation des actifs, en raison de certaines formes de défaillance de marché.

Parmi les actifs dont la détention joue un rôle moteur dans l'internationalisation des opérations de sociétés multinationales, la technologie ou, plus encore, la capacité d'innover régulièrement du point de vue technologique est reconnue comme un élément de première importance. Plus généralement, on souligne souvent le fait que les sociétés multinationales possèdent de nombreux actifs incorporels qu'elles peuvent exploiter à l'échelle mondiale (brevets, droits d'auteur, compétences, noms de marque, réseaux de commercialisation...).

De multiples facteurs peuvent être associés au deuxième élément du paradigme OLI. Une présence physique sur les marchés étrangers est parfois nécessaire pour y être compétitif. C'est notamment souvent le cas dans les industries de services. L'implantation à l'étranger peut aussi s'inscrire dans le cadre d'une division internationale du processus productif. L'investissement direct à l'étranger répond alors à une logique de réorganisation verticale. Celle-ci peut aussi être horizontale lorsque des opérations de production similaires sont effectuées dans des pays différents. La délocalisation peut alors répondre à une volonté de s'affranchir d'entraves au commerce (frais de transport des produits, protectionnisme commercial du pays d'accueil) ou permettre une meilleure adaptation au marché (proximité des consommateurs, ajustement aux normes locales, meilleure connaissance des concurrents locaux).

L'internalisation de l'exploitation des actifs permet d'éviter les coûts associés aux transactions entre sociétés indépendantes, coûts liés à la passation des contrats et à la garantie de la qualité. Elle assure un meilleur contrôle sur l'utilisation des technologies, notamment si l'environnement juridique dans le pays d'accueil n'offre pas des garanties jugées suffisantes en matière de protection de la propriété intellectuelle en cas d'octroi de licences pour l'exploitation d'une technologie mise au point par l'entreprise. Par ailleurs, il peut y avoir une sous-évaluation par le marché d'une telle technologie si, pour l'exploiter pleinement, on doit faire appel à des technologies complémentaires, à des connaissances et à des compétences qu'il n'est pas facile de trouver en dehors de l'entreprise.

3. Effets de l'investissement direct à l'étranger

L'investissement direct à l'étranger affecte de façons multiples les économies du pays d'origine et du pays d'accueil. On s'accorde généralement à reconnaître dans l'investissement étranger un important vecteur de transfert international de technologie. Par les transferts directs aux filiales, mais aussi par les retombées sur leur environnement (formation de la main-d'œuvre locale, assistance technique aux fournisseurs et clients locaux...), l'investissement étranger peut contribuer à une élévation de la productivité dans le pays d'accueil. Même si cette voie d'amélioration de l'efficacité productive varie selon les secteurs et les pays, elle semble suffisamment prometteuse pour pousser de nombreux pays à rechercher activement, par des incitations directes (financières ou fiscales) ou indirectes, des investissement en provenance de l'étranger.

Nous pourrions encore nous attarder sur la question des effets en termes d'emploi, notamment dans le pays d'origine, de l'investissement direct à l'étranger. L'analyse sur ce point rejoint celle présentée à propos de la concurrence des NPI et il demeure difficile de fournir une évaluation précise et non controversée des gains ou des pertes d'emplois engendrés par le développement des investissements à l'étranger. En privilégiant le point de vue de l'économie internationale, nous laisserons ces questions de côté pour leur préférer une réflexion sur les conséquences de l'investissement direct à l'étranger sur le commerce des produits.

Si l'on se situe dans la perspective théorique de l'interprétation factorielle de l'échange international des produits, on doit s'attendre à ce que le développement des flux d'investissement direct s'accompagne d'une diminution des flux commerciaux. La substituabilité entre échange de facteurs et échange de produits explique cette conclusion. De fait, la diminution du commerce est hautement probable si l'investissement direct à l'étranger a pour seul objectif la satisfaction d'un marché initialement desservi par des exportations. Cette configuration peut notamment se rencontrer dans le cas d'un investissement destiné à contrer une politique protectionniste du pays d'accueil. Mais ce n'est pas le seul motif pour investir à l'étranger et les incidences sur le commerce peuvent être de natures diverses.

Le remplacement d'exportations de produits finis à destination d'un marché étranger par une production délocalisée sur ce marché doit, certes, conduire à une diminution de ces exportations, mais cela ne signifie pas nécessairement la disparition des flux commerciaux entre le pays d'origine et le pays d'accueil. Il peut y avoir un effet de substitution si la production délocalisée du bien final utilise des biens intermédiaires ou des services importés du pays d'origine. On peut même concevoir que ces nouveaux flux deviennent supérieurs aux anciens si la délocalisation permet un gonflement significatif des ventes sur le marché investi. Un effet supplémentaire peut jouer si le bien final dont la production est délocalisée constitue une variété particulière au sein d'une gamme plus étendue. Le développement du marché local pour la variété à production délocalisée peut s'accompagner d'une croissance de la demande pour d'autres variétés du produit.

En restant dans la perspective d'un investissement destiné à remplacer des exportations, on peut concevoir un effet négatif sur les importations du pays d'origine puisque celui-ci verrait diminuer ses éventuels besoins en biens intermédiaires importés. Il y aurait alors un effet de détournement de commerce : les biens intermédiaires importés par le pays d'origine seraient alors importés par le pays d'accueil. Mais, à nouveau, d'autres mécanismes peuvent jouer puisque, comme cela a été envisagé précédemment, la délocalisation ne se traduit pas nécessairement par une diminution globale de l'activité productive dans le pays d'origine.

La substituabilité entre investissement direct et commerce ne semble donc pas établie de manière certaine, même dans le cas le plus favorable d'un investissement de remplacement des exportations. Cette substituabilité est encore plus fortement remise en cause lorsque l'investissement direct à l'étranger répond à une stratégie de division internationale des processus productifs. Dans ce cas, la raison d'être de l'investissement est d'améliorer la position compétitive de l'entreprise dans le secteur par rapport à celle d'autres entreprises, tant dans le pays d'origine qu'à l'étranger.

Dans cette perspective, l'investissement direct à l'étranger ne constitue pas un facteur d'homogénéisation des espaces, qui diminuerait l'intérêt de l'échange international. Même si le déplacement du capital entre les pays conduit à rapprocher les ratios de dotations globales en capital et en travail des pays, cela ne signifie pas une atténuation des avantages relatifs. Ceux-ci s'expriment à travers d'autres déterminants dans la mesure où l'on assiste à un renforcement de la dépendance à l'égard de variables technologiques (connaissances, compétences…) qui demeurent localisées. La réorganisation à l'échelle internationale des activités productives débouche sur une recomposition des flux commerciaux, sur une évolution de leur nature plus que de leur volume global. Un pays initialement exportateur d'un produit fini peut devenir importateur de ce même bien. Le croisement d'une logique d'avantages spécifiques des firmes et d'avantages comparatifs des pays pousse à la hausse de la part des échanges intrafirmes ou intragroupes dans le commerce mondial. Le partage entre commerce interbranche et commerce intrabranche peut également être affecté. Quant à l'effet global, la persistance d'une spécialisation internationale, voire son renforcement à des niveaux de plus en plus fins, et les gains de productivité que l'on peut en attendre, interdisent de conclure à une influence négative de l'investissement direct à l'étranger sur le commerce.

La multiplicité des effets théoriquement envisageables et leur coexistence dans la réalité rendent difficile la recherche de relations statistiques significatives entre flux d'investissement et flux commerciaux. Le manque de données fiables sur l'investissement direct à l'étranger limite en outre la portée des études empiriques. Les travaux sur les sociétés multinationales restent souvent centrés sur quelques pays (États-Unis, Suède et Japon notamment) et l'on doit se garder de généralisations hâtives.

En tenant compte de ces réserves, les résultats empiriques laissent à penser qu'il existe plutôt une relation positive entre l'investissement direct à l'étranger et les échanges commerciaux. Cette relation apparaît plus nette lorsque l'on regarde les exportations du pays d'accueil. Elle est moins marquée pour les exportations du pays d'origine et pour les importations des deux pays.

4. Les politiques commerciales

Quels que soient les bienfaits attachés, en théorie du moins, au libre-échange, force est de constater que sa mise en œuvre ne semble pas aller de soi. Tous les pays, à des degrés divers et sous des formes variées, ont recours à des politiques destinées à affecter leurs échanges extérieurs. Quelles qu'elles soient, ces politiques introduisent des cloisonnements entre les marchés nationaux. L'unicité de prix caractéristique du libre-échange est remise en cause. Ce ne sont pas seulement les échanges internationaux qui sont alors altérés, mais aussi les productions et les consommations des biens et la répartition des revenus.

L'analyse des politiques commerciales et de leurs conséquences permet de mieux comprendre à la fois les enjeux et les difficultés des négociations commerciales menées depuis plus de cinquante ans sous l'égide du GATT, puis de l'Organisation mondiale du commerce (OMC), pour promouvoir la libéralisation des échanges. Cette analyse peut être développée en considérant l'impact d'un protectionnisme mis en œuvre sur une base nationale (titre I).

Mais la période contemporaine a vu aussi se développer des expériences d'intégration régionale (Communauté économique européenne, Association européenne de libre-échange ou, plus récemment, Association de libre-échange nord-américaine, par exemple). La politique commerciale apparaît alors concertée à l'échelle d'un groupe de pays. Elle correspond ainsi à la fois à une libéralisation des échanges au sein de la zone et au maintien d'un protectionnisme à l'égard des pays tiers. Cette double caractéristique justifie une analyse spécifique (titre II).

I. Le protectionnisme

Le protectionnisme revêt des formes diverses. Une distinction peut être faite entre les protections tarifaires et les protections non tarifaires. Les premières consistent en dispositifs agissant directement sur le prix des produits par le biais de taxes ou de subventions. Les secondes altèrent directement le volume des échanges par le biais de restrictions sur les quantités ou sur la nature des produits. Dans tous les cas, le protectionnisme introduit des distorsions sur les marchés et interdit la réalisation de l'équilibre optimal que décrit la théorie pure du commerce international en libre-échange.

L'analyse doit préciser l'impact des mesures protectionnistes sur les différents aspects de l'activité économique. Il devient alors possible d'éclairer le débat sur le protectionnisme. D'un point de vue normatif, des justifications à cette politique peuvent être recherchées dans un cadre relevant de la théorie de l'optimum de second rang. D'un point de vue positif, l'accent est mis sur la confrontation des intérêts catégoriels affectés par la politique commerciale.

1. Analyse élémentaire d'un marché protégé

Le cadre le plus simple, pour comprendre les effets induits du protectionnisme, est celui d'un petit pays dont les décisions ont un impact négligeable sur l'équilibre mondial. Considérons le marché d'un bien importé qui fait l'objet d'une protection tarifaire par l'instauration d'un droit de douane *ad valorem* sur les importations. Les biens en provenance de l'étranger supportent alors une taxe proportionnelle à leur valeur. Le prix sur le marché protégé est obtenu en majorant le prix mondial (p_W) du taux de droit de douane (t). Par rapport au libre-échange ($p = p_W$), il y a une augmentation du prix sur le marché domestique : $p = p_W.(1 + t)$.

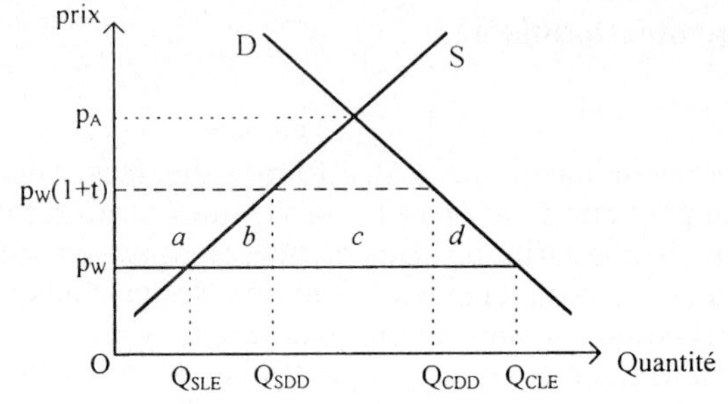

Figure 4.1. Équilibre du marché protégé

Cette hausse du prix représente une opportunité de profit pour les producteurs nationaux qui accroissent leur offre (de Q_{SLE} à Q_{SDD}). Dans le même temps, cette hausse freine la demande par les consommateurs nationaux (de Q_{CLE} à Q_{CDD}). Ce double mouvement engendre une réduction des importations. À la limite, le protectionnisme peut entraîner une annulation des échanges. C'est le cas si le prix mondial majoré du droit de douane se trouve être supérieur ou égal au prix d'autarcie. Le prix sur le marché protégé reste alors égal au prix d'autarcie puisqu'un prix plus élevé conduirait à un excédent de production impossible à écouler sur le marché mondial, plus compétitif. Cette protection qui renvoie à l'autarcie est dite « prohibitive ».

On conçoit aisément que les producteurs bénéficient de la politique commerciale qui atténue la concurrence étrangère. Leur gain est représenté par la surface a. À l'inverse, les consommateurs sont pénalisés. Leur perte est évaluée par l'aire abcd. Les pouvoirs publics bénéficient des recettes douanières mesurées par la surface c. Au total, le droit de douane engendre pour la collectivité, par rapport au libre-échange, une perte nette correspondant au total des surfaces b et d. Si l'on retient l'interprétation factorielle du commerce international, on peut ajouter que le protectionnisme, en favorisant la production nationale concurrente des importations, améliore la rémunération relative du facteur utilisé intensivement ou spécifiquement dans ce secteur.

La mise en œuvre d'une protection tarifaire sous des modalités quelque peu différentes (taxe d'un montant fixe par unité de produit, taxe variable pour assurer un prix domestique donné) s'analyse de façon similaire, mais il n'y a plus alors une stricte proportionnalité entre les mouvements de prix sur le marché mondial et sur le marché protégé. La définition de protections non tarifaires peut engendrer de plus fortes distorsions.

En restreignant les quantités de biens importés disponibles sur le marché interne, ces mesures provoquent un déséquilibre entre la demande et l'offre globale (production plus importation). Il en résulte une augmentation de prix qui peut être analysée comme équivalente à celle résultant d'un droit de douane. Toutefois, il existe un risque d'altération du jeu de la concurrence sur le marché. En régime de protection tarifaire, les producteurs nationaux restent soumis à la concurrence internationale. Ils ne peuvent obtenir un prix supérieur au prix mondial majoré du droit de douane. En régime de protection non tarifaire, la fourniture du marché protégé, au-delà des importations autorisées, échappe à la concurrence internationale. Une situation oligopolistique, voire monopolistique peut apparaître si les producteurs nationaux sont en nombre réduit sur le marché. Par ailleurs, les pouvoirs publics ne sont plus assurés de tirer des recettes douanières de la politique protectionniste. Cette faculté est préservée si les restrictions quantitatives passent par la vente de licence à des importateurs ou à des fournisseurs étrangers en concurrence sur la part de marché qui leur est réservée. Mais si ces fournisseurs s'entendent, ils peuvent aligner leur prix sur le prix d'équilibre du marché protégé, récupérant ainsi à leur profit l'équivalent des recettes douanières d'une protection tarifaire.

Les formes de protection non tarifaire sont multiples. La plus simple est la politique de contingentement par laquelle un pays limite unilatéralement le volume de ses importations. Pour contourner les accords commerciaux internationaux qui condamnent généralement le contingentement, les pays peuvent passer des accords bilatéraux de restriction volontaire d'exportation. Au terme de ces accords, ce sont les fournisseurs qui apparaissent comme désireux de restreindre leurs ventes sur le marché protégé. Ce choix, dit « volontaire », leur assure une garantie de débouchés et leur évite des mesures plus restrictives. La protection non tarifaire peut encore apparaître au travers de dispositions visant à faire jouer la préférence nationale, notamment lors de la passation de marchés publics. Elle peut aussi s'inscrire dans la définition de normes sur les produits ou de procédures administratives liées à leur entrée sur le marché domestique. En freinant, au moins temporairement, l'arrivée de produits étrangers, les normes et les réglementations exercent un effet protectionniste sous couvert de défense du consommateur.

Quelle que soit la forme retenue, et en raisonnant toutes choses égales par ailleurs, le protectionnisme apparaît être à l'origine d'une perte nette de bien-être par rapport à une situation concurrentielle de libre-échange. Le surcoût supporté par les consommateurs ne saurait être compensé par les éventuelles recettes des pouvoirs publics et le supplément de profit des producteurs protégés. Ajoutons que, pour une analyse plus fine des effets de la politique commerciale sur ces derniers, il convient de tenir compte de l'ensemble du dispositif protectionniste. À côté des mesures qui permettent une hausse du prix de vente du produit, il faut en effet évaluer l'incidence d'éventuelles mesures affectant le prix de consommations intermédiaires importées. Tel est le sens des calculs de protection effective, qui mesurent le pourcentage d'augmentation de la valeur ajoutée au-dessus du niveau de libre-échange. En règle générale, la protection effective est supérieure (inférieure) à la protection nominale reflétée par l'augmentation du prix du produit si cette dernière est plus forte (plus faible) sur le produit fini que sur les consommations intermédiaires (voir encadré 4.1).

Encadré 4.1. La protection effective

On considère un bien final F produit à l'aide d'un bien intermédiaire I ; on suppose qu'il faut une unité de I pour produire une unité de F. On se place dans un pays importateur des deux biens, F et I. Les prix des deux biens sont supposés donnés et constants sur le marché mondial : $p_F = 100$ et $p_I = 50$. Le tableau donne la valeur ajoutée unitaire de la production de F en libre-échange et dans trois configurations de tarifs douaniers. Le taux de protection effective (e) est obtenu en calculant :

$$e = \frac{va_{DD} - va_{LE}}{va_{LE}} \times 100$$

où va_{DD} et va_{LE} désignent respectivement les valeurs ajoutées unitaires avec le droit de douane et en libre-échange.

	Libre-échange	**Taux de protection nominale sur F (t_F) et I (t_I)**		
		$t_F = 30$ % $t_I = 20$ %	**$t_F = 20$ % $t_I = 20$ %**	**$t_F = 20$ % $t_I = 30$ %**
Coût unitaire en bien intermédiaire : $p_I.(1 + t_I)$	50	60	60	65
Prix de vente du bien final : $p_F.(1 + t_F)$	100	130	120	120
Valeur ajoutée unitaire	50	70	60	55
Taux de protection effective sur le bien final		40 %	20 %	10 %

On pourra vérifier par le calcul la possibilité d'obtenir un taux de protection effective nul (exemple : pour $t_F = 20$ % et $t_I = 40$ %), voire négatif (exemple : pour $t_F = 20$ % et $t_I = 50$ %)

2. Modification de l'équilibre international

Dès que son poids n'est pas négligeable sur le marché mondial, un pays qui se protège affecte l'équilibre international. Toutes choses égales par ailleurs, le protectionnisme induit une réduction des intentions d'échange. Le marché mondial connaît donc une diminution de la demande du bien importé par le pays. Du fait de cette demande inférieure, l'équilibre international exige alors une baisse du prix relatif des importations du pays protectionniste.

Un cas particulier peut alors apparaître si cette baisse de prix est plus que proportionnelle à l'augmentation définie par le droit de douane. Cette situation est appelée « paradoxe de Metzler ». Dans ce cas, du fait d'une forte diminution du prix mondial, le prix du bien importé sur le marché domestique apparaît plus faible qu'il ne l'était en libre-échange. Les effets du protectionnisme sur le marché protégé sont alors inversés par rapport au cas normal.

Plus généralement, la variation du rapport de prix sur le marché mondial correspond, pour le pays protectionniste, à une amélioration des termes de l'échange par rapport à la situation de libre-échange. Cette amélioration est à l'origine d'un gain. En comparant cet effet favorable à l'effet défavorable lié à la réduction des échanges, il est possible de déterminer une politique de protection optimale. Celle-ci définit le droit de douane qui assure un gain net maximal pour le pays qui l'impose. Toutefois, le caractère optimal de cette politique ne s'entend que du point de vue du pays qui la met en œuvre. Le pays partenaire voit sa situation se dégrader puisqu'il subit une détérioration de ses termes de l'échange. Le concept de protection optimale ne remet pas en cause l'idée selon laquelle le libre-échange constitue un optimum parétien, c'est-à-dire une situation dont on ne peut s'écarter sans perte pour l'un au moins des partenaires.

La possibilité pour un pays de définir une protection optimale ouvre la voie à une analyse stratégique du protectionnisme. Selon la terminologie de la théorie des jeux, on est en souvent difficiles les négociations multilatérales sur l'investissement direct à l'étranger (négociations de l'AMI, Accord multilatéral sur l'investissement, dans le cadre de l'OCDE).

1. Division des processus productifs et internationalisation des firmes

La théorie du cycle international de vie du produit a illustré la possibilité d'un déplacement de l'avantage relatif, et donc des courants d'échange, en fonction des caractéristiques des différentes étapes de la vie du produit. Si le processus de production lui-même peut faire l'objet d'une segmentation en étapes, alors la même logique doit conduire à envisager la délocalisation de ces étapes en fonction de la distribution internationale des avantages relatifs. Chaque opération élémentaire est effectuée là où elle est la moins coûteuse, en raison d'une meilleure adaptation des conditions locales (dotations factorielles, compétences…).

La logique sous-jacente à la spécialisation et à l'échange dans le cadre d'une division internationale du processus productif est semblable à celle qui fonde le commerce des produits dans l'analyse traditionnelle du commerce international. C'est essentiellement une logique d'exploitation des différences. Toutefois, une spécificité apparaît en raison du caractère intermédiaire des biens échangés. La réalisation d'une étape de production dans un pays donné peut impliquer des importations en provenance des pays assurant des étapes en amont du processus et des exportations vers des pays spécialisés en aval de ce même processus. L'échange peut ainsi être de type intrabranche. De plus, exportations et importations sont liées : la nature des exportations ne dépend pas seulement de caractéristiques nationales, mais aussi de la nature des importations. Les avantages relatifs que la spécialisation internationale cherche à exploiter s'expriment en termes de capacité à s'insérer efficacement dans le processus global de production. Parce qu'elles sont interdépendantes, les différentes opérations doivent s'inscrire dans un cadre qui coor-

Encadré 4.2. Jeu du type « dilemme du prisonnier »

On considère deux pays (1 et 2) ayant chacun le choix entre pratiquer le libre-échange et mettre en place une politique protectionniste. Le tableau donne la matrice des gains sous forme de couples (gain de 1, gain de 2) dans chacune des quatre configurations possibles.

		Pays 1	
		Libre-échange	**Protectionnisme**
Pays 2	**Libre-échange**	(10 ;10)	(15 ;0)
	Protectionnisme	(0 ;15)	(5 ;5)

L'équilibre (dit équilibre de Nash) du jeu non coopératif est déterminé en supposant que chaque joueur (pays) retient, pour chaque choix possible de son partenaire, l'option qui maximise ses propres gains. Comme la matrice des gains dans cet exemple simple est symétrique, il suffit de raisonner en se plaçant du point de vue du pays 1. Si 2 opte pour le libre-échange, 1 maximise ses gains en choisissant le protectionnisme (gain de 15) plutôt que le libre-échange (gain de 10). Si 2 opte pour le protectionnisme, 1 maximise ses gains en choisissant encore le protectionnisme (gain de 5) plutôt que le libre-échange (gain de 0). Dans tous les cas, le protectionnisme apparaît comme la meilleure réaction pour 1 face aux possibilités de choix de 2. Par symétrie, c'est la meilleure réaction de 2 face à 1.

L'adoption du protectionnisme par les deux pays apparaît donc comme solution unique du jeu non coopératif. Cette solution est cependant sous-optimale puisque les gains respectifs sont alors de 5 au lieu de 10 en libre-échange. Néanmoins aucun pays n'a intérêt à renoncer à sa politique protectionniste s'il n'est pas assuré que son partenaire fait de même. Seule la coopération entre les deux acteurs permet d'atteindre, par un choix concerté, la solution optimale du libre-échange.

situation de « dilemme du prisonnier ». La poursuite individuelle par chacun des partenaires d'une politique optimale de son point de vue conduit à un équilibre sous-optimal (voir encadré 4.2).

Dans un cadre à deux pays, chacun est incité à adopter une politique protectionniste pour faire évoluer l'équilibre international dans un sens qui lui soit favorable. Mais les effets de ces politiques sur les prix mondiaux s'opposent tandis qu'ils se cumulent en termes d'intention d'échange. Ainsi, pour chaque pays, les gains attendus de l'amélioration des termes de l'échange sont atténués tandis que les pertes liées à la réduction des échanges sont amplifiées.

Cette représentation en termes de jeu illustre, *a contrario*, l'intérêt de procédures de concertation permettant de sortir d'un équilibre non coopératif sous-optimal. Les négociations commerciales multilatérales conduites sous l'égide du General Agreement on Tariffs and Trade (GATT), puis de l'OMC, constituent l'exemple de telles procédures dans le cadre international le plus large. Au-delà, la référence à la théorie des jeux permet l'analyse de multiples configurations en matière de politique protectionniste – menaces, représailles… (voir Bouët [1992]).

3. Référence à un optimum de second rang

La théorie économique du commerce international associe la réalisation d'un optimum de premier rang à une situation de libre-échange. Pourtant, tous les pays ont recours à des politiques protectionnistes. Cette pratique peut sans doute s'expliquer par le jeu d'intérêts particuliers qui parviennent parfois à dominer l'intérêt général. Nous reviendrons plus loin sur cet aspect des choses, mais il est aussi possible de développer des arguments économiques justifiant, au moins partiellement, l'emploi du protectionnisme.

D'une manière générale, ces justifications s'inscrivent en référence à des situations d'optimum de second rang. Lorsque des obstacles multiples s'opposent à la réalisation de l'optimum premier, la levée partielle de ces obstacles ne garantit pas une amélioration de la situation. Or les conditions de la réalité diffèrent bien souvent de celles de l'optimum théorique de premier rang. Les mesures protectionnistes ne sont que l'un des obstacles à l'obtention de cet optimum. Il en est d'autres, telles les distorsions sur les marchés ou les imperfections de concurrence. On peut alors concevoir que le protectionnisme retrouve quelque avantage face à de telles configurations. Sans rendre accessible l'optimum de premier rang, il permettrait du moins d'atteindre un optimum de second rang.

C'est dans ce cadre que se situe notamment l'un des arguments les plus anciens en faveur du tarif douanier. C'est l'argument du protectionnisme éducateur qui fut systématisé dès le XIXe siècle par l'économiste allemand List et qui est repris pour invoquer la nécessité de protéger les industries naissantes dans des pays en développement. L'idée sous-jacente peut être résumée de façon simple. À leurs débuts, les industries de pays peu développés ne sont pas en mesure de rivaliser à armes égales avec des concurrents déjà bien implantés sur le marché. Du fait d'économies d'apprentissage, les coûts de production diminuent à mesure que croît le volume de production cumulé au cours du temps. La protection du marché domestique permet la montée en puissance des firmes locales et le développement d'une structure industrielle efficace. Les NPI d'Extrême-Orient illustrent la réussite relative de cette stratégie.

Cet argument du protectionnisme éducateur appelle deux commentaires. En premier lieu, cette politique n'est justifiée que pour favoriser l'émergence des nouvelles capacités de production. Elle doit avoir un caractère temporaire et il importe qu'elle stimule des activités ayant un fort effet d'entraînement sur l'ensemble du potentiel productif de l'économie. La politique commerciale doit ainsi s'inscrire dans une stratégie de développement dont l'analyse dépasse le cadre strict du commerce international. En second lieu, les mérites de la politique commerciale, pour répondre à une distorsion particulière, doivent être comparés à ceux de politiques alternatives. La politique commerciale affecte l'ensemble du fonctionnement du marché protégé (production, consommation, échange). L'utiliser pour éliminer une distorsion pesant sur l'un des éléments de ce marché expose au risque d'engendrer ailleurs des distorsions nouvelles. Le principe général est que la politique correctrice doit agir au plus près de la distorsion à combattre. Ainsi, face à des distorsions dans le système productif, une politique de taxation et de subvention à la production semblerait préférable au protectionnisme. Cette conclusion demande cependant à être elle-même nuancée puisqu'il convient aussi de s'interroger sur les coûts de perception des taxes et de versement des subventions, sur les éventuelles distorsions créées par les impôts nécessaires au financement de la politique alternative ou sur les conséquences induites, en liaison avec une modification possible dans la répartition du revenu.

De nouvelles considérations sur la politique commerciale sont apparues avec le développement des modèles de commerce international en concurrence imparfaite, qui interdisent de tenir pour négligeable l'influence des choix individuels sur l'équilibre du marché. La dimension stratégique devient un élément clé de la politique commerciale (Helpman et Krugman [1989] ; Brander [1995]).

Le principe d'analyse de la politique commerciale stratégique peut se comprendre dans la perspective d'un jeu séquentiel. Les comportements des firmes, dans un univers de concurrence imparfaite, peuvent être représentés par un équilibre non coopératif de Nash. La politique commerciale apparaît alors comme l'intervention d'un joueur supplémentaire, l'autorité publique, qui joue en premier et affecte la matrice des gains des firmes. L'équilibre du jeu non coopératif qui s'établit entre ces dernières se trouve ainsi modifié. Un exemple peut illustrer cette combinaison de choix stratégiques.

On suppose qu'il existe deux firmes, une nationale (FN) et une étrangère (FE), capables de produire un bien. Le choix de chaque firme est binaire : produire ou ne pas produire. Une firme qui produit seule pour le marché mondial réalise

Autorité publique nationale

Ne pas aider FN

		FE Produire	FE Ne pas produire
FN	Produire	-10 ; -10	+100 ; 0
	Ne pas produire	0 ; +100	0 ; 0

Aider FN

		FE Produire	FE Ne pas produire
FN	Produire	+10 ; -10	+120 ; 0
	Ne pas produire	0 ; +100	0 ; 0

Figure 4.2. Politique commerciale stratégique

un gain égal à 100. Si les deux firmes produisent, chacune perd 10. Les autorités publiques nationales ont le choix d'accorder ou non une aide de 20 à la firme nationale si elle se lance dans la production. La représentation de ce jeu est donnée par le schéma 4.2.

En l'absence d'intervention des autorités publiques, l'issue du jeu entre les deux firmes est incertaine. Chaque firme n'a intérêt à produire que si elle peut compter sur une absence de production de la part de son concurrent. Si une telle production existe, le mieux est de ne pas entrer sur le marché pour éviter une perte. Du fait même que le jeu ne présente pas *a priori* un équilibre stable, l'intervention publique peut exercer une influence décisive. En accordant une aide de 20 à la firme domestique, les autorités nationales l'incitent à produire quelle que soit la décision de sa rivale étrangère. Sachant cela, cette dernière choisit l'option de ne pas produire, pour éviter de subir une perte. En permettant au producteur national de s'assurer la maîtrise du marché mondial, l'aide publique se révèle particulièrement efficace.

Plusieurs remarques doivent cependant être formulées pour compléter les enseignements de cet exemple. En premier lieu, on peut noter que l'aide à la firme nationale ne passe pas nécessairement par une politique commerciale. Comme dans le cas du protectionnisme éducateur, il existe sans doute des politiques alternatives qui doivent lui être comparées. Il convient encore de noter la sensibilité des conclusions à la matrice des gains entre les firmes. Si la firme étrangère avait conservé un gain positif, quoique faible, en cas de double production, il y aurait eu une solution d'équilibre stable en l'absence d'intervention publique : seule la firme étrangère aurait produit. L'aide à la production nationale n'aurait pas permis de l'évincer et n'aurait donc pas engendré un gain net (hors aide publique) pour le producteur national. On peut aussi se demander s'il est licite de considérer que la politique commerciale stratégique est avantageuse du seul fait qu'elle permet à un producteur national d'évincer un concurrent étranger. Et même si l'on accepte cette conception, il faut encore s'interroger sur la réaction du pays partenaire. On retrouve ainsi le risque de guerre commerciale avec un équilibre du jeu entre les autorités publiques, qui se caractériserait par des politiques interventionnistes dont les effets se neutraliseraient plus ou moins largement.

Au total, à l'instar des cas de distorsions internes, les situations de concurrence imparfaite peuvent justifier une intervention des pouvoirs publics, mais la forme optimale de cette intervention n'est pas nécessairement une politique commerciale. Même lorsque la théorie fait apparaître une possibilité de gain liée à cette politique, il convient de s'interroger sur les chances que ce gain se concrétise dans la pratique compte tenu des imperfections d'information des décideurs publics et des réactions éventuelles de leurs partenaires.

4. Économie politique du protectionnisme

Dans une démarche plus soucieuse d'expliquer que de justifier, l'économie politique des politiques commerciales propose d'endogénéiser les choix de politique économique (voir, entre autres, Hillman [1988] ; Rodrik [1995]). L'analyse ainsi reconsidérée prend explicitement en compte les actions des agents ou groupes d'agents qui mobilisent des ressources productives en dehors du marché économique, c'est-à-dire en dehors de la production ou de la consommation de biens ou de services, pour obtenir, par l'action politique, des mesures à leur avantage.

L'endogénéisation des choix de politique commerciale repose sur une modélisation dont la logique est schématisée sur la figure 4.3. Côté demande, l'accent est mis sur les avantages que certains agents ou groupes d'agents retirent de la mise en œuvre d'une politique protectionniste. L'analyse économique, notamment lorsqu'elle met en évidence des effets en termes de répartition, peut utilement éclairer la modélisation des objectifs des demandeurs de politique commerciale. Elle permet notamment de comprendre que les agents détenteurs de facteurs utilisés intensivement ou spécifiquement dans le secteur concurrencé par les importations tirent avantage du protectionnisme. La dimension politique de l'analyse apparaît davantage pour expliquer les modes d'expression de la demande de protectionnisme et plus encore sa capacité à rencontrer une offre d'intervention de la part des pouvoirs publics. L'analyse du côté offre du modèle renonce à l'idée d'un État bienveillant et omniscient pour introduire explicitement des décideurs publics avec des préférences pouvant comporter, à côté d'objectifs de bien-être social, des considérations idéologiques ou partisanes et des préoccupations électoralistes ou bureaucratiques.

En considérant que toute décision de politique économique est le résultat d'un choix démocratique, l'analyse politico-économique invite à une modélisation de ce processus de choix. Deux voies ont été explorées pour une telle modélisation. La première privilégie le rôle de l'électeur médian, la seconde développe une analyse du marché politique.

Pour l'approche de l'électeur médian, le résultat d'équilibre d'un vote à la majorité simple correspond à la solution préférée par l'électeur qui occupe la position médiane dans l'ensemble des préférences des agents. Dans un cadre à la

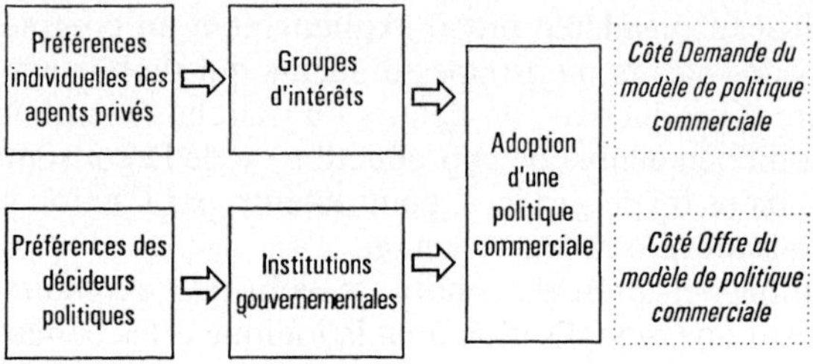

(d'après Rodrik [1995 p.1459]).

Figure 4.3. Schéma général de l'analyse politico-économique de la politique commerciale

Heckscher et Ohlin, le choix de politique commerciale dépend de la dotation individuelle de cet électeur en facteur utilisé intensivement dans le secteur concurrent des importations (Mayer [1984]). Le protectionnisme croît avec la dotation de l'électeur médian en facteur rare (dont la rémunération diminue avec le libre-échange). Les limites de cette modélisation sont de deux ordres. D'un côté, l'analyse suppose un régime de démocratie directe dans lequel les électeurs se prononcent spécifiquement sur une politique particulière, la politique commerciale. D'un autre côté, la validation des résultats nécessite certaines hypothèses restrictives pour garantir que la solution d'équilibre politique coïncide bien avec les préférences de l'électeur médian. Dans la pratique, les électeurs délèguent le pouvoir décisionnel à des représentants choisis sur des orientations d'ensemble de la politique. Il en résulte une possibilité de distanciation entre électeurs et décideurs sur des questions particulières, ce qui autorise le jeu des groupes d'intérêts.

On retrouve plus explicitement l'influence de ces groupes dans l'approche du marché politique. Partant de l'idée que les bénéficiaires du protectionnisme sont plutôt des producteurs relativement peu nombreux face aux consommateurs qui supportent le renchérissement des biens, on peut expliquer que les groupes d'intérêts favorables au protectionnisme se révèlent souvent plus efficaces que ceux qui lui sont opposés. Les analyses développées selon cette approche mettent l'accent sur les activités de *lobbying* (voir, entre autres, Findlay et Wellisz [1982] ; Moore et Suranovic [1993] ; Grossman et Helpman [1994, 1995]). Ces activités peuvent se traduire de multiples manières. À travers le financement des partis politiques, elles peuvent affecter la probabilité d'accession au pouvoir. Elles peuvent aussi biaiser les décisions publiques en brouillant les informations dont les autorités publiques ont besoin pour faire des choix éclairés.

II. Les politiques d'intégration régionale

Les accords régionaux libéralisent les échanges entre les participants. Mais, géographiquement limités, ils introduisent des discriminations entre les partenaires dans l'échange et ne peuvent donc représenter, au mieux, qu'un optimum de second rang par rapport au libre-échange. Sans prétendre couvrir la totalité des arrangements concevables, il est possible de donner une typologie simplifiée de ces accords. Caractérisées par leurs dispositions minimales essentielles, cinq formes sont distinguées et classées selon un degré d'intégration de plus en plus fort des économies participantes :

• *Groupement de commerce préférentiel* : les dispositions constitutives de cet accord se limitent à une réduction partielle des mesures protectionnistes sur les échanges commerciaux entre pays membres.

• *Association de libre-échange* : cet accord est la forme limite du précédent puisqu'il prévoit le libre-échange des produits entre pays membres ; chaque pays reste maître de sa politique commerciale vis-à-vis des pays tiers.

• *Union douanière* : il s'agit d'une zone de libre-échange complétée par la définition d'une politique commerciale commune de l'union vis-à-vis des pays tiers.

• *Marché commun* : cette forme d'accord étend à l'échange des facteurs de production les dispositions de l'union douanière en matière d'échange des produits.

• *Union économique* : on désigne sous cette appellation un marché commun dans lequel l'ensemble des choix de politique économique fait l'objet d'une harmonisation entre les pays membres.

1. Effets statiques liés à l'affectation des ressources

Parmi les formes d'intégration régionale, la théorie du commerce international a privilégié l'analyse des unions douanières. En comparant une situation initiale de protection générale du marché de ce pays à une situation d'union douanière, Viner [1950] montra, le premier, qu'un tel accord pouvait avoir deux effets aux conséquences opposées en termes de bien-être : la création de commerce et le détournement de commerce.

Les schémas 4.4a et b illustrent ces deux formes d'altération des échanges. L'attention se porte sur les importations par un pays A d'un bien produit à coûts constants dans trois pays (A, B et C) dont deux (A et B) décident de former une union douanière.

Cette illustration simple ignore les modifications du volume des échanges, qui peuvent résulter d'une hausse de la demande suite à la baisse du prix d'approvisionnement. La prise en compte de la demande ou celle d'une croissance des coûts de production pourrait faire apparaître une augmentation du volume des échanges associée au détournement de commerce.

Plus généralement, la réduction ou l'élimination des barrières protectionnistes entre pays membres favorise le développement des échanges. Les pays qui bénéficient de cet effet de création de commerce voient leur bien-être accru.

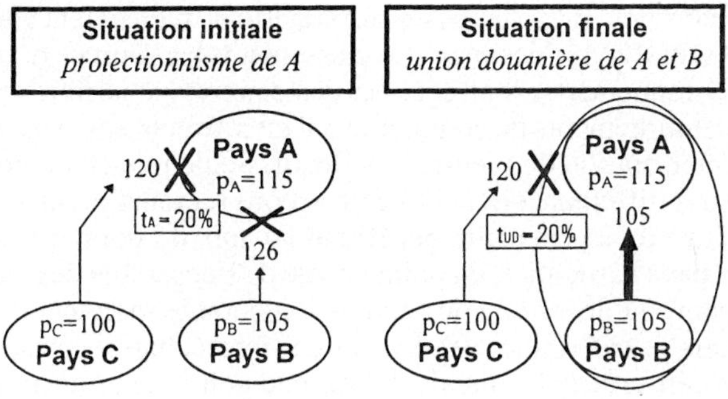

Le droit de douane de A est prohibitif ; A approvisionne son propre marché.

Le droit de douane de l'union reste prohibitif envers C ; A s'approvisionne en B.

Figure 4.4a. Création de commerce

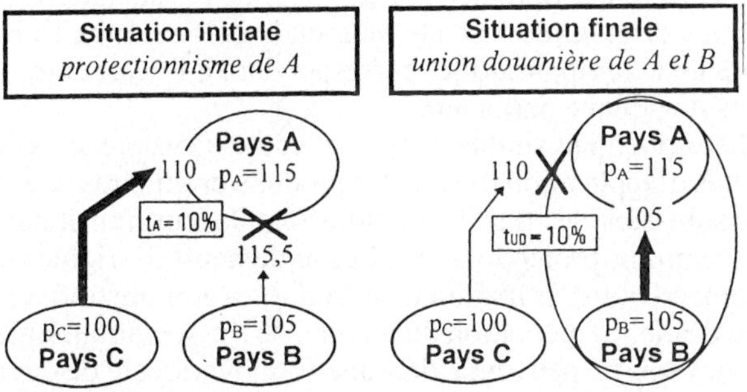

Le droit de douane de A permet un approvisionnement de C, mais non de B

Le droit de douane de l'union devient prohibitif envers C ; A s'approvisionne en B

Figure 4.4b. Détournement de commerce

Mais le maintien de dispositifs protectionnistes à l'encontre des pays tiers introduit des discriminations qui peuvent altérer les réseaux d'échange. Le classement des sources d'approvisionnement est affecté par des distorsions tarifaires et les détournements de commerce qui en résultent sont source de détérioration du bien-être collectif. Seule une étude précise des différents effets liés à un accord régional permet de conclure à son caractère bénéfique ou non, du point de vue d'un pays particulier, du point de vue de l'ensemble des participants à l'accord ou de celui de l'économie mondiale.

Dans le cas d'une association de libre-échange, chaque pays conserve la faculté de définir une politique protectionniste à l'égard des pays non membres, différente de celle adoptée par ses partenaires au sein de l'association. Cette faculté peut être source de distorsions supplémentaires, puisqu'il y a une incitation à faire entrer les produits des pays tiers dans la zone en transitant par le pays le moins protectionniste. Pour éviter de telles déviations de commerce, il convient d'imposer des règlements d'origine. Grâce à ce dispositif, seuls les produits fabriqués dans les pays membres peuvent circuler librement à l'intérieur de l'association. Les produits originaires du reste du monde doivent faire l'objet d'une taxe compensatoire, correspondant à l'écart entre les droits de douane nationaux.

Théoriquement simple, cette procédure ne va pas sans difficultés d'application lorsque les produits originaires de pays tiers subissent des transformations lors de leur transit par le pays le moins protectionniste. Les règlements d'origine supposent, en outre, le maintien de frontières administratives et donc d'une segmentation du marché de l'association. Enfin, ces mesures ne peuvent éviter une forme indirecte de déviation de commerce si les producteurs du pays faiblement protectionniste choisissent d'orienter en priorité leur production vers le marché du partenaire plus protectionniste, en laissant les importations venant du reste du monde satisfaire la demande de leur propre marché.

Avec la création d'un marché commun, la prise en compte de la mobilité des facteurs ouvre de nouvelles perspectives à l'analyse. Il suffit, par exemple, de penser aux implications de la libre circulation du capital dont la modélisation peut relever pour une large part de la théorie des relations financières internationales. Si l'on s'en tient aux implications en termes d'affectation internationale des ressources productives, un gain statique peut être mis en évidence sous l'effet des arbitrages directs sur les marchés des facteurs. On peut néanmoins s'interroger sur l'intérêt réel de la mobilité des facteurs lorsque est déjà assuré le libre-échange des produits.

Dans le modèle néoclassique standard du commerce international, l'échange des produits apparaît habituellement comme un substitut à l'échange des facteurs. À la limite, dans le cadre à la Heckscher, Ohlin et Samuelson, le libre-échange des produits suffit à assurer l'égalisation des rémunérations des facteurs et élimine donc toute incitation au déplacement international des facteurs. Par rapport à l'union douanière, l'intérêt du marché commun serait alors limité. Toutefois, cette conclusion est fortement remise en cause si l'on abandonne l'idée d'une substituabilité entre échange de produits et échange de facteurs. Ainsi, Markusen [1983] a pu montrer que la libre circulation des facteurs conduit à un renforcement des spécialisations et donc des échanges commerciaux lorsque le commerce international ne repose pas sur des différences de dotations factorielles, mais sur un écart technologique entre les pays ou lorsqu'il existe des économies d'échelle ou une concurrence imparfaite, ou encore des distorsions de prix internes aux pays.

Eu égard à l'ambiguïté des conclusions de l'analyse en termes d'effets statiques liés à la réaffectation des ressources, on peut être tenté de justifier un accord d'intégration régionale par des arguments extra-économiques. Sans nier la portée de telles considérations, on peut cependant, en restant sur le plan de l'économie, avancer quelques arguments complémentaires pour justifier l'intérêt de ce type d'accord international.

2. Extensions de l'analyse

Au-delà des effets statiques directement liés à l'affectation internationale des ressources productives, la défense des accords régionaux s'appuie aussi sur l'existence d'effets dynamiques favorables. C'est ainsi que diverses analyses, développées notamment dans la perspective de l'achèvement du grand marché unique européen, se sont efforcées de montrer les bénéfices que l'on pouvait attendre d'une telle entreprise. L'une des plus célèbres de ces analyses fut le rapport Cecchini de 1988. Le schéma ci-dessous (voir figure 4.5) donne une synthèse des principaux mécanismes mis en jeu par le renforcement de l'intégration économique.

Les conséquences du mouvement d'intégration relèvent de modifications à la fois quantitatives et qualitatives du

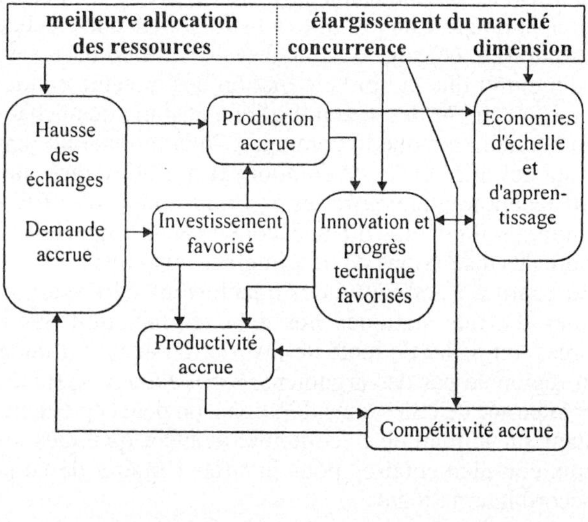

Figure 4.5. Effets dynamiques de l'intégration

marché. D'un côté, l'extension de la taille du marché autorise une exploitation plus forte des économies d'échelle ou d'apprentissage. De l'autre côté, l'intensification de la concurrence incite à des efforts de compétitivité, compétitivité qui peut s'exprimer dans les prix, mais aussi dans la différenciation des produits et dans des innovations de processus ou de produit. Les gains de compétitivité peuvent à leur tour renforcer la position des firmes des pays membres sur les marchés externes.

L'idée d'un gain dynamique induit par l'intégration des marchés signifie que l'on n'assiste pas seulement à un déplacement du sentier d'expansion de l'économie vers le haut et parallèlement à lui-même. Il y a aussi une augmentation de la pente de ce sentier, c'est-à-dire une augmentation durable du rythme de la croissance. L'analyse formelle de ce phénomène exige de faire appel aux théories de la croissance et ne sera pas développée ici. Disons simplement que les conclusions de ces analyses demandent à être considérées avec prudence, d'autant plus que l'ouverture à l'échange international y est généralement conçue sous une forme généralisée sans envisager la possibilité de discrimination entre partenaires, ce qui est précisément l'une des caractéristiques des accords régionaux.

Si l'on revient au cadre plus étroit des effets liés à la libéralisation des échanges de produits, des arguments complémentaires pour évaluer l'intérêt d'un accord régional peuvent être trouvés dans les modifications induites de l'équilibre international. Une union peut avoir une influence plus forte qu'un pays isolé sur les prix mondiaux. En particulier, l'existence d'effets de détournement de commerce peut induire une évolution des termes de l'échange favorable à l'union douanière. Il devient alors possible de raisonner en termes de tarif extérieur commun optimal pour l'union. Mais cette possibilité conduit aussi à poser le problème des risques de représailles de la part du reste du monde. Dans cette logique de choix stratégiques des politiques tarifaires, l'accord peut être conçu comme moyen d'assurer une réciprocité dans les concessions tarifaires. Il s'analyse comme la constitution d'une coalition dans un jeu à plus de deux joueurs. L'union peut être le moyen, pour les pays membres, d'obtenir collectivement des gains plus élevés qu'en libre-échange. Face à un protectionnisme du reste du monde, elle peut aussi constituer une réponse plus efficace que les stratégies individuelles. Ces arguments invitent alors à replacer l'analyse dans le cadre d'une réflexion sur l'organisation des relations commerciales internationales.

3. Régionalisme et multilatéralisme

Même si l'on s'accorde sur l'objectif du libre-échange comme solution optimale de premier rang, il existe en revanche des divergences d'opinions quant au meilleur moyen de s'en approcher. Vaut-il mieux encourager des avancées rapides mais géographiquement limitées ou privilégier des stratégies multilatéralistes plus lourdes à mettre en œuvre, mais qui évitent le recours à des mesures discriminatoires entre les pays ? La question est apparue particulièrement pressante lorsque, dans les années 1980, on a assisté à un essor des projets d'intégration régionale au moment même où les négociations multilatérales, conduites sous l'égide du GATT (qui allait devenir l'OMC), rencontraient bien des difficultés pour aboutir.

Dans une approche purement normative, la formation d'unions douanières est compatible avec un progrès vers l'optimum (Kemp et Wan [1976, 1993]). Si un équilibre initial arbitraire du commerce international est perturbé par la formation d'une union douanière dans un sous-ensemble de pays, il est possible de trouver un ensemble de droits de douane extérieurs communs et un schéma de transferts compensatoires entre les membres de l'union, tels qu'il existe un nouvel équilibre mondial réunissant les trois caractéristiques suivantes :

- aucun membre de l'union ne voit sa situation se dégrader par rapport à ce qu'elle était avant l'union ;
- s'il existait, avant l'union, un échange net entre les pays,

nul ne se trouve moins bien que dans la situation initiale, qu'il soit adhérent ou non à l'union ;

• le revenu douanier net de l'union est au moins aussi élevé que la compensation nette versée aux membres de l'union.

Ces conclusions montrent qu'il est théoriquement possible de concevoir un accord régional comme un moyen de se rapprocher d'un optimum parétien. Mais cette analyse est essentiellement normative et vise ainsi à définir les conditions pour qu'une union douanière soit source de progrès. On peut se demander si ces conditions sont effectivement respectées et si la poursuite d'intérêts nationaux ou régionaux plus spécifiques ne risque pas, au contraire, de conduire à une détérioration de l'équilibre international. C'est un tel risque qu'illustre un modèle développé par Krugman [1991] qui suppose que chaque entité adopte une politique commerciale optimale de son point de vue. Si le régionalisme se traduit par le regroupement des pays en un nombre restreint de blocs commerciaux, chaque bloc voit croître son pouvoir d'agir sur l'équilibre mondial et, dans un cadre non coopératif, le risque existe d'une montée du protectionnisme. Néanmoins, Krugman [1993] lui-même invite à ne pas trop exagérer ce type de risque et développe un argument complémentaire en faveur des accords régionaux. Si les droits de douane et les coûts de transport sont deux obstacles à l'échange et si ces derniers sont proportionnels à l'éloignement géographique, alors les accords régionaux, qui sont le plus souvent conclus entre pays proches, permettent d'éliminer l'obstacle relativement le plus important. La discrimination induite par l'accord régional n'aurait ainsi qu'une portée limitée puisque portant sur des échanges moins importants parce que plus lointains.

D'autres arguments ont pu être avancés pour défendre la stratégie des accords bilatéraux. Certains auteurs considèrent notamment que ces accords peuvent exercer un effet de démonstration quant aux gains tirés d'une libéralisation réciproque des échanges et inciter par là des pays non membres à renoncer à leurs politiques protectionnistes pour se joindre à l'union.

Dans une perspective plus générale, il convient sans doute de ne pas chercher à trop opposer régionalisme et multilatéralisme. Les deux stratégies peuvent coexister et même se renforcer pour promouvoir une libéralisation des échanges, profitable pour tous. C'est dans cet esprit qu'il faut comprendre les dispositions adoptées dans le cadre du GATT et reprises par l'OMC, pour faire des accords régionaux une exception à l'application de la clause de la nation la plus favorisée en veillant à ce que la conclusion de tels accords n'engendre pas un renforcement du protectionnisme de la zone concernée.

4. Intégration des marchés et intégration des politiques

L'intégration économique internationale n'est pas seulement le résultat d'accords entre pays. Des facteurs technologiques, sociaux ou culturels, les comportements de firmes transnationales, de banques ou d'institutions financières y contribuent aussi. Néanmoins, ces éléments demeurent insuffisants tant que les pouvoirs publics maintiennent des dispositions limitant les opportunités d'arbitrage entre les marchés. Ainsi, même si c'est l'ensemble des comportements économiques qui détermine l'unification de prix caractéristique d'un marché intégré, c'est aux États nationaux qu'il appartient de prendre les décisions qui permettent au processus d'intégration internationale de se développer.

Conçue comme choix de politique économique, l'intégration internationale peut être évaluée en termes d'aptitude à assurer une plus grande efficacité dans l'utilisation des ressources, une plus grande stabilité du système économique ou encore une plus grande équité dans la répartition. Dans cette perspective, les choix en matière d'intégration internationale sont de deux types. D'un côté se trouvent des aspects qui impliquent la suppression des mesures discriminatoires, la levée des obstacles à la liberté des échanges sur les différents marchés à intégrer. C'est ce que Tinbergen [1965] a dénommé « l'intégration négative », au sens d'abandon de certaines facultés d'action de la politique économique. D'un autre côté, le changement de dimension du marché n'implique pas nécessairement la disparition de toutes ses imperfections éventuelles et peut être à l'origine de phénomènes d'interdépendance contraignant les choix de politique économique. Selon la terminologie de Tinbergen, on peut alors parler d'une « intégration positive », au sens de redéfinition des moyens ou des institutions de la politique économique pour assurer le fonctionnement efficace du marché intégré ou pour promouvoir d'autres objectifs de cette politique.

Ces deux aspects de l'intégration sont le plus souvent indissociables et cela ne doit guère surprendre. Sous des formes multiples, dans le monde contemporain, l'État intervient sur les marchés quels qu'ils soient, marchés des biens, des services, des capitaux, du travail, etc. Lorsque ces interventions restent définies dans des cadres nationaux, tandis que l'on s'efforce de décloisonner les marchés, l'efficacité des mesures adoptées peut se trouver fortement affectée. Il est donc logique, de la part des pouvoirs publics, de vouloir au moins accompagner le mouvement d'intégration internationale. D'une certaine manière, la multiplication des accords régionaux entre États durant les dernières décennies est peut-être une manifestation de cette volonté de conserver une certaine capacité de contrôle face au mouvement général de mondialisation ou de globalisation.

Si l'on reprend la typologie simplifiée des accords régionaux donnée dans l'introduction, on peut être tenté de penser que l'intégration positive, au sens de Tinbergen, est l'apanage de l'union économique. C'est dans cette forme d'accord que l'on prévoit explicitement la coordination de l'ensemble des politiques économiques. Les autres formes d'accords semblent mettre davantage l'accent sur la libéralisation des échanges, c'est-à-dire sur l'intégration négative. En fait, comme cela a été noté, les deux aspects de l'intégration sont le plus souvent indissociables.

Dans la pratique, de nombreux exemples peuvent être donnés qui démontrent combien il est difficile de s'en tenir à la forme pure d'un accord limité à des mesures de libéralisation. Ainsi, lorsque la Communauté économique européenne naissante s'est fixé comme premier objectif l'établissement d'une union douanière, les pays membres ont dû se concerter pour adopter un système cohérent de taxation indirecte des produits. La Communauté a dû aussi définir une politique agricole commune pour éviter que les politiques nationales très interventionnistes dans ce secteur ne fussent à l'origine de fortes distorsions. D'une certaine manière, on peut aussi considérer que la perspective de libre circulation des capitaux au moment de l'achèvement du marché unique a fait apparaître la nécessité de relancer la réflexion sur l'organisation des relations monétaires entre les pays membres de la Communauté.

Dire que l'intégration des marchés appelle une harmonisation des politiques ne signifie cependant pas que le marché intégré doit nécessairement être soumis à une nouvelle autorité supranationale. Une telle évolution est envisageable, peut-être même souhaitable dans certains domaines, mais rien ne garantit qu'elle constitue la seule réponse possible, ni la meilleure, aux problèmes rencontrés. La coordination n'est pas l'uniformisation. Vouloir faire d'une telle uniformisation le principe directeur d'une stratégie d'intégration comporterait sans doute de sérieux risques tant sur le plan de l'efficacité économique que sur celui de l'acceptabilité politique. L'Union européenne, qui offre sans aucun doute l'expérience la plus avancée en matière d'intégration régionale, l'a bien compris en définissant les principes de reconnaissance mutuelle et de subsidiarité.

DEUXIÈME PARTIE

Finance internationale

La finance internationale traite, en première approche, de l'ensemble des transactions financières qui impliquent des partenaires résidant dans des espaces nationaux différents. Règlements commerciaux d'exportations ou d'importations (notamment par des crédits à court terme), flux d'investissement direct à l'étranger par une firme américaine, achat d'obligations brésiliennes par un résident en France constituent quelques exemples d'opérations élémentaires de la finance internationale. Pour un pays donné, ces opérations sont toutes recensées, à côté des flux de biens, dans un état statistique qui s'appelle la « balance des paiements » et retrace l'ensemble des transactions commerciales et financières de ce que nous appellerons (pour simplifier) le « pays » avec le « reste du monde ».

Très vite cependant cette image simple se complique… Quand une banque parisienne achète des dollars contre euros à une autre banque résidant en France, il n'y a qu'une transaction purement locale. Pourtant ce type de flux intéresse la finance internationale car, même si les résidences coïncident, la monnaie de transaction n'est pas uniquement celle de l'espace où résident les deux protagonistes. Historiquement, du reste, de telles transactions ont pris une importance déterminante dans l'évolution financière internationale, à partir de ce qu'on appelle les eurodevises, nées dans les années 1960. Au point qu'il n'est sans doute pas exagéré de dire que le visage de la finance internationale d'aujourd'hui a été déterminé et modelé en profondeur par ce type précis de transactions…

Nous dirons en conséquence que la finance internationale est concernée par l'ensemble des transactions financières qui impliquent une non-concordance entre les résidences des partenaires ou/et la monnaie de libellé des actifs transmis.

Le premier chapitre de cette partie (chapitre 5) sera précisément consacré au repérage des différentes transactions de la finance internationale et surtout à leur évolution. C'est notamment la création d'un marché financier de plus en plus intégré à l'échelle de la planète qui sera étudiée. Les conséquences de cette « globalisation financière » sur la stabilité du système financier international seront également abordées.

Mais la finance internationale est faite d'opérations concrètes (règlements commerciaux, flux d'investissement) transitant, pour l'essentiel, par les marchés des changes, lieu où se confrontent les offres et les demandes des différentes monnaies nationales (ou « devises »). Le chapitre 6 s'attachera donc à décrire ces marchés, à montrer comment ils servent à gérer les risques de dépréciation ou d'appréciation d'une devise (ce que l'on nomme « risque de change »). En particulier ce chapitre donnera un aperçu de l'utilisation habituelle de certains produits dérivés, « options de change » plus précisément, souvent accusés de contribuer à l'instabilité du système financier.

Le fonctionnement des marchés de change étant connu, il deviendra alors possible de faire le point sur les théories du change. Quelles sont les variables qui gouvernent l'évolution des taux de change ? Comment le taux de change réagit-il dans le court terme aux taux d'intérêt ou aux anticipations des acteurs du marché ? Qu'est-ce qui guide son évolution de long terme ? Ces questions feront l'objet du chapitre 7.

Mais par ailleurs, le système financier international apparaît aujourd'hui à l'opinion publique comme largement incontrôlable, semblable à un cheval cabré qui aurait perdu tout repère. Crise financière généralisée en 1987, spéculation contre le franc en 1993, effondrement de la Bourse et de la monnaie mexicaine en 1994-1995, crise asiatique généralisée en 1997 (avec des effets fortement négatifs sur les marchés financiers américain et européen), effondrement total de la Russie durant l'été 1998, enfin crise de la monnaie brésilienne entre janvier et mars 1999… autant d'événements spectaculaires qui semblent s'accélérer, se succéder les uns aux autres avec des délais de plus en plus courts, engendrant un légitime sentiment d'inquiétude. Les explications de ces soubresauts dépassent évidemment le cadre de cet ouvrage, ces crises étant à la fois bancaires, politiques et cambiaires, parfois aussi d'abord économiques. Nous allons les aborder ici à partir d'un des éléments du puzzle, à savoir les politiques de gestion du taux de change menées par les différentes autorités nationales. Ainsi, après un retour sur l'évolution historique du système monétaire international, le chapitre 8 proposera une typologie des « régimes de change », qui permettra de comprendre l'origine des « crises de change » devenues récurrentes dans les années 1990. Nous reporterons au dernier chapitre de l'ouvrage la problématique de la gestion de ces crises financières globales.

5. L'évolution financière internationale

En un peu plus d'un demi-siècle, la finance internationale a changé de planète… Au sortir de la Seconde Guerre mondiale et de la reconstruction, le contrôle des changes est omniprésent et les flux internationaux de capitaux sont étroitement surveillés. Chacune des grandes économies se développe alors en privilégiant des politiques économiques fondées sur l'épargne nationale. Peu à peu, cependant, les verrous sautent un à un : la libre convertibilité des monnaies est décrétée en 1958 ; le marché international des eurodollars, peu surveillé par les autorités, voit le jour dans les années 1960 et alimente un fort mouvement d'endettement du tiers-monde ; la crise de cet endettement s'accompagne du mouvement de libéralisation des années 1980, qui abolit cloisonnements et réglementations et entame la marche vers un marché financier mondial unifié. Cependant, dans les années 1990, la succession des crises financières internationales vient jeter un doute sur la nature et le rythme de cette unification financière…

Cette unification est fondamentalement ambivalente. Elle apparaît aujourd'hui à la fois accidentelle, dirigée par des événements contingents et pourtant fonctionnellement justifiable, sinon nécessaire. La comprendre requiert d'abord de repérer les principaux flux financiers en cause : ceux-ci sont recensés dans la balance des paiements, outil statistique dont les transformations techniques sont précisément révélatrices de l'évolution réelle analysée. Après un premier titre consacré à l'évolution des flux de capitaux telle que cette balance les retrace, nous aborderons successivement l'histoire financière des quarante premières années d'après-guerre, puis la globalisation financière en marche depuis 1985 environ (titre II).

I. L'évolution des flux de capitaux au sein de la balance des paiements

1. La balance des paiements

Elle peut être définie comme un état comptable qui recense les échanges d'actifs réels, financiers et monétaires entre les agents économiques résidents d'un pays et les non-résidents, au cours d'une période donnée (en général l'année).

Cette définition implique d'abord de distinguer les résidents des non-résidents. Les unités résidentes sont constituées (dans le cas de la France) par : 1) les personnes physiques françaises demeurant en France (ou demeurant à l'étranger depuis moins de deux ans) ; 2) les personnes physiques de nationalité étrangère demeurant en France depuis plus de deux ans (à l'exception des militaires et des fonctionnaires) ; 3) les personnes morales (entreprises françaises et étrangères) exerçant leur activité sur le territoire français. Les unités non résidentes sont constituées de toutes les autres personnes morales et physiques ne répondant pas à ces critères.

La balance des paiements est, depuis 1993 et sa nouvelle présentation par le Fonds monétaire international (FMI), séparée en trois compte principaux : le compte des transactions courantes, le compte de capital et le compte financier. Présentons ces trois comptes qui recensent la totalité des opérations réelles et financières effectuées entre résidents et non-résidents.

a. Les principaux comptes de la balance des paiements

Le « compte des transactions courantes » est celui qui retrace les opérations sur biens et services d'une part, les opérations liées aux revenus des facteurs de production et aux transferts courants d'autre part.

Pour ce qui est des biens, ce sont essentiellement les exportations et les importations de marchandises. Les exportations et les importations de services, quant à elles, sont très diverses : transport de marchandises, voyage, services de construction, d'assurance et divers services aux entreprises (négoce international, services commerciaux) en constituent l'essentiel.

Les revenus des facteurs de production sont, pour leur part, constitués des revenus de certains salariés expatriés et des revenus sur investissements passés. Quant aux transferts courants, ce sont d'abord ceux des administrations publiques (versements concernant les institutions de l'Union européenne par exemple pour la France), puis ceux des autres secteurs (envoi de fonds à l'étranger de la part de travailleurs immigrés…).

Le compte des transactions courantes apparaît donc comme celui qui regroupe les activités internationales les plus élémentaires du pays. À côté de lui, le « compte de capital », bien plus faible en valeur, concerne certains transferts en capital (remises de dettes internationales…). Globalement ce compte de capital est négligeable, les flux concernés n'atteignant pas, pour la France, 4 % des flux de transactions courantes.

C'est ensuite le « compte financier » qui s'impose comme le plus important, et de loin, depuis le début des années 1990, pour la plupart des pays développés. Il regroupe quatre rubriques :

• Les investissements directs, qui sont les investissements qu'une unité résidente (l'investisseur) effectue dans le but d'acquérir un intérêt durable dans une entreprise non résidente (ou le contraire). Cet intérêt durable se marque le plus souvent par l'obtention d'une part des actions assurant une participation significative aux décisions, voire une minorité de blocage. Il se traduit donc par une influence durable de l'investisseur sur la gestion de l'entreprise.

• Les investissements de portefeuille, qui sont faits des titres de participation (actions) et des titres de créance (obligations et autres titres d'emprunt), mais incluent aussi désormais les produits financiers dérivés dont nous verrons un exemple au chapitre 6. À la différence des investissements directs, ils n'entraînent aucune influence significative sur la gestion des entreprises ou entités publiques financées et se révèlent de nature plus spéculative, car à la recherche d'une rentabilité à court terme fondée sur la possibilité d'un gain en capital.

• Les autres investissements sont moins importants quantitativement et concernent les crédits commerciaux, mais aussi les prêts à court et long terme des administrations publiques et autorités monétaires ; ils concernent enfin et surtout les prêts et actifs monétaires du secteur bancaire.

• Les avoirs de réserve, enfin, récapitulent les transactions de la période concernant les avoirs de la banque centrale et des institutions monétaires qui lui sont liées. Outre les avoirs en or, ce sont les devises étrangères, les avoirs en droits de tirage spéciaux et la position de réserve au FMI.

En tant qu'état comptable, la balance des paiements est établie suivant le principe de la « saisie en partie double ». Il peut paraître inutile, voire fastidieux de s'intéresser à cette technique de construction… Nous allons pourtant la présenter en détail, car elle seule permet de pleinement comprendre les informations données par la balance des paiements. Par ailleurs, cette forme de saisie permet de mettre en évidence la transformation dans les flux de capitaux des quinze dernières années et, à ce titre, est strictement nécessaire à notre propos.

b. Le principe de la saisie en partie double

Toute opération concrète entre résidents et non-résidents est enregistrée simultanément en crédit et en débit. Supposons, par exemple, une exportation française financée par un prêt commercial octroyé par une banque française. Cette exportation sera enregistrée en « crédit » dans les lignes relatives aux échanges de biens (plus précisément à l'intérieur du « compte de transactions courantes ») : c'est ce qu'on appelle une « opération autonome ». Elle sera simultanément enregistrée en « débit », comme « prêt commercial », dans les opérations financières (plus précisément au poste « autres investissements » du « compte financier ») : c'est ce qu'on appelle une « opération induite ». Opération autonome (correspondant au transfert du bien) et opération induite (correspondant à la nature du financement) matérialisent donc une double écriture, soit une saisie en partie double.

Concrètement, la balance des paiements est nécessairement constituée de deux colonnes (crédit et débit) auxquelles s'ajoutent naturellement une colonne indiquant la rubrique concernée (exportation de biens ou avoir des banques françaises dans notre exemple) et une colonne de solde. Soit, en détaillant notre exemple d'une exportation :

Rubrique	**Crédit**	**Débit**	**Solde**
Exportations de biens	100	0	100
Prêts commerciaux	0	100	– 100
			0

Si toutes les opérations sont (aux erreurs et omissions près) inscrites suivant ce principe de comptabilité en partie double, il doit être évident pour le lecteur que le solde de la balance des paiements, c'est-à-dire le solde obtenu après passation de toutes les écritures, est nécessairement égal à 0. Autrement dit, *la balance des paiements est, par construction, toujours équilibrée et il n'y aurait strictement aucun sens à parler d'excédent (solde positif) ou de déficit (solde négatif) de la « balance des paiements »*. C'est la première leçon à retenir…

Par contre, nous voyons qu'il y a du sens à parler de déficit ou d'excédent pour des soldes partiels, c'est-à-dire intermédiaires. Là encore notre exemple simpliste va être utile.

Supposons que le pays n'importe aucun autre bien et service, ni n'en exporte (pas plus qu'il n'a de relations du type revenus ou transferts qui caractérisent aussi les opérations courantes). Alors le solde inscrit dans la quatrième colonne en face de la rubrique « exportations » est le solde du « compte de transactions courantes » : + 100. Il y a donc un excédent de ce compte. Symétriquement, le compte financier (réduit au seul crédit commercial) est affecté d'un solde négatif : – 100. On a donc ici excédent du compte courant et déficit du compte financier. Cela signifie que le pays, exportateur net, finance son exportation en émettant une créance sur un non-résident. Ou encore que son excédent courant lui a permis de prêter aux non-résidents.

À ce niveau très simple d'analyse, il apparaît que *le compte financier peut s'interpréter comme le lieu où sont répertoriés les financements des opérations courantes.* Alternativement il peut être conçu comme le relevé des conséquences financières de ces mêmes opérations courantes. C'est une idée fondamentale, deuxième leçon à retenir, qui sera cependant bientôt nuancée…

Supposons, pour continuer, que l'exportation ne soit pas financée par un prêt commercial, mais soit payée cash en devises par l'importateur non résident. Supposons aussi que ces devises soient remises par l'exportateur à sa banque qui les cède elle-même à la banque centrale. Ces devises vont alors figurer, toujours dans le compte financier, mais cette fois au titre des avoirs de réserve (sous-poste « devises étrangères ») de la banque centrale. Notre exemple comptable devient :

Rubrique	**Crédit**	**Débit**	**Solde**
Exportations de biens	100	0	100
Avoirs de réserve en devises étrangères	0	100	– 100
			0

Au total, il doit être clair qu'une opération sur marchandises, comme l'exportation décrite, donne toujours lieu à une inscription en crédit dans le compte de transactions courantes et une inscription en débit dans le compte financier (à la ligne correspondant à la nature du paiement, sur « crédit commercial ou cash en devises » ici).

Dans le cas analogue d'une importation d'un même montant, en supposant qu'elle fasse l'objet d'un crédit commercial octroyé à l'importateur par une banque non résidente, les écritures seraient les suivantes :

Rubrique	**Crédit**	**Débit**	**Solde**
Importations de biens	0	100	– 100
Crédits commerciaux	100	0	+ 100
			0

Mais pourquoi faut-il que les exportations soient comptées comme crédit dans le compte de transactions courantes et comme débit dans le compte financier (et inversement pour les importations) ? Une intuition immédiate laisserait penser qu'une exportation est un « plus » pour le pays et doit donc être portée à son « crédit ». Mais on peut donner de cette convention une raison beaucoup plus précise. Nous dirons que *l'inscription dans la colonne « crédit » concerne les cessions d'actifs par des résidents à des non-résidents :* dans le premier cas, celui d'une exportation, il y a cession du bien exporté par un résident ; dans le second cas (importation), il y a en crédit cession, par un résident, d'un titre de créance à un non-résident. De même, *l'inscription dans la colonne « débit » concerne des cessions d'actifs par des non-résidents à des résidents :* cession de devises ou d'une créance commerciale par un non-résident dans le cas de l'exportation, cession d'un bien dans le cas de l'importation. Cette identification de la nature des débits et des crédits constitue la troisième leçon à retenir :

Crédit	**Débit**
Cession d'actifs par les résidents aux non-résidents	Cession d'actifs par les non-résidents aux résidents

Ce principe est tout à fait fondamental et c'est lui qui permet de comprendre l'usage qui peut être fait de la balance des paiements. Il montre en particulier qu'un excédent de la balance commerciale (soit un excédent des exportations de biens sur les importations) donne lieu à une inscription positive en crédit d'un montant plus élevé que l'inscription positive en débit : soit un solde positif des opérations autonomes inscrites dans le compte de transactions courantes. C'est naturel puisque des actifs physiques ont alors, en flux net, été cédés à des non-résidents.

Parallèlement, ce flux net s'accompagne de deux autres écritures induites, égales aux deux écritures autonomes, dans le compte financier : soit une écriture positive en débit d'un montant plus élevé que l'écriture induite positive en crédit. Le solde de ces deux dernières écritures est donc négatif et le pays gagne ainsi une créance nette sur des non-résidents, soit directement des devises (qui ne sont que des « créances sur l'étranger », des droits à prélever une part du produit du pays de la devise), soit un titre de crédit commercial.

Il apparaît dès lors qu'un excédent sur les opérations réelles, qui donne lieu à cession nette d'actifs « réels » par des résidents à des non-résidents, a pour contrepartie une écriture négative au solde du compte financier. Mais ce signe négatif indique que l'ensemble des résidents possède une créance sur les non-résidents. En particulier *une inscription négative dans le solde de la ligne des « avoirs en devises » de la banque centrale signifie que celle-ci engrange les devises étrangères*. C'est évidemment le principe de la comptabilité en partie double, qui explique que la hausse des avoirs en devises de la banque centrale soit notée négativement… Quatrième leçon…

c. Une balance des paiements élémentaire

Voyons tout de suite, sur un exemple de balance simplifiée mais regroupant des écritures concernant les postes essentiels, comment interpréter la balance des paiements.

Outre des exportations de marchandises de 100, le pays connaît des importations de 80 (toutes deux payées cash). À ces transactions commerciales pures s'ajoutent des transactions au titre des services, que nous réduirons ici à des apports touristiques de 30. S'y ajoutent également des transferts, illustrés ici par des rapatriements de fonds de travailleurs immigrés en France (pour une somme de 40). Ces quatre flux concernent des opérations réelles, recensées comme opérations courantes.

Mais il existe, on l'a vu, d'autres opérations qui, pour ne pas être considérées comme courantes, sont néanmoins capitales dans la balance des paiements. Prenons les deux exemples de l'investissement direct et de l'investissement de portefeuille. L'investissement direct (acquisition d'actifs productifs avec droit de regard significatif sur l'entreprise concernée) est enregistré dans le compte financier, à la fois comme opération autonome et opération induite. Un investissement français à l'étranger de 50, par exemple, sera d'abord inscrit comme opération autonome de ce montant. Comme dans ce cas un résident acquiert un actif productif sur des non-résidents, la somme de 50 sera inscrite au débit de la balance. Mais, parallèlement, cette somme de 50 ayant servi à acheter des actions à un non-résident, ce dernier possède un actif monétaire de 50, cédé par le résident effectuant l'investissement direct : la somme de 50 figurera donc au crédit de la balance en tant qu'opération induite.

De la même façon, un investissement de portefeuille consiste, par exemple, en un achat par des non-résidents d'obligations de sociétés françaises pour une valeur de 70. Le lecteur réalisera de lui-même qu'il s'agit d'une cession de titre par un résident à un non-résident. Alors la somme de 70 est inscrite en crédit dans la balance, en tant qu'opération autonome. Parallèlement elle est inscrite en débit pour la même somme en tant qu'opération induite (un résident, ayant vendu les obligations, possède désormais un actif monétaire de 70, cédé par un non-résident).

On va maintenant écrire toutes ces opérations en distinguant précisément, dans le compte financier, ce qui est opération autonome et ce qui est opération induite.

Rubrique	**Crédit**	**Débit**	**Solde**
Compte transactions courantes			
Exportations biens	100	0	+ 100
Importations biens	0	80	– 80
Apports touristes	30	0	+ 30
Transferts travailleurs immigrés	0	40	– 40
Solde transactions courantes			**+ 10**
Compte financier			
Opérations autonomes			
Investissement direct	0	50	– 50
Investissement de portefeuille	70	0	+ 70
Solde opérations autonomes			+ 20
Opérations induites			
Crédits et cash	0	100	– 100
	80	0	+ 80
	0	30	– 30
	40	0	+ 40
	50	0	+ 50
	0	70	– 70
Solde opérations induites			– 30
Solde compte financier			**– 10**
Solde balance des paiements			**0**

Cette balance est particulièrement intéressante puisque les opérations autonomes laissent apparaître un double excédent, du compte de transactions courantes d'une part (+ 10), du compte des mouvements de capitaux (partie autonome du compte financier) d'autre part (+ 20). Il est donc globalement entré 30 dans le pays, ce que reflète *a contrario* le solde des opérations induites du compte financier (– 30). On se souvient en effet qu'un signe négatif du solde de ces opérations induites signifie soit une détention de devises supplémentaires par la banque centrale, soit l'accumulation de crédits bancaires sur l'étranger. On vérifie bien, par ailleurs, que la somme des soldes respectifs du compte courant et du compte financier est bien nulle (+ 10 et – 10), conformément au principe de la saisie en partie double.

On appelle solde global de la balance des paiements le solde total des opérations autonomes, qu'elles soient transactions courantes ou mouvements de capitaux (soit ici : 10 + 20 = 30). Ce solde intermédiaire est le véritable solde significatif puisqu'il regroupe les opérations ayant une raison propre, réelle ou financière. Une trace exactement inverse de ce solde existe dans le système bancaire du pays, soit les banques commerciales et la banque centrale (ici – 30). Un pays possédant un excédent de ce solde est donc soit commercialement compétitif, soit crédible auprès des capitaux internationaux, ou les deux. Il augmente en conséquence sa détention de devises étrangères ou de crédits sur l'étranger. Cette hausse de ses avoirs extérieurs se traduit *a priori* par une création de monnaie domestique supplémentaire équivalente.

En pratique cependant, le solde global est un peu plus complexe à calculer : certains investissements de portefeuille n'en font pas partie et quelques « autres investissements » (notamment des administrations publiques) doivent lui être ajoutés. Au niveau de compréhension qualitative propre à cet ouvrage, ces subtilités techniques ne seront pas explorées (voir rapports annuels de la Banque de France sur la balance des paiements).

Nous en avons fini avec la présentation de la balance des paiements et possédons désormais les outils nécessaires pour comprendre l'évolution récente des mouvements de capitaux.

2. L'évolution récente des flux de capitaux

a. Les flux de capitaux dans la balance française

Partons de l'état de la balance des paiements française en 1997 (les chiffres donnés sont en millions de francs).

Rubrique	Crédit	Débit	Solde
Compte de transactions courantes	**2 562 468**	**2 332 351**	**230 117**
Biens	1 658 118	1 493 820	164 298
Services	474 543	371 920	102 623
Revenus	312 306	293 145	19 161
Transferts courants	117 501	173 466	– 55 965
Compte de capital	**13 927**	**5 363**	**8 564**
Compte financier	**16 490 607**	**16 755 007**	**– 264 400**
Investissements directs	1 177 163	1 249 599	– 72 436
Investissements de portefeuille	14 982 101	15 131 179	– 149 078
Autres investissements	331 343	339 950	– 8 607
Avoirs de réserve		34 279	– 34 279
dont devises étrangères		31 979	– 31 979
Erreurs et omissions	**25 719**		**25 719**

Source : Banque de France, *Rapport annuel 1997.*

On constate, sur cette balance, la très grande importance du compte financier. Celle-ci serait du reste gravement sous-estimée si l'on raisonnait en soldes (comme on le fait encore trop souvent), en comparant les soldes du compte des transactions courantes et le solde financier, de fait à peu près égaux. En revanche, si l'on raisonne en flux bruts on observe que la somme des crédit et débit du compte financier (33 255 614) représente 87 % du total des débits et crédits de la balance : les mouvements de capitaux de portefeuille et d'investissement sont donc prédominants. Les seuls investissements de portefeuille représentent 78,9 % du total des flux bruts de la balance.

Cette prépondérance des mouvements de capitaux (et plus particulièrement des investissements de portefeuille) dans les flux bruts de la balance est une tendance lourde des quinze dernières années. Ces mouvements de capitaux (investissements directs et de portefeuille) représentaient moins de 20 % des flux bruts en 1978, mais déjà 68 % en 1992 et 87 %, on l'a vu, en 1997. Les seuls investissements de portefeuille ont progressé encore plus nettement, d'environ 7 % des flux bruts de la balance en 1978 à 62 % en 1992 et presque 80 % en 1997. Ce sont donc d'abord ces mouvements qui font la balance des paiements à l'entrée du XXIe siècle...

Cette dictature des mouvements de portefeuille sur les balances des paiements a été illustrée par d'autres indicateurs que leur part relative en flux. Globalement, sur la période 1980-1992, pendant laquelle l'essentiel du mouvement s'est fait jour, les achats de titres français par les non-résidents ont progressé de 46 % par an en moyenne (contre moins de 20 % dans les années 1970). Quant aux achats de titres étrangers par des résidents, ils sont passés d'une progression de 14 % par an, toujours dans les années 1970, à une croissance moyenne de 32 % par an entre 1980 et 1992 (Plihon [1994]). On peut aussi tenter d'appréhender cette véritable internationalisation des portefeuilles en stocks en rapportant les actifs financiers détenus dans le monde par des non-résidents du pays d'émission au stock total d'actifs financiers. Fin 1991, le stock total d'actifs financiers détenus à l'étranger par les seuls grands investisseurs institutionnels américains, européens et japonais représentait de fait déjà 16 % du total des actifs financiers du monde occidental (Cartapanis [1994a]). L'internationalisation des portefeuilles devient donc particulièrement sensible puisque cette masse d'avoirs détenus par des non-résidents peut se mouvoir rapidement, entraînant d'éventuelles violentes déstabilisations du taux de change.

L'importance prise par ces investissements de portefeuille est directement à l'origine de la modification dans la présentation des balances des paiements impulsée par le FMI en 1993.

Jusqu'alors en effet, le compte financier distinguait les capitaux long terme des capitaux court terme. L'investissement direct figurait évidemment dans la première catégorie avec les crédits bancaires de plus de un an. La seconde catégorie incluait notamment les crédits bancaires commerciaux à moins de un an. Quant aux investissements de portefeuille, ils étaient malaisément distribués entre les deux catégories car, par définition, ils ne sont pas associés à une échéance précise. La souscription d'une obligation étrangère peut en effet durer ou être rapidement liquidée en fonction du risque perçu par l'investisseur ou la nécessité pour lui de réallouer son portefeuille en fonction de considérations très diverses. Avec la montée des achats de tels titres, il devenait donc indispensable d'abandonner un critère de terme pour substituer à la distinction court terme/long terme une distinction plus fonctionnelle entre investissements directs, de portefeuille et autres. Par ailleurs, les années 1990 ont montré qu'il était crucial d'individualiser clairement les investissements de portefeuille dans la mesure où ce sont eux qui, par leur rapidité de mouvement, mettent en danger les économies en les privant de financement externe et les conduisent aux crises financières.

Mais en deçà de ces évolutions négatives, apparemment accidentelles, dues à la vitesse de rotation des capitaux de portefeuille, il nous faut nous interroger sur le caractère sain ou pas du mouvement de libéralisation de ces investissements.

b. À quoi sert la libéralisation des mouvements de capitaux ?

Le raisonnement traditionnel revient à considérer que, si les capitaux sont libres d'aller où ils veulent sur la planète, ils choisiront évidemment les affectations qui ramènent le taux de profit le plus élevé. Or un taux de profit élevé, dans une production donnée, coïncide en principe avec un prix anormalement élevé des produits fabriqués dans la mesure où ceux-ci sont fortement demandés. Ce qui veut dire qu'un taux de profit élevé résulte sans doute de l'existence d'un besoin solvable pour le type de produit considéré. Autrement dit, la liberté des capitaux permet d'affecter l'épargne là où elle est la plus utile : il y a alors « allocation optimale des ressources », comme disent les économistes… Dans ces conditions, la liberté des capitaux apparaît socialement utile, bien qu'elle ne concerne au final que la demande solvable et laisse de côté les individus démunis d'un pouvoir d'achat suffisant.

Au niveau international, les choses sont un peu moins simples : les capitaux ne vont pas forcément en Thaïlande parce qu'il y a sur place des besoins non satisfaits, mais aussi et sans doute surtout parce que la main-d'œuvre, moins coûteuse qu'au Nord, permettra de revendre ensuite le produit sur le marché mondial avec à la fois un prix plus bas et un plus grand profit pour l'entreprise qui investit. Une telle démarche apparaît alors socialement inutile dans la mesure où elle peut s'accompagner de licenciements au Nord, sans redonner un pouvoir d'achat équivalent en Thaïlande.

Au-delà de ce raisonnement, apparemment de bon sens, il faut prendre en compte la baisse de prix des produits concernés pour les consommateurs du Nord. Ces derniers vont alors pouvoir consacrer leur revenu à acheter soit plus du même bien, soit encore d'autres biens, voire des biens totalement nouveaux. Leur demande suscitera donc d'autres activités et permettra de créer des emplois : après tout, c'est peu ou prou de cette façon que le développement d'après-guerre semble avoir avancé, les baisses de prix des produits agricoles de base (négatives pour l'emploi dans la paysannerie) permettant une spectaculaire diversification de la consommation, donc de l'activité et des emplois. La liberté d'investir librement à l'étranger semble donc globalement plus utile que nuisible, à condition toutefois que les marchés du Nord ne s'effondrent pas sous l'effet des pertes immédiates d'emplois que la délocalisation y entraîne…

Le problème se complique cependant si l'on réalise que la plupart des investissements internationaux ne sont pas aujourd'hui des investissements directs, c'est-à-dire des créations ou des extensions d'unités de production, mais en majorité des investissements de portefeuille. Il s'agit là de simples placements par les épargnants du monde entier sans contrepartie productive immédiate. Certes, les fonds correspondants sont aussi canalisés vers l'investissement productif des entreprises. En revanche, la logique qui préside à leur affectation par les épargnants est problématique car ces derniers obéissent de plus en plus à des considérations de court terme. Il s'agit pour eux de réaliser un rendement important en un minimum de temps. Pour ce faire, ils s'intéressent moins au revenu régulier attaché à ces placements (dividende dans le cas des actions, coupon dans le cas des obligations) qu'à la possibilité de revendre plus cher ces actifs dans un bref délai. Comment cela est-il possible ? Essentiellement si tout le monde cherche la même chose... En effet, si de nombreux acteurs ont confiance dans telle firme brésilienne, le prix de ses actions va monter, de façon éventuellement cumulative. Une première hausse de prix crée la confiance qui elle-même entraîne une vague nouvelle d'achats et détermine une hausse de prix largement déconnectée de ce qu'indiqueraient les « fondamentaux » de l'entreprise, c'est-à-dire les indicateurs objectifs de santé. Lorsque ces mouvements ont lieu, les acteurs recherchent d'abord la possibilité de revendre avec profit, du fait de la hausse cumulative des prix.

Autrement dit, la logique des investissements de portefeuille est souvent dangereuse et ce pour deux raisons. D'abord parce que les fonds seront affectés aux placements jugés les plus rémunérateurs à court terme, ce qui peut priver de financement des projets pourtant intéressants, socialement utiles mais peu susceptibles de susciter l'engouement des acteurs parce que leur rentabilité est incertaine ou à trop long terme. En revanche, il peut y avoir achat excessif de certaines actions (par exemple aujourd'hui les firmes liées à Internet). Cette logique est dangereuse ensuite parce que les comportements des acteurs deviennent rapidement moutonniers et contribuent à créer des bulles dangereuses pour la stabilité des marchés : le jour où la bulle spéculative se rétracte, les prix chutent rapidement, entraînant leur cortège de faillites individuelles, voire des sorties significatives de fonds du pays concerné et des crises de change. L'étranglement financier de nombreux projets potentiellement sains déstabilise aussi les rythmes de développement et contribue à la stagnation et au chômage…

Pour utile qu'elle soit en théorie, la liberté des mouvements de capitaux est donc potentiellement dangereuse. C'est plus particulièrement la vitesse de déplacement de ces capitaux qui est problématique : ces mouvements peuvent matérialiser en quelques jours un engouement démesuré pour telle valeur ou tel pays et repartir tout aussi vite.

Il n'en reste pas moins que la liberté de mouvement des capitaux et son corollaire, la création d'un grand marché financier mondial peu contrôlé, ont été historiquement imposés aux États, parfois de façon accidentelle ou anecdotique. C'est ce que va montrer l'approche historique du titre suivant.

II. L'intégration financière : une longue histoire…

Le marché financier mondial, débarrassé des entraves nationales du passé, a connu un précurseur dans les années 1960, le marché des eurodollars. Attachons-nous à en retracer l'histoire lointaine avant de montrer comment il a finalement fait école et déterminé, dans les années 1980, le marché mondial actuel

1. Genèse et nature des marchés d'eurodevises

a. D'une naissance inattendue à un rôle financier incontournable…

C'est en 1958 que commence la « saga » des eurodollars. L'instauration de la libre convertibilité des monnaies, dans le cadre du système monétaire international de Bretton Woods, permet aux détenteurs de dollars de les garder au lieu de les changer obligatoirement en monnaie domestique. Les exportateurs payés en dollars se retrouvent ainsi disposer d'avoirs en monnaie américaine que leurs banques considèrent alors comme de la «*funny money*», de l'argent amusant... Le comique vient en effet de ce que, déposés à terme, ces dollars deviennent reprêtables par les banques qui en disposent (essentiellement européennes, d'où le nom d'eurodollars). Les banques réalisent donc alors qu'elles peuvent octroyer des crédits en monnaie autre que leur monnaie domestique, phénomène devenu banal aujourd'hui, mais totalement nouveau il y a quarante ans (Champion et Trauman [1978]). En 1960, cette «*funny money*» ne dépasse pas 5 milliards de dollars.

Les choses vont s'accélérer à partir de 1966. À cette date, le président de la Banque centrale américaine, le Federal Reserve Board (Fed), décide de lutter seul contre l'inflation rampante aux États-Unis (Denizet [1978]) en raréfiant l'émission monétaire, tendant ainsi à faire monter les taux d'intérêt du marché à court terme. Ceux-ci dépassent alors rapidement les taux plafonds de rémunération des dépôts à terme, plafonds eux-mêmes instaurés dans le cadre de la Quantity Regulation (ou régulation Q), destinée aussi à contrôler l'émission monétaire. Ne pouvant obtenir un taux suffisamment rémunérateur auprès des banques, les déposants se tournent vers les titres à court terme du Trésor américain, rémunérés, eux, aux taux du marché. Les banques voient les dépôts les fuir tandis que le Trésor trouve alors un financement aisé.

Il est évident que ce mouvement allait permettre un financement simple pour les dépenses militaires que le président Johnson engageait alors au Vietnam et pour lesquelles il souhaitait ne pas avoir à consulter le Congrès. Intentionnel ou pas, cet événement prive les banques de liquidités. « Sentant alors que le Fed était décidé à les asphyxier, les banques de New York imaginèrent une parade. Puisque tout le monde parlait de ce fameux marché de l'eurodollar, que les grandes banques connaissaient d'ailleurs bien par leurs succursales de Londres, pourquoi ne pas utiliser cette source de dollars qui échappait à l'autorité de Mac Chesney Martin, président du Fed ? Une succursale à Londres avec un directeur, une secrétaire, un téléphone, et l'on peut chaque matin se porter emprunteur de dollars et les transférer immédiatement à la maison mère » (Denizet [1978, p. 110]). Devant la concurrence brutalement accrue pour se procurer ces fonds, le taux d'intérêt sur l'eurodollar grimpe rapidement. Il sera même responsable de la dévaluation de la livre sterling en novembre 1967, le taux de l'eurodollar montant au-dessus de celui des obligations communales britanniques, placement préféré des non-résidents anglais… Ce mouvement inaugure alors la pratique, très décriée à l'époque, des capitaux flottants voguant d'une place à une autre.

Rapidement les autorités américaines constatent que cette montée du taux euro attire de nouveaux capitaux sur ce marché. Autrement dit, des détenteurs de livres ou de francs achètent, si le contrôle des changes le leur permet, des dollars auprès de leur banque centrale et les placent sur le marché euro. On assiste donc, surtout à partir de 1967, à des modifications constantes de la répartition des dollars externes entre ceux détenus par les banques centrales et ceux aux mains des agents économiques privés. Un marché international en dollars, indépendant du contrôle de la Banque centrale américaine, vient de naître…

À partir de 1970, avec la suppression de la régulation Q, on assiste à un certain repli des banques américaines sur le marché new-yorkais. Néanmoins le marché des eurodollars reste très vivant sous l'influence, cette fois, des firmes multinationales américaines. Confrontées depuis 1965 à un impôt, l'Interest Equalization Tax (IET), qui taxait les revenus des prêts consentis par des résidents américains à des non-résidents, donc rendait plus coûteux leurs emprunts aux États-Unis afin de financer leurs implantations transnationales, elles se mettent à emprunter massivement sur le marché euro. Si l'on ajoute à cela les besoins croissants de financement de certains PVD, on comprend que la demande de fonds sur le marché euro connaisse alors un coup de fouet supplémentaire…

En 1974, la hausse du prix du pétrole aboutit à une situation où tant les offreurs (pays exportateurs de pétrole) que les demandeurs (pays connaissant un déficit courant) ont besoin d'un grand marché international de capitaux. La taille de ce marché des eurodollars croît alors rapidement ; on parle de 160 milliards de dollars en 1973, de 730 milliards en 1980 et d'environ 2 200 milliards de dollars en 1987.

Par-dessus tout, le marché des eurodollars se banalise (Bourguinat [1992]). Il devient un marché de gros de la monnaie américaine, celui sur lequel les banques prennent l'habitude de trouver leurs ressources à un coût directement lié à leur « *rating* » (leur notation) par les agences internationales. Il s'agit donc avant tout d'un marché interbancaire. Il se diversifie aussi au plan géographique avec l'apparition de places financières off-shore un peu partout sur la planète. Ces places sont situées physiquement aux Bahamas, à Bahreïn ou à Hong Kong mais ne sont pas soumises à la législation financière locale, notamment au contrôle de la banque centrale : leur raison d'être est presque uniquement de constituer des plaques tournantes pour la circulation des eurodollars.

L'efficacité du marché des eurodollars ne fait plus alors de doute. Exempt de réserves obligatoires, il traite des volumes de fonds considérables et permet une réelle redistribution de l'épargne des pays excédentaires vers les pays déficitaires (ainsi entre 1974 et 1981, environ 40 % des surplus financiers des pays de l'OPEP seraient passés par ce canal – Bourguinat [1992, p. 79]). Il apparaît aussi plus intégré que les marchés financiers nationaux.

b. De l'endettement des PVD à la libéralisation des marchés financiers domestiques

Les eurodollars vont constituer le véhicule privilégié de l'endettement international auprès des banques. On admet en général que c'est la surliquidité des banques en eurodollars qui les amène, dès la fin des années 1960, à prêter aux PVD. Autrement dit, on considère le plus souvent que ce seraient les dépôts trop importants sur ce marché qui engendreraient les flux de prêts. En pratique il n'en est rien. Techniquement les dépôts en eurodollars sont toujours matérialisés par un avoir de l'eurobanque dans les livres de sa correspondante aux États-Unis. Le problème réside alors dans la faible (voire inexistante) rémunération de ces dépôts : deux banques correspondantes, étant par définition alliées, ne se facturent guère leurs dépôts mutuels... Si la rémunération n'existe pas ou est inférieure au taux du marché, taux précisément payé aux déposants des eurodollars, alors la banque perd de l'argent. Prêter à des États du tiers-monde, même relativement douteux, constitue alors une solution financièrement acceptable, au moins à court terme...

Techniquement, les prêts en eurodollars vont prendre notamment la forme d'eurocrédits. Il s'agit de prêts bancaires classiques, de 1 à 8 ans d'échéance, octroyés à partir de fonds collectés par des syndicats bancaires. Particularité de ces eurocrédits, ils sont en général attribués sous forme de prêts « rollover », c'est-à-dire renouvelables automatiquement tous les six mois mais avec révision du taux d'intérêt en fonction du marché. De fait, le taux qui s'applique à eux est calculé en fonction du taux de base du marché des eurodollars, le LIBOR ou London Interbank Offered Rate à six mois (taux rémunérant en principe les dépôts interbancaires).

Historiquement, trois phases caractérisent la progression des créances bancaires aux PVD.

Dans un premier temps (1969-1974), ces créances progressent sous l'effet de la faible rémunération des banques auprès de leurs correspondantes. Mais parallèlement, les relatives difficultés des secteurs de biens d'équipement dans les pays industrialisés poussent ces derniers à l'exportation vers les PVD, au besoin *via* un financement bancaire. Et ce d'autant que les mécanismes d'assurance crédit à l'exportation viennent de se perfectionner un peu partout. Le souci d'utilisation de leurs eurodollars par les banques répond donc au souci de vendre des biens d'équipement par les firmes occidentales.

Dans un deuxième temps (1974-1979), les créances augmentent évidemment en raison des nécessités du recyclage des capitaux des pays exportateurs de pétrole. Les eurobanques reçoivent en effet les excédents de l'OPEP en dépôt, les rémunèrent autour du LIBOR et doivent les reprêter pour réaliser leur fonction d'intermédiaire financier. De nombreux PVD connaissant alors, du fait de la hausse des prix pétroliers, des déficits courants importants, empruntent naturellement ces pétrodollars. Mais dans le même temps les pays développés tentent de pallier leur propre crise (et les programmes de restriction de la demande intérieure qui lui sont liés) en exportant davantage : là encore le crédit bancaire aux PVD continue de jouer son rôle. Au total, cette deuxième période voit une convergence d'intérêts entre banquiers, pays en développement et firmes des pays développés pour augmenter l'endettement bancaire international.

La troisième phase (1979-1982) voit les mêmes causes produire les mêmes effets : la deuxième hausse du prix du pétrole détermine excédents de capitaux chez les exportateurs d'hydrocarbures, déficits courants des PVD non pétroliers, aggravation de la crise dans les pays industrialisés. Il s'ajoute à ces déterminants désormais classiques une hausse des taux d'intérêt américains à court terme, qui vient renchérir progressivement le service de la dette (intérêts + principal) de tous les pays qui s'étaient endettés sous forme de « rollover ». En effet, le taux à six mois révisable de ce type de crédits passe de 8 à 15 % environ, en moyenne, entre les deux dernières périodes. Devant cette hausse des coûts anticipés de la dette, les PVD empruntent massivement à court terme, de façon à faire face à leurs échéances. Mais après deux ans de ces pratiques, plusieurs pays latino-américains se retrouvent en quasi-cessation de paiement et le Mexique est le premier, en août 1982, à annoncer son impossibilité de respecter ses échéances…

Le monde financier doit alors gérer une première grande crise financière internationale, en partie provoquée par l'embryon de marché financier planétaire que constitue le marché euro. Comment résoudre cet imbroglio ?

C'est tout d'abord la pratique des rééchelonnements de dette, qui va repousser le problème du surendettement sans le résoudre. Le cas mexicain est ainsi « réglé » par un report des remboursements sur quatorze ans, à un taux d'intérêt, certes préférentiel, mais sans que la valeur actuelle de la dette (soit la somme des retours actualisés sur cette dette) chute sensiblement. Par ailleurs, les banques vont rapidement être obligées d'avancer, sous forme d'argent frais, à peu près la moitié des intérêt dus par le Mexique… Autrement dit, il se produit une accumulation de « dette nouvelle » sur la dette ancienne, peu propice à une solution saine du surendettement. Ce faisant, les banques ont néanmoins permis de maintenir la liquidité du Mexique, ne tombant donc pas immédiatement dans la « restriction de crédit » qui aurait sonné le glas d'un service régulier de la dette.

C'est ensuite la création d'un marché secondaire des créances douteuses, qui, à partir de 1984, va exprimer le plus clairement leur aveuglement au désastre. Les banques commencent alors à se revendre entre elles les créances douteuses sur les PVD, moyennant des « décotes » non négligeables. Objets d'une offre évidemment croissante avec la montée du risque, ces créances sont aussi demandées pour deux raisons principales :

• souci des banques de se séparer de créances sur des pays ou des zones qu'elles connaissent mal et d'acquérir, au contraire, des créances sur les pays qu'elles connaissent mieux ;

• spéculation à la baisse sur la créance vendue et à la hausse sur la créance achetée avec, pour objectif, de réaliser l'opération inverse si les prix de marché sont favorables.

Sans détailler ici les opérations d'échange de dettes que réalisent de plus en plus massivement les banques dans les années 1985-1989 (Norel [1990]), il apparaît clairement que la pression de l'offre doit nécessairement amener une chute des prix des différents titres de créances, soit une hausse des « décotes » consenties. À partir de là, lorsque le prix moyen des dettes latino-américaines atteint quelque 65 % de la valeur nominale au début de 1987, il devient évident que certains débiteurs en prendront vraisemblablement prétexte pour refuser d'honorer, à leur niveau officiel, les échéances contractuelles. En jouant la carte du marché secondaire, les banques ne font donc que précipiter le désastre qu'elles souhaitent pourtant éviter…

À partir de 1988, il apparaît que non seulement les pays endettés traînent les pieds pour rembourser en arguant de la valeur de marché dépréciée de leur dette, mais encore parviennent souvent à racheter une partie de leur propre dette, au prix de marché précisément, grâce à des montages sophistiqués. En mars 1989, en imposant le plan Brady de réduction des dettes bancaires, le gouvernement américain prend acte des décotes survenues sur le marché et de la capacité des pays endettés à racheter eux-mêmes leur dette. L'essentiel des créances est alors transformé en obligations du Trésor du pays endetté : ce sont ces obligations qui, dans le cas latino-américain, vont servir de base aux marchés financiers émergents des années 1990.

Cette utilisation du marché des eurodollars dans les financements internationaux est particulièrement révélatrice du point de vue de l'intégration financière. En premier lieu, ce marché a bel et bien permis de résoudre les grands déséquilibres des années 1970, notamment les déficits courants issus des deux chocs pétroliers. En recyclant les pétrodollars vers les emprunteurs, il a littéralement assuré la continuité des paiements internationaux. Mais par ailleurs, sa souplesse d'utilisation et le manque de supervision qui l'ont caractérisé expliquent, en partie, à la fois le surendettement des PVD et les graves difficultés des banques à partir de 1982. Autrement dit, ce marché n'aurait fait finalement que déplacer les problèmes, passés d'une accumulation de déficits courants en 1974 à une accumulation de bilans bancaires dégradés et à la nécessité, pour les PVD, de mettre en place des plans d'ajustement particulièrement douloureux entre 1982 et 1989. Outil performant de résolution de déséquilibres et en même temps accoucheur de crises financières, tel apparaît le marché mondial libéralisé des eurodollars… Tel va nous apparaître également le marché financier mondial actuel…

Et ce dernier doit beaucoup à ce qui s'est passé sur l'eurodollar. En 1981, une plate-forme financière off-shore (International Banking Facility) est mise en place à New York, estompant de fait les barrières entre activités sur le marché interne du dollar et activités sur le marché euro. Cette zone franche bancaire permet à la capitale américaine de récupérer une partie des opérations de financement international en eurodollars au détriment de Londres. En 1986, le Japon fait de même et crée le JOM (Japanese Off-Shore Market), qui atteint en deux ans le niveau d'activité de New York.

En marge de cette banalisation géographique des euromarchés, ce sont leurs avantages spécifiques qui tendent à s'estomper peu à peu. La baisse généralisée des réserves obligatoires dans les systèmes bancaires nationaux rend caduc cet atout originel des euromarchés. De même, les tentatives d'allègement et d'harmonisation de la fiscalité (par exemple, en 1984, la suppression de la retenue à la source sur les intérêts perçus à New York par les déposants non résidents) rapprochent progressivement les marchés euro des marché internes. Les euromarchés ont donc en quelque sorte montré la voie d'une libéralisation financière à laquelle les marchés nationaux se conforment peu à peu.

Plus récemment, les années 1990 voient se poursuivre une importante activité en eurodevises, notamment à travers le marché euro-obligataire. Ces activités euro-obligataires tendent du reste à supplanter en importance les activités obligataires domestiques. Au point que certaines émissions obligataires, étrangères ou domestiques, émises à New York mais souscrites par des non-résidents, sont aujourd'hui couramment assimilées aux euro-obligations (Mathis [1998]).

Cette dynamique des euromarchés ne doit pas cacher les problèmes qu'ils ont posés. Stimulant les capitaux flottants, ils ont incontestablement gêné les politiques monétaires nationales (en cas de contraction monétaire domestique, ils permettaient aux agents de trouver des ressources de remplacement). Ils ont évidemment facilité la spéculation contre les monnaies nationales. Ils ont sans doute contribué à l'inflation des années 1970 et la facilité d'emprunt qu'ils ont créée a permis à de nombreux pays déficitaires de retarder trop longtemps les ajustements nécessaires. Ils ont cependant pavé le chemin de la globalisation financière.

2. Globalisation financière et risque systémique

La « globalisation financière » est sans doute plus une image qu'un concept… Elle recouvre de fait, dans la littérature, l'essentiel des changements intervenus depuis le début des années 1980 dans les systèmes financiers : décloisonnement des marchés au niveau national comme entre les nations (avec la fin du contrôle des changes), montée des risques (change et intérêt) et nouveaux produits financiers destinés à les gérer, émergence de la « finance directe », caractéristique de la désintermédiation bancaire… Il s'agit donc d'un concept encore incertain qui cherche à caractériser l'ensemble de ces transformations, mais qui est rarement défini de façon synthétique dans la littérature. Nous inspirant ici notamment des travaux de Bourguinat [1992], Aglietta, Brender et Coudert [1990] et Aglietta et Moutot [1993], nous proposerons la définition suivante : la globalisation financière (GF), c'est l'émergence d'un marché financier mondial, non seulement intégré mais aussi global, c'est-à-dire caractérisé par un mouvement de décloisonnement, de déréglementation et surtout de désintermédiation, sous l'influence de risques croissants (sur les taux de change et les taux d'intérêt) et voué à répondre à des besoins internationaux de financement inédits.

Cette définition va être progressivement explicitée. Mais en deçà, la globalisation financière ne peut se comprendre qu'en référence constante à l'histoire financière des quarante dernières années. Nous avons vu, au titre précédent, qu'un embryon de marché financier mondial s'était constitué en marge des marchés de capitaux nationaux. Nous avons vu aussi que ce qui faisait l'avantage de ce marché euro s'était en quelque sorte progressivement banalisé et que ce marché avait finalement « fait école ». La finance globale d'aujourd'hui, introduisant au sein même des systèmes financiers nationaux des éléments de libéralisation qui caractérisaient les euromarchés, serait alors en train d'amplifier le mouvement, de le rationaliser, de lui donner une tout autre dimension.

Précisons cette dimension en abordant successivement les formes de la globalisation, ses causes (controversées) et la montée du risque systémique.

a. Formes de la globalisation

À l'imitation de l'activité industrielle, l'activité financière semble aujourd'hui se globaliser. Ses produits deviennent globaux, c'est-à-dire de plus en plus standardisés, universels et demandés à l'échelle de la planète. Les stratégies des institutions financières tendent également à la globalisation : absence de préférence opérationnelle pour une zone particulière, compétitivité locale dépendant d'acquis obtenus à une échelle plus large (par exemple la notation affectée aux grandes banques, en fonction de l'ensemble de leur activité, rejaillit sur leurs conditions de financement et leur rentabilité locale). Mais au-delà de ces apparences, la globalisation se fonde sur un triple mouvement de décloisonnement, déréglementation et désintermédiation, souvent appelé mouvement des « trois D » (Bourguinat [1992]).

Le décloisonnement des marchés est facilement identifiable, en ce qui concerne la communication entre les différents marchés nationaux de capitaux, grâce à la suppression des contrôles des changes, à partir du début des années 1980. Mais on l'identifie aussi à l'intérieur des marchés nationaux. C'est en premier lieu la déspécialisation d'activités, qui caractérise l'évolution de ces quinze dernières années : confusion des rôles de banque et d'assurance (avec la « bancassurance »), fin de fait du Glass Steagall Act aux États-Unis, qui séparait banques commerciales (dépôts et crédits) et banques d'investissement (placement de titres et prises de participation)… C'est en second lieu l'arbitrage de plus en plus étroit entre les différents marchés ou entre les différents compartiments d'un même marché : passage par une entreprise du marché des crédits à taux fixe au marché à taux variable (*via* les swaps – ou échanges – de taux d'intérêt), arbitrage entre marché des changes et marché des options de change… Tout concourt à rendre plus perméables les différents marchés au sein d'un même espace national.

La déréglementation constitue un mouvement propre aux années 1980 et qui dépasse largement la finance. Elle a visé notamment à supprimer certaines entraves à la concurrence dans de nombreux secteurs d'activité (transport aérien notamment). Au plan financier, on peut dire que la déréglementation englobe le décloisonnement des marchés, mais se manifeste par de multiples réformes. Dans un contexte de changes flottants, donc de volatilité accrue des taux de change par rapport à la période de Bretton Woods (risque de change croissant), les premiers pas de la déréglementation vont développer un second risque, le risque de taux d'intérêt. En effet, la création aux États-Unis de véritables « comptes à vue rémunérés », qui sont en fait des comptes à terme sur lesquels les agents peuvent effectuer des retraits, faire des chèques, etc., amène les banques à subir de plein fouet la volatilité des taux d'intérêt. En clair elles ne peuvent plus bénéficier d'une trésorerie abondante et gratuite fournie par les dépôts à vue. Cette déréglementation développait donc le risque de taux d'intérêt : plus globalement, les vingt dernières années ont vu les valeurs de l'actif et du passif bancaires devenir des fonctions explicites des taux d'intérêt.

Conséquence de cette montée des risques de change et de taux d'intérêt, on assiste au développement d'une pléiade d'innovations financières destinées à gérer ce double risque. Citons par exemple, pour gérer le risque de taux d'intérêt, l'apparition des « futures » (contrats à terme sur paniers d'obligations) ou encore les swaps de taux, qui permettent d'échanger une dette à taux fixe en une dette à taux variable. Citons également les RUF (« *revolving underwriting facilities* ») ou encore les FRA (« *forward rate agreements* »). En ce qui concerne le risque de change, outre les « futures » en devises, ce sont surtout les options de change (voir chapitre 6) qui caractérisent les nouveaux produits. Enfin, les swaps de devises permettent de passer d'une devise à une autre et répondent bien à la perspective multidevise des opérateurs internationaux.

La déréglementation consiste donc, dans un même mouvement, à augmenter les risques en libéralisant le contrôle des changes et en rendant les banques dépendantes des taux d'intérêt à leur passif d'une part, à pallier ces risques en développant les nouveaux instruments adéquats d'autre part.

Techniquement ce sont les swaps qui doivent attirer l'attention, car ils permettent une grande souplesse. Ils autorisent concrètement, par exemple dans le cas d'un swap de taux d'intérêt, l'achat de la crédibilité d'un emprunteur : une petite société peu connue, incapable d'accéder à des conditions acceptables au marché financier (soit par des emprunts à taux fixe raisonnable, soit par des émissions obligataires), pourra indirectement y accéder en échangeant ses conditions d'emprunt avec une société ayant « pignon sur rue »...

En définitive, la déréglementation financière tend à développer de nouveaux produits, donc de nouveaux marchés, tout en approfondissant les marchés déjà existants en les étendant (*via* les swaps de taux par exemple) à d'autres acteurs. Ce développement général des marchés qu'elle permet (notamment du côté de l'offre d'actifs) est du reste renforcé par l'accroissement de la finance directe (c'est-à-dire le placement direct d'effets, de titres de créance, par les entreprises dans le « grand public »). La déréglementation est donc cohérente avec le mouvement de désintermédiation bancaire qui constitue le « troisième D » caractéristique de la globalisation...

Cette désintermédiation (encore appelée mobiliérisation, voire titrisation) consiste en un retrait relatif des banques du financement de l'activité. Nous distinguerons deux phénomènes sous ce terme générique, suivant que les banques se désengagent de crédits anciens (titrisation) ou qu'elles ne s'impliquent qu'à titre de garantie dans des financements nouveaux. Le premier phénomène correspond à la conversion de créances classiques en titres qui sont ensuite souscrits par le grand public. La gestion des créances douteuses des PVD en a fourni un exemple caractéristique avec la transformation en obligations des créances classiques, obligations ensuite cédées dans le public (sous le vocable publicitaire des « marchés financiers émergents »). Le second phénomène consiste en l'émission de reconnaissances de dette court terme par les entreprises, directement achetées par les épargnants, mais assorties d'une garantie bancaire assurant les entreprises d'un financement par la banque en cas de déficience de la demande.

Ce mécanisme par lequel la banque n'intervient qu'en donnant sa garantie a eu un avantage certain pour les banques dans les années 1980 et début 1990 : alors que leur actif était chargé de crédits douteux (sur les PVD, puis sur l'immobilier) et que la perspective du ratio Cooke (mis en application en janvier 1993) les obligeait à avoir en « fonds propres » au moins 8 % de leur actif (total des créances pondéré par le risque de chacune), elles soustrayaient de fait de cet actif ces nouveaux financements prenant la forme de garanties… La fragilité bancaire du milieu des années 1990 ne fut pas indépendante de cette facilité…

Décloisonnement, déréglementation et désintermédiation forment en fait un tout cohérent qu'il est illusoire de séparer de façon tranchée. De fait, le décloisonnement est bien une composante de la déréglementation au sens large. De même, la titrisation constitue un renforcement (en facilitant l'émission de titres nouveaux) du processus de développement des marchés engagé par la déréglementation. C'est bien cette cohérence qui caractérise le mouvement de globalisation et qu'on peut tenter de résumer en une phrase : c'est un profond mouvement de libéralisation qui diminue les coûts de financement, mais aussi accentue les risques de change et de taux d'intérêt, tout en créant les moyens de les gérer par un développement significatif des marchés et de la finance directe. Les deux aspects sont indissociables dans la globalisation : montée des risques et création de nouveaux outils pour les gérer. Le problème est alors bien de savoir si les outils de marché sont à la hauteur des risques encourus…

b. Causes de la globalisation financière

Jusque-là, nous avons présenté le mouvement de globalisation comme allant de soi, propre à la seule sphère financière et en quelque sorte « tombé du ciel ». Est-il seulement le résultat d'une mode, de la vague libérale des années

Reagan, ou bien répond-il à des nécessités macroéconomiques structurelles ? Il faut à l'évidence se garder de caricaturer le premier groupe de causes : la libéralisation la plus large des marchés, le développement d'outils nouveaux de gestion du risque, la finance directe sont théoriquement des facteurs importants de baisse des coûts de gestion et de financement des entreprises. En deçà de la vague libérale des années 1980, il existe donc de puissantes nécessités microéconomiques à l'œuvre. Mais c'est aux raisons macroéconomiques profondes de ce mouvement qu'il faut maintenant s'attaquer.

Une première raison résiderait dans la nécessité d'un financement souple de l'investissement direct international. De fait, les opérations de fusion-acquisition transfrontières augmentent fortement dans la deuxième moitié des années 1980. Mais le fait caractéristique de cette époque est le recul de la position nette américaine en matière d'investissement direct. Alors que Japon, RFA et Royaume-Uni voient l'excédent de leurs investissements à l'étranger sur les investissements de firmes étrangères chez eux progresser sensiblement (en stocks), les États-Unis deviennent investisseur net négatif dès 1988. L'investissement direct devient ainsi l'un des principaux supports de la compétition internationale : en flux, l'investissement direct a progressé, entre 1981 et 1988, quatre fois plus vite que le commerce international.

Pour Bourguinat [1992, p. 118], la globalisation financière aurait en quelque sorte précédé l'accélération des investissements transfrontières et les aurait ainsi facilités en permettant l'accès à des marchés financiers plus liquides et plus profonds (cas des États-Unis notamment). Mais cette thèse, pour crédible qu'elle soit, renvoie à une forme d'autonomie de la finance qui se serait transformée avant que l'accélération des investissements internationaux n'en révèle le besoin. Il y aurait en quelque sorte une prémonition par les marchés financiers, dès le début des années 1980, des besoins propres à la fin de la décennie. Une telle relation apparaît peu compréhensible : de fait, la vague de libéralisation qui s'enclenche en 1979-1980 et entame la globalisation financière répond presque immédiatement à d'autres besoins, en particulier le financement des déficits jumeaux américains (déficit budgétaire comme déficit courant)…

Si l'on examine la distribution des déficits et des excédents courants, de 1967 à la fin des années 1980, on est frappé par l'existence de trois périodes nettement séparées (Oliveira Martins et Plihon [1990]).

Dans une première période, de 1967 à 1973, États-Unis, Europe, Japon et OPEP apparaissent légèrement excédentaires tandis que le reste du monde (PVD et pays de l'Est) est plus nettement déficitaire. Au total, les déséquilibres restent limités et les transferts internationaux vont du Nord vers le Sud, transitant essentiellement par les crédits publics et l'aide au développement.

Dans un deuxième temps, de 1974 à 1982, les deux chocs pétroliers déterminent des déséquilibres nettement amplifiés : si globalement États-Unis, Europe et Japon sont à peu près équilibrés, l'OPEP devient fortement excédentaire et les PVD hors OPEP, fortement déficitaires. Les transferts sont alors du Sud (OPEP) vers le Sud (PVD non pétroliers) et sont médiatisés par les banques. De fait, ce sont les eurobanques qui permettent de recycler les « pétrodollars » excédentaires : bien qu'ils soient nés pour d'autres raisons, comme on l'a vu au chapitre 13, les euromarchés répondent clairement aux besoins internationaux de financement de la période.

Dans un troisième temps enfin, de 1983 à 1993, les PVD rétablissent progressivement leurs équilibres courants sous l'effet des mesures d'ajustement structurel tandis que l'OPEP, qui investit massivement et voit chuter le prix du pétrole en 1986, redevient à peine équilibrée. C'est entre les zones du Nord que les déséquilibres se manifestent avec une ampleur inédite : déficit courant record des États-Unis que contrebalancent des excédents européen (surtout allemand) et japonais. Les transferts sont alors du Nord vers le Nord mais, à la différence de la première période, ils ne sont plus médiatisés par les banques. De fait, c'est par l'achat de titres américains (notamment du Trésor) que l'apport principal de fonds a lieu. Pour que cet achat ait lieu, il faut attirer les épargnes des pays excédentaires (Japon et RFA, mais aussi couches favorisées du tiers-monde et de l'OPEP). Ce qui requiert à l'évidence une suppression des contrôles de change à l'échelle internationale (décloisonnement des marchés) d'une part, la création de nouveaux produits financiers permettant de gérer les risques de taux et de change liés à ces déséquilibres venus des États-Unis (déréglementation) d'autre part, un mouvement de titrisation permettant d'approfondir les marchés du côté de la demande de titres enfin.

À partir de 1994, on entre dans une période assez différente : les PVD renouent avec les déficits courants significatifs tandis que les États-Unis, s'ils restent en position de déficit courant multilatéral, voient leur déficit budgétaire se réduire régulièrement.

En clair, la globalisation financière, telle qu'elle a été résumée par la règle des « 3 D », se révèle largement cohérente avec les nécessités de financement Nord-Nord, qui caractérisent les années 1983-1993. Elle n'est sans doute pas une conséquence directe de ces besoins inédits de financement, mais elle les accompagne en facilitant les transferts nécessaires.

D'autres causes de la globalisation ont été évoquées, en particulier, la titrisation permettrait d'assurer un certain financement aux PVD, moins crédibles pour emprunter sous forme de créances bancaires classiques, mais soucieux de développer leur investissement productif. Dans un esprit similaire, certains auteurs (Aglietta, Brender et Coudert [1990]) ont évoqué l'hypothèse que le vieillissement des populations des pays riches (notamment l'arrivée des « baby-boomers », nés entre 1945 et 1960, dans une phase d'épargne nette positive, entre 1995 et 2010) amène une abondance de fonds sur les marchés de droits de propriété (actions, immobilier) du Nord et le déclenchement concomitant de bulles spéculatives. Préjudiciables à la croissance, de telles bulles seraient évitables si les entreprises émettaient suffisamment de titres de dette à court terme et d'obligations (marchés moins « spéculatifs » que ceux des droits de propriété) d'une part, si les fonds « excédentaires » pouvaient facilement se déplacer pour satisfaire les besoins des pays à population jeune d'autre part. Là encore la titrisation constituerait un remède tandis que le décloisonnement permettrait les transferts internationaux voulus.

Au-delà du débat sur les causes de cette globalisation financière, intéressons-nous, pour finir, aux risques nouveaux qu'elle a pu faire naître…

c. L'émergence du risque systémique

Le risque systémique est intuitivement assimilé à la possibilité d'une chute brutale de confiance, en un point précis du système financier (marché du crédit, marché actions, marché des changes), susceptible de dégénérer rapidement en contaminant d'autres points de ce système, suivant un « effet dominos » capable de mettre en question l'ensemble du fonctionnement macroéconomique.

La crise asiatique de 1997-1998 semble illustrer à merveille ce phénomène. Tout commence en Thaïlande où, dès 1993, un important mouvement de libéralisation financière permet aux banques locales d'emprunter massivement à l'étranger en dollars et de financer un boom sur l'immobilier. La chute de confiance survient en 1996, avec l'éclatement de la bulle immobilière et la révélation d'un système bancaire alors fragilisé par de nombreuses créances douteuses. Les difficultés des banques amènent à douter de la crédibilité de l'ensemble des entreprises et entraînent une chute de 40 % du marché actions. La monnaie domestique apparaît alors surévaluée aux yeux de tous et les spéculateurs l'attaquent en juin 1997, provoquant une crise de change… On observe donc une évidente contamination locale du marché immobilier au secteur bancaire, puis au marché actions, enfin au marché des changes.

Mais la crise ne s'arrête pas à ce stade. La dépréciation du baht thaïlandais rend alors beaucoup moins compétitifs les produits des autres dragons et tigres asiatiques. Les monnaies de ceux-ci sont alors logiquement attaquées par les spéculateurs qui les obligent à dévaluer ou à laisser flotter leur monnaie à leur tour. Progessivement tous les pays sont pris dans le piège suivant : la dépréciation de leur monnaie rend plus coûteux, dans cette monnaie, le remboursement de leur dette externe, ce qui conduit à un surcroît de défiance envers la monnaie locale, donc à une nouvelle dépréciation de cette monnaie qui accroît en retour la difficulté à rembourser la dette. Certains investisseurs de ces pays (coréens notamment) liquident leurs avoirs à l'étranger pour se renflouer, et notamment les bons du Trésor russe qu'ils possédaient… Ce mouvement est déterminant dans la crise russe de l'été 1998, laquelle à son tour amène des mouvements de défiance sur les Bourses occidentales à l'automne… On observe donc ici une contamination internationale *via* le marché des changes, le marché des obligations publiques russes jusqu'aux marchés actions des pays les plus riches.

La réalité concrète du risque systémique est donc évidente et bien documentée. En regard, les définitions théoriques peuvent sembler parfois ternes. Pour la Banque des règlements internationaux (BRI), le risque systémique est « l'éventualité que le défaut d'exécution d'un participant ne provoque la défaillance d'autres, déclenchant ainsi une réaction en chaîne qui aboutirait à une crise financière généralisée » (BRI [1994]). Pour Aglietta et Moutot [1993], le risque systémique se définit comme « l'éventualité pour une économie qu'apparaissent des états dans lesquels les réponses des agents aux risques qu'ils perçoivent, loin de conduire à une meilleure répartition des risques individuels (au travers d'un processus d'assurance par exemple), conduisent à élever l'insécurité générale » (Aglietta et Moutot [1993]). Ces définitions ont l'avantage de montrer que le risque systémique, loin de s'identifier aux contaminations propres à la crise financière elle-même, est constitué des conditions qui rendent possible, sinon probable, la crise.

De façon générale, on peut dire que le risque systémique prend racine dans un secteur financier précis, les marchés de titres par exemple ou encore la relation de crédit, voire les systèmes de paiement. Dans chacun de ces secteurs, on peut isoler une source d'incertitude, une rationalité individuelle contestable des acteurs, un processus initiateur et une dynamique de propagation de la crise. Dans le cas de la relation de crédit par exemple, l'incertitude naît notamment de ce qu'on appelle l'aléa moral : sachant que son banquier continuera à le financer (de peur de précipiter la faillite du débiteur et de s'ôter ainsi tout espoir d'être remboursé), un emprunteur peut être amené à moins de rigueur dans l'utilisation des crédits. Le créancier peut alors devenir (ou choisir de devenir) aveugle au désastre potentiel (la crise de la dette du tiers-monde ou les aventures du Crédit lyonnais illustrent abondamment cette rationalité individuelle contestable). Un processus de surendettement caractérisé et d'insolvabilité potentielle des débiteurs se déclenche alors. Un jour vient où les créanciers sont dans l'obligation de suspendre brutalement tout crédit nouveau (notamment si la constitution de provisions pour pertes vient grever toute rentabilité bancaire). La dynamique de propagation de la crise est alors enclenchée.

Mais le risque systémique naît aussi le plus souvent de l'interaction entre secteurs financiers. Dans le cas du Japon de la fin des années 1980, il semble que la hausse du prix de l'immobilier (pour des raisons physiques et démographiques naturelles) ait permis aux détenteurs d'immeubles d'accéder plus facilement au crédit bancaire puisqu'ils présentaient en gage des titres de propriétés dont le prix grimpait rapidement. Utilisant ces crédits bancaires, ils ont spéculé sur le marché actions avec un effet prévisible de hausse générale des prix de ces titres. Ces actions détenues ont constitué une garantie pour élargir encore leur accès au crédit et accroître la spéculation immobilière… On comprend, dans le cadre d'une telle chaîne, que l'accident en un point du système détermine une cascade catastrophique : le remboursement des crédits devient impossible si l'immobilier chute ; pour pouvoir rembourser, les spéculateurs vendent d'autres immeubles, puis des actions dont la chute à son tour rend encore plus problématique le remboursement des crédits, etc.

Il apparaît aujourd'hui que la libéralisation financière idéologique des années 1980 et la globalisation financière qu'elle a déterminée ont accru la fragilité du système financier international… Nous retrouverons ces problèmes dans les chapitres 8 (avec la description des régimes et des crises de change) et 11 (avec la question épineuse de la gestion des crises financières). Dans cette perspective, il nous faut auparavant nous familiariser avec le marché des changes dont le lecteur aura sans doute compris qu'il constitue le marché pivot de la finance internationale. Ce sera l'objet des deux prochains chapitres.

6. Le marché des changes

Le marché des changes est, par définition, le lieu où transitent l'essentiel des flux financiers internationaux. Interface entre les marchés monétaires et financiers des différents espaces nationaux (ou multinationaux mais régis par une monnaie unique – cas de la zone euro), ce marché est souvent mal connu et entouré d'une aura mystérieuse... Surmenage des opérateurs, atmosphère électrique des salles de marché, compétences techniques hors de portée du grand public, informations privilégiées, autant d'images qui opacifient notre appréhension des pratiques de ce marché. Le titre I de ce chapitre tentera de donner une image plus précise de son fonctionnement, en privilégiant notamment les éléments de connaissance utiles pour la théorie du change (traitée au chapitre 7) et la gestion du risque de change.

Gérer le risque de change, c'est d'abord traiter l'éventualité d'une perte due à une évolution défavorable, en monnaie nationale, du cours d'une devise à détenir ou à verser ultérieurement. Ainsi un exportateur français, payable en dollars américains à échéance de trois mois, court un risque de change si le dollar se déprécie par rapport à l'euro entre aujourd'hui et « dans trois mois »: il touchera alors à l'échéance moins d'euros qu'il ne pensait initialement.

Le traitement de ce risque de change (objet du titre II) est devenu, depuis le début des années 1970, une activité particulièrement importante pour les firmes. Certaines des plus importantes entreprises françaises (l'Organisation des jeux Olympiques d'Albertville par exemple) ont ainsi perdu des sommes colossales pour ne pas s'être « couvertes » contre les fluctuations du dollar... En quoi consiste cette couverture ?

Simplement à avoir préventivement vendu (ou acheté) à sa banque dès aujourd'hui les devises à recevoir (ou à verser) à une date ultérieure, à un prix convenu dès aujourd'hui. S'il n'est pas toujours conseillé de se couvrir systématiquement (la gestion du risque dépasse la simple couverture), les pertes potentiellement encourues impliquent en revanche de se poser systématiquement la question… Et ce d'autant plus que les techniques contemporaines de gestion de ce risque (options de change en particulier), lorsqu'elles sont utilisées avec discernement, permettent à la fois de limiter les pertes en cas d'évolution défavorable du change et de profiter largement d'évolutions anticipées favorables des cours (titre III)…

I. Acteurs et fonctionnement du marché des changes

Le marché des changes est naturellement le lieu où s'échangent les devises l'une contre l'autre. Il existe donc une offre et une demande pour chaque devise. Si ces devises sont respectivement A et B, il va de soi que l'offre de A est en même temps demande de B ; symétriquement, l'offre de B est en même temps demande de A. Le taux de change est donc le prix relatif d'une devise dans une autre, tel qu'il résulte de la confrontation de l'offre et de la demande de la devise concernée. Sur un marché traditionnel, marché de biens par exemple, le bien concerné est offert ou demandé contre de la monnaie et le prix du bien est exprimé en cette monnaie qui est alors unité de mesure. Dans le cas du marché des changes, la devise A est offerte ou demandée contre la devise B et le prix de la devise A est exprimé dans l'unité de mesure que constitue la devise B.

Prenons l'exemple du marché des changes particulier entre l'euro et le dollar américain. L'offre de dollars est, conformément à ce que nous avons vu en étudiant la balance des paiements au chapitre 5, le fait d'entreprises exportatrices européennes payées en dollars et d'entreprises américaines importatrices de produits européens réglables en euros. Elle est aussi constituée de transferts de capitaux d'un compte en dollars aux États-Unis vers un compte en euros situé sur l'Ancien Continent. Ces transferts passent normalement par les banques et consistent soit en dépôts bancaires purs, soit en investissement direct (les fonds en euros servent à acheter une masse importante d'actions d'entreprises résidentes en Europe), soit en investissement de portefeuille (achat d'obligations ou achat d'actions en quantité limitée d'une même entreprise). Mais le marché des changes comporte aussi des opérations qui ne figurent jamais dans la balance des paiements. Si la BNP Paris vend du dollar contre euro au CCF Paris, aucun mouvement n'apparaît en balance des paiements puisque les partenaires sont tous deux résidents dans la zone euro. L'opération pourra néanmoins peser sur le taux de change du dollar contre euro. C'est là une des raisons (parmi bien d'autres) pour lesquelles le taux de change entre deux monnaies ne peut être déduit de la balance des paiements bilatérale entre les deux espaces correspondant à ces monnaies.

La demande de dollars est évidemment constituée symétriquement : exportateurs américains (ou autres) payés en euros et désireux de détenir des dollars, importateurs européens (ou autres) possédant des euros et devant régler en dollars, détenteurs de capitaux sur un compte en euros et soucieux de les déposer en banque aux États-Unis ou de les investir sur le Nouveau Continent… Sans compter les opérations entre résidents d'un même espace (le CCF Paris était ainsi demandeur de dollars dans l'exemple précédent)…

Le taux de change du dollar en euros est alors la valeur du dollar pour laquelle les offres et les demandes de dollars se correspondent. Si initialement la demande dépasse l'offre, pour une valeur donnée du dollar en euros (soit P_0), alors les offreurs exigent un prix plus élevé pour céder leurs dollars, ce qui dissuade quelques demandeurs… Et ce jusqu'à ce que la quantité offerte et la quantité demandée soient strictement

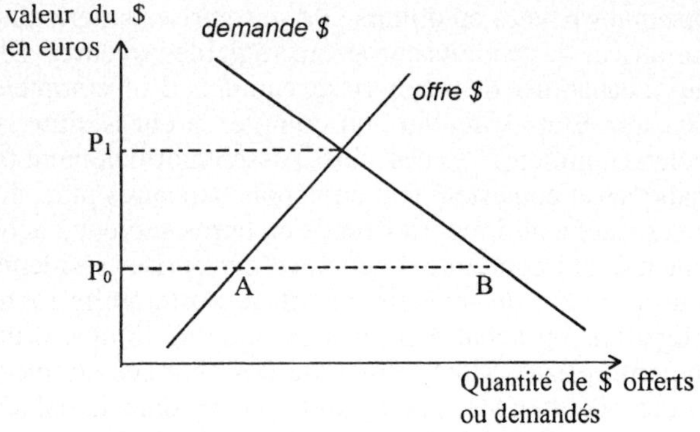

Figure 6.1. Le marché des changes

égales. Le schéma ci-dessus retrace ce fonctionnement élémentaire de marché (le segment AB mesurant la demande excédentaire de dollars, laquelle fait monter le prix du dollar de P_0 à P_1).

1. Les deux marchés des changes

Techniquement, le marché des changes est d'abord un marché décentralisé (il n'existe en effet aucun lieu central ou unique où se confronteraient toutes les offres et les demandes). Il s'agit ensuite d'un marché virtuel (et non pas physique), puisque les cotations sont données au téléphone ou sur écran, en l'absence physique de vis-à-vis. Il s'agit enfin d'un marché plutôt dirigé par les prix (et non par les ordres) au sens où le prix de marché, le cours de change, n'émerge pas, par tâtonnement, d'une confrontation des ordres d'achat et de vente, mais est proposé par des « *market-makers* » en nombre important (l'essentiel des grandes banques), qui rectifient leurs propositions de prix en fonction de leur observation du marché.

Sur ce marché, les cotations entre devises se font de deux façons alternatives, au certain ou à l'incertain, suivant que la monnaie domestique est exprimée en devises ou l'inverse. Ainsi sur le marché londonien, les cotations se font au certain : 1 livre sterling vaut tant de dollars ou de yens. À l'inverse, sur la plupart des autres grands marchés, la cotation se faisait, au XXe siècle, à l'incertain : 1 unité de monnaie étrangère valait tant d'unités de monnaie nationale. C'était en particulier le cas du marché parisien (on se souvient que 1 dollar valait par exemple 6 francs). Mais la création de l'euro en janvier 1999 a modifié les habitudes : l'euro est désormais coté au certain sur les marchés européens, soit 1 euro vaut tant de dollars. Nous utiliserons ici le plus souvent la cotation à l'incertain, présente dans la très grande majorité des ouvrages et des articles scientifiques aujourd'hui. Néanmoins nous coterons parfois la monnaie nationale au certain, notamment dans l'analyse des options de change, du fait de son caractère plus intuitif. Cette possibilité de deux cotations requiert une certaine gymnastique intellectuelle de la part du lecteur…

On retiendra – car cela est capital pour la compréhension de l'ensemble de cette partie – que, dans le cas d'une cotation à l'incertain, une appréciation de la monnaie domestique s'exprime par une diminution du taux de change (ou de la cotation). Inversement, une dépréciation de la monnaie domestique se traduit par une hausse du taux de change. Le lecteur devra donc s'habituer à ce qu'une expression du type « le taux de change de l'euro monte » soit synonyme de dépréciation de la monnaie cotée, ici l'euro. Nous verrons plus tard les avantages (notamment en introduisant la notion de taux de change réel) d'une telle convention qui peut paraître contre-intuitive dans l'immédiat. De façon à lever toute ambiguïté, cet ouvrage proscrira toute expression du type « le dollar baisse », puisque cela pourrait vouloir dire à la fois que le dollar se déprécie ou que son taux de change (pris à l'incertain) contre une autre devise diminue, c'est-à-dire au contraire que le dollar s'apprécie…

Par exemple, si le taux de change de l'euro contre dollars américains à Paris, coté à l'incertain, diminue de 0,85 à 0,80 (soit 1 dollar = 0,85, puis 0,80 euro), c'est que l'euro s'est apprécié. Cela est logique puisque 1 dollar vaut désormais moins d'euros, le dollar s'est déprécié et l'euro s'est apprécié de façon concomitante.

Il existe concrètement deux grands types de marché des changes, le marché au comptant et le marché à terme.

Le marché au comptant sert à l'acquisition/vente de devises ou de monnaie nationale dans le cadre d'une transaction immédiate. Cela revient à dire que le contrat est passé aujourd'hui, à un prix fixé aujourd'hui, pour une livraison des devises et un règlement ayant également lieu aujourd'hui (aux délais techniques de livraison près).

Le marché à terme sert à l'acquisition/vente de devises ou de monnaie nationale dans le cadre d'une transaction « différée ». Dans ce cas, le contrat est passé aujourd'hui, à un prix spécifique fixé aujourd'hui, mais pour une livraison des devises et un règlement à une date ultérieure (le « terme »).

Le marché à terme est destiné notamment à permettre les opérations de couverture du risque de change des entreprises (« *hedging* » dans la terminologie anglaise). Il assure ainsi, dès aujourd'hui, un prix fixe et irrévocable pour une entreprise qui sait qu'elle devra, par exemple dans un mois, acheter des dollars (cas d'un importateur) ou vendre des dollars (cas d'un exportateur). Une entreprise exportatrice est alors dite en « position de change », puisqu'elle perd ou gagne (en monnaie domestique) suivant que le dollar se déprécie ou s'apprécie par rapport à cette monnaie domestique. Une entreprise importatrice est en position de change symétrique : elle perd ou gagne (en monnaie domestique) suivant que le dollar s'apprécie ou se déprécie par rapport à cette monnaie. Elle est de fait exposée au risque de change. La vente (aujourd'hui) à terme (trois mois) de dollars à recevoir dans trois mois permet à l'entreprise exportatrice de fermer sa position (ou encore de la liquider) et de se soustraire au risque de change. Il en est de même d'un achat à terme de dollars dans le cas d'une entreprise importatrice. Notons enfin que le cours à terme est en général différent du cours au comptant, mais ne s'en éloigne, dans les situations normales, que de quelques pourcents…

L'existence d'un marché à terme suppose *a priori* qu'il existe en deuxième rideau un « spéculateur » qui endosse le risque à la place de l'entreprise. Ainsi, telle entreprise qui vend des dollars à terme de trois mois a besoin d'un spéculateur qui lui achète ces dollars à terme. Ce dernier n'accepte que s'il anticipe une appréciation significative du dollar, sur le marché au comptant, entre aujourd'hui et la date du terme… Plus précisément, il espère revendre ces dollars, dans trois mois et au comptant, avec une contre-valeur en monnaie domestique plus élevée que cette contre-valeur à terme pratiquée aujourd'hui à la date du contrat. En pratique, nous allons voir que les banques, qui sont les principaux acheteurs (ou vendeurs) de devises pour le compte d'entreprises qui se couvrent, ne spéculent pas ouvertement et trouvent des méthodes de couverture en deuxième rideau…

Entre les cours fixés sur ces deux marchés, cours au comptant et cours à terme, existe une relation obligatoire… Elle résulte d'un arbitrage permanent, c'est-à-dire une activité consistant à tirer profit, systématiquement et sans risque, d'incohérences provisoires des marchés. Cet arbitrage conduit à supprimer tout gain susceptible d'être obtenu sans prise de position, comme cela va être décrit précisément au point 2 de ce titre I.

En définitive, les activités sur les marchés des changes se réduisent donc à des activités de fermeture de positions (couverture ou « *hedging* »), de prise de positions (spéculation) ou encore d'élimination de gains obtenables sans position (arbitrage).

2. L'arbitrage entre cours au comptant et cours à terme

a. Un exemple simple

Un cambiste (opérateur professionnel du marché des changes) s'aperçoit à l'instant t_0 que le dollar au comptant vaut 0,800 euro et que le dollar à terme de un an vaut 0,816 euro. Il enregistre donc une appréciation du dollar de 2 % entre comptant et terme. Simultanément il constate que le taux d'intérêt sur le marché monétaire de la zone euro est de 5 % et le taux d'intérêt sur le marché monétaire américain est de 2 %. Il peut alors faire le raisonnement suivant :

« Si j'emprunte un dollar à New York, cela me coûtera 2 cents. Je convertis alors ce dollar en euros au taux de 0,8 euro pour 1 dollar. Je place mes 0,8 euro à 5 % pour un an et j'obtiens donc 0,84 euro à cette échéance. Mais si j'ai, dès aujourd'hui, vendu mes euros à terme de un an, je les ai vendus au taux de 0,816 euro par dollar (soit 1/0,816 dollar par euro). Autrement dit, en combinant toutes ces opérations (emprunt de dollars, change au comptant en euros, placement des euros et revente à terme de ces euros), je me retrouve après un an avec 0,84/0,816 dollar, soit à peu près 1,03 dollar (en arrondissant au cent supérieur). J'ai donc gagné 3 cents en résultat brut alors que je n'en dois que 2 à la banque qui m'a prêté le dollar. Je gagne donc 1 cent pour 1 dollar (soit 1 % de ma mise initiale). L'opération est intéressante… Je la mets donc en œuvre… »

Il importe par ailleurs de voir que cette opération est sans risque (autre que de « contrepartie », c'est-à-dire que la banque avec qui je traite peut faire faillite…), puisque strictement aucune position de change n'a été prise. En effet, le cambiste en question achète des euros au comptant, mais pour aussitôt les revendre à terme. Il est donc indifférent à l'évolution ultérieure des cours puisque les deux contrats sont pris simultanément et à des cours fixes et irrévocables… En un mot, les jeux sont faits… L'arbitrage consiste donc à tirer parti, sans prendre de position, c'est-à-dire sans s'exposer au risque de change, d'une incohérence à l'évidence éphémère des marchés…

Et l'on voit intuitivement que cette action est de nature à rétablir la cohérence entre les cours au comptant et à terme, la cohérence entre les deux marchés. En effet, dans l'exemple précédent, le gain résultait, pour des taux d'intérêt donnés, d'une sous-évaluation du dollar à terme (à 0,816 euro par dollar l'opération était bénéficiaire, à 0,824 elle ne l'était plus). Or précisément, vendant de l'euro à terme, le cambiste tend à peser à la dépréciation sur ce dernier. Ou, ce qui revient au même, il pèse à l'appréciation du dollar à terme. L'action simultanée de multiples cambistes qui ont, en même temps, l'œil rivé sur leurs écrans et prennent nécessairement la même décision va finalement amener une appréciation du dollar à terme jusqu'à 0,824 euro, niveau auquel l'opération n'est plus intéressante…

Raisonnant en termes plus généraux, on dira que les deux marchés doivent, à l'équilibre, c'est-à-dire une fois que toutes les opérations gagnantes que l'on vient de décrire auront été réalisées, se caractériser par une indifférence stricte des cambistes à faire un placement en euros ou en dollars. Pour que cela soit vrai, il faut que le gain net (positif ou négatif) obtenu sur les intérêts soit strictement compensé par la perte nette (positive ou négative) sur le change. Exprimons maintenant ce raisonnement de façon générale.

b. L'équation générale d'arbitrage

Soit un emprunt de 1 euro sur le marché à court terme parisien. Il coûtera :

$$\text{Coût} = 1 + i_f$$

i_f étant le taux d'intérêt annuel sur le marché monétaire français (supposé homogène dans toute la zone euro).

Changé en dollars, cet euro rapportera 1/S dollars (S étant la cotation de l'euro au comptant à l'incertain, 1 dollar = S euros). Placée sur le marché monétaire américain (au taux i_{US}) et revendue aujourd'hui même à terme de un an au taux F (F comme « *forward* » qui signifie « terme »), cette somme rapportera finalement :

$$\text{Gain} = (1 + i_{US}).\ F/S.$$

Le marché sera donc arbitré si et seulement si :

$$1 + i_f = (1 + i_{US}).F/S,$$

ce qui, après réarrangement, donne :

$$(F - S)/ S = (i_f - i_{US})/(1 + i_{US}). \quad \textbf{(1)}$$

Comme i_{US} est en général faible en regard de 1, cette expression s'approxime en :

$$(F - S)/S = i_f - i_{US}. \quad \textbf{(2)}$$

Cette dernière égalité, en général donnée en pourcentages, montre que l'écart relatif entre cotation à terme et cotation au comptant est à peu près égal à l'écart d'intérêt entre les deux marchés monétaires. C'est, à la simplification effectuée près, la relation que doivent en permanence vérifier les deux compartiments du marché. Et il est naturellement inconcevable qu'il n'en soit pas ainsi puisque cette relation, si elle n'est pas vérifiée, entraîne immédiatement un « arbitrage » de la part des cambistes, arbitrage qui rectifie automatiquement l'équilibre… De fait, elle est très bien vérifiée pour les quinze ou vingt devises les plus activement cotées de la planète.

Théoriquement, cette égalité est connue sous le nom de « parité de taux d'intérêt couverte » (voir chapitre 7). Pour leur part les cambistes l'utilisent en disant qu'elle exprime le degré de déport ou de report de la monnaie nationale par rapport à une autre devise.

Dans notre exemple précédent, le taux d'intérêt sur dépôts en euros était de 5 % contre 2 % sur dépôts en dollars. Il était donc logique que l'euro fût déprécié à terme en regard de son niveau au comptant puisque ce qu'on gagne en intérêt doit, à l'équilibre, être compensé par ce qu'on perd sur les opérations de change (ici on se place en euro, mieux rémunéré en intérêt, ce qui implique de perdre en le vendant à terme). Ceci signifie encore que, le gain sur intérêts étant de 3 %, la cotation de l'euro à terme (soit F en cotation à l'incertain) devait être environ 3 % plus élevée que la cotation de l'euro au comptant (soit S, toujours en cotation à l'incertain). On le retrouve bien à partir de la formule précédente :

$$F = S + S.(i_F - i_{US}) = 0{,}800 + 0{,}8.(0{,}03) = 0{,}824 \text{ euro.}$$

Dans ce cas précis où l'euro se déprécie entre le comptant et le terme, l'euro est dit « en déport » et ce cas correspond évidemment à un taux d'intérêt sur dépôts en euros supérieur au taux d'intérêt sur dépôts en dollars.

Dans le cas contraire où F serait inférieur à S, soit une appréciation de l'euro entre le comptant et le terme, l'euro serait dit « en report ». Ce cas correspondrait à un taux d'intérêt sur dépôts en euros inférieur au taux d'intérêt sur dépôts en dollars.

On peut résumer ces deux cas possibles de la façon suivante :

écart d'intérêt positif (en faveur des placements domestiques)

➠ monnaie domestique en déport
= change à terme déprécié en regard du change au comptant
= cotation (à l'incertain) à terme > cotation (à l'incertain) au comptant.

écart d'intérêt négatif

➠ monnaie domestique en report
= change à terme apprécié en regard du change au comptant
= cotation (à l'incertain) à terme < cotation (à l'incertain) au comptant.

3. Les acteurs du marché des changes

Ils sont principalement au nombre de quatre : banques et entreprises, courtiers, banques centrales et investisseurs internationaux.

Les banques et les entreprises sont par définition en permanence soumises au risque de change. Les entreprises doivent en effet importer et exporter quotidiennement tandis que les banques, en achetant ou vendant à terme des devises pour couvrir ces mêmes entreprises, sont également continûment exposées. Ces deux types d'acteurs cherchent donc *a priori* à se couvrir. Mais les banques n'en restent pas là : elles ont également une activité d'arbitrage, une activité de service à la clientèle en matière de change et assument surtout le rôle de « *market-maker* » (elles indiquent le prix de marché à l'ensemble des agents économiques qui le leur demandent). Cette fonction est rendue possible grâce à leur présence sur le marché, les volumes qu'elles traitent, leur information de première main. Entreprises et banques n'ont enfin pas vocation à spéculer. Avec le développement des produits dérivés, options de change par exemple, une activité non négligeable de spéculation peut cependant aussi les concerner…

Les courtiers sont des grossistes centralisant les offres et les demandes, exécutant les échanges et percevant de ce fait des commissions. Il leur est interdit de prendre des positions. En petit nombre sur chacune des grandes places, leur rôle consiste donc à faire se rencontrer les offres et les demandes de devises.

Les banques centrales interviennent officiellement pour faire respecter les parités imposées par des accords de change fixe ou quasi fixe (ancien Système monétaire européen [SME ou SME *bis* depuis la création de l'euro en janvier 1999]) ou encore pour maintenir certaines parités à l'intérieur de zones données. Elles peuvent également intervenir de façon discrétionnaire dans le cadre de régimes de changes officiellement flexibles (voir chapitres 8 et 10).

Les investisseurs internationaux sont les agents, financiers ou non, qui réalisent les investissements de portefeuille devenus prépondérants aujourd'hui (et parfois réalisent des placements à court terme dans un but immédiatement spéculatif).

Le fonctionnement élémentaire du marché étant maintenant connu, nous pouvons nous tourner vers le problème de la gestion du risque de change.

II. Le traitement du risque de change

Nous avons jusqu'ici assimilé position de change et exposition au risque de change, dans le cadre d'une approche intuitive des problèmes. Précisons maintenant ces différents concepts.

1. La position de change

Qu'est-ce qu'une position de change ?

Cette définition intervient à partir de la notion de portefeuille incorporant plusieurs actifs. Ainsi une banque peut souhaiter détenir à son « actif » (c'est-à-dire la colonne recensant, dans son bilan, ce qui lui est dû – essentiellement ses créances) des titres dans différentes devises, avec une pondération précise pour chaque devise. À ces différents actifs, présents dans les pondérations souhaitées, correspondent, à l'équilibre, des engagements de la banque à son « passif » (c'est-à-dire la colonne recensant, dans son bilan, ce qu'elle doit – essentiellement ses emprunts ou dépôts) qui respectent les mêmes devises de libellé et les mêmes pondérations…

Voici un exemple de bilan bancaire simplifié équilibré.

Actif	**Passif**
Créances en euros : valeur 100	Emprunts en euros : valeur 100
Créances en dollars : valeur 100	Emprunts en dollars : valeur 100

Soit une banque qui, partant d'un bilan ainsi équilibré devise par devise, achète 10 dollars contre 10 euros (on suppose un taux de change unitaire pour simplifier). La structure nouvelle de son actif viole désormais la pondération souhaitée. Et surtout l'actif en dollars est plus important que le passif dans cette devise tandis que, parallèlement, l'actif en euros devient inférieur au passif en euros. On dit alors que la banque est longue en dollars et courte en euros.

Actif	**Passif**
Créances en euros : valeur 90	Emprunts en euros : valeur 100
Créances en dollars : valeur 110	Emprunts en dollars : valeur 100

Il va de soi que la banque est alors exposée au risque de change. En termes nets (c'est-à-dire en soustrayant le passif à l'actif pour une même devise), elle détient une créance en dollars de 10, contrepartie d'un engagement en euros de 10. Si le dollar s'apprécie par rapport à l'euro, elle détiendra *in fine* un montant de dollars, qui, converti en euros, surpassera le montant en euros dû. Elle fera alors un gain de change. Mais si l'évolution est de sens contraire, elle fera une perte susceptible d'être lourde.

Pour une entreprise, la position de change ne résulte pas directement d'un choix de portefeuille affecté de pondérations spécifiques à chaque devise. Elle résulte au contraire de l'activité normale de commerce international. Ainsi une entreprise exportatrice va recevoir des dollars (soit une créance en dollars à son actif) alors que son propre financement, les salaires de ses employés, les dettes à l'égard des fournisseurs, etc. sont des engagements en euros (soit une dette en euros à son passif). Elle se trouve donc en position de change du fait de cette non-concordance des devises à recevoir et des euros à verser. Elle est longue en dollars et courte en euros. Elle court évidemment un risque de change en cas de dépréciation du dollar entre aujourd'hui et la date où elle les recevra… Une entreprise importatrice, devant régler en dollars, aura elle une dette en dollars américains pour des recettes *a priori* en euros. Elle sera longue en euros (courte en dollars) et perdra en cas d'appréciation du dollar.

Nous dirons que la position de change consiste dans la non-concordance entre les devises possédées ou à recevoir d'une part, les devises dues ou à livrer d'autre part. La position de change concerne donc à la fois des opérations de change au comptant et à terme. La non-concordance porte d'abord sur les montants absolus de devises, mais peut aussi porter, à montants égaux, sur les échéances de l'actif et du passif.

Une position longue dans une devise résulte d'un excès de devises possédées ou à recevoir en regard des devises identiques dues ou à livrer. Inversement, une position courte dans une devise consiste en un excédent de devises dues ou à livrer en regard des devises identiques détenues ou à recevoir.

Une entreprise ou une banque peut et même doit se donner des positions maximales à ne pas dépasser en fin de journée. On parle alors de positions ouvertes limites. En règle générale, et cela est encore plus vrai si le marché est volatil, les cambistes soldent (ferment) complètement leurs positions en fin de journée.

Même sur une position fermée, il existe encore un risque de non-homogénéité des échéances. On parlera alors de position de trésorerie longue si les créances à vue l'emportent sur les engagements à vue et inversement. Une fermeture totale de position en devises requiert donc de réaliser également la concordance (« *matching* » en anglais) des diverses échéances.

2. Couverture à terme et opérations de trésorerie

Nous avons vu que l'exposition au risque de change peut être couverte par un achat/vente à terme. Concrètement donc, un exportateur qui sait qu'il recevra une somme en dollars dans trois mois peut vendre ces dollars à terme. Il bénéficie ainsi d'un cours très proche du cours au comptant aujourd'hui. On a vu en effet que l'écart relatif $(F - S)/S$ était équivalent à l'écart d'intérêt : il n'y a donc que quelques pourcents de différence entre les deux cours.

La couverture à terme est donc une solution simple pour pallier le risque de change. Si le dollar se déprécie, au-delà de l'écart (F – S)/S, entre aujourd'hui et l'échéance du terme, l'exportateur n'en subira pas les conséquences. Revers de la médaille, il ne profitera pas d'une éventuelle appréciation du dollar : on ne peut en même temps éviter le risque et vouloir tirer profit des aléas favorables. C'est pourtant ce que permettent, dans une certaine mesure et avec un coût non négligeable, les options de change (voir titre III). Ce simple exemple montre que la couverture à terme n'est pas nécessairement la meilleure solution. De même, un entrepreneur soumettant une proposition dans le cadre d'un appel d'offres international, avec paiement en dollars s'il est retenu, n'a sans doute pas intérêt à vendre les dollars potentiellement recevables sur le marché à terme. Sa position de change étant conditionnelle (à l'acceptation de sa proposition), il est clair qu'il lui faut trouver une méthode de gestion plus souple.

Élucidons d'abord la question de savoir comment la banque qui, par exemple, achète les dollars à terme à l'exportateur E fait elle-même pour se protéger du risque de change. En effet, l'achat à terme des dollars par le banquier ne fait que reporter sur lui la position longue en dollars et courte en euros qu'avait initialement contractée l'entreprise. Les deux solutions classiques qui s'offrent à lui sont respectivement l'emprunt de la devise à recevoir (dans le cadre d'opérations de trésorerie plus complexes) et le swap cambiste. Voyons la première solution.

Se trouvant donc long en dollars et court en euros, le banquier doit intuitivement corriger cette position. Ce sera chose faite s'il emprunte des dollars et prête des euros… Alors, en effet, les dollars à recevoir à son actif seront « compensés » par les dollars empruntés, tandis que les euros à verser à son passif seront garantis par les euros résultant du placement. Cette logique comptable se présente de la façon suivante.

	Actif	**Passif**
Position initiale	Dollars à recevoir de E	Euros à verser à E
Correction de position	Prêt d'euros	Emprunt de dollars

Mais une autre logique intuitive, plus fonctionnelle cette fois, permet de comprendre l'action du banquier. L'idéal pour lui serait en effet que les dollars qu'il recevra de l'entreprise exportatrice lui servissent exactement à rembourser son nouvel emprunt en dollars. Et parallèlement que les euros à verser à l'entreprise lui fussent fournis très exactement par le produit de son nouveau placement en euros… Dans ce cas, en effet, le banquier ne courrait plus aucun risque. Il aurait en quelque sorte « verrouillé » sa position en s'assurant du débouclage des deux opérations, l'une en dollars, l'autre en euros.

Nous ne ferons pas ici le calcul exact de la somme à emprunter en dollars pour couvrir une position longue donnée et nous contenterons du principe. Le banquier pourra aussi avoir recours à une méthode plus souple et moins lourde, le « swap cambiste », qui ne sera pas non plus étudiée. Analysons plutôt d'autres moyens de traitement du risque de change, parmi lesquels les options tiennent une place tout à fait privilégiée.

III. L'utilisation des options de change

Les « produits dérivés » ont mauvaise presse… Ces instruments financiers, qui se sont développés dans les années 1980, liés par définition à un actif traditionnel (obligation, action, monnaie…), sont en effet accusés de contribuer aux crises financières. Si cela est vrai (la faillite de Barings, en 1996, aurait été provoquée par une utilisation abusive de ces produits), il n'en reste pas moins que ces produits sont souvent de remarquables outils de gestion souple du risque. En ce qui concerne le risque de change, deux grands types d'instruments dérivés existent, les « futures » en devises et les options de change. Les « futures » étant moins utilisés en France, examinons en détail les options de change, outil à la fois de « couverture » contre le risque de change et de spéculation relative en cas d'évolution favorable des taux de change. Assez techniques (et austères), les pages qui suivent sont cependant indispensables pour comprendre précisément, au-delà des mythes, selon quelles modalités les ventes d'options peuvent se révéler particulièrement dangereuses pour les marchés…

1. Définitions

L'option de change est le droit d'acheter ou de vendre une position comptant ou future en devises jusqu'à (ou à) une certaine échéance appelée « date d'exercice » et à un cours fixé dès l'origine, appelé « prix d'exercice ».

Ce droit à vendre ou à acheter est cédé/acquis entre deux partenaires. Il ne s'agit nullement d'une obligation : l'option sera exercée ou non suivant la décision de l'acquéreur du droit. C'est la différence cruciale séparant l'option de la vente à terme. En échange de ce droit, l'acquéreur paie une prime au vendeur : le prix de l'option. Comme il touche cette prime, le vendeur d'option doit alors se soumettre à la décision de l'acheteur.

a. Acteurs et asymétries

On voit intuitivement que cette situation exprime une asymétrie très importante en matière de risque. Supposons un acheteur d'option qui achète le droit de vendre une devise au taux S (cotation au certain). Il se trouve alors en situation de risque limité à la perte de la prime (s'il n'exerce finalement pas l'option et préfère vendre les devises sur le marché) : il abandonne donc la prime et se porte sur le marché, exactement comme s'il ne s'était pas « couvert ». Parallèlement il se trouve en situation de gain potentiel très important (si le taux de change de cette devise chute, par exemple à S/2, l'exercice de l'option lui confère un gain de 100 % en regard d'une vente directe sur le marché). De fait, ces deux types de gain sont de nature différente. Le non-exercice de l'option permet la réalisation d'un gain de change « effectif » (l'opérateur bénéficie d'une évolution favorable du change), tandis que son exercice permet un gain « d'opportunité » (initialement long en devises, l'opérateur profite de la possibilité de vendre ses devises à un cours plus intéressant que celui du marché).

À l'opposé, le vendeur d'option est, lui, en situation de risque très important (s'il doit acheter, au taux S, une devise qui ne vaut plus que S/2 sur le marché, la revente de cette dernière peut entraîner une perte très supérieure à la prime perçue) et de gain potentiel limité au montant de la prime.

Cette asymétrie nous montre d'emblée deux catégories d'acteurs sur le marché des options. Les acheteurs d'options semblent être plutôt des acteurs cherchant à couvrir le risque, des « *hedgers* » dans la terminologie anglo-saxonne. Les vendeurs apparaissent plutôt comme des spéculateurs qui cherchent à engranger des primes pour des options qui, s'ils spéculent bien, ne seront jamais utilisées par les acheteurs... Cette partition n'est cependant pas tranchée. Les acheteurs d'options sont par définition aussi des spéculateurs : ils achètent le droit de vendre une devise à S en espérant que ce taux de change montera et que le gain surcompensera la prime payée. Ce sont finalement des « spéculateurs » qui bordent leur risque. Par ailleurs, il est aussi possible de se couvrir en vendant des options dans le cadre d'opérations plus complexes. Il n'en reste pas moins que les deux fonctions de couverture et de spéculation sont bien présentes sur le marché des options. Nous allons voir dans un instant que la fonction d'arbitrage s'y trouve également présente.

b. Catégories d'options et arbitrage

On distingue traditionnellement deux catégories d'options :

• le « *call* », ou option d'achat, est le droit d'acheter une devise ;

• le « *put* », ou option de vente, est le droit de vendre une devise.

L'acheteur d'un *call* dollar (contre euro) achète donc le droit d'acheter du dollar contre de l'euro à un prix d'exercice fixé et jusqu'à (ou à) une date d'exercice fixée. Symétriquement le vendeur d'un *call* dollar contre euro vend le droit d'acheter du dollar contre de l'euro…

L'acheteur d'un *put* dollar (contre euro) achète donc le droit de vendre du dollar contre de l'euro à un prix d'exercice fixé et jusqu'à (ou à) une date d'exercice fixée. Symétriquement le vendeur d'un *put* dollar contre euro vend le droit de vendre du dollar contre de l'euro…

Ces deux définitions étant données, il doit d'emblée être clair qu'un acheteur de *call* dollar (contre euro) achète dans le même mouvement un *put* euro (contre dollar). En effet, le droit d'acheter des dollars contre euros est toujours un droit de vendre des euros contre dollars. Cette « lapalissade » est relativement importante quand on raisonne sur des options plus complexes.

Venons-en maintenant à l'arbitrage, consubstantiel à l'existence de marchés d'options. Pour le comprendre, il nous faut distinguer les options dites « américaines » des options dites « européennes ». Les premières donnent le droit d'exercer le droit acquis à tout moment jusqu'à la date d'échéance. Les secondes ne confèrent le droit d'exercice qu'à la date d'échéance.

Il en résulte que les options américaines permettent, à tout moment, un arbitrage entre le prix d'exercice de l'option et le cours comptant de la devise. Soit un agent qui achète un *call*, soit par exemple le droit d'acheter des euros contre dollars (à 1,10 dollar par euro) à échéance de trois mois. S'il s'agit d'un *call* de type américain, il peut l'exercer quand il le souhaite entre aujourd'hui et l'échéance. Supposons que le cours comptant de l'euro sur le marché soit aujourd'hui de 1,05 dollar. Le *call* n'est pas intéressant à exercer : pourquoi acheter des euros au prix d'exercice de 1,10 quand le marché permet de les acheter à 1,05 ? En revanche, si dans les trois mois l'euro au comptant atteint par exemple 1,15 dollar, il devient intéressant d'exercer l'option : j'achète 1 euro à 1,10 dollar en exerçant l'option et le revend aussitôt à 1,15 dollar, réalisant un bénéfice de 5 cents. Cela n'étant vrai bien sûr que si la prime payée sur le *call* est inférieure aux 5 cents gagnés dans l'opération : de fait, une partie de cette prime, une fraction du prix de l'option, interdit précisément en permanence tout gain de ce type.

Les options européennes, quant à elles, permettent d'exercer l'option à la date d'échéance et à elle seule. Il en résulte que l'arbitrage se réalisera cette fois entre le prix d'exercice de l'option et le cours à terme de la devise. En reprenant le même exemple, l'acheteur d'un *call* européen (dollars contre euros à 1,10) décidera d'exercer l'option, avec effet dans trois mois, dès que le cours à terme de l'euro aura dépassé 1,10 (à la prime près). Admettons que l'option soit achetée le 1er avril avec exercice au 1er juillet seulement. Entre le 1er et le 15 avril, le cours à terme (à échéance du 1er juillet) reste inférieur à 1,10 : il est alors inutile, durant cette période, d'exercer l'option, c'est-à-dire de promettre d'acheter de l'euro à 1,10, au 1er juillet (comme le permet l'option) et de le revendre à terme (à échéance du 1er juillet) à un taux plus faible. Supposons en revanche que le 16 avril, le cours à terme de l'euro monte brutalement à 1,20 (pour un terme fixé précisément au 1er juillet), alors il est intéressant d'exercer l'option (c'est-à-dire prévenir le vendeur d'option qu'on lui achètera du dollar à 1,10 le 1er juillet) et de revendre tout de suite, à terme, ce dollar, à 1,20. À la prime près, c'est un gain de 10 cents par euro acheté qui serait obtenu le 1er juillet.

Nous appellerons « cours sous-jacent » le cours avec lequel le prix d'exercice d'une option peut être arbitré. Dans le cas d'une option américaine, le « sous-jacent » est évidemment toujours le cours comptant du moment considéré. Dans le cas d'une option européenne, le sous-jacent est le cours à terme (le terme étant la durée qui sépare le moment présent considéré de la date d'échéance ou d'exercice). Dans ce dernier cas, si l'option n'a pas fait l'objet, avant la date d'échéance, d'une décision d'exercice, c'est bien entendu au dernier jour le cours comptant à l'échéance qui remplace le cours à terme comme cours arbitrable avec le prix d'exercice.

c. Le prix d'exercice

Ce prix ne s'impose pas à l'acheteur d'option comme dans la couverture à terme : il constitue son libre choix. En pratique, il existe deux types de prix d'exercice : des prix totalement libres et convenus entre partenaires sur le marché de gré à gré d'une part, des prix fixés par intervalles donnés sur les marchés organisés (Philadelphie ou Paris par exemple). Dans le cas des marchés organisés, le traitement des opérations se fait par contrats d'un montant fixé.

On dit que le prix d'exercice est « *at the money* » s'il est égal, le jour de l'émission de l'option, au cours comptant dans le cas des options américaines, au cours à terme (d'ici à l'échéance) dans le cas des options européennes.

En revanche, le prix d'exercice sera dit « *in the money* » s'il est plus faible que le sous-jacent dans le cas d'un *call*, plus élevé que le sous-jacent dans le cas d'un *put*. Dans ces deux cas, le prix d'exercice est particulièrement intéressant et l'exercice pourrait être décidé tout de suite si la prime à payer ne venait pas dissuader cet arbitrage immédiat. On peut intuitivement s'attendre à ce que cette prime payée soit d'autant plus forte que le prix d'exercice est particulièrement intéressant en regard du sous-jacent…

Inversement le prix d'exercice sera dit « *out of the money* » s'il est plus fort que le sous-jacent dans le cas d'un *call*, plus faible que le sous-jacent dans le cas d'un *put*. On pourrait s'attendre intuitivement, dans ce cas, à des primes nulles, voire négatives : nous verrons au titre II que la réalité est un peu plus complexe…

2. *Principes élémentaires de gestion du risque de change au moyen des options*

Prenons l'exemple d'un exportateur qui va recevoir des dollars dans trois mois. Il craint évidemment la dépréciation du dollar entre aujourd'hui et dans trois mois. Il va se « couvrir » en achetant un *put* dollar ou encore un *call* euro. Étudions ce dernier cas, qui a l'avantage de nous faire raisonner sur le cours de l'euro au certain, c'est-à-dire la cotation couramment donnée sur le marché des changes européen.

Raisonnons sur des options européennes et simplifions le problème en supposant que l'exportateur n'arbitre pas pendant la durée de vie de l'option. Il attend donc le dernier jour, jour d'échéance ou d'exercice de l'option, et observe à ce moment le cours comptant qu'il compare au prix d'exercice. Le *call* euro qu'il a acheté n'est exerçable que si le cours comptant à l'échéance est plus élevé que le prix d'exercice. Il n'est même assorti d'un gain net que si cette différence couvre la prime initialement payée au vendeur de *call*. Raisonnons dans un premier temps à prime nulle.

Supposons que le prix d'exercice est de 1,10 dollar pour 1 euro. Si le cours comptant à l'échéance est de 1,15 dollar pour 1 euro, il est intéressant (à prime nulle) d'exercer l'option : l'exportateur achète chaque euro avec 1,10 dollar seulement au lieu de 1,15 dollar s'il allait sur le marché… Il gagne 5 cents par euro acheté. Présenté autrement, chaque dollar obtenu à l'exportation lui ramène 0,91 euro (en exerçant l'option) contre 0,87 euro en allant sur le marché.

Inversement, il est évident qu'un cours comptant à l'échéance égal à 1,05 dollar pour 1 euro incite à ne pas exercer l'option et à acheter directement les euros (vendre les dollars) sur le marché. Dans ce cas, aucun gain n'est réalisé en regard d'une situation où l'exportateur ne se serait pas couvert.

Ces deux cas de figure peuvent être illustrés graphiquement dans un repère où le cours comptant à l'échéance figure en abscisse et le gain en regard d'une situation de non-couverture du risque figure en ordonnée. Si la prime de l'option est nulle (hypothèse qui sera levée dans un instant), le profil de gain est assimilable à une demi-droite coudée OAX.

En effet, tant que le cours comptant à l'échéance est inférieur à 1,10 dollar pour 1 euro, l'option n'est pas exercée et le gain est nul : tout se passe comme si l'exportateur n'avait adopté aucune couverture et le profil de gain se confond donc avec le segment OA (l'abscisse de A donnant la valeur

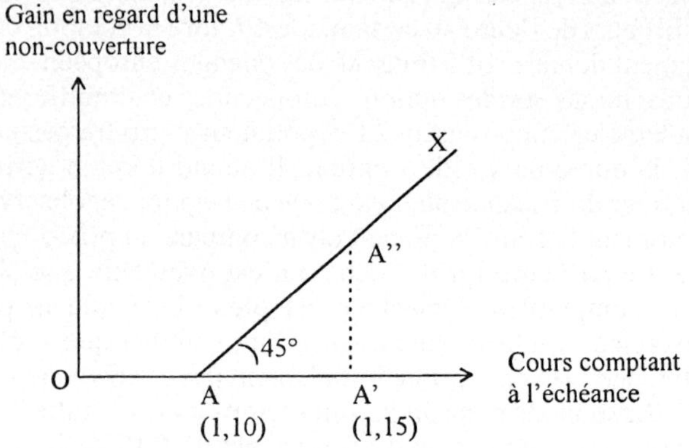

Figure 6.2. Gain lié à un* call *de prime nulle

du prix d'exercice). Si le cours comptant à l'échéance monte jusqu'à 1,15 dollar pour 1 euro, l'exercice de l'option permet un gain de 5 cents, soit le segment AA′. Ce même segment est égal au segment A′A″ si la demi-droite AX est à 45° par rapport à l'axe des abscisses. On voit donc que les gains obtenus (toujours en regard d'une non-couverture) sont situés sur cette demi-droite à 45° pour tous les cours comptant à l'échéance supérieurs à 1,10 dollar pour 1 euro. Au total, le profil de gain est bien la demi-droite brisée OAX.

Levons maintenant l'hypothèse quelque peu absurde d'une prime nulle de l'option. Il est évident que la prime, étant payée à l'émission de l'option, vient en soustraction du gain obtenu, quel que soit le cours comptant à l'échéance. Graphiquement le nouveau profil de gain est donc translaté du premier vers le bas, du montant exact de la prime. Soit PBY ce nouveau profil.

Au point C, le gain brut, diminué du montant de la prime, détermine un gain net nul. On note alors que l'exportateur ne gagne que relativement entre le prix d'exercice (point A) et le prix d'exercice plus le montant de la prime (point C). En fait, il perd même une petite somme mais moins que la prime, qui serait intégralement perdue si l'option n'était pas exercée. Le cours déterminé par OC est ce qu'on appelle le « cours effectif garanti » : c'est le cours auquel l'exportateur achètera 1 euro. De fait, en exerçant l'option il achète chaque euro à 1,10 dollar, mais le coût de l'option nécessaire à l'obtention de ce prix est égal à la prime (soit par exemple 0,05 dollar). Au total, chaque euro lui coûte 1,10 dollar plus la prime, soit 1,15 dollar, ce qu'est censé représenter le segment OC…

On voit clairement sur ce nouveau profil (PBY) que la perte de l'exportateur est limitée à la prime tant que le cours au comptant à l'échéance n'est pas supérieur au cours effectif garanti. En revanche, dès que ce cours est dépassé par l'euro au comptant à l'échéance, le gain de l'exportateur peut devenir très grand (potentiellement infini).

Il est alors possible de représenter le profil de gain d'une couverture à terme sur le même graphique. Supposons qu'à l'émission de l'option le prix d'exercice était exactement égal au cours à terme de l'euro. L'option était donc « *at the*

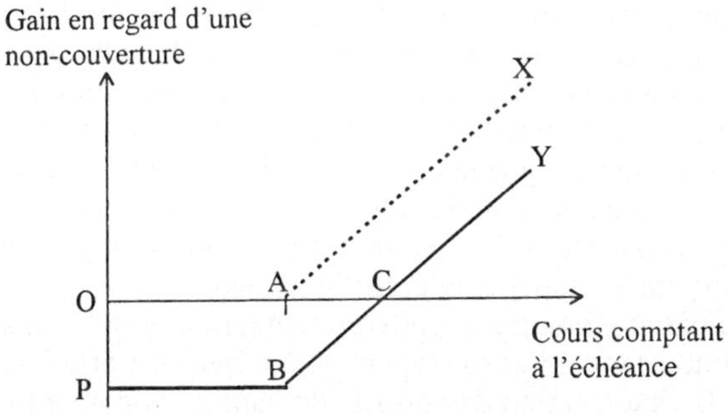

***Figure 6.3. Gain lié à un* call**

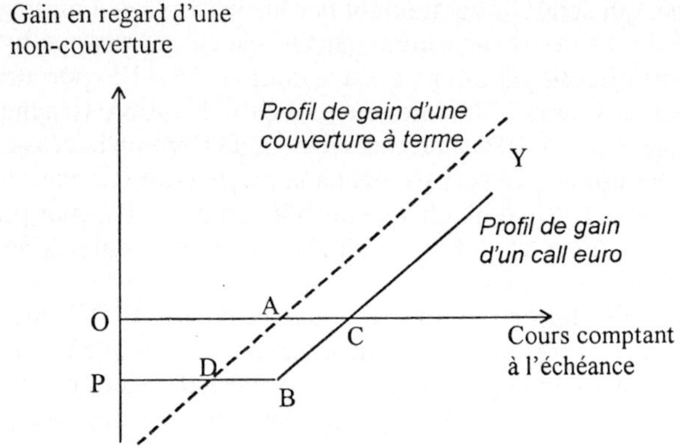

Figure 6.4. Comparaison d'un achat de* call *à une couverture à terme

money ». Il est clair que si le cours comptant à l'échéance est plus bas, l'exportateur y perd… Il est en effet contraint d'acheter des euros à 1,10 (achat à terme oblige), alors que le marché les lui offre à 1,05 ou moins. Inversement, l'exportateur y gagne si le cours comptant à l'échéance dépasse 1,10, puisque alors il a acheté ses euros à terme moins cher que le cours comptant à l'échéance ne le lui permet. En supposant qu'aucune prime ou commission n'affecte l'achat à terme, le gain résultant de celui-ci est représentable par une droite croissante à 45° passant par le point A précédent (situant, on le rappelle, le prix d'exercice).

Il apparaît alors que la couverture à terme permet un gain plus important si l'euro s'apprécie au-delà de l'abscisse du point D (intersection des profils de gain de la couverture à teme et du *call* euro). En revanche, si l'euro se déprécie en dessous de cette valeur (abscisse du point D), la perte de la couverture à terme (en regard d'une non-couverture) peut devenir très importante.

On mesure bien ici la différence entre couverture figée par le marché à terme et couverture ambivalente *via* l'utilisation d'option. La vente à terme des dollars à recevoir (achat à terme d'euros) permet d'assurer un cours de vente des dollars, mais interdit de profiter des opportunités de gain en cas d'évolution favorable des cours. Effectivement, quand le dollar s'apprécie (l'euro se déprécie), vendre à terme les dollars (acheter à terme les euros) à un cours prédéterminé empêche de profiter de cette appréciation du dollar : le résultat net est donc très inférieur à celui d'une non-couverture. Dans ce cas, l'achat préalable d'une option est une bonne stratégie : l'option n'est pas exercée et la prime est perdue, mais il devient possible d'acheter les euros sur le marché, à un prix devenu avantageux, comme si l'on ne s'était pas couvert… À l'autre extrême, si la crainte d'une dépréciation du dollar (appréciation de l'euro) se réalise, la couverture à terme est toujours préférable à l'achat d'une option.

De façon symétrique, la couverture de l'exportateur peut se réaliser au moyen de l'achat d'un *put* dollar contre euro. Alors l'exportateur n'exerce pas l'option si le dollar s'ap-

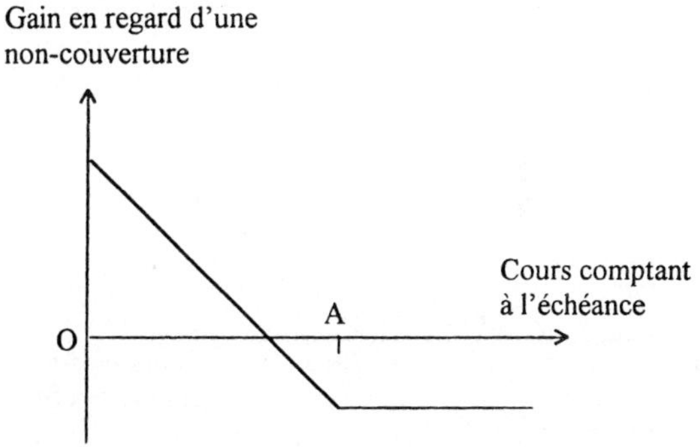

***Figure 6.5. Gain lié à l'achat d'un* put**

précie (puisqu'il peut le vendre sur le marché plus cher qu'au prix d'exercice) et l'exerce en revanche si le dollar se déprécie. Le lecteur fera lui même le raisonnement et vérifiera que le profil de gain en regard d'une non-couverture est conforme au schéma 6.5.

3. Stratégies de base sur options

Nous allons maintenant raisonner de façon plus générale. Quittons l'exemple d'un exportateur cherchant à gérer son risque de change et considérons un pur spéculateur cherchant à tirer parti, au moyen d'options, des variations du change entre le dollar et l'euro. Supposons qu'il achète un *call* euro contre dollar. Si le cours sous-jacent de l'euro (cours à terme si l'option achetée est européenne, cours comptant si l'option est américaine) chute en dessous du prix d'exercice et s'y maintient durant toute la durée de vie de l'option, il n'a aucun intérêt à exercer son option : il achèterait alors au prix d'exercice des euros qu'il ne pourrait pas revendre aussi cher sur le marché. Il perd donc la prime. En

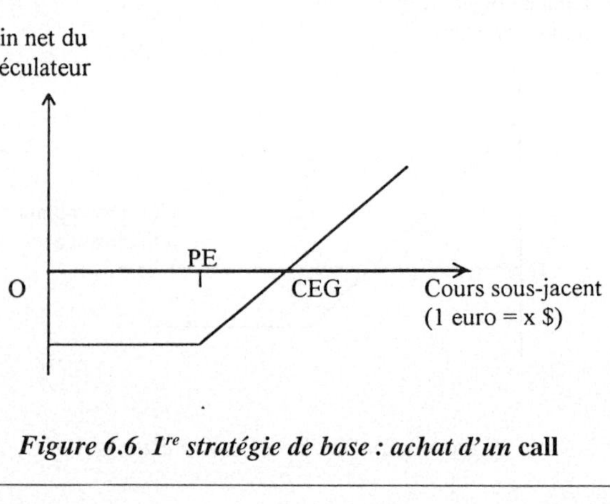

Figure 6.6. 1re stratégie de base : achat d'un **call**

revanche si l'euro s'apprécie, ne serait-ce qu'à une occasion au-dessus du prix d'exercice, il aura intérêt à exercer l'option : achat à prix d'exercice et revente, à un cours plus élevé, sur le marché, des euros ainsi obtenus. Son gain net a donc exactement le même profil que le gain net, en regard de la non-couverture, de l'exportateur pris précédemment comme exemple. On obtient donc la même représentation que précédemment, en plaçant cette fois en ordonnée le gain net du spéculateur en lieu et place du gain en regard de la non-couverture (et en plaçant plus généralement le cours sous-jacent en abscisse). On note par ailleurs PE l'abscisse du prix d'exercice et CEG celle du cours effectif garanti.

Il s'agit là de la première stratégie de base sur option. On la note souvent (0,1) pour indiquer les deux pentes successives du profil de gain. On voit que l'acheteur de *call* joue l'appréciation de la devise appelée (celle qu'il anticipe d'acheter avec l'option). Il joue également la volatilité de cette devise : en supposant en effet, cas le plus simple, que PE, prix d'exercice, soit égal au sous-jacent à la date d'émission de l'option, l'acheteur de *call* ne peut obtenir un gain que si la variation du taux de change est relativement importante (le *statu quo* lui ferait perdre la prime).

Les trois autres stratégies de base sont l'achat de *put*, affecté du couple de pentes (– 1, 0), la vente de *call* (0, – 1) et la vente de *put* (1, 0). Le lecteur vérifiera les trois profils des figures 6.7, 6.8 et 6.9, page suivante.

L'examen de ces quatre stratégies permet d'analyser ce que joue l'acheteur ou le vendeur d'option dans chacun de ces cas. Le tableau suivant le résume.

	Pentes	**Joue volatilité**	**Joue sens devise traitée**
Acheteur de *call*	(0,1)	Forte	Appréciation
Acheteur de *put*	(– 1,0)	Forte	Dépréciation
Vendeur de *call*	(0,– 1)	Faible	Dépréciation
Vendeur de *put*	(1,0)	Faible	Appréciation

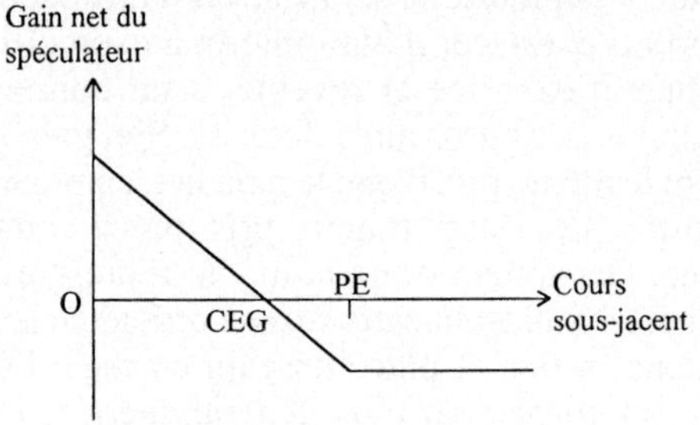

***Figure 6.7. 2e stratégie de base : achat de* put**

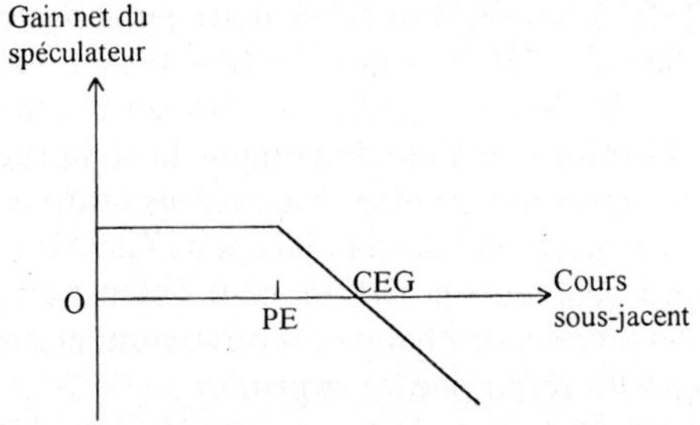

***Figure 6.8. 3e stratégie de base : vente de* call**

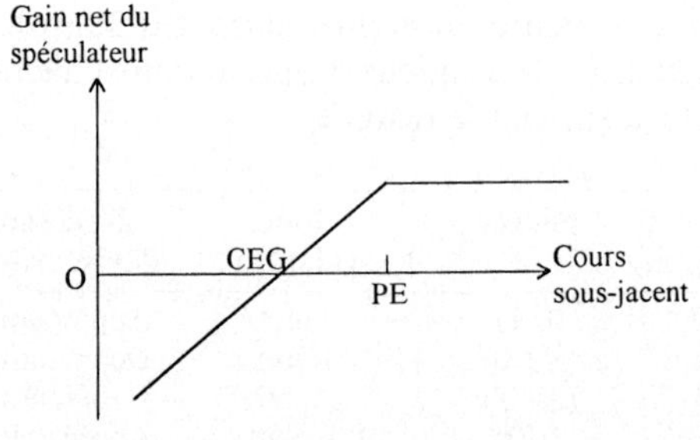

***Figure 6.9. 4e stratégie de base : vente de* put**

4. Options et marchés, une relation ambiguë

Dans la pratique, les marchés d'options sont animés par des spéculateurs qui espèrent faire du profit en revendant plus cher des options achetées (ou en rachetant moins cher des options vendues). Par exemple, un spéculateur achetant un *call* sur le dollar joue l'appréciation de ce dernier : si cette appréciation est effective, un *call* émis « *at the money* » vaudra de plus en plus cher sur le marché puisqu'il permettra d'acquérir du dollar à un prix d'exercice donné, désormais inférieur au cours sous-jacent. Il en va de même pour un spéculateur vendeur d'option : s'il vend un *put* dollar, il jouera l'appréciation du dollar (qui rendra le *put* moins cher, donc permettra à notre spéculateur de racheter ce *put* à meilleur prix).

L'un des dangers des marchés d'options réside alors dans la prolifération des stratégies de vente d'options. Supposons un « *trader* » aventureux qui spécule à l'appréciation d'un actif, vend des *puts* sur cet actif en conséquence, touche les primes et se dit que, si l'actif s'apprécie bien, ses *puts* vendus ne seront pas exercés, donc les primes touchées constitueront intégralement un bénéfice. Manque de chance : l'actif commence par se déprécier et notre spéculateur est systématiquement « exercé » sur tous les *puts* qu'il a vendus... Ce n'est qu'une question de temps, pense-t-il : l'actif finira bien par s'apprécier. De façon à payer les pertes subies sur la première vente de *puts*, il en revend de nouveau, confiant dans une issue conforme à ses anticipations. Les nouvelles primes touchées permettent bien immédiatement de « cacher » comptablement les pertes réalisées... Mais supposons que le marché continue d'évoluer en sens contraire. Si le « *trader* » persiste, il devra, échéance après échéance, vendre de plus en plus de *puts* pour toucher des primes permettant de camoufler sa prise insensée de risque... Arrive un moment où il ne parvient pas à vendre des *puts* pour le montant souhaité... Et l'on est alors en présence d'un Nick Leeson, le « *trader* fou » qui, dans une dynamique similaire en substance (spéculation sur l'indice boursier japonais et non pas sur devises), mit en faillite la prestigieuse banque Barings…

Mais l'utilisation des marchés d'options recèle d'autres ambiguïtés. Une seconde dynamique dangereuse réside dans la couverture d'une position longue (en dollars par exemple) non pas en achetant un *put* dollars ou un *call* euros, comme nous l'avons vu précédemment, mais en vendant des *calls* dollars (ou *put* euros). La logique intuitive d'un tel comportement est très simple. Si le dollar se déprécie, l'agent long en dollars y perd. Mais dans ce cas les *calls* dollars, à un prix d'exercice donné, voient leur prime baisser (en effet, le dollar se dépréciant, le droit de pouvoir les acheter à un prix d'exercice *a priori* plus élevé perd de sa valeur). Dès lors, l'agent peut racheter moins cher les *calls* dollars qu'il aura préalablement vendus pour se couvrir. Il peut ainsi regagner sur la vente, puis le rachat de ces options, ce qu'il aura perdu sur le dollar au comptant. C'est un système de compensation par lequel une position longue dans un actif donné (ici le dollar) doit être contrebalancée par une position courte sur options (ici *calls* dollars)…

Il est parfaitement possible de calculer combien il faut vendre de *calls* dollars, à un prix d'exercice donné, en fonction du cours sous-jacent du dollar (principe dit du « delta »). Nous ne le ferons pas ici, mais nous contenterons de faire remarquer qu'il s'agit d'une gestion du risque parfaite en temps normal à condition de suivre les cours de façon très attentive. En effet, lorsque le dollar se déprécie, l'agent long en dollars doit vendre de plus en plus de *calls* dollars pour équilibrer sa position. Cela apparaît logique : il a commencé à perdre sur sa position longue, il faut donc qu'il agisse davantage sur sa position courte en options…

Mais dans ce cas un mouvement particulièrement dangereux peut se mettre en branle. Plus le dollar se déprécie et plus l'agent long en dollars doit vendre de *calls* dollars. Mais qui va continuer à acheter des *calls* dollars qui, si le dollar continue de se déprécier, vont systématiquement perdre de leur valeur. De moins en moins de spéculateurs y seront prêts… Autrement dit, la liquidité risque de manquer sur le marché des options. Ne pouvant plus se couvrir par cette méthode, l'agent long en dollars sera réduit à vendre ces derniers pour éviter une perte encore plus lourde. La conjonction d'une multitude d'agents longs en dollars peut alors amener une accélération brutale de la dépréciation du dollar. Autrement dit les options, dans ce cas, ne stabiliseraient nullement le marché. Il est même probable qu'elles le déstabilisent, au contraire des ventes à terme classiques, certes rigides mais capables d'amortir le choc lors d'une brutale dépréciation monétaire…

Autrement dit, il doit être clair que les options constituent un instrument sophistiqué, particulièrement dangereux lorsqu'elles sont utilisées inconsidérément. Assurant une gestion intelligente du risque en situation « normale » de marché, elles peuvent amplifier les déséquilibres lorsque ce marché connaît une évolution déterminée dans un sens particulier…

Nous sommes maintenant assez familiers avec le marché des changes et ses techniques pour aborder une des questions clés de la finance internationale, la détermination du taux de change. Ce sera l'objet du chapitre 7 qui va aussi permettre de comprendre les dynamiques apparemment irrationnelles de ce marché des changes.

7. Les théories du change

Jusqu'aux années 1980, on considérait que le change était principalement déterminé par l'évolution des balances courantes. Dès qu'un pays avait tendance à faire de l'excédent courant, sa monnaie s'appréciait. En effet l'excédent entraînait un afflux net de devises qui, converties sur le marché des changes, engendraient l'appréciation de la monnaie domestique. Ce faisant, la variation du change permettait un certain rééquilibrage de la balance courante puisque l'appréciation rendait les produits domestiques moins compétitifs en termes de prix, ce qui pénalisait les exportations domestiques (favorisait les importations) et ramenait théoriquement l'équilibre courant. Le contraire était évidemment vrai en cas de déficit courant : la dépréciation monétaire favorisait l'amélioration de la compétitivité et le retour à l'équilibre courant. Merveilleuse mécanique qui faisait donc dépendre l'évolution du change des flux de biens, des échanges de services et des transferts...

Ce principe général connaissait évidemment des perturbations. Que les autorités monétaires locales voulussent maintenir le taux de change fixe et il fallait empêcher que les devises entrantes se portassent sur le marché des changes... Il suffisait alors à la banque centrale d'acheter elle-même ces devises (contre monnaie domestique émise pour l'occasion) et l'appréciation de la monnaie domestique était remplacée par une émission de monnaie domestique nouvelle (cette dernière pouvant aussi dégrader la compétitivité du pays *via* la hausse des prix). Par ailleurs, en supposant le change parfaitement flexible, les capitaux flottants apparus à la fin des années 1960 amenaient déjà des évolutions non conformes aux attentes : un pays à excédent courant commençait à attirer ces capitaux et sa monnaie pouvait donc s'apprécier démesurément… Autrement dit, on ne pouvait déjà plus considérer les mouvements de capitaux comme passifs et sans effet sur le change. Enfin, beaucoup de pays à déficit courant, dans les années 1970, ont recours à l'endettement bancaire extérieur pour financer ces déficits, empêchant ainsi tout effet rééquilibrant du taux de change ou de l'offre de monnaie (puisque la sortie nette de devises est assurée par le montant des emprunts).

Avec le décloisonnement des marchés de capitaux nationaux au début des années 1980 et l'importance croissante des mouvements de capitaux, la balance courante ne joue évidemment plus qu'un rôle marginal. Est-ce à dire que la balance globale des paiements peut la remplacer en tant que déterminant du taux de change ? Pas davantage : avec les multiples tentatives de fixer nominalement les taux de change (SME, bien sûr, mais aussi les essais « d'ancrage nominal » de bien des monnaies des PVD), ce schéma de détermination du change n'est également plus de mise. Et ce d'autant qu'avec le développement des marchés d'eurodevises, les devises reçues ne sont pas nécessairement changées en monnaies nationales (n'influençant donc pas le change). Enfin, on rappellera que certaines transactions de change (entre banques résidentes d'un même pays par exemple) ne sont pas répertoriées au niveau des balances de paiements. Au total, la balance des paiements n'est plus un indicateur sérieux quant à l'évolution du change…

Le concept de « financiarisation du change » synthétise cette évolution qui devient incontestable au milieu des années 1980. Par financiarisation, il faut d'abord entendre cette montée quantitative des mouvements de capitaux : 87 % des opérations de la balance des paiements, on l'a vu, en 1997… Il faut également et surtout entendre la multiplication des opérations de gestion du risque et/ou de spéculation : pour une opération de règlement commercial international, on comptait, au début des années 1990, de l'ordre de trente opérations d'autre nature : ventes à terme, couverture en deuxième rideau par les banques, swaps, achats d'options, prises de position spéculatives… Ce que traduit implicitement la montée des opérations quotidiennes de change, multipliées par cinq en dix ans…

Ce sont donc les mouvements de capitaux, à long et à court terme, d'une part, les multiples opérations de couverture et de spéculation d'autre part, qui « font » *a priori* le taux de change. Dans ces conditions, la crédibilité, aux yeux des opérateurs financiers, des autorités monétaires à maintenir une politique interne non inflationniste et tournée vers la stabilité du taux de change nominal, constitue un déterminant incontournable du change, beaucoup plus fort que la seule compétitivité observée à travers le solde courant. Cette exigence drastique de crédibilité, qui seule permet le maintien de flux nets de capitaux positifs à coût acceptable et empêche la multiplication des ventes systématiques de monnaie nationale (couverture contre le risque), réduit de fait l'autonomie en matière de politique économique (voir troisième partie de ce livre).

Comprendre comment se détermine ce change aujourd'hui financiarisé requiert évidemment d'entrer dans la logique de comportement des détenteurs internationaux de capitaux et des opérateurs professionnels du marché. Cela sera d'abord fait à un niveau très général dans le titre I, ce qui nous permettra de dégager les relations fondamentales régissant le taux de change en courte période. Dans le titre II, nous tenterons de cerner les hypothétiques lois d'évolution à long terme du taux de change. Enfin, le titre III nous amènera à nous pencher davantage sur les comportements complexes des opérateurs du marché, lesquels défient assez largement toute théorisation…

I. Le taux de change en courte période

La première relation de courte période a été vue au chapitre précédent. Il s'agit de la parité de taux d'intérêt couverte. Celle-ci exprime que l'écart relatif entre taux de change à terme et taux de change au comptant est approximativement égale à l'écart d'intérêt. Cette relation est de fait vérifiée entre les principales devises cotées sur les marchés de change. Soit donc :

$$\frac{F-S}{S}=\frac{i-i^*}{1+i^*}\approx i-i^* \quad \textbf{(1)}$$

avec i et i* les taux d'intérêt à un an européen et américain.

1. La parité de taux d'intérêt non couverte

La seconde relation est en quelque sorte une variante de la première. Considérons un acteur qui dispose d'une épargne, par exemple en euros, et se demande où il doit la déposer (sur un compte bancaire rémunéré), en Europe ou aux États-Unis. Dans la mesure où la première relation est vérifiée, il lui est indifférent de la placer en Europe ou de la déposer aux États-Unis avec revente à terme des dollars obtenus. Supposons cependant qu'il anticipe une forte dépréciation de l'euro (appréciation du dollar) sur le seul marché au comptant, entre aujourd'hui et par exemple dans un an. Appelons S le taux de change coté à l'incertain de l'euro contre dollars au comptant aujourd'hui et S^a ce même taux au comptant mais, cette fois-ci, dans un an, du moins tel que l'acteur du marché l'anticipe (d'où l'exposant a dans S^a). Il peut alors penser préférable de vendre ses euros contre dollars, de placer ces dollars aux États-Unis et de les revendre au comptant un an plus tard. Comme il ne peut connaître le taux de change au comptant dans un an, il calculera l'opportunité de l'opération en se basant sur S^a, taux de change au comptant qu'il anticipe pour effet dans un an. On aura donc successivement :

Gain en euros du placement en euros : 1 + i.

Gain anticipé en euros du placement en dollars :

$$\frac{1}{S}(1+i^*).S^a.$$

L'acteur du marché des changes va placer son épargne en dollars tant que le second gain l'emporte sur le premier. Mais là encore, comme dans le raisonnement sur la parité de taux d'intérêt couverte, si les opérateurs ont une même anticipation S^a, déterminée par des critères suffisamment objectifs (ce qu'on appelle des « fondamentaux »), ils vont tous réaliser l'opération en vendant des euros. Ils contribuent alors à la dépréciation de l'euro (hausse de S) qui vient évidemment diminuer le gain du placement en dollars (S figurant au dénominateur dans ce gain)… Et ils continueront tant que le second gain continuera de l'emporter… Au final, on se dirigera vers un équilibre lorsque :

$$1+i=\frac{1}{S}(1+i^*).S^a,$$

c'est-à-dire après arrangement :

$$\frac{S^a-S}{S}=\frac{i-i^*}{1+i^*}\approx i-i^*. \quad \textbf{(2)}$$

C'est l'expression de la parité de taux d'intérêt non couverte. Elle se distingue donc de la parité de taux d'intérêt couverte par le fait que l'opérateur accepte ici un risque de change : il spécule. Si en effet le taux de change anticipé au comptant pour dans un an, S^a, est plus fort que le taux constaté un an plus tard, alors la revente des dollars ne donnant pas le montant d'euros escompté, il peut y avoir absence du gain attendu, voire une perte significative..

Ayant choisi d'attendre un an avant de revendre ses dollars plutôt que de les revendre immédiatement aujourd'hui, sur le marché à terme (à terme d'un an), il n'a pas couvert sa position de change. D'où l'appellation de parité de taux d'intérêt non couverte.

Pour des raisons de commodité on écrit souvent cette relation sous la forme :

$$i = i^* + \frac{S^a - S}{S} \,. \quad \mathbf{(2')}$$

Elle exprime en fait qu'à l'équilibre sur les marchés de dépôts bancaires, les rémunérations nettes, corrigées de la variation attendue du change, sont nécessairement égales. Autrement dit, l'équilibre exige une égalité entre le taux d'intérêt euro et le taux d'intérêt américain corrigé de l'appréciation (ou dépréciation) attendue du dollar. Cela est intuitif : si le taux d'intérêt euro vaut 5 % et le taux d'intérêt américain 2 %, j'ai intérêt à me placer en euro tant que l'appréciation attendue du dollar n'excède pas 3 %…

2. Représentation graphique de la parité de taux d'intérêt non couverte

Alternativement, on peut reprendre la relation de base :

$$(1+i) = \frac{1}{S}(1+i^*).S^a$$

qui nous donne directement et sans approximation :

$$S = \frac{S^a(1+i^*)}{1+i} \,. \quad \mathbf{(2'')}$$

L'étude de la fonction $S(S^a, i, i^*)$ posée dans l'équation (2″) est relativement simple. Si l'on considère i^* et S^a comme des constantes dans la courte période, on a une

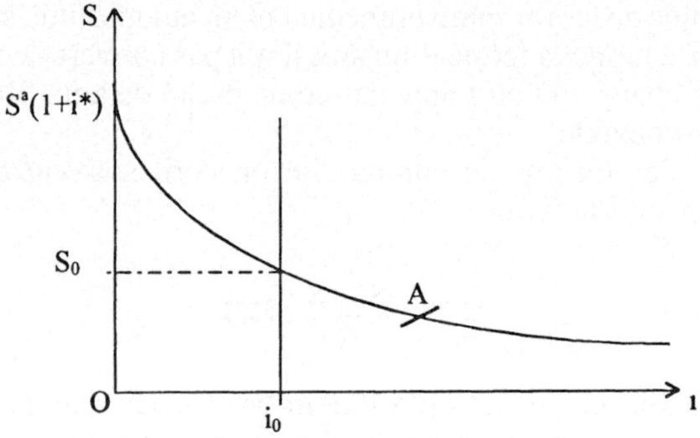

Figure 7.1. L'équilibre sur le marché des changes à court terme

courbe S(i) strictement décroissante et convexe, de forme quasi hyperbolique. On voit par ailleurs que S tend vers 0 quand i tend vers l'infini (asymptote horizontale) et que S a pour limite la valeur $S^a(1 + i^*)$ lorque i devient nul. La représentation de cette fonction est donc conforme à la figure 7.1.

On a posé aussi sur ce graphique un taux d'intérêt domestique i_0 donné (matérialisé naturellement par une droite verticale d'abscisse i_0). Le taux de change d'équilibre est alors évidemment l'ordonnée S_0 du point d'intersection de cette droite verticale fixant le taux d'intérêt et de la courbe S(i).

Cet équilibre est par ailleurs stable. Supposons que S diminue brutalement (appréciation de la monnaie domestique) pour des raisons exogènes sans effet sur les taux d'intérêt et sur S^a. Alors on se retrouve sur la courbe S(i) à droite de l'intersection déterminant l'équilibre. En ce point (A sur la figure 7.1), les dépôts en monnaie étrangère deviennent plus intéressants que les dépôts en monnaie domestique. En effet, pour une telle valeur de S, i_0 est trop faible, ce qui revient à dire que les dépôts étrangers sont plus intéressants. Il s'ensuit une demande de dépôts en monnaie étrangère. Les détenteurs de ces dépôts ne seront prêts à les céder qu'avec une rémunération plus élevée. Cela va faire s'apprécier la monnaie étrangère, c'est-à-dire se déprécier la monnaie domestique, soit une hausse de S. Ce mouvement durera jusqu'à ce que le point d'équilibre soit rejoint. On observera le phénomène inverse pour une brusque dépréciation de la monnaie domestique.

Il importe par ailleurs de constater que cette courbe S(i) n'est constante que pour des valeurs fixées de S^a et de i*. C'est précisément l'objet de la « statique comparative » que d'étudier ce que devient le taux de change lorsque ces variables (devenues en l'occurrence des paramètres dans notre étude de l'équilibre à court terme) se modifient à leur tour. Considérons donc tour à tour des variations de i, puis des deux paramètres initiaux S^a et i* et analysons l'évolution du taux de change S.

Dans le cas d'une hausse du taux d'intérêt i, on aura déplacement de la droite verticale représentant ce taux d'intérêt vers la droite. L'équilibre se déplacera aussi vers la droite avec une baisse de S, soit une appréciation de la monnaie domestique (voir figure 7.2). On retrouve bien ainsi le raisonnement intuitif qui veut qu'une hausse du taux d'intérêt

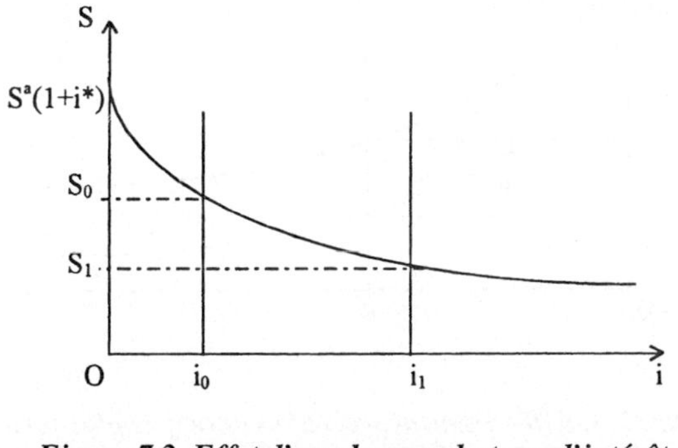

Figure 7.2. Effet d'une hausse du taux d'intérêt domestique sur l'équilibre du marché des changes en courte période

national tende, toutes choses égales par ailleurs, à apprécier la monnaie. On ferait le raisonnement inverse dans le cas d'une chute du taux d'intérêt i.

De même, une augmentation dans le taux d'intérêt i* sur les dépôts en monnaie étrangère augmente le rendement, exprimé en monnaie domestique, des dépôts en monnaie étrangère. Soit alors un déplacement vers la droite de la courbe S(i) tout entière puisque l'ordonnée à l'origine (égale à Sa(1 + i*)) est désormais plus haute. On obtiendra cette fois un déplacement de l'équilibre tel que S augmente, soit une dépréciation de la monnaie domestique, une appréciation de la monnaie étrangère (voir figure 7.3). Le lecteur établira lui-même ce qui se passe en cas de baisse de i*.

Enfin, une plus forte dépréciation attendue de la monnaie domestique (hausse de S^a) déplace également vers le haut la courbe S(i). Cela est confirmé par l'équation (2″) où S^a apparaît au numérateur. L'équilibre se reformulera en un point

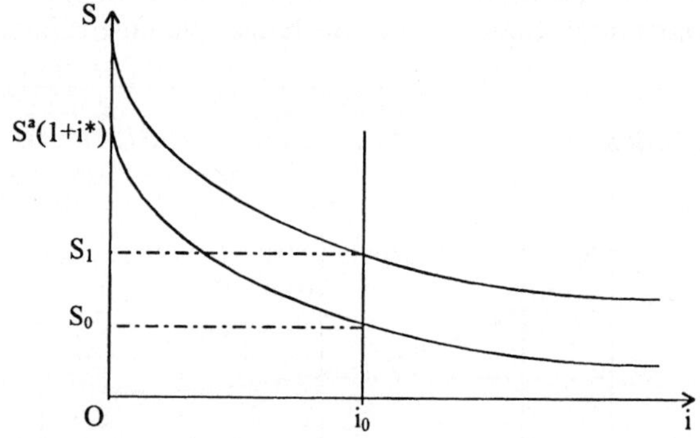

Figure 7.3. Effet d'une dépréciation anticipée plus forte de la monnaie domestique (ou d'une hausse du taux d'intérêt étranger) sur l'équilibre du marché des changes en courte période

d'intersection plus élevé que le précédent, soit une hausse de S, dépréciation de la monnaie domestique ou appréciation de la monnaie étrangère (voir figure 7.3 également).

Nous disposons donc maintenant d'une représentation pratique (inspirée de Krugman et Obstfeld [1992]) qui nous permet de déterminer le taux de change en fonction des taux d'intérêt et des anticipations. Il s'agit d'une détermination qui respecte le principe de parité de taux d'intérêt non couverte, principe qui exprime une certaine « rationalité » des agents. Il s'agit cependant d'une détermination à court terme, qui suppose notamment que le niveau des prix reste constant.

Par ailleurs, cette détermination suppose « exogènes » (c'est-à-dire fixés initialement et indépendamment) les taux d'intérêt i et i*. Or la théorie monétaire traditionnelle pose que ceux-ci sont liés aux offres et demandes de monnaie dans les deux économies concernées. En cas de croissance trop forte de l'offre de monnaie dans le premier pays, sa monnaie aura tendance à se déprécier puisque le taux d'intérêt i baissera sous l'effet de cette croissance de la masse monétaire. Il pourra par ailleurs alors intervenir des phénomènes de « surréaction », c'est-à-dire que le taux de change se dépréciera dans un premier temps au-delà de son niveau final, en particulier parce que les agents vont anticiper une inflation dans le premier pays.

En reprenant la représentation déjà utilisée (voir figure 7.4), cette surréaction peut être illustrée. Partons du point A pour un taux d'intérêt domestique initial égal à i_0. Une augmentation unilatérale domestique de l'offre de monnaie (sans modification de la demande domestique de monnaie) fait baisser le taux d'intérêt de i_0 à i_1 : en effet, si l'on suppose les prix rigides à court terme, le ratio M/P (dit « encaisse réelle ») augmente comme l'offre de monnaie M et fait baisser le taux d'intérêt. Le nouveau taux de change est alors S_1 déterminé par l'ordonnée du point B. Mais les agents peuvent anticiper que cette hausse de l'offre de monnaie va devenir régulière, engendrant éventuellement de l'inflation… Cette anticipation d'inflation détermine alors une anticipation conjointe de dépréciation de la monnaie

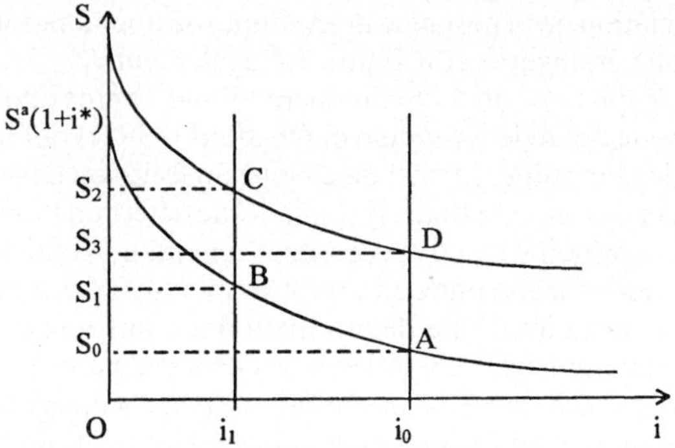

Figure 7.4. Surréaction du change dans l'hypothèse de prix rigides à court terme

domestique à long terme (voir titre II ci-après) : S^a augmente donc en conséquence. Mais dans ces conditions, la courbe initiale de la figure 7.4 se déplace vers le haut et la droite (ordonnée à l'origine plus élevée). Le taux de change se fixe alors en S_2 plus élevé que S_1, soit donc à l'ordonnée du point C. Au total, la monnaie domestique s'est donc dépréciée plus qu'attendu.

Mais on n'en restera pas là… La théorie traditionnelle de la monnaie nous indique que l'augmentation brutale de l'offre de monnaie se traduira à moyen terme par une hausse des prix domestiques, laquelle ramènera l'encaisse réelle (c'est-à-dire le rapport M/P) à sa valeur initiale. Pour cette valeur, le taux d'intérêt domestique reviendra au niveau i_O. Le nouveau taux de change se fixera au niveau S_3, ordonnée du point D. Il y a donc réappréciation de la monnaie domestique. Mais on observe alors que la monnaie domestique s'est tout compte fait dépréciée, avec une certaine surdépréciation provisoire (passage de S_1 à S_2). Il y a donc eu surréaction ou surajustement (Dornbusch [1976]). C'est en fin de compte l'hypothèse adoptée de rigidité des prix à court terme et de flexibilité de ces derniers à moyen terme, qui détermine cette surréaction.

3. Un raisonnement logique plus complet

Ainsi présentée, la parité de taux d'intérêt non couverte apparaît néanmoins entachée d'un possible doute : les acteurs ont en effet raisonné en termes purement nominaux, c'est-à-dire sans tenir compte des taux d'inflation en Europe et aux États-Unis. Or un spéculateur, indifférent à voir son gain libellé en dollars ou en euros, sera soucieux d'obtenir un maximum de pouvoir d'achat à partir de ce gain. Se pourrait-il que les gains nominaux respectifs, supposés égaux par la parité de taux d'intérêt non couverte, n'assurent pas le même pouvoir d'achat en termes de paniers de biens selon qu'ils sont libellés en euros ou en dollars ?

Nous allons montrer qu'il s'agit là d'un faux problème. Intuitivement on peut déjà le sentir en constatant que, dans la parité de taux d'intérêt non couverte, les deux gains exprimés par l'équation (2′) sont au final exprimés dans une même monnaie, donc soumis à la même inflation, donc comparables aussi en termes de pouvoir d'achat… Mais essayons d'exprimer l'égalité des pouvoirs d'achat : la démonstration qui va suivre est précieuse dans la mesure où elle fournit une compréhension intéressante de la notion de taux de change réel d'une part, permet d'aborder le principe de parité des taux d'intérêt réels (voir titre II) d'autre part.

Un agent raisonnant strictement en pouvoirs d'achat s'intéresse aux paniers de biens susceptibles d'être acquis dans les deux espaces, européen et américain. Si P est le prix en euros du panier de biens européen (représentatif de la consommation européenne), il sait que 1 euro lui donne le pouvoir d'acheter exactement 1/P panier. Par exemple, si le panier européen vaut P = 100 euros, 1 euro donne bien le pouvoir d'acquérir un centième de panier. Si P* est le prix en dollars du même panier aux États-Unis, 1 dollar lui donne pareillement le droit d'acheter 1/P* panier américain identique (on reviendra plus loin sur cette identité des paniers). Supposons enfin que la cotation de l'euro en dollars (à l'incertain) vaille S. Alors 1 euro donne le droit d'acheter 1/P panier européen mais, transformé alternativement en dollars, fournit 1/S dollars, somme qui permet d'acquérir (1/S). (1/P*) panier américain.

Il n'est pas sûr *a priori* que les deux soient égaux. P étant posé, il dépend en effet des valeurs de S et de P* que les deux quantités de paniers soient strictement identiques. Si elles le sont, on dit qu'il y a parité des pouvoirs d'achat, laquelle s'écrit littéralement :

$$\frac{1}{P} = \frac{1}{SP*}.$$

Considérons très généralement que cette égalité n'est pas vérifiée et voyons maintenant quels gains réels anticiper de deux placements, respectivement en euros et en dollars. En termes réels, le placement de 1 euro dans l'Union européenne rapportera non pas i, mais i – p^a, c'est-à-dire le taux d'intérêt nominal moins le taux d'inflation anticipée pour la période concernée par le placement. Ce rendement étant réel est exprimé en pourcentage du pouvoir d'achat propre à 1 euro, autrement dit en pourcentage du panier de bien représentatif d'une dépense de 1 euro. Le gain réel du placement s'écrit :

$$\frac{1}{P}\left(1 + i - \pi^a\right) \text{ panier européen.}$$

De même le gain réel du placement de 1 euro sur le marché américain s'écrirait :

$$\frac{1}{SP*}\left(1 + i* - \pi^{*a}\right) \text{ panier américain identique.}$$

Il est alors possible de comparer les deux gains réels. Si notre agent est un épargnant européen, il voudra exercer son pouvoir d'achat en Europe et devra donc transformer en paniers européens les paniers américains qu'il possède après avoir placé son épargne aux États-Unis. Si l'on nomme R^a la valeur anticipée d'un panier américain en paniers européens (valeur qui devrait logiquement être de 1, mais considérons-la différente de l'unité en général), l'équilibre aura finalement lieu lorsque :

$$\frac{1}{P}\left(1+i-\pi^a\right)=\frac{1}{SP^*}\left(1+i^*-\pi^{*a}\right)R^a. \quad \textbf{(3)}$$

Le pouvoir d'achat perçu à partir du placement d'une somme donnée en euros doit être égal à l'équivalent en paniers européens du pouvoir d'achat obtenu par le placement de la même somme sur le marché américain.

Il importe alors de réaliser que le prix initial d'un panier américain exprimé en paniers européens, soit R, s'écrirait :

$$R=\frac{SP^*}{P}.$$

En effet, P est le prix en euros du panier européen. Mais SP^* est le prix du panier américain en dollars (P^*), multiplié par la valeur de 1 dollar en euros (S). SP^* n'est donc rien d'autre que la valeur en euros du panier américain. R est donc bien le nombre de paniers européens qui s'échangent contre un panier américain (ou la valeur en paniers européens du panier américain).

R est beaucoup plus connu dans la littérature sous le nom de « taux de change réel ». Nous allons voir précisément au titre II ce que recouvre cette notion. Mais il est important de noter que R exprime en quelque sorte le degré de surévaluation (si $R < 1$) ou de sous-évaluation (si $R > 1$) des biens domestiques. En effet, si R est inférieur à 1, cela signifie que le panier étranger s'échange contre moins de paniers domestiques que normal : le panier domestique est donc surévalué… Si au contraire R est supérieur à 1, un panier étranger s'échange contre plus de paniers domestiques que normal : le panier domestique est sous-évalué.

Cette définition étant donnée, notre égalité devient :

$$\left(1+i-\pi^{a}\right)=\frac{R^{a}}{R}\left(1+i^{*}-\pi^{*a}\right).$$

D'où l'on tire rapidement, en utilisant l'approximation déjà utilisée pour les calculs (similaires) des parités de taux d'intérêt couverte et non couverte :

$$\left(i-\pi^{a}\right)=\left(i^{*}-\pi^{*a}\right)+\frac{R^{a}-R}{R}. \quad \textbf{(4)}$$

Sachant que R est égal à SP*/P, un simple passage en logarithme pour cette expression de R, puis une dérivation de chaque membre en fonction du temps, donnerait finalement :

$$\frac{R^{a}-R}{R}=\frac{S^{a}-S}{S}+\pi^{*a}-\pi^{a}.$$

En remplaçant ce résultat dans l'équation précédente il vient, après simplification, l'expression de la parité de taux d'intérêt non couverte :

$$i=i^{*}+\frac{S^{a}-S}{S}.$$

Il apparaît donc bien que raisonner en termes nominaux sur des rendements convertis dans la même monnaie est strictement équivalent à un calcul qui prendrait d'emblée les pouvoirs d'achat comme seul critère.

La parité des taux d'intérêt non couverte apparaît ainsi comme une relation logique fondamentale du marché des changes. Nous verrons dans la section III qu'elle est même censée exprimer « l'efficience » du marché des changes. En d'autres termes, en déterminant le taux de change à court terme, elle exprimerait la capacité du marché à donner le meilleur signal qui soit, compte tenu de l'information disponible, quant à l'affectation de l'épargne à un placement en monnaie domestique ou en monnaie étrangère. Sa réalisation justifierait donc pleinement la liberté des mouvements de capitaux puisque ceux-ci seraient guidés, à court terme (et pour les seuls placements sous forme de dépôts bancaires), par le taux de change le plus « juste » dont il soit possible de disposer…

Nous verrons malheureusement que la réalisation empirique de la parité de taux d'intérêt non couverte est plus que controversée. Cet échec apparent s'explique notamment par la rigidité des hypothèses qu'elle suppose. Il n'existe sans doute pas d'anticipation unique objective S^a pour tous les agents, à une date d'échéance donnée (ni même d'anticipation moyenne stable), notamment parce que les agents ont des finalités et des comportements différents, sont radicalement hétérogènes… Il est possible aussi qu'ils souhaitent toucher une prime de risque dès lors qu'ils se placent en monnaie étrangère… Mais avant d'en débattre dans le cadre de la section III, il nous faut maintenant prendre appui sur le raisonnement précédent pour analyser les déterminants possibles du taux de change en longue période.

II. La détermination du taux de change en longue période

En introduisant les taux d'inflation anticipés π^a et π^{*a}, le dernier raisonnement introduisait l'idée de variation, sur une période donnée, du niveau des prix. Cette variation, sur une ou plusieurs périodes, intéresse ce qu'on pourrait appeler le moyen terme (ou moyenne période), durée pendant laquelle des prix supposés semi-rigides finissent par s'ajuster. Une telle distinction entre court et moyen terme est en partie justifiée par la réalité contemporaine, où les prix des firmes sont largement établis à partir de leurs coûts et ne sont corrigés, en fonction du marché, qu'à intervalles réguliers parfois assez éloignés…

Le long terme (ou longue période) se caractérisera, en plus de la variation du niveau des prix, par des changements éventuels dans les niveaux de productivité de l'économie. Mais le long terme, c'est d'abord une situation que l'on caractérise conceptuellement. C'est un état dans lequel les grands équilibres sont respectés. Il s'agit donc d'une situation théorique et pourtant nécessaire pour que les pays ne connaissent pas une situation catastrophique, comme nous allons l'illustrer. Que devient donc le taux de change, dans le moyen et le long terme, au-delà de sa détermination de court terme ? C'est d'abord le principe de parité des pouvoirs d'achat qui va nous l'indiquer.

1. Le principe de parité des pouvoirs d'achat

Nous avons déjà approché ce principe dans la section précédente, en nommant respectivement 1/P le pouvoir d'achat en paniers européens de 1 euro et 1/(SP*) le pouvoir d'achat aux États-Unis de cet euro, en termes de paniers américains identiques. Nous avions alors considéré que ces deux quantités n'étaient pas nécessairement égales. Or la parité des pouvoirs d'achat (en abrégé PPA) implique qu'une unité de monnaie doit, après conversion, s'échanger contre le même panier de biens dans le pays et à l'étranger. Elle nous dit donc que $1/P = 1/(SP^*)$.

On en déduit la valeur du taux de change respectant cette parité de pouvoirs d'achat, soit : $S_{PPA} = P/P^*$, avec

$$P = \sum_{i=1}^{n} a_i P_i \quad \text{et} \quad P^* = \sum_{i=1}^{n} a_i P_i^* .$$

Dans l'expression de P et P*, on considère naturellement que les paniers sont équivalents, qu'ils sont faits des mêmes biens i et que ceux-ci sont, en proportion, identiques dans les deux pays (coefficients a_i égaux d'un pays à l'autre). Par ailleurs, dans cette expression des prix des paniers de biens, on tient compte tant des biens faisant l'objet d'un commerce international, dits « biens échangeables », que des biens vendus exclusivement à l'intérieur du pays, dits « biens non échangeables ».

Pourquoi cette PPA serait-elle vérifiée ?

Un premier raisonnement intuitif s'impose. Si j'ai plus de paniers de biens aux États-Unis avec mon euro qu'en le dépensant en France, soit $1/P < 1/(SP^*)$, j'aurais intérêt à échanger cet euro contre dollars. Ce faisant, je vends de l'euro et contribue à sa dépréciation vis-à-vis du dollar, donc je contribue à augmenter S. Je vais évidemment continuer jusqu'à ce que le pouvoir d'achat américain $1/(SP^*)$ ait diminué (grâce à la hausse de S), jusqu'à redevenir égal à $1/P$. Je réalise donc la condition de PPA…

Même en supposant que les coûts de transport soient négligeables (ils sont effectivement devenus très faibles aujourd'hui), ce raisonnement est pourtant fallacieux. Le détenteur de l'euro pris en exemple ira peut-être s'acheter une voiture américaine plutôt que française, du bœuf aux hormones du Texas plutôt que de la viande normande. Il n'ira certainement pas se faire couper les cheveux ou se procurer son électricité outre-Atlantique… Deux exemples qui montrent que, dès que des biens non échangeables comme la « coupe de cheveux » figurent dans le panier représentatif de la consommation des agents, alors l'arbitrage intuitif que suppose la PPA n'est plus crédible. Si celle-ci doit être respectée, elle doit donc résulter d'un processus qui diffère d'un simple arbitrage commercial…

Mais il est une seconde difficulté, tout aussi pratique que la première. Certains biens du panier européen ou français, représentatif de la consommation française, n'ont pas leur équivalent aux États-Unis : cuisses de grenouilles bien sûr, mais aussi tel type précis d'article artisanal ou même tel type d'automobile. Autrement dit, les biens ne sont nullement substituables entre les deux espaces… Il en résulte que le prix P^* en dollars d'un panier semblable au panier européen est strictement incalculable…

Et de fait le seul ersatz de P^* que l'on puisse facilement utiliser est le prix en dollars du panier représentatif de la consommation américaine. Mais on sait que ce dernier a très peu en commun avec le panier européen valant P… De fait, en évaluant P et P*, ainsi que leurs variations temporelles, sur les paniers spécifiques européen et américain, on perd le sens initial de la PPA qui était, rappelons-le, l'exacte équivalence des pouvoirs d'achat.

L'approche monétaire de la PPA fait fi de cette seconde difficulté, mais tente en revanche de contourner la première. Elle estime que la PPA est respectée si le taux de change évolue comme le différentiel d'inflation entre les deux pays. En effet, si l'on vérifie la PPA, alors $S = P/P^*$ et dS/S est égal à $dP/P - dP^*/P^*$, P et P* étant les prix des paniers spécifiques aux deux espaces. On peut même adopter alors une forme faible de la PPA, dite « forme relative ». On pose alors que $S = k.P/P^*$, avec k différent de 1 (sinon on retrouve la forme absolue de la PPA), mais néanmoins constant. Dans ce cas, il est facile de voir que l'on a $dS/S = dk/k + dP/P - dP^*/P^*$, soit finalement $dS = dP/P - dP^*/P^*$, puisque dk/k est nécessairement nul si k est une constante. Pour éviter le problème de l'arbitrage commercial comme cause explicative de la réalisation de la PPA, l'approche monétaire pose alors que le taux de change à l'incertain, soit le prix du dollar en euros, devient le prix d'un bien comme un autre. Si l'inflation est nulle aux États-Unis ($dP^*/P^* = 0$), le dollar verra son prix en euros augmenter exactement du taux de l'inflation en Europe (dP/P). Et si l'inflation américaine n'est pas nulle, il faudra la retrancher de l'inflation européenne pour avoir le pourcentage de variation du prix du dollar en euros conforme à la PPA. C'est donc en quelque sorte en assimilant le taux de change au prix d'un bien particulier, celui de la monnaie étrangère, que les tenants de cette approche expliquent que la PPA puisse être vérifiée… En dernier ressort, le différentiel d'inflation étant supposé évoluer comme la différence entre les taux d'accroissement monétaire dans les deux pays, les offres de monnaie deviendraient les seules explications de l'évolution du taux de change vers le taux de PPA :

$$dS/S = dP/P - dP^*/P^* = dM/M - dM^*/M^*.$$

Cette assimilation du taux de change à un « prix comme un autre » n'a cependant rien de naturel. Elle suppose en fait implicitement le même arbitrage commercial que celui dont nous avons montré l'irréalisme. Supposons en effet que la quantité de monnaie double en Europe et que les prix doublent tous en conséquence, alors que l'offre de monnaie reste constante aux États-Unis. Alors les produits européens deviennent moins compétitifs et ce n'est que si le dollar s'apprécie de 100 % (l'euro se déprécie de 50 %) que les biens européens échangeables continueront à être compétitifs aux États-Unis... À peine sorti par la porte, le principe de l'arbitrage commercial reviendrait par la fenêtre pour permettrre la convergence concrète du taux de change vers le niveau attendu...

Par ailleurs, il a été amplement montré (de Bernis [1987]) que si les variations de productivité entre secteurs ne sont pas identiques d'un espace à l'autre, alors le taux de change ne saurait évoluer comme le voudrait l'évolution des offres de monnaie. Ces différences sectorielles jouent en effet sur les « demandes de monnaie » dans les deux pays, autres déterminants, avec les offres de monnaie, des niveaux de prix et que l'approche monétaire considérait comme stables...

Enfin si l'on adopte une forme plus faible de la PPA en écrivant que $S = k.P/P^*$, k étant supposé différent de 1 mais constant, alors le taux de change peut ne pas varier exactement comme les prix en cas de chocs exogènes ou de gains de productivité différents entre espaces, lesquels modifient k. L'explication monétariste des variations du taux de change reste donc une théorie bien approximative...

Empiriquement la vérification de la PPA apparaît tout aussi douteuse que la théorie qui la justifie. Elle n'est incontestablement acceptable que dans les situations d'hyperinflation (Allemagne dans les années 1923-1925, Amérique latine dans les années 1970-1980). Elle n'est pas acceptable pour la plupart des pays industrialisés, notamment depuis 1973. Les années 1990 ont vu cependant proliférer de nouveaux tests sur la PPA avec des résultats plus encourageants quoique contrastés. Il reste en conclusion deux constats importants.

C'est en premier lieu l'écart persistant entre taux de change constaté et taux de change calculable par la PPA au sens strict (c'est-à-dire calculée à partir de paniers de biens identiques). Ainsi en 1995, le yen était apprécié de 50 %, estimé en francs français, par rapport à son cours théorique de PPA. De même la lire italienne était-elle au contraire sous-estimée de 27 % tandis que les autres grandes devises s'échelonnaient entre ces extrêmes (Aglietta [1997]). Même en contestant le choix des biens entrant dans le panier commun (évidemment arbitraire), de telles différences restent trop importantes pour estimer que la PPA soit même une « force de rappel » efficace.

C'est en second lieu le fait que la République fédérale d'Allemagne ait pu conserver, sur près de vingt ans et par rapport à ses principaux partenaires, une monnaie surévaluée en regard de son taux de change de PPA, sans que cette dernière ne vienne rectifier le taux de change. C'est seulement dans les années 1990 (et sous l'effet du choc de la réunification) que cette surévaluation a commencé d'être corrigée. De même à l'opposé, quelques pays d'Extrême-Orient ont très longtemps maintenu une sous-évaluation de leur monnaie (toujours en regard de la PPA), l'ajustement demandant plus de trois décennies. En clair, c'est donc le statut de force de rappel à long terme (soit couramment deux à cinq ans) de la PPA qui doit être revu : « Si la PPA est une norme des taux de change, c'est dans le très long terme. C'est un horizon qui est très au-delà des politiques économiques, c'est l'horizon des ajustements structurels, celui de l'accumulation du capital et des changements de structure de la production qui modifient les spécialisations internationales relatives des pays » (Aglietta [1997, p. 101]).

Il est alors particulièrement intéressant d'étudier les écarts du taux de change vis-à-vis de la PPA, qui semblent être la norme. Le concept de taux de change réel va nous y aider.

2. Taux de change réel et parité de taux d'intérêt réels

Nous avons précédemment défini le taux de change réel comme étant, dans notre exemple, la quantité de paniers européens qui s'échangent contre un panier américain identique, soit mathématiquement :

$$R = \frac{SP*}{P}.$$

Plus généralement, le taux de change réel d'une monnaie est donc la valeur, en termes de paniers domestiques, du panier étranger identique. Et nous avions ajouté que, normalement, ce prix devrait être égal à 1 : puisque les paniers sont identiques, ils devraient pouvoir s'échanger internationalement au taux de 1 pour 1. C'est en fait la définition stricte de la parité des pouvoirs d'achat étudiée précédemment…

Il est facile de montrer que le taux de change réel exprime bien le degré de vérification de la PPA. Mathématiquement, ce degré de vérification s'exprimerait par le rapport : S/S_{PPA}. En effet, si S suit la PPA, ce rapport vaut 1. Si S est trop grand (monnaie domestique dépréciée par rapport à son taux de PPA), ce rapport est supérieur à 1. Si S est trop petit (monnaie domestique appréciée par rapport à son taux de PPA), ce rapport est inférieur à 1. Or ce rapport s'écrit, puisque $S_{PPA} = P/P*$:

$$\frac{S}{S_{PPA}} = \frac{S}{P/P*} = \frac{SP*}{P} = R.$$

Le taux de change réel est donc l'expression même du degré de vérification de la PPA dans la réalité… Si R s'accroît, partant d'une valeur égale à 1, cela signifie concrètement qu'il faut plus d'un panier domestique pour un panier étranger, autrement dit qu'un panier domestique coûte de moins en moins, exprimé en termes de panier étranger identique. Cela correspond *a priori* à une compétitivité domestique accrue et donc à une dépréciation du taux de change réel. On peut encore parler de tendance à la sous-évaluation de la monnaie domestique. Inversement, si R diminue en partant de l'unité, il faut moins de un panier domestique pour obtenir un panier étranger : le change réel domestique s'apprécie et la monnaie a tendance à être surévaluée.

Le taux de change réel n'est autre par ailleurs que le facteur k, supposé constant, dans l'expression précédemment évoquée de la parité des pouvoirs d'achat relative. Nous avions alors présenté ce facteur comme variable, en fait, en fonction des gains de productivité éventuellement différents entre les deux pays. Nous allons maintenant prouver cette dépendance du taux de change réel vis-à-vis des facteurs réels de l'économie.

Considérons pour cela un bien i parfaitement échangeable (et un seul), donc substituable entre les deux pays partenaires. Pour ce type particulier de biens échangeables, le principe de la PPA doit évidemment jouer sans problème puisque l'arbitrage commercial est supposé parfait. Si l'on note P_i et P^*_i les prix respectifs de ces deux biens substituables dans les deux pays, on aura toujours :

$$S = P_i/P^*_i$$

qui s'appelle, en l'occurrence, « loi du prix unique » et exprime bien que le taux de change réagit aux variations des prix nationaux de ces biens substituables de façon à maintenir leur compétitivité relative. Il vient alors :

$$R = \frac{SP^*}{P} = \frac{P_i P^*}{P^*_i P} = \frac{P_i / P}{P^*_i / P^*}.$$

Sous cette forme apparaît la vraie nature du taux de change réel. Au numérateur, P_i/P est en effet le rapport du prix du bien échangeable (supposé unique ou représentatif de tous les biens échangeables) au prix du panier représentatif de la consommation domestique. Nous l'appellerons « prix relatif » des biens échangeables, puisqu'il rapporte le prix de ces biens au prix d'un ensemble de biens représentatifs de la consommation. On peut évidemment faire le même raisonnement pour le dénominateur. Nous dirons alors que le taux de change réel est le rapport des prix relatifs des biens échangeables.

Pourquoi varie-t-il quand les productivités relatives changent ?

Considérons le cas très simple d'un gain de productivité dans le secteur des biens échangeables du premier pays. Dans ces conditions, le secteur des biens échangeables du premier pays peut augmenter ses salaires, à prix constant des biens échangeables : les salaires profitent intégralement des gains de productivité. Mais ces salaires en hausse contaminent ceux du secteur domestique des biens non échangeables. Ce secteur est donc obligé de payer de plus hautes rémunérations, mais sans gain de productivité pour sa part. Il augmente donc ses prix. Au total P_i ne bouge pas tandis que P, qui incorpore dans le panier à la fois des biens échangeables et non échangeables, augmente. En conséquence, le numérateur de R, P_i/P diminue.

Considérons qu'il n'y a en revanche aucun gain de productivité dans le pays étranger. Dans ces conditions, P^*_i/P^* reste constant. Au final, il est facile de voir que R décroît… Une hausse de productivité uniforme dans le seul secteur des biens échangeables du premier pays entraîne donc une appréciation du taux de change réel, soit une tendance à la surévaluation du taux de change de la monnaie domestique.

On voit alors qu'il y a peu de raisons pour que le taux de change réel d'une monnaie demeure constant et respecte la PPA… Le taux de change réel exprime en fait la vie et le mouvement d'une économie sur le long terme. Son appréciation peut signifier une amélioration du tissu productif du pays en ce qui concerne les biens présents dans le commerce international. Elle peut tout aussi bien signifier autre chose (par exemple, une demande trop forte dans le premier pays). Étant relié aux évolutions structurelles de l'économie, c'est lui qui est le véritable taux de change intéressant de la finance internationale…

Nous allons développer ce constat dans un instant avec les théories du taux de change réel d'équilibre. Remarquons cependant que, si R doit demeurer constant, on retrouve une autre relation posée comme logique de la théorie du change, à savoir la parité des taux d'intérêt réels.

Reprenons la relation (3) obtenue à la fin de la section I et relative au choix d'un épargnant européen soucieux d'obtenir un même pouvoir d'achat par un placement aux États-Unis et en Europe. Elle s'écrivait :

$$\frac{1}{P}\left(1+i-\pi^{a}\right)=\frac{1}{SP*}\left(1+i*-\pi*^{a}\right)R^{a},$$

soit encore :

$$\left(1+i-\pi^{a}\right)=\frac{R^{a}}{R}\left(1+i*-\pi*^{a}\right).$$

Il est facile de voir que si R demeure constant, R^a restera égal à R et l'on obtiendra finalement, après simplification :

$$i-\pi^{a}=i*-\pi*^{a}$$

qui exprime l'égalité des taux d'intérêt réels ou « loi de Fisher », encore appelée parité de taux d'intérêt réels. Il s'agit d'une relation normative censée être toujours vraie, à condition toutefois que le taux de change réel soit constant, c'est-à-dire que la PPA soit satisfaite.

Mais développons plutôt maintenant la notion de change réel…

3. Théories du taux de change réel d'équilibre

Le long terme, c'est aussi l'horizon dans le cadre duquel se restaurent les grands équilibres ou encore s'établissent des sentiers réguliers de croissance. Dans cette conception, les variables pertinentes de l'économie adoptent des valeurs compatibles avec ces grands équilibres ou ces niveaux de croissance. Le taux de change réel n'y échappe pas et il figure même parmi les principales variables d'ajustement à la disposition des autorités. Définissant la compétitivité prix d'un pays, il constitue en effet un déterminant central du solde de la balance courante, donc de la capacité à honorer les dettes extérieures et, par conséquent, aussi du revenu national.

C'est dans cet esprit qu'ont été développées les théories du taux de change réel d'équilibre (Williamson [1985] ; Stein [1996]). Ces modèles tentent de spécifier quel doit être le chemin du taux de change réel, à court terme comme à long terme, pour que l'économie puisse respecter les grands équilibres choisis. Nous traiterons ici du modèle de « taux de change réel naturel d'équilibre » (NATREX), développé par Stein, qui apparaît aujourd'hui comme l'un des plus pertinents dans la mesure où les évolutions du change réel semblent suivre assez correctement les prévisions de cet auteur.

Stein part d'une situation où la balance courante est équilibrée. Aux transferts près, par conséquent, les exportations de biens et services (X) sont égales aux importations de biens et services (M) ou encore $X - M = 0$. On sait qu'alors, d'après la comptabilité nationale, la différence entre l'investissement et l'épargne est aussi nulle. En effet, la comptabilité nationale affiche deux équations bien connues :

$$Y = C + I + X - M,$$
$$Y = C + S,$$

avec : Y, produit intérieur brut ;
C, consommation (achat de biens de consommation finals par les résidents, secteur privé et secteur public) ;
I, investissement (achat brut de biens d'équipement finals par les secteurs privé et public) ;
S, épargne intérieure des secteurs privé et public (soit « *saving* » en anglais) qu'il ne faudra pas confondre avec le taux de change au comptant, S également.

On en déduit aisément :

$$I - S = M - X, \text{ ou } S - I = X - M.$$

Le déficit d'épargne en regard de l'investissement désiré (I – S) est exactement égal au déficit courant (M – X).

Cette équation est cependant valable à l'équilibre, c'est-à-dire en quelque sorte *a posteriori*. Mais elle n'est pas nécessairement valable *a priori*, dans l'esprit des acteurs de l'économie… Partons en effet d'une situation dans laquelle elle est vérifiée. Supposons alors que les acteurs veuillent brutalement investir davantage : la différence (I – S) devient brutalement positive (ou encore S – I devient négative). Et la balance courante n'a aucune raison de suivre instantanément pour devenir négative…

À court terme, c'est l'évolution du taux de change réel qui va permettre à la balance courante de retrouver son égalité avec la différence (S – I). Comment cela va-t-il se passer ? Si I dépasse S, il y aura par exemple une pression sur le taux d'intérêt domestique, puisqu'une forte demande d'épargne (due à I, financé par l'épargne) rencontrera une offre d'épargne (S) fixée. Cette hausse du taux d'intérêt domestique attirera des capitaux extérieurs conformément à ce qui a été vu au titre I. Au passage, la monnaie domestique va s'apprécier si les autorités laissent le change flexible. On aura donc appréciation nominale du change, mais aussi appréciation réelle si les niveaux de prix n'ont pas bougé dans les deux pays. En clair, dans l'équation $R = SP^*/P$, S, taux de change nominal à l'incertain, diminuera, ce qui entraîne une diminution de R (appréciation du taux de change réel). Mais on aura sans doute aussi une hausse des prix domestiques du fait de cette forte demande d'investissement qui ne rencontrera pas forcément localement les biens d'équipement destinés à la satisfaire. Si P augmente en conséquence, R tendra encore à diminuer (appréciation du taux de change réel). Au total donc, l'appréciation du change réel paraît inéluctable, mais elle signifie une perte de compétitivité prix du pays, donc une entrée de produits importés.

La balance courante se dégradera donc jusqu'à ce que, finalement, (I – S) soit égal à (M – X)…

Voilà donc ce qui se passe à court terme. Qu'en est-il maintenant à long terme ? Le pays ne peut pas, évidemment, garder indéfiniment une balance courante fortement négative. Ce déficit signifie, pour Stein, nécessité d'emprunter à l'étranger (nous reviendrons dans un instant sur cette hypothèse). La dette extérieure va donc monter et nécessitera qu'une épargne ultérieure se fasse jour. C'est par exemple l'État qui, voyant les dangers de la dette à long terme, décidera de dégager des excédents. Ou bien encore, craignant d'être imposés plus tard pour rembourser cette dette, les agents privés vont commencer à épargner. La différence (S – I) va donc tendre à redevenir nulle. Ce mouvement va entraîner deux évolutions contradictoires de la balance courante. D'une part son déficit va se résorber pour les causes exactement inverses du court terme : les taux d'intérêt baissent et les capitaux refluent, le taux de change réel se déprécie, entraînant une amélioration du solde courant. Mais d'autre part le déficit courant est aggravé par les intérêts à payer sur la dette externe issue du déficit courant initial. Stein [1994] montre alors que le premier mouvement l'emportera, mais avec pour effet une dépréciation réelle du taux de change jusqu'à un niveau inférieur au niveau initial. L'équilibre est atteint lorsque la balance courante redevient nulle et égale à (S – I) : en ce point le pays n'a plus à s'endetter…

L'encadré ci-après donne une représentation graphique de cette dynamique à la fois de court et de long terme.

Encadré 7.1. La dynamique du modèle de NATREX

À court terme, le taux de change réel s'ajuste de façon à contribuer à l'égalité comptable entre déficit d'épargne (I – S) et solde courant (CA). Ainsi dans un repère où le solde courant CA figure en abscisse et le taux de change réel R figure en ordonnée, la relation entre R et CA est décroissante. Le déficit d'épargne (I – S) est posé indépendant de R et sera donc représenté par une droite verticale (dite « IS ») d'abscisse négative égale au déficit courant. Dans cette représentation R est pris « au certain », c'est-à-dire qu'une hausse de R correspond à une appréciation du change réel.

Dans la dynamique de court terme, la droite verticale représentant I – S est supposée initialement à l'équilibre en IS_0 avec un solde courant nul et un taux de change réel indiqué par l'ordonnée du point R_0. Un brutal déficit d'épargne repousse la droite IS_0 en IS_1. Le taux de change réel se fixe alors à l'ordonnée du point R_1 : on observe logiquement une appréciation du taux de change réel.

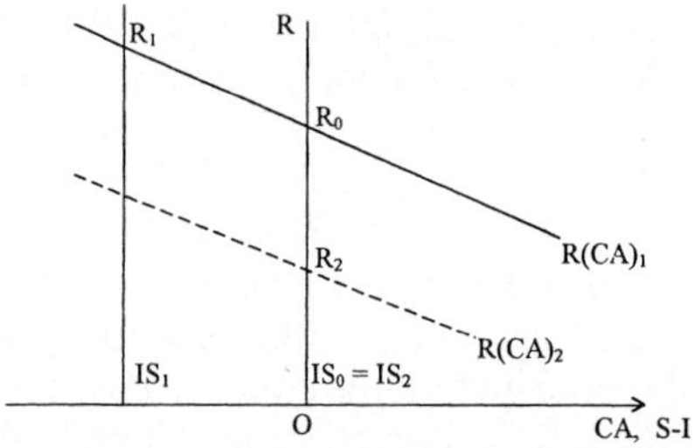

Mais, en ce point, le système dynamique n'est pas stable. Il existe en effet un déficit courant (abscisse de R_1 ou de IS_1) qui détermine un supplément de dette dF. L'épargne domestique réagit à ce supplément de dette en augmentant : S – I, qui était fortement négatif, réaugmente. Graphiquement la droite IS_1 tend à revenir vers sa position initiale. Mais parallèlement, CA étant négativement relié à F (à cause du poids des intérêts sur la dette, rF), recule également pour un même taux de change réel. Graphiquement la droite R(CA) tend à se déplacer vers la gauche. Les deux mouvements concomitants et opposés de IS et de R(CA) amènent progressivement le taux de change réel vers sa valeur d'équilibre de long terme. Celle-ci est atteinte lorsque IS est revenue à sa position initiale puisque alors CA redevenant nulle, la dette se stabilise et avec elle l'épargne. En ce point R_2 le taux de change réel est stable : l'ordonnée de R_2 représente le taux de change réel naturel d'équilibre. Il y a eu au total dépréciation du taux de change réel (de R_0 à R_2) après une appréciation provisoire en R_1.

Dynamique séduisante et modélisation relativement lisible, la conception de Stein exprime sans doute un ensemble de comportements et de réactions centraux dans la détermination du taux de change réel à long terme et ses succès empiriques en attestent. Elle n'en est pas moins limitée par le fait qu'elle exclut les capitaux spéculatifs, ceux qui répondent par exemple à l'appel de l'écart d'intérêt mais peuvent aussi répondre à des considérations structurelles (liées à la crédibilité d'une économie, à ses performances réelles, à son image) ou encore à des impératifs de gestion internationale des portefeuilles d'actifs financiers. Elle exclut notamment que des flux d'investissement direct ou de portefeuille viennent régulièrement financer le déficit courant, sans que le pays ait, à proprement parler, à rembourser ces fonds ou à en faire sortir les revenus (les profits de l'investissement peuvent être réinvestis sur place). Autrement dit, le taux de change réel n'est considéré que comme variable d'ajustement de déséquilibres réels, à l'exclusion de tout mouvement autonome de capitaux… Mais peut-on penser que l'action des capitaux spéculatifs soit entièrement gommable ou compensée, même sur le long terme ?

Il apparaît donc important de s'intéresser au comportement concret de ces capitaux qui, à court terme notamment, se déplacent d'un pays à l'autre et font varier le taux de change. C'est là un des objectifs de la section III.

III. Efficience et comportements autoréférentiels sur le marché des changes

1. Efficience du marché des changes

a. Qu'est-ce que l'efficience d'un marché ?

Le terme « efficience » est, en français, un néologisme issu de l'anglais « *efficient* » qui signifie « capable, compétent, efficace ». En raison du caractère relativement polysémique de ce mot en anglais, il n'est pas totalement étonnant que plusieurs conceptions de l'efficience se côtoient dans la littérature économique. Elles ont trait respectivement à l'information disponible intégrée dans les évaluations de marché, au comportement rationnel des acteurs sur le marché, à l'efficacité technique du marché. Nous ne débattrons pas ici des cohérences ou des contradictions entre ces différentes conceptions et tenterons d'emblée de partir d'une définition relativement intuitive de l'efficience.

Pour Cobbaut [1987, p. 192], un marché est dit « efficient » s'il répond à sa fonction qui est de fournir un prix constituant un signal fiable pour décider de l'allocation des ressources. En d'autres termes, un marché efficient doit permettre, sous certaines conditions, de déterminer un prix conforme aux valeurs des facteurs fondamentaux (c'est-à-dire des facteurs explicatifs de ce prix), telles qu'elles résultent de l'ensemble de l'information disponible à un instant donné.

Pour que cela soit possible, on s'accorde en général à reconnaître que deux conditions sont indispensables :

- l'information pertinente doit être disponible pour tous les participants au marché d'une part ;
- ceux-ci doivent être en nombre élevé et en compétition active pour la réalisation des profits d'autre part (Cobbaut [1987, p. 193]).

En l'absence de ces deux conditions, on comprend intuitivement qu'un intervenant plus puissant et mieux informé influencerait le prix dans un sens avantageux pour lui, éventuellement non conforme aux fondamentaux. Il manipulerait le marché…

Cette première approche de l'efficience se distingue mal de la définition d'un marché parfait dont on sait qu'il n'a aucune possibilité d'existence réelle (l'information est coûteuse, inégalement répartie et les acteurs sont inégaux face au marché…). On est donc réduit à tenter de mesurer un degré d'efficience qui reflétera le niveau de réalisation de ces conditions. Cette mesure est alors possible, dans le cas du marché des changes, à partir de la conjecture suivante

(Cobbaut [1987, p. 193-194]). Si, sous l'action d'un nombre élevé d'opérateurs compétents et en compétition active, les taux de change reflètent intégralement l'information disponible, cela signifie que les événements futurs dont dépendent les fondamentaux nationaux sont identifiés, ainsi que leurs conséquences, et qu'il leur est assigné une distribution de probabilité. Alors, au temps t, les opérateurs connaissent les valeurs en t de toutes les variables significatives d'une part, ont évalué « rationnellement » les probabilités que ces variables prennent telle ou telle valeur en t + 1 d'autre part. Ils agissent alors et déterminent le taux de change qui correspond à ce calcul. Autrement dit, en t, les acteurs réalisent sur le marché le taux de change St qui anticipe ce qu'il « sera » en t + 1 (nous allons voir comment dans un instant). Dans ces conditions, les fluctuations des taux de change ne peuvent être dues qu'à la survenance d'événements radicalement incertains, c'est-à-dire totalement imprévisibles. Ces fluctuations des taux de change ne peuvent être que purement aléatoires.

Autrement dit, les variations du taux de change sont nécessairement inattendues et accidentelles parce que, au temps t, les opérateurs connaissent les valeurs en t de toutes les variables significatives d'une part, ont évalué « rationnellement » les probabilités que ces variables prennent telle ou telle valeur en t + 1 d'autre part. On considère alors de fait que les opérateurs ont des anticipations rationnelles, c'est-à-dire que leur anticipation S^a du niveau du taux de change à t + 1 est strictement égale à l'espérance mathématique (la valeur « moyenne » probable) du niveau de ce taux en t + 1, connaissant l'information disponible à l'instant t. Par ailleurs, si les opérateurs sont rationnels, ils vont tenir compte de toutes leurs erreurs passées et parvenir à une anticipation S^a « juste » au sens où l'écart entre S^a et S_{t+1} aura lui-même une espérance nulle… Le lecteur non familier des statistiques pourra retenir que, si les opérateurs ont des anticipations rationnelles, S^a sera considéré comme égal à S_{t+1} « en moyenne »…

b. Hypothèses et tests du principe d'efficience

Outre l'hypothèse d'anticipations rationnelles (calcul « rationnel », c'est-à-dire à partir des distributions de probabilité des événements fondamentaux – cette dernière précision est capitale), on voit que cette conception de l'efficience suppose à la fois l'existence de fondamentaux bien définis et l'existence d'une distribution de probabilité pertinente en t pour les valeurs de ces fondamentaux en t + 1.

Or non seulement les fondamentaux sont mal délimités et/ou connus, comme nous l'avons déjà signalé, mais encore l'existence de distributions de probabilité stables pour les variables concernées fait problème, comme nous allons bientôt le voir.

Ces réserves mises à part, l'estimation de l'efficience ainsi définie apparaît néanmoins opérationnelle dans la mesure où les variations de taux de change entre t et t + 1 sont alors, sous les hypothèses posées, strictement indépendantes de ce qu'elles étaient entre t – 1 et t, ce qui est testable. Les conséquences de ce comportement de « marche aléatoire » des variations du change sont par ailleurs fort intéressantes. On peut montrer, en effet, qu'alors le meilleur prédicteur du taux de change en t + 1 est, théoriquement, le taux de change en t.

Cela est parfaitement compréhensible intuitivement : si les opérateurs envisagent une appréciation de 10 % du change entre t, l'instant où l'on réfléchit, et t + 1, alors ils doivent, s'ils sont rationnels et croient en leur estimation, acheter immédiatement la monnaie concernée, par exemple le yen, puisqu'elle va s'apprécier selon eux. Et ils doivent *a priori* l'acheter jusqu'à ce que le nouveau taux de change soit égal au taux anticipé pour effet en t + 1…

Cela, c'est la théorie, qui suppose implicitement que l'action des opérateurs est sans coût… En pratique, que vont faire ces opérateurs ? Deux options concrètes s'ouvrent à eux.

En premier lieu, ils peuvent acheter le yen au comptant en t en espérant le revendre plus cher au comptant en t + 1. Une telle opération leur coûte cependant, puisqu'ils doivent emprunter des euros au taux d'intérêt i, les changer en yens au cours comptant à la date t, prêter ces yens sur le marché japonais au taux d'intérêt i* afin de compenser l'intérêt dû sur le marché européen, revendre ces yens au comptant en t + 1 enfin. Autrement dit, ils doivent payer (i – i*) pour gagner (S^a – S)/S. On voit qu'ils le feront tant que le gain de change anticipé surcompense le différentiel d'intérêt et ils cesseront de faire monter S (*via* leurs achats de yens) lorsque (i – i*) et (S^a – S)/S seront exactement égaux. En clair, s'ils font confiance à leurs anticipations, ils vont réaliser, dans un marché efficient, la condition de parité de taux d'intérêt non couverte…

De façon alternative, nos opérateurs peuvent aussi utiliser le marché à terme. Ils vont acheter, aujourd'hui en t, à terme de t + 1, les yens, en espérant les revendre au comptant à t + 1 avec un gain. Ce faisant, ils ne déboursent rien puisque, si la valeur à terme du yen est fixée en t, la livraison et le paiement des devises n'auront lieu qu'en t + 1. Ils revendront donc les yens au comptant, à l'instant même, t + 1, où ils paieront leur achat à terme. Dans ce cas, ils vont continuer jusqu'à ce que le taux de change en t, à terme de t + 1, du yen, soit strictement égal au taux de change anticipé, S^a, au comptant à l'échéance t + 1. Par cette opération alternative ils réalisent l'égalité du taux de change à terme et du taux de change anticipé au comptant à l'échéance, soit $S^a = F$. C'est en fait le taux de change à terme qui, du fait de l'existence d'un écart d'intérêt, devient le meilleur prédicteur du taux de change anticipé au comptant à l'échéance.

Ainsi donc on voit que si le marché est efficient, on doit avoir simultanément parité de taux d'intérêt non couverte et égalité du taux de change à terme et du taux de change anticipé au comptant à l'échéance. Soit globalement :

$$i - i^* = \frac{S^a - S}{S} = \frac{F - S}{S} \quad \mathbf{(2)}$$

que l'on sépare habituellement en deux conditions, ici simultanées :

$$i - i^* = \frac{S^a - S}{S}$$ Parité de taux d'intérêt non couverte **(3)**

$$i - i^* = \frac{F - S}{S}$$ Parité de taux d'intérêt couverte **(4)**

On sait que la seconde condition, parité de taux d'intérêt couverte, est toujours vérifiée pour les principales devises. Plus précisément, on a pu montrer que les écarts à cette loi sont principalement dus à l'existence de coûts de transactions ou à une imparfaite mobilité des capitaux qui viennent, de fait, gêner un arbitrage parfait. En aucun cas ces écarts ne sauraient mettre en cause la loi en tant que telle.

Il en résulte donc que l'efficience du marché des changes, sous la triple condition de la rationalité des anticipations des opérateurs d'une part, de l'existence d'informations disponibles également à tous sur les fondamentaux d'autre part, de la pertinence de distributions de probabilité quant aux valeurs des variables fondamentales enfin, se réduit à la loi de parité de taux d'intérêt non couverte.

Une dernière hypothèse a été implicitement faite au passage. En supposant la loi de parité de taux d'intérêt non couverte satisfaite, on suppose également, en effet, que les spéculateurs se comportent vis-à-vis du taux de change anticipé en univers incertain (S^a) de la même façon que le font les arbitragistes vis-à-vis du taux à terme connu en toute certitude (F). La théorie microéconomique montre qu'il n'est pas toujours licite d'effectuer une telle assimilation entre comportements en univers certain et incertain. La prise en compte d'attitudes particulières face au risque (aversion envers le risque notamment) peut alors conduire à envisager des écarts par rapport à la parité de taux d'intérêt non couverte. Ces écarts sont alors désignés par le concept de « prime de risque de change ».

Le test de l'efficience du marché des changes est donc possible en testant la seule parité de taux d'intérêt non couverte. Si celle-ci est satisfaite, cela veut dire que S^a reflète la valeur fondamentale du taux de change. Il va cependant de soi que, si cette loi devait être rejetée, c'est au moins une des quatre hypothèses conjointement faites qui devrait être rejetée...

Or tel est bien le cas. De très nombreux travaux ont certes montré que les séries temporelles de variation des taux de change étaient fort difficiles à distinguer de marches aléatoires (ce qui serait plutôt positif). Mais nous avons vu que l'observation d'une marche aléatoire ne pourrait constituer un test de l'efficience que si S en t était égal à S anticipé pour t + 1. Cela à son tour voudrait dire que la spéculation n'a aucun coût, soit i = i*, puisque le coût d'emprunt en euros devrait être strictement compensé par le prêt de yens, dans notre exemple. Cette nullité étant exceptionnelle, le test de marche aléatoire est non pertinent (Taylor [1995]).

Par ailleurs, les tests de la parité de taux d'intérêt non couverte sont le plus souvent négatifs et, pour certains, montrent même une relation de signe totalement opposé aux attentes entre $S_{t+1} - S_t$ (différence entre taux de change au comptant aux deux époques, S_{t+1} étant supposé refléter correctement S anticipé en t pour la date t + 1) et le différentiel d'intérêt.

Dans ces conditions, force est de considérer que une ou plusieurs des quatre hypothèses, implicites dans cette vérification, se révèlent inacceptables.

Sur ce point, la réflexion de l'école néoclassique apparaît quelque peu biaisée. Négligeant les hypothèses conjointes d'existence de fondamentaux et de pertinence de distributions de probabilités (rarement explicitées), elle considère traditionnellement que, soit les anticipations des opérateurs ne sont pas rationnelles, soit les acteurs ont une aversion pour le risque et exigent en conséquence une prime compensatrice. Comme par ailleurs le refus de la rationalité des anticipations est scientifiquement peu intéressant (si les acteurs sont « irrationnels », tout est possible et l'objet de la théorie du change semble disparaître...), la piste de la prime de risque devient prioritaire dans la réflexion.

L'objectif devient alors de construire un modèle stable de la prime dite de « risque de change ». Les approches empiriques de cette « prime » la conçoivent très naturellement comme fonction de la variance de l'erreur de prévision du taux de change (Frankel [1993, p. 219-235] ; Giovannini et Jorion [1989]). En clair, plus le taux de change d'une devise s'est avéré difficile à prévoir et plus le risque de change serait élevé. Mais ces modèles « s'avèrent peu robustes quand ils sont appliqués à différents ensembles de données et différentes périodes » (Taylor [1995, p. 17]). De façon plus générale, l'ampleur des niveaux de la prétendue « prime de risque » (jusqu'à 6,5 % en faveur du dollar au début des années 1980 – Davanne [1990]) semble ôter toute crédibilité à la notion de prime de risque de change. Ou le risque en question est plus large que le seul risque de change (mais alors, comment le définir ?) ou alors c'est une hypothèse autre que l'existence d'une « prime de risque » qu'il s'agit d'incriminer.

Doit-on alors mettre en cause la rationalité des anticipations ? Cela a été fait depuis une quinzaine d'années sous des formes relativement « aseptisées » qui ne contredisent pas une hypothétique « rationalité » intrinsèque des acteurs, mais se contentent de la nuancer : problème du peso (Artus [1995]), possibilité de bulles spéculatives rationnelles (à partir du modèle de référence de Blanchard et Watson [1984]), phénomènes d'apprentissage relatifs à des changements brutaux de certains fondamentaux (Lewis [1989]). Mais en aucun cas ces simples déviations d'un comportement rationnel de base ne sauraient expliquer ni la persistance, ni le plus souvent la genèse historique des écarts à la parité des taux d'intérêt non couverte…

Il faut donc *a priori* mettre plus radicalement en cause la rationalité des anticipations, ou invoquer une absence de fondamentaux ou encore considérer qu'il n'existe pas de distribution de probabilité pertinente pour ces fondamentaux.

Il va de soi que l'existence de fondamentaux peut difficilement être niée en bloc. En revanche, l'influence quantitative de ces fondamentaux reste à l'évidence mal connue (et surtout varie constamment), ce qui, à soi seul, justifierait que les acteurs du marché ne pussent « rationaliser » leurs anticipations. Mais surtout la rationalisation des anticipations suppose qu'il soit possible de calculer l'espérance mathématique de la valeur du taux de change au comptant à une date ultérieure. En supposant même que les fondamentaux soient bien délimités et que leur influence soit *a priori* connaissable (ce qui est manifestement non réalisé), encore faut-il que les distributions de probabilité de leurs valeurs en t + 1 soient pertinentes pour la décision en t. Or le calcul probabiliste indique de façon statique que tel fondamental est affecté de telle distribution pour la date t + 1, mais ne saurait analyser comment cette distribution est susceptible de se modifier, entre t et t + 1, précisément sous l'effet de décisions, et donc d'actions, qui seront prises en t ou dans l'intervalle entre t et t + 1.

C'est là un point important avancé depuis longtemps par la littérature d'obédience keynésienne. L'avenir est l'objet d'une incertitude le plus souvent non probabilisable (Knight [1971]) et au contraire radicale : « *We simply do not know* », écrivait Keynes en 1937… En ce sens, toute anticipation dite « rationnelle », c'est-à-dire concrètement fondée sur des distributions de probabilité supposées objectives, serait illusoire. Nul ne pourrait fonder ses anticipations sur des évaluations de fréquences : la « rationalité », au sens « fréquentiste » du terme, serait un mythe. L'inefficience du marché des changes ne serait alors qu'un corollaire de l'incapacité humaine à lire dans une boule de cristal…

2. Hétérogénéité des acteurs

Mais il est un autre point tout aussi important et qui nous permet de plonger dans la réalité du marché. Nous avons jusqu'à présent admis que tous les acteurs du marché pouvaient formuler une anticipation commune objective S^a. En supposant que la base objective de cette estimation existe, encore faut-il que les acteurs du marché partagent sans ambiguïté cette conception unique. Or force est de reconnaître la grande diversité des acteurs du marché (certains sont investisseurs à long terme – soit investissement direct, soit de portefeuille –, d'autres arbitragistes, d'autres spéculateurs à court terme…) et donc l'hétérogénéité des opinions. Ce constat met alors fin à la fiction d'un agent individuel, représentatif et rationnel, susceptible de formuler la même anticipation « correcte » S^a que son voisin. Si l'on s'intéresse aux seuls investisseurs de portefeuille, les « sources de différenciation sont déjà multiples : ensemble d'informations et fonction d'anticipation, attitude face au risque, horizon temporel, contrainte de liquidité, montant de richesse diversifiable, etc. » (Cartapanis [1994a, p. 106]). Échapper à l'éparpillement dans la description des différences requiert alors une certaine typologie des comportements.

On distingue depuis quelques années entre agents « sophistiqués » dans le traitement de l'information et agents « limités » ou naïfs, ou encore entre investisseurs rationnels et « *noise traders* », voire entre « fondamentalistes » et « chartistes », les premiers conservant un raisonnement largement inspiré des fondamentaux qu'ils croient déceler (travaillant souvent à plus long terme et sans regarder les autres), les autres adoptant une attitude plus pragmatique, voire « moutonnière » (travaillant souvent à court terme, à l'écoute permanente du marché, décidant à partir de l'analyse dite « technique » de régularités et de ruptures dans les séries de taux de change). De nombreux modèles ont été proposés pour évaluer l'issue d'une confrontation de ces deux types opposés d'acteurs sur le marché (Haltiwanger et Waldman [1985] ; de Grauwe et Dewachter [1993] ; Artus [1995]). L'hypothèse centrale de ces tentatives consiste à considérer que les seconds introduisent un « bruit » (« *noise* » en anglais) sur le marché, soit une information non « rationnelle », susceptible non seulement de déstabiliser la dynamique des prix, mais encore de contaminer les investisseurs rationnels ou sophistiqués dans la mesure où ces derniers sont obligés de tenir compte de la présence, souvent dominante, de ces « *noise traders* » sur le marché. En effet, la prépondérance quantitative de ce type d'opérateurs les amène nécessairement à autovalider leurs décisions sur le marché : en achetant massivement du dollar américain, quel que soit le fondement de leur croyance en sa hausse prochaine, ils déterminent cette hausse. Pour ne pas perdre d'argent et/ou pour conserver leur part de marché (s'ils sont gérants de fonds), les fondamentalistes doivent alors leur emboîter le pas…

Haltiwanger et Waldman [1985, p. 326-333] distinguent ainsi entre agents sophistiqués et agents naïfs qui ont le choix entre deux stratégies économiques possibles. Dans des situations à « effet de congestion », c'est-à-dire où le bien-être d'un agent est d'autant plus faible que tout le monde suit la même stratégie que lui (cas du choix d'une carrière professionnelle par exemple), ils montrent que la démarche des agents sophistiqués devient déterminante de l'équilibre final, car ils vont évidemment agir à l'inverse des agents naïfs. En revanche, dans des situations à « effet de compensation », où le bien-être d'un agent est d'autant plus important que les autres agents adoptent la même stratégie que lui (ce qui est typiquement le cas des marchés financiers, au moins à court-moyen terme), alors la démarche des agents naïfs va l'emporter. L'intuition derrière ce raisonnement est simple. Les agents sophistiqués, non seulement connaissent la stratégie la plus rationnelle (celle qui respecte les fondamentaux), mais aussi, puisqu'ils sont sophistiqués, anticipent une conduite biaisée des agents naïfs et savent enfin que la situation est à effet de compensation. Dès lors, ils vont adopter une conduite aussi biaisée que les agents naïfs et ce type de conduite va déterminer totalement la situation.

L'ensemble de ces approches en termes d'hétérogénéité des acteurs apparaît d'autant plus justifié, en regard de l'approche traditionnelle postulant un agent représentatif unique doté d'anticipations rationnelles, que, précisément, les enquêtes portant sur les anticipations des acteurs du marché sont plus que déroutantes. C'est d'abord la dispersion des anticipations individuelles qui apparaît, quelle que soit la place financière étudiée, pour un horizon temporel donné (Benassy [1991] montre ainsi que, fin 1986, les anticipations concernant le dollar-mark à trois mois se distribuaient dans une fourchette allant de – 12 % à + 12 % ; Ito [1990] révèle des anticipations sur le dollar-yen à trois mois dans un intervalle de – 3,2 % à + 4,7 % entre mai 1985 et juin 1987). Mais par ailleurs le sens de la variation anticipée dépendrait fortement du statut des opérateurs, ceux-ci ayant tendance à anticiper l'évolution qui les favorise (Takagi [1991]).

Il résulte de ces constatations que les acteurs du marché se révèlent largement incapables de prévoir correctement, y compris qualitativement, l'évolution du marché pour un horizon donné. Ainsi, de nombreuses fluctuations des taux de change ne sont prévues par personne et se situent donc en dehors de l'intervalle des cours extrêmes anticipés. Un exemple des années 1990 illustre à merveille ce point : au début de 1994, une majorité d'études montrait une appréciation logique du dollar sur l'année à venir, au pire une stabilisation ; la chute a été pourtant spectaculaire, – 12 % environ tant par rapport au mark que par rapport au yen en dix mois. Ce phénomène est plus que troublant puisque ces anticipations auraient dû être en partie autovalidantes, les acteurs du marché devant acheter s'ils anticipent une appréciation et contribuer ainsi à cette dernière. Dès lors, soit les acteurs mentent assez systématiquement quand ils sont interrogés ou quand ils rédigent leurs bulletins (mais cela apparaît contreproductif, puisque le marché des changes constitue un système à « effets de compensation »), soit ils réagissent très différemment entre le très court et le moyen terme. De fait, Frankel et Froot ([1986], repris dans Frankel [1993, p. 295-316]) estiment que l'anticipation de moyen terme témoignerait d'un souci de respectabilité des acteurs (ils réagiraient alors en fonction des fondamentaux standards connus de la profession) tandis que leur anticipation de très court terme, celle qui influence le marché, serait rarement donnée parce que « honteuse », rien ne venant théoriquement l'étayer… Les acteurs du marché des changes feraient donc, quand il s'agit de prendre des risques financiers concrets, le contraire de ce qu'ils justifient…

Si les anticipations sont donc manifestement hétérogènes et complexes, une deuxième piste de recherche consiste à étudier l'influence sur le marché d'une catégorie très particulière d'acteurs, à savoir les « *traders* » qui assurent le concret des transactions dans les salles de marché des grandes institutions financières. À la différence des investisseurs dont l'horizon temporel est relativement long, de quelques jours à un an, les cambistes ont un horizon qui se limite en fait à la journée, dans la mesure où ils sont tenus de fermer leur position de change avant le lendemain. Dès lors, les opérations qu'ils sont amenés à effectuer relèvent souvent d'une spéculation pure à très court terme (Champion et Trauman [1978, p. 71-93] ; Goldstein, Mathieson et Lane [1993]). Or ces cambistes, s'ils obéissent aux ordres de leur clientèle (trésoriers d'entreprise, spéculateurs professionnels...), effectuent en moyenne quatre à cinq transactions interbancaires, liées à une seule opération de clientèle, de façon à découvrir le prix du marché et à s'assurer finalement du cours le plus avantageux. Il en résulte que 75 à 80 % des transactions du marché des changes se font entre banques. Si par ailleurs on prend en compte le fait que, sur une place comme Londres par exemple, les dix principaux opérateurs bancaires réalisaient, en 1992, 43 % des opérations de change interbancaires, on voit que dix salles de marché exécutaient environ 33 % des transactions totales de la place...

Ce phénomène serait positif si les « *traders* » ne faisaient que refléter la diversité des opinions et assuraient ainsi, par leur poids, une liquidité saine au marché. Mais dans la mesure où tant leur activité spéculative à très court terme que leur concentration créent en permanence le prix de marché, on peut estimer que leur activité génère et diffuse en permanence du bruit, accentuant ainsi la volatilité du marché. Comme par ailleurs les « *traders* » sont beaucoup plus « chartistes » que « fondamentalistes », ils sont presque exclusivement à l'écoute des bruits de marché, tentent de reconnaître les configurations de cours que l'analyse « technique » utilise pour ses prévisions et laissent aux « intellectuels » du bureau d'études l'analyse des fondamentaux... Dès lors, les modèles avec agents hétérogènes cités précédemment, pourtant quelque peu affligeants, apparaissent bien trop optimistes : il n'est pas sûr que les « fondamentalistes » puissent gagner ou conserver un poids, ils sont d'emblée réduits à la portion congrue par les « *traders* », dominants sur le marché…

Dans ces conditions, il apparaît clairement que les « *traders* » ont souvent un rôle moteur dans la détermination du taux de change et que les investisseurs internationaux réallouent leur portefeuille en fonction des signaux donnés par la profession. En clair, les « fondamentalistes » doivent largement suivre les « chartistes », tout au moins tant que le mouvement déclenché par ces derniers ne quitte pas une plage par trop incompatible avec les données fondamentales.

3. Comportements autoréférentiels

Les conséquences à tirer de cette hétérogénéité constatée des acteurs sont en fait redoutables… Elles reviennent à dire que le comportement des acteurs sur le marché des changes ne serait pas d'abord dicté par l'analyse de données objectives. Il serait au contraire déterminé par le souci de deviner l'opinion moyenne du marché, ce qui implique de regarder plus longuement les voisins que les facteurs fondamentaux. Autrement dit, le comportement des acteurs du marché serait d'abord autoréférentiel… On parle alors volontiers de « mimétisme » des acteurs sur le marché des changes.

Deux courants d'analyse sont à distinguer dans les modèles mimétiques proposés.

Un premier courant, d'inspiration notamment keynésienne, légitime le mimétisme et en démontre la rationalité à partir du postulat que l'avenir est pour les acteurs l'objet d'une incertitude radicale, c'est-à-dire non probabilisable. Cette incertitude radicale s'oppose à une incertitude probabilisable qui caractérise les situations de risque qu'analyse, pour l'essentiel, la théorie financière traditionnelle. Dans un tel contexte d'ignorance radicale, imiter le comportement d'acteurs réputés mieux informés est déjà un progrès mais n'est pas logiquement satisfaisant (puisque ces derniers sont confrontés à la même incertitude radicale). En revanche, chercher à déterminer ce que sera l'opinion moyenne et le comportement moyen devient, on l'a vu, une attitude raisonnable : imiter ce comportement (observé ou anticipé) permet alors d'être dans le sens du marché et d'en tirer profit.

Ce principe reprend de fait l'intuition de Keynes qui comparait le marché à un concours de beauté dans lequel les juges auraient comme objectif, non pas tant d'élire la candidate la plus belle, mais de deviner laquelle serait élue. Anticiper l'opinion moyenne et l'adopter devient alors l'attitude adaptée à ce dernier objectif, clairement assimilable à l'objectif de « gagner » sur un marché. Le problème se complique cependant si tous les acteurs cherchent à imiter un hypothétique comportement moyen qui n'est précisément que la résultante de l'agrégation de décisions forgées en autoréférence totale... Dans ce jeu de miroirs à l'infini, seule la polarisation des anticipations sur un comportement particulier, une « convention », constitue une solution. Mais celle-ci peut éloigner largement de toute valeur « normale » de marché : l'apparition de « bulles spéculatives » serait liée à l'établissement de telles conventions en situation d'autoréférence. L'étude de la façon dont émerge ce type de conventions constitue aujourd'hui un sujet central de recherche, mais ne pourra être abordée ici (Orléan [1989, 1995]).

Ce qu'il importe alors de pleinement réaliser, c'est le lien complexe qui existe entre comportements autoréférentiels et absence de fondamentaux repérables ou calculables. La difficulté à calculer les fondamentaux (incertitude radicale) justifie des comportements mimétiques. Mais la présence de ces comportements éloigne les prix de toute valeur pensable à l'aide des fondamentaux. Ceux-ci apparaissent en conséquence d'autant moins crédibles, ce qui renforce encore la légitimité des comportements autoréférentiels. Il existe donc une causalité circulaire particulièrement problématique entre incertitude radicale et mimétisme : les comportements autoréférentiels deviennent alors plus raisonnables (rationnels ?) que toute approche fondamentaliste... Si cela est vrai, formuler des « anticipations rationnelles » devient extrêmement difficile puisque l'information à prendre en compte porte aussi et surtout sur les comportements mimétiques des acteurs du marché…

Dans une autre interprétation, l'hypothèse du mimétisme a été aussi introduite en ne tenant pas compte de cette impossibilité de rationaliser les anticipations. Plus concrètement, c'est alors la possibilité de chaînes mimétiques qui doit être spécifiée. Dans leur modèle inaugural, Bikhchandani, Hirshleifer et Welsh [1985] étudient le comportement d'un acteur confronté au comportement observable de ceux qui l'ont précédé d'une part, à son signal propre quant à la valeur ultérieure d'un actif donné d'autre part. S'il privilégie le premier indicateur au détriment de son signal propre, il peut entraîner une « cascade » mimétique (succession de décisions identiques inspirées par le ou les prédécesseurs). Les auteurs montrent alors que lorsque le nombre des acteurs croît, la probabilité qu'ils n'adoptent aucune « cascade » devient de plus en plus faible. Considérant de plus qu'il existe une « bonne cascade » (choix successifs identiques cohérents avec la vraie valeur, supposée exogène), ils montrent que la probabilité qu'elle se matérialise croît avec le nombre des acteurs. Artus [1993] a également développé ce principe de chaîne mimétique. Son modèle comporte deux acteurs qui se succèdent, disposent d'une information de même qualité et ont le choix entre un actif risqué et un actif non risqué, le premier ramenant plus que le second en bonne conjoncture, moins dans le cas contraire. Il montre alors que ces acteurs deviennent nécessairement mimétiques et achètent tous deux l'actif risqué si le premier l'a fait, même dans le cas où le signal propre au second est défavorable à l'achat. Ce modèle étendu à n acteurs a été complété par Moschetto [1998] pour tenir compte d'une différence possible dans la qualité d'information à la disposition des différents acteurs. Il apparaît alors logiquement que l'achat mimétique d'actifs risqués est d'autant plus fort que la volatilité du marché est faible et que l'acteur inaugurant la chaîne mimétique est peu confiant dans la qualité de l'information dont il dispose.

Dans un ordre d'idées voisin, on a montré que le comportement mimétique peut aussi être induit, simplement par la situation de concurrence qui caractérise les sociétés de gestion de portefeuille (Artus [1995]). Il apparaît donc que la logique mimétique et d'autoréférence propre aux marchés financiers dépasse largement les situations d'incertitude radicale et d'hétérogénéité des acteurs...

Au terme de ce chapitre sur les théories du change apparaît un panorama autrement plus complexe que les idées traditionnelles sur la détermination du change ne le laisseraient supposer. Certes, à court terme, le taux de change reste dépendant de l'évolution de l'écart d'intérêt entre les deux espaces concernés. De même, les écarts d'inflation ne peuvent pas ne pas influencer l'évolution du change (au moins dans le très long terme). Enfin, l'état de la balance courante constitue bien, semble-t-il, une force de rappel quant au niveau du taux de change (dans le cadre par exemple des modèles de taux de change réels d'équilibre). Mais la stupéfiante complexité des opérations concrètes du marché des changes fragilise les conceptions immédiates en termes d'efficience et de parité de taux d'intérêt non couverte. L'hétérogénéité des acteurs et le caractère incontournable des dynamiques autoréférentielles conduisent ainsi l'économiste à un effort théorique qui ne peut plus emprunter aujourd'hui les voies traditionnelles...

Il en résulte évidemment une difficulté insurmontable à prévoir l'évolution du taux de change et, *a fortiori*, à le stabiliser. C'est cependant à cette tâche que s'attellent pratiquement les autorités politiques et/ou monétaires quand elles cherchent à établir un régime de change ou à intervenir sur le marché. L'analyse de ces tentatives de discipliner le change commence avec le chapitre 8.

8. Régimes de change et crises

Discipliner les évolutions du taux de change nominal nous est apparu comme une exigence majeure, notamment à court terme. Historiquement, c'est à travers l'organisation du système monétaire international que cette discipline a pu être peu ou prou instaurée. Repérer les différents systèmes successifs, depuis la seconde moitié du XIXe siècle, sera l'objet du titre I.

Il apparaît alors que les années 1971-1976 constituent une véritable rupture, non seulement dans l'organisation du système monétaire international (la flexibilité l'emportant par défaut), mais aussi dans la façon de penser les disciplines de change. Dans un univers de changes flottants en fonction du marché, les États prennent progressivement conscience de leur capacité à définir un « régime de change », c'est-à-dire précisément une discipline qui leur soit propre. Au-delà de la fixité ou de la flexibilité de principe, il s'agit de savoir si l'on défend une fixité nominale ou réelle et comment on le fait (ancrage nominal, ancrage réel ou « *currency boards* ») ou bien si le choix de la flexibilité s'accompagne ou pas d'une administration du flottement. Ces différentes possibilités seront examinées dans le titre II.

Nous serons alors naturellement amenés à envisager les crises de change qui ont défrayé la chronique des années 1990 : crise du SME en 1993, crise mexicaine de 1994, asiatique de 1997, russe de 1998, brésilienne de 1999. Dans un univers de finance globalisée, toute crise économique et financière locale se traduit nécessairement par des mouvements de capitaux accompagnés d'une vente massive de monnaie domestique (dépréciation du change). À l'opposé, la liberté de mouvement des capitaux peut stimuler artificiellement la croissance et apprécier provisoirement la monnaie domestique. La globalisation financière impose donc que le marché des changes soit le lieu par excellence de manifestation spectaculaire des crises. Le titre III leur sera consacré.

I. Histoire des systèmes monétaires internationaux

Un système monétaire international a pour fonction d'organiser de façon coopérative les relations entre les monnaies nationales, c'est-à-dire de donner des principes guidant le choix de leurs parités mutuelles d'une part, de coordonner les ajustements nécessaires en cas de déficits ou d'excédents de paiements extérieurs d'autre part. Derrière cette fonction, c'est évidemment la question de la valeur des monnaies, de ce qui en garantit la circulation et l'adoption confiante, qui est en jeu. Trois systèmes monétaires internationaux se sont historiquement succédé depuis le tournant du XVIIIe siècle, avec un bref épisode d'incertitude dans l'entre-deux-guerres.

1. L'étalon-or jusqu'en 1914

Ce système se met en place de fait en 1694, avec la fondation de la Banque d'Angleterre, sur une double idée. D'abord une banque doit accepter des métaux précieux (essentiellement de l'or) des particuliers et leur remettre à la place, soit des pièces fondues avec le métal reçu, soit des billets. Ces derniers constituent en fait des reconnaissances de dette de la banque et sont transformables à volonté en or. Leur côté pratique, léger et maniable les impose très vite dans les transactions. Mais par ailleurs une banque remarque très vite que les billets circulent sans jamais être présentés en totalité pour remboursement en or. Il devient alors possible d'émettre plus de billets que la banque ne possède d'or : la contrepartie de ces billets supplémentaires est alors faite de crédits accordés à ceux qui reçoivent les billets.

C'est ce que résume le bilan de la Banque d'Angleterre, simplification de tout bilan bancaire. Il est constitué de deux colonnes : à gauche l'actif retrace tout ce qui est dû à la banque ou qu'elle a acquis en son nom propre, à droite tout ce qui est dû par la banque (ses reconnaissances de dettes, ici des billets dans un fonctionnement simplifié). Le bilan de la Banque d'Angleterre, en 1694, est donc schématiquement le suivant (Rivoire [1989]) :

Actif	**Passif**
Or	Billets
Crédits	Billets

Il va de soi que cette émission de billets supplémentaires, concrétisation de crédits attribués à des particuliers ou entreprises, doit se faire avec une certaine prudence… En cas de panique bancaire, si tous les détenteurs de billets voulaient les transformer en or, la banque ferait défaut. Il est donc nécessaire d'assurer une « couverture-or » suffisante des billets émis, c'est-à-dire un rapport minimal entre or détenu à l'actif et totalité des billets émis. C'est en instituant une couverture-or à 100 % pour tout billet émis au-delà d'un certain montant en circulation que les autorités anglaises matérialisèrent cette prudence…

Cela admis, l'étalon-or peut fonctionner. Il revient en premier lieu à « instaurer une parité fixe entre la monnaie anglaise et l'or » : une livre sterling vaut tel poids d'or de façon intangible. Si alors, sur le marché des changes, la livre perd de sa valeur par rapport aux autres monnaies, donc aussi par rapport à l'or, la Banque d'Angleterre pourra racheter des livres ou encore augmenter les taux d'intérêt sur la place de Londres. Dans le premier cas, la livre étant davantage demandée, elle va retrouver sa parité normale.

Dans le second cas, des capitaux étrangers vont être attirés par la rémunération londonienne, se changer en livres et contribuer à la réappréciation de cette dernière…

Mais l'étalon-or, c'est aussi la liberté, garantie par la Banque d'Angleterre, de convertir à volonté les billets en métal précieux. Cette garantie détermine en retour une grande confiance dans l'esprit du public. Le paradoxe d'un tel établissement de la confiance, c'est qu'il permet de ne jamais avoir, précisément, à tester cette confiance… Sachant en effet qu'il y a de l'or comme gage ultime de la monnaie, les détenteurs de billets les font circuler sans état d'âme et cette circulation renforce la confiance, ôtant donc de l'esprit du public l'idée qu'il faudrait tester la conversion en or…

Tous ces mécanismes ont longtemps conduit à penser que l'étalon-or était un bon système de changes fixes, fondé sur l'existence, en arrière-fond, d'un stock d'or mobilisable. En pratique, il semble que l'hégémonie de l'Angleterre ait constitué un facteur de stabilité encore plus déterminant. L'Angleterre est, en effet, pratiquement jusqu'à la Première Guerre mondiale, le pays le plus avancé dans l'industrialisation et détient la puissance commerciale associée à la maîtrise des mers. En conséquence, elle dispose d'une balance courante toujours excédentaire. Cet excédent lui permet en retour de prêter à long terme au reste du monde pour en permettre le développement (ce qui crée une dépendance de bien des économies envers elle). Et l'Angleterre ne boude pas ce moyen financier de se créer des obligés, puisque ses sorties nettes de capitaux à long terme dépassent largement, en moyenne, les excédents courants. Si le pays ne fait pas « faillite », c'est parce que des entrées régulières de capitaux à court terme (la place de Londres est crédible et rémunératrice) compensent ces sorties excessives de fonds à long terme… Autrement dit, la confiance des capitaux étrangers dans la City apparaît aussi comme un élément déterminant de la capacité des Britanniques à financer le reste du monde et à exercer ainsi leur hégémonie.

Il apparaît donc que l'étalon-or était un système monétaire international solide, mais fondé autant sur la puissance anglaise et la bonne image de son système bancaire que sur l'existence d'un stock d'or comme garant de l'émission monétaire.

2. Le désordre monétaire de l'entre-deux-guerres

1918 : après une brève période d'inflation, une chute des prix survient en 1921, à cause de politiques monétaires restrictives, américaine et britannique. La conférence de Gênes (1922) cherche alors à stabiliser monnaies et prix en proposant d'instaurer l'étalon de change-or : les monnaies pourraient ne plus être couvertes seulement par de l'or mais aussi par des réserves en devises fortes, elles-mêmes convertibles en métal…

De leur côté, les Anglais souhaitent revenir au système de l'étalon-or qui a fait ses preuves. Pourtant la puissance anglaise n'est plus qu'un souvenir, les États-Unis ont montré dans la guerre que leur force était déterminante et la balance courante anglaise ne connaît plus désormais d'excédents chroniques. Malgré ces réalités, le gouvernement britannique décide de revenir, en mai 1925, à la parité-or de la livre sterling, qui existait avant 1914. Les conséquences en sont catastrophiques : prix britanniques trop élevés exprimés en or, faible compétitivité à l'exportation, balance courante déficitaire en 1926, livre attaquée sur le marché des changes, maintien à niveau élevé des taux d'intérêt réels et faible croissance. On assiste alors à un mouvement de déflation : étranglées par les taux d'intérêt réels (qui rendent coûteux l'investissement) et l'impossibilité de vendre à l'exportation (à cause d'une livre surévaluée), bien des firmes britanniques licencient ou font faillite, précipitant une chute des débouchés et des prix qui se révélèrent cumulatives. La chute des débouchés fait baisser les prix, casse la rentabilité des entreprises qui multiplient licenciements et faillites, contractant encore les marchés…

Cette déflation anglaise limite aussi les débouchés du reste du monde et gêne la croissance de l'Allemagne et de la

France. Mais ce sont les États-Unis qui posent problème en exigeant le paiement des dettes de guerre françaises et anglaises. Dans le même temps, les États-Unis, nouvelle puissance hégémonique, entendent conserver un excédent courant sur ces deux pays. Dans ces conditions, la France et l'Angleterre ne peuvent rembourser les États-Unis avec des fonds gagnés dans le commerce international. Peu désireuse d'emprunter sur les marchés privés la totalité des fonds à rembourser, la France adopte alors une attitude très stricte vis-à-vis de l'Allemagne, obligeant le vaincu de la guerre à lui payer rapidement et en marks-or les réparations de guerre prévues. Étranglée par cette exigence, l'Allemagne rechigne, maintient des taux d'intérêt élevés pour attirer les capitaux nécessaires à ce paiement, ce qui hypothèque la croissance et entraîne un chômage de masse. On sait que Hitler saura ultérieurement en tirer parti…

Cet imbroglio financier aura des conséquences monétaires lourdes : impossibilité de concilier retour à l'étalon-or et croissance, tentatives de plus en plus nombreuses de laisser flotter le change, sans compter le krach de 1929, traduisant la contradiction entre l'euphorie boursière américaine et la déflation ambiante. Cette période est finalement marquée par l'incertitude due à la transition entre deux systèmes monétaires, elle-même reflet d'une transition incertaine entre deux hégémonies économiques, la britannique et l'américaine…

3. Heurs et malheurs du système de Bretton Woods

En 1944, les grandes puissances (sauf la France) se réunissent à Bretton Woods (New Hampshire) pour envisager le nouveau système monétaire international susceptible de favoriser la reconstruction et la croissance d'après-guerre.

a. Les principes

La référence directe à l'or est abandonnée. Cela s'explique par les déboires de l'étalon-or dans les années d'avant-guerre, mais aussi par le privilège qu'une telle référence donnerait aux deux grands producteurs d'or de l'époque, l'Afrique du Sud et l'URSS. Par ailleurs, les économistes considèrent que ce qui fonde la confiance dans une monnaie n'est pas l'existence d'un stock métallique, mais plutôt la production que cette monnaie permet d'acheter, son pouvoir d'achat. Dès lors il apparaît illogique de prendre comme gage de la monnaie un stock d'or, par définition limité, quand le véritable gage, la production, semble sans limites.

Si la référence n'est plus l'or, encore faut-il trouver un moyen de lier monnaie et pouvoir d'achat. La proposition de Keynes de créer une monnaie « mondiale », le « bancor », qui servirait dans les règlements officiels et serait précisément émise en fonction de la croissance, n'est pas retenue. En lieu et place les États-Unis imposent le dollar comme référence, revenant ainsi apparemment à l'esprit de la conférence de Gênes puisque le dollar est lui-même convertible en or. Certes, les États-Unis sont les véritables vainqueurs de la guerre et cette prééminence accordée à leur monnaie, elle-même symbole de la seule économie encore véritablement debout, semble allier une certaine logique à la reconnaissance du rapport de forces. Elle n'en est pas moins problématique puisqu'elle instaure une monnaie nationale particulière, à espace de circulation *a priori* purement américain, contrôlée par les seules autorités américaines comme référence pour toutes les nations. Cette asymétrie radicale du système allait rapidement apparaître problématique…

En conséquence, toutes les monnaies se voient affectées d'une parité fixe (mais ajustable dans le cadre d'une négociation entre États) vis-à-vis du dollar. Dans le même mouvement ces monnaies voient leurs valeurs entre elles fixées : si 1 dollar vaut 5 francs et 1 dollar vaut 2 marks, 1 mark vaut 2,50 francs.

Cette parité doit par ailleurs être défendue par les banques centrales des pays concernés. Si par exemple le franc tend à se déprécier sur le marché des changes par rapport au dollar, la Banque de France sera tenue de racheter des francs en vendant ses réserves de change en dollars. Ce mouvement va contribuer à réapprécier le franc, contrebalançant ainsi la dépréciation précédente.

Cette parité est enfin ajustable : si par exemple une dépréciation du franc sur le marché des changes apparaît imputable à une faible compétitivité des produits français (qui détériore la balance des paiements et engendre des sorties nettes de fonds, soit des ventes nettes de francs) alors les différentes autorités nationales peuvent reconnaître conjointement que le franc doit désormais être défendu à une parité plus faible. C'est ce qu'on appelle une dévaluation du franc. Comme la parité franc-dollar est dépréciée (au même titre que les parités franc-mark, franc-yen, etc.), les produits français vont théoriquement mieux se vendre sur le marché mondial et la balance des paiements française retrouvera un équilibre supposé durable.

b. Les problèmes

On en distingue généralement deux principaux, qui vont vite se révéler ne pas être que des vues de l'esprit.

En premier lieu, l'asymétrie du système permet concrètement que les États-Unis ne défendent pas le dollar. En effet, les banques centrales des pays partenaires, dès qu'une variation de change non désirée survient, vont défendre leur propre monnaie et, par conséquent, en ramenant leur monnaie à la parité dollar officielle, ramener aussi le dollar à sa valeur conventionnelle… Dès lors les États-Unis n'ont même pas besoin de détenir des réserves de change en devises étrangères. Dans la mesure où celles-ci sont le plus souvent le résultat d'excédents de la balance des paiements, les États-Unis ne sont plus confrontés à une exigence de balance équilibrée ou excédentaire…

En second lieu, et en conséquence du point précédent, les États-Unis peuvent désormais émettre des montants relativement incontrôlés de dollars. S'ils créent massivement des dollars, c'est d'abord pour aider la reconstruction européenne (aide Marshall) et effectuer des dépenses militaires à l'étranger, mais aussi pour que leurs firmes investissent en Europe (Eichengreen [1997, p. 146]). Il en résulte un flux net de dollars vers les pays européens, qui surcompense l'excédent courant américain sur l'Europe. De ce fait, les balances globales de paiements des pays partenaires vont vite se retrouver excédentaires vis-à-vis des États-Unis et la monnaie de ces pays aura tendance à s'apprécier, par rapport au dollar, sur le marché des changes. Pour empêcher cette appréciation non prévue par le système de Bretton Woods, les banques centrales de ces pays (et d'eux seuls) devront acheter des dollars contre monnaie nationale. Ainsi vont s'accumuler dans les livres des banques centrales non américaines des avoirs en dollars, reflet des déficits américains comme du souci des banquiers centraux, dans les premières années, de disposer de réserves en dollars, seule monnaie internationale crédible.

c. L'évolution du système de Bretton Woods

Rapidement les États-Unis voient leur balance globale des paiements se détériorer.

(en milliards de dollars américains)

	1955	**1960**	**1965**	**1970**
Balance courante	0	+ 3,3	+ 6,1	+ 3,3
Balance globale des paiements	– 1,1	– 3,4	– 1,3	– 9,8

Source : J. Mathis et M. Dehove, *Le Système monétaire international*, Paris, Dunod, 1986.

Dans les années 1950, les banques centrales des pays partenaires ne s'inquiètent pas de voir ainsi s'accumuler dans leurs livres des dollars américains. Pourtant Triffin a déjà fait remarquer [1947] que ces engagements croissants des États-Unis envers les banques centrales des pays alliés minent la crédibilité or du dollar : l'émission massive de ce dernier pour les besoins de l'économie contredit, de fait, la limitation naturelle des gisements d'or. Les premiers doutes effectifs apparaissent en 1963 lorsque le général de Gaulle met en garde le président Kennedy contre une émission excessive de dollars. À la suggestion française de diminuer la valeur du dollar, exprimée en or, le président américain rappelle l'engagement de Bretton Woods de maintenir l'once d'or à 35 dollars, toute dévaluation du dollar faisant *a priori* le jeu de l'URSS et de l'Afrique du Sud.

De Gaulle récidive en février 1965 et commence à exiger de l'or en échange des dollars détenus par la Banque de France. À partir de ce moment, la confiance dans le dollar s'effritera progressivement. Dès 1967, les pays qui s'étaient engagés à vendre de l'or pour maintenir le dollar (pays dits du « pool de l'or », dont la France) se trouvent en difficulté devant la spéculation qui s'exerce contre la monnaie américaine. En mars 1968 le pool de l'or se disloque de fait. L'instauration d'un double marché de l'or n'y change rien, seule la surproduction sud-africaine d'or de cette époque calme les esprits. En 1970 la spéculation reprend de plus belle, alimentée par la masse considérable de dollars détenus à l'étranger. Enfin au premier semestre 1971, devant une spéculation effrénée contre le dollar et en faveur du mark, les autorités allemandes (pourtant longtemps première ligne de défense du dollar), lasses d'acheter des dollars, décident de laisser flotter leur monnaie. La fixité du régime de changes est ainsi mise à mal…

Mais la spéculation reprend de plus belle et, en août 1971, voyant que le stock d'or des États-Unis baisse dangereusement, le président Nixon décide de suspendre unilatéralement la convertibilité du dollar en or et de convoquer une conférence internationale sur les taux de change… Le système de Bretton Woods vient de mourir… N'étant plus ancré à l'or, le dollar ne peut que devenir une monnaie fluctuant à la baisse et plus aucune banque centrale n'est désormais théoriquement tenue de le défendre… En février 1972, les dernières tentatives pour arrêter la chute du dollar échouent. L'ère des changes flexibles vient de commencer et sera officiellement entérinée par les accords de la Jamaïque en 1976.

4. L'ère des changes flexibles

Depuis 1976, le monde vit donc sous un régime général de changes flexibles. Cela signifie que les taux de change varient seulement en fonction des offres et des demandes de devises sur le marché des changes. En clair, plus aucune banque centrale n'est censée intervenir pour les maintenir à une valeur donnée ou même à un niveau proche de ces valeurs données.

Il n'en reste pas moins que les autorités politiques et monétaires des grands pays industrialisés sont souvent réticentes à voir leur monnaie fluctuer, notamment à la baisse, de façon trop ample. Les raisons seront explicitées au titre II de ce chapitre, mais tournent autour de problèmes de « crédibilité » : une monnaie qui fluctue à la baisse engendre défiance chez les spéculateurs qui, en conséquence, fuient le pays et obligent alors tôt ou tard le pays à augmenter ses taux d'intérêt pour ne pas connaître une hémorragie d'épargne. Par ailleurs, la spéculation se déchaîne souvent sans frein dans le cadre d'un régime de changes flexibles. Enfin, le commerce international n'est pas favorisé par des parités trop fluctuantes.

Historiquement, quatre événements majeurs caractérisent le régime de changes flexibles connu depuis 1976. C'est en premier lieu la tentative européenne de recréer un système de parités quasi fixes à travers le SME. C'est ensuite la montée explosive du cours du dollar entre 1979 et 1985 (d'environ 4 à 11 francs pour 1 dollar) qui a montré à quel point le système des changes flexibles laissait prise à la spéculation. C'est également l'inflation des années 1970 et 1980 qui aurait été intégralement provoquée par l'instauration de changes flexibles, selon la thèse de l'économiste américain Mac Kinnon. C'est enfin, avec les accords du Plaza (1985) et du Louvre (1987), la création, par le G7, de zones cibles, c'est-à-dire de bandes à l'intérieur desquelles les monnaies peuvent fluctuer, sans que les limites de la zone soient révélées (voir chapitre 10, titre II)…

Au total, le système de changes flexibles officialisé depuis maintenant plus de vingt ans est associé à de nombreux déséquilibres et donne lieu à des tentatives visant à discipliner les cours des monnaies. Mais conclure sur son caractère positif ou nocif implique de faire un détour par la théorie et notamment la comparaison systématique des régimes de change.

II. Régimes de change, théorie et pratique

1. Comparaison des deux grands régimes de change

Comme l'exemple du SME l'a montré dans les années 1990, même quand le système monétaire international est dominé par les changes flexibles, il est toujours possible à un pays d'adopter un régime de changes fixes, tout au moins avec quelques partenaires et même si ce dernier constitue en permanence une gageure. Comment choisir entre changes fixes et changes flexibles ? Afin d'éclairer le choix, regroupons pour chacun des deux grands régimes les avantages et les inconvénients.

a. Régime de changes fixes

Trois avantages apparaissent *a priori* :

• Ce régime instaure une discipline en matière monétaire puisque, sauf dans le cas du dollar, monnaie de référence durant Bretton Woods, un pays ne peut émettre trop de monnaie sans risquer une dépréciation de sa monnaie sur le marché des changes, contraire au principe de fixité.

• Ce régime se confond avec la stabilité nominale du change (les ajustements de parité sont en effet assez rares quand le système fonctionne), ce qui stimule le commerce international entre les économies ayant instauré la fixité de leurs parités respectives.

• La coordination des décisions est de mise dans ce régime, puisque tous les ajustements de parité (quand ils sont permis par le régime de change) exigent un accord des partenaires.

Trois inconvénients sont traditionnellement signalés :

• La difficulté de pratiquer une politique monétaire. En effet, une politique expansive, en augmentant la quantité de monnaie en circulation, tend à faire se déprécier la monnaie sur le marché des changes d'une part, dégrade inéluctablement la balance des paiements d'autre part. Elle est donc inacceptable si le taux de change doit rester fixe. À l'inverse, cependant, une politique budgétaire expansive (augmentation des dépenses de l'État ou diminution des impôts) peut augmenter le revenu national tout en restant neutre sur le taux de change. Cette différence sera développée dans le chapitre 9, dans le cadre du modèle de Mundell-Fleming.

• L'asymétrie entre les monnaies dans le cas (nullement nécessaire) où une monnaie sert de référence aux autres, comme dans le système de Bretton Woods.

• La facilité de spéculer contre une monnaie. En effet, supposons qu'euro et dollar soient en régime de change fixe. Supposons aussi que l'euro soit attaqué. Alors tout spéculateur sait que si l'attaque est assez forte, les autorités de la Banque centrale européenne (BCE), en accord avec leurs partenaires, devront dévaluer l'euro (c'est-à-dire le défendre désormais à une parité plus faible). Il suffit alors, connaissant cette issue fatale, d'emprunter massivement de l'euro aujourd'hui, de le vendre non moins massivement et, une fois la dévaluation faite, de le racheter moins cher quelques jours plus tard, puis de rembourser son emprunt… Savoir que la BCE devra acheter tous les euros qu'on lui présentera d'une part, que la dévaluation suivra inéluctablement une forte attaque d'autre part, rend *a priori* la partie belle aux spéculateurs.

b. Changes flexibles

Quatre avantages (parfois largement théoriques) sont invoqués :

• La possibilité d'une politique monétaire autonome. En effet, une augmentation de la quantité de monnaie, par exemple, doit faire baisser les taux d'intérêt et permettre ainsi de relancer l'investissement (puisque les emprunts destinés à l'équipement des entreprises seront moins coûteux). Parallèlement cette baisse des taux d'intérêt fera refluer les capitaux et se déprécier la monnaie domestique, donc favorisera les exportations domestiques, renforçant ainsi l'effet à la hausse du revenu national. Inversement la théorie montre qu'une politique budgétaire serait inefficace en change flexible (voir chapitre 9).

• La symétrie entre les monnaies et l'absence *a priori* de pouvoir régalien semblable à celui exercé par le dollar durant l'ère de Bretton Woods.

• La plus grande difficulté à spéculer. En effet cette fois les spéculateurs ne peuvent pas être sûrs de ce que feront les autorités monétaires puisque le change fluctue librement. Ainsi en cas d'attaque contre le franc, s'ils vendent comme précédemment mais que le mouvement se retourne brutalement (car la majorité des spéculateurs changent d'avis ou prennent leur bénéfice, ou encore que la Banque centrale intervient massivement face à des spéculateurs moins déterminés qu'en changes fixes), alors leurs pertes peuvent être significatives.

• Le taux de change agit comme un stabilisateur automatique. En clair, si le pays vit au-dessus de ses moyens et achète trop à l'étranger, sa monnaie se dépréciera (puisque les sorties nettes de fonds du pays se traduisent par des achats nets de devises étrangères, ce qui tend à les apprécier). Alors le pays vendra *a priori* plus facilement ses produits à l'exportation (inversement, limitera ses importations devenues plus coûteuses) et redressera théoriquement sa balance courante, voire sa balance globale des paiements.

Cinq inconvénients viennent tempérer ces avantages bien théoriques :

• L'absence de discipline en matière monétaire, puisque l'expansion monétaire apparaît souhaitable (premier avantage ci-dessus). Il se peut alors que les spéculateurs, craignant une dépréciation durable du change, se mettent à vendre massivement la monnaie concernée.

• Ce régime apparaît dissuasif des échanges internationaux dans la mesure où il engendre une instabilité nominale du taux de change ; les industriels exportant ou important ne peuvent prévoir ce qu'ils gagneront (ou paieront) en euros sur un contrat en devises exécuté trois mois plus tard. Ils devront assumer le coût de gestion de leur risque de change.

• Le manque de coordination entre les différentes autorités monétaires puisque, s'il s'agit d'un régime de changes flexibles pur, chacun laisse sa monnaie fixer sa valeur sur le seul marché des changes. Il existe de fait une causalité circulaire entre flexibilité et absence de coordination. Cela est tellement vu comme un inconvénient que la création de zones cibles a cherché à y remédier, après la brutale montée du dollar au début des années 1980 (voir chapitre 10).

• Le caractère de fait très déstabilisant de la spéculation, contrairement aux prévisions théoriques. On parle à ce sujet de bulles spéculatives, mais aussi de phénomènes de mimétisme (imitation systématique du mouvement général des cours, c'est-à-dire qu'on achète quand ils montent et qu'on vend quand ils chutent, comme tout le monde, même si les données fondamentales sur les économies poussent au comportement opposé).

• L'illusion d'une plus grande autonomie monétaire est aussi patente. Ainsi la Grande-Bretagne, qui a laissé la livre flotter (en dehors du SME) à partir de 1992, a pu relancer l'économie par l'expansion de sa masse monétaire, mais a perdu en crédibilité. Après une à deux années de bons résultats, ce pays a dû remonter ses taux d'intérêt pour que les capitaux ne fuient pas, hypothéquant ainsi sa croissance.

2. Le triangle d'incompatibilité

L'analyse des avantages et des inconvénients donne des arguments quant au choix d'un régime de change. Malgré ses avantages théoriques, le régime des changes flexibles apparaît problématique et, de fait, la plupart des grands pays ont cherché soit à l'aménager (zones cibles), soit à recréer un régime régional de changes fixes (SME, puis parités intangibles dans le cadre de l'euro). Il faut cependant être conscient de ce que l'adoption d'un régime de changes fixes oblige à sacrifier, ce que permet la présentation du triangle d'incompatibilité.

Considérons les trois objectifs suivants qui apparaissent tous également souhaitables :

- la fixité du taux de change ;
- la possibilité d'une politique monétaire autonome ;
- la liberté internationale des mouvements de capitaux.

Alors on peut montrer qu'on peut satisfaire deux de ces objectifs simultanément, mais jamais le troisième. Ainsi un pays qui fixe son taux de change (objectif 1) et veut en même temps relancer l'économie par une politique monétaire expansive (objectif 2) verra vraisemblablement les capitaux le fuir (car plus de monnaie signifie des taux d'intérêt plus bas), ce qui tendra à déprécier la monnaie sur le marché des changes. S'il veut garder son change fixe, il devra inéluctablement interdire les sorties de capitaux (sacrifier l'objectif 3). Et s'il tient absolument à laisser les capitaux libres de bouger, il ne les retiendra chez lui qu'en pratiquant une politique monétaire restrictive, ce qui revient à augmenter les taux d'intérêt nationaux et donc à sacrifier l'objectif 2.

Inversement, si les objectifs 2 et 3 sont jugés prioritaires, il faudra sacrifier la fixité du taux de change. On voit donc que cette logique d'incompatibilité entre différents objectifs permet de dresser la liste des stratégies possibles :

- choisir fixité du change et politique monétaire autonome en sacrifiant la liberté de mouvement de capitaux (cas approximatif de la France entre 1979 et 1985 au sein du SME) ;
- choisir fixité du change et liberté des capitaux, mais au détriment d'une autonomie de politique monétaire (cas de la France entre 1985 et 1999 au sein du SME) ;
- choisir liberté des capitaux et autonomie de politique monétaire, mais avec un change parfaitement flexible (cas de la Grande-Bretagne depuis 1992).

Nous verrons au chapitre 11 que le projet de monnaie unique européenne constitue lui aussi un choix, particulièrement intéressant, à l'intérieur de ce même dilemme.

3. Comment maintenir un régime de change

La séparation entre les deux principaux régimes, fixe et flexible, peut aussi être présentée à partir de la distinction entre change nominal et change réel, développée au chapitre précédent. Il doit apparaître clairement que le régime de change fixe est un régime de change nominal fixe, mais de change réel sans doute variable. En change fixe, en effet, sauf à ce que le pays ait strictement la même inflation que son ou ses partenaires (et ce n'est jamais le cas), toute fixité nominale signifie variation du taux de change réel (ce dernier valant SP*/P avec les notations du chapitre 7).

À l'opposé, le régime de change flexible est un régime de change nominal variable mais de change réel fixe, pourvu, toutefois, que le taux de change respecte la parité des pouvoirs d'achat. En effet, si les variations de S traduisent exactement les variations relatives d'inflation, S change mais SP*/P reste constant. Dans le cas contraire, le régime de change flexible ne parvient même pas à maintenir le change réel…

a. Les cinq configurations pratiques

On peut alors définir cinq configurations qui couvrent le spectre des possibilités ouvertes aux autorités.

1re configuration : changes totalement fixes. Alors les autorités font l'impasse sur la valeur du change réel… Ou plutôt elles tablent sur l'effet d'autodiscipline de cette configuration. En effet, il devient clair que si le pays connaît plus d'inflation que son ou ses partenaires, son change réel s'appréciera (baisse de SP*/P, car P/P* augmente à S fixe). Devant cette perte de compétitivité, les entreprises hésiteront à jouer l'inflation et les conflits sociaux devront être davantage contenus. Il s'agit donc d'un pari particulièrement volontariste qui a été illustré de deux façons : par la Thaïlande, entre 1984 et 1997, dans le cadre de ce que l'on nomme un « ancrage nominal » mais aussi par l'Argentine, depuis 1991, et quelques pays de l'Est, dans le cadre de ce qui s'appelle un « *currency board* ». Ces deux modalités vont être développées plus bas.

2e configuration : changes fixes, mais parités ajustables. On aura reconnu ici la configuration propre aux grandes devises telles qu'elles étaient reliées au sein du système de Bretton Woods. Dans ce cas, il peut y avoir fidélité au change réel si les ajustements prennent ce dernier comme référence. Mais un tel ajustement est par définition retardé et nécessairement discontinu. Une procédure « d'ancrage nominal révisable » exprimerait pratiquement cette configuration : l'Indonésie l'a partiellement illustrée entre 1978 et 1987.

3e configuration : parités glissantes. Dans ce cas les autorités défendent *a priori* une parité nominale mais, en pratique, laissent évoluer le change de façon à respecter au plus près la fixité du change réel. Cet « ancrage réel », pratiqué par l'Argentine et le Chili dans les années 1980, encore appelé « *crawling peg* », constitue une pratique théoriquement intéressante quoique de fait dangereuse.

4e configuration : flottement administré. Il s'agit là de ce que les trois grands espaces monétaires, États-Unis, Japon, zone euro, pratiquent officiellement depuis janvier 1999. Nous verrons au chapitre 10 que cette configuration peut se transformer en défense d'une zone cible, comme après 1985 entre mark, yen et dollar.

5e configuration : libre flexibilité. Théoriquement, c'est elle qui permet le plus souplement de maintenir le taux de change réel et surtout la compétitivité relative d'une économie. En pratique, les phénomènes de surajustement à moyen terme et de volatilité du change à court terme la rendent peu praticable…

Il existerait enfin une dernière configuration, actuellement non pratiquée mais clairement séduisante, qui consisterait, en s'inspirant des modèles de taux de change réel établis au chapitre 6, à établir un calcul de taux de change réel d'équilibre, régulièrement révisé, et de tenter d'y coller le taux de change réel concret… Régulièrement évoquée, une telle tentative pose d'importants problèmes techniques et méthodologiques qui ne seront pas étudiés ici.

b. Difficultés de l'ancrage réel

Vouloir faire glisser la parité en fonction de l'évolution du change réel est apparemment une bonne idée. Deux types de difficultés ont néanmoins été rencontrés.

En premier lieu, cette pratique ne constitue pas une incitation à résorber le surcroît éventuel d'inflation du pays vis-à-vis de ses partenaires. Savoir en effet que tout différentiel d'inflation sera régulièrement compensé par une dévaluation officielle de la monnaie permet aux entrepreneurs de continuer à jouer l'inflation sans crainte d'une perte durable de compétitivité. L'anticipation de hausse régulière des prix pousse en retour les travailleurs à maintenir leur éventuelle pression revendicative, pression qui sera d'autant mieux acceptée par les entrepreneurs qu'ils sauront pouvoir répercuter dans leurs prix la hausse de leurs coûts. Loin donc de contribuer à résorber les tensions inflationnistes, voire les situations d'hyperinflation, l'ancrage réel peut au contraire les conforter. C'est l'expérience qu'ont faite plusieurs pays d'Amérique latine à la fin des années 1970 (Chili, Argentine) ou dans les années 1980 (Brésil).

L'ancrage réel est aussi fautif, en pratique, quand il est accompagné d'effets d'annonce inopportuns. Le gouvernement argentin s'est ainsi illustré, entre 1976 et 1983, par une politique d'ancrage réel accompagnée d'un calendrier préannoncé des dévaluations futures (à taux décroissant, comme il se doit, dans le but de créer des anticipations de baisse de l'inflation, puisque la dévaluation périodique est censée compenser le surcroît d'inflation vis-à-vis de l'étranger). Dans ces conditions, beaucoup d'agents voyaient, semaine après semaine, s'apprécier le taux de change réel (inflation toujours plus forte qu'à l'étranger et taux de change constant, en attendant la dévaluation devant survenir, par exemple, un mois plus tard)… Ils n'avaient donc qu'à sortir les pesos en les transformant en dollars juste avant la dévaluation annoncée, à un taux de change évidemment très favorable pour eux… Autrement dit, le surcroît d'inflation que pouvait connaître l'Argentine entre deux dévaluations se trouvait être intégralement valorisé en dollars ! De là à penser que les acteurs influents de l'économie aient sciemment joué l'inflation pour en tirer profit par ces pratiques, il y a un pas d'autant plus franchissable que certains témoignages l'ont étayé… Le résultat fut une hémorragie régulière de capitaux en dehors du pays (payée en devises fortes par la banque centrale, tenue de racheter les pesos à un taux officiel dépassé par l'inflation). Cette fuite entraîna évidemment une chute des réserves de change et une perte de crédibilité, qui devaient « plomber » longtemps l'économie dans les années 1980.

Pour logique et séduisante qu'elle puisse paraître, la pratique de l'ancrage réel n'est donc pas sans danger. Aurons-nous plus de chance avec la pratique de l'ancrage nominal ?

c. Ancrage nominal ou « currency board *» ?*

Plus volontariste, la procédure d'ancrage nominal consiste à maintenir une parité fixe entre la monnaie domestique et une monnaie étrangère prise comme référence (souvent le dollar) ou encore un panier de monnaies étrangères (si possible avec des poids, pour chaque devise, dans le panier, qui reflètent le poids du pays correspondant dans le commerce extérieur du pays émettant la monnaie domestique).

Le principal atout de cette politique est, on l'a évoqué, de pousser, au contraire de l'ancrage réel, à un rapide alignement de l'inflation domestique sur l'inflation des pays partenaires. Malheureusement cet alignement prend toujours du temps. En conséquence le change réel commence par s'apprécier régulièrement. Ce phénomène contribue à une perte de compétitivité, qui engendre le plus souvent un déficit des paiements courants. Or celui-ci constitue rarement un problème immédiat et c'est là le talon d'Achille de l'ancrage nominal…

En règle générale un tel déficit, notamment dans les années 1980, poussait à un endettement externe de plus en plus douloureux et coûteux. Assez rapidement la solution était soit de dévaluer, soit de mener des politiques d'austérité pour ramener les coûts de production en ligne avec ceux de l'étranger. Mais en situation d'ancrage nominal affiché et pour peu que le pays ait une bonne image auprès des détenteurs internationaux de capitaux et des banques, les déficits courants sont facilement financés et au-delà par des apports autonomes de capitaux (investissement direct et de portefeuille). Autrement dit, la balance globale redevient excédentaire quand la balance courante accuse un déficit. Dans ces conditions, non seulement le pays n'est pas poussé à s'ajuster, mais encore sa banque centrale absorbe les devises « excédentaires » qui arrivent et émet de la monnaie locale à la place. Cette émission monétaire renforce éventuellement l'inflation domestique, donc l'appréciation du change réel, donc le déficit courant... Et ce déficit continuera d'être surfinancé tant que le pays sera crédible, ce qui sera le cas si l'ancrage nominal est bien maintenu... Puisque alors, même si les détenteurs de capitaux ont des doutes, ils savent pouvoir rapatrier leurs fonds en les convertissant à un taux de change constant.

L'ancrage nominal a donc des effets secondaires particulièrement problématiques et nous verrons au titre III qu'il porte une responsabilité certaine dans le déclenchement des crises de change.

Que penser alors des « *currency boards* » qui constituent un ancrage nominal intangible, voire constitutionnel ?

Le principe en est simple. On décrète d'abord que la parité de la monnaie domestique sera désormais de tant d'unités de monnaie nationale pour 1 dollar (1 pour 1 dans le cas de l'Argentine depuis 1991) et l'on inscrit éventuellement (toujours l'Argentine) cette parité dans la Constitution !... Pour rendre crédible cette inscription, on convient alors que toute la monnaie domestique en circulation sera gagée par les avoirs en devises étrangères de la banque centrale. Ce qui revient à rendre l'économie nationale totalement dépendante de la capacité du pays à gagner ces devises étrangères...

Plus précisément, la banque centrale inscrit à son passif les billets et pièces (monnaie fiduciaire) et les réserves que les banques commerciales conservent auprès d'elle. Le total des deux constitue ce que l'on appelle schématiquement la base monétaire. À son actif elle ne dispose plus alors que de devises étrangères pour un montant équivalent. Ce qui est contradictoire avec les bilans de banque centrale traditionnels. Normalement, monnaie fiduciaire et réserves des banques sont émises avec trois types de contreparties à l'actif de la banque centrale, le poste or et devises bien sûr, mais aussi les crédits de la banque centrale au Trésor et les crédits de la banque centrale à l'économie, c'est-à-dire en fait le refinancement des banques commerciales. Autrement dit, toute banque centrale digne de ce nom émet activement de la monnaie en refinançant les banques, c'est-à-dire en faisant des paris sur l'économie… La « banque centrale » propre à un système de « *currency board* » s'interdit cette liberté. Elle ne peut donc plus avoir de politique monétaire autonome, ni jouer un rôle de prêteur en dernier ressort en cas de crise…

Il en résulte que lorsque, pour une raison extérieure, les exportations se réduisent ou les apports de capitaux externes diminuent, si la balance globale des paiements devient déficitaire, le niveau des réserves chute, la quantité de monnaie en circulation se contracte et le pays plonge dans la récession. C'est exactement ce qu'a vécu l'Argentine en 1995 et surtout en 1999 : avec la dévaluation du real brésilien, les exportations argentines ont reculé et la croissance de 1999 a été négative (environ – 4 %)… Autrement dit, le pays se trouve soumis à des variations très importantes de son revenu en fonction d'aléas extérieurs largement indépendants de sa volonté…

Au total, « *currency boards* » et ancrage nominal n'ont pas fait la preuve de leur pertinence. Il reste à analyser leur rôle dans les crises de change, objet du titre III.

III. Les crises de change

1. Qu'est-ce qu'une crise de change ?

Une crise de change survient dans une économie soucieuse de défendre un régime de change fixe. Dans un tel régime, la banque centrale doit impérativement éviter que la monnaie domestique soit échangée contre devises sur le marché. Dans ce cas, en effet, le taux de change de cette monnaie domestique pourrait varier significativement, ce qu'il s'agit précisément d'éviter. En conséquence, la banque centrale doit elle-même acheter (en émettant de la monnaie nationale) toutes les devises qui affluent dans le pays ; elle doit inversement fournir (contre monnaie nationale) toutes les devises que les agents souhaitent sortir du pays.

Toute crise de change commence par un doute quant à la possibilité de maintenir durablement le taux de change officiel. Une telle perte de crédibilité peut survenir, par exemple, si la balance courante du pays se dégrade fortement, ce qui laisse présager un prochain déficit du solde de la balance globale (lorsque les capitaux d'investissement ne viendront plus couvrir ce déficit courant). Dans ces conditions, les opérateurs peuvent imaginer qu'il se produira une demande importante de devises au guichet de la banque centrale de façon à payer ce déficit global par utilisation des réserves de change. Ils peuvent encore anticiper que la banque centrale ne voudra pas ou ne pourra pas honorer ces demandes. Abandonnant alors son rôle de pourvoyeuse de devises (faute d'un « trésor de guerre » suffisant), elle laisserait la monnaie domestique fluctuer librement, à la baisse dans un premier temps puisque de la monnaie domestique serait vendue sur le marché contre devises.

Une telle perte de crédibilité peut également résulter d'une imprudence généralisée des banques dans l'octroi de crédit interne, cette imprudence obligeant la banque centrale à refinancer les banques en difficulté, c'est-à-dire à émettre une quantité de monnaie supplémentaire non prévue, qui risquerait de refluer ultérieurement vers la banque centrale sous forme d'achat de devises. Là encore, la banque centrale pourrait se trouver dans l'impossibilité de fournir indéfiniment ces dernières.

Ces deux processus possibles semblent pouvoir se dérouler très progressivement. C'est seulement peu à peu, la perte de crédibilité étant graduelle, que la banque centrale serait amenée à abandonner la parité nominale du change, sous les demandes de plus en plus insistantes de devises. En pratique, le mouvement ne peut pas être longtemps progressif et c'est tout le mérite de Krugman [1979] que d'avoir montré que l'abandon de parité est nécessairement soudain et dramatique, immédiatement précédé par un assèchement brutal des devises détenues par la banque centrale…

Dans son modèle, une attaque spéculative devient strictement inévitable et le moment de son occurrence est même précisément calculable si, la monnaie domestique étant défendue à une parité donnée, il existe une croissance régulière du stock de monnaie domestique sous l'effet d'un déficit public récurrent et intégralement financé par émission monétaire. Les deux phénomènes sont évidemment incompatibles. C'est plus précisément le refus des agents privés d'accepter la monnaie domestique créée pour financer le déficit public qui entraîne une demande de devises contre cette monnaie domestique au guichet de la banque centrale, et conduit à un premier déclin régulier des réserves de change. Quand ces dernières atteignent un niveau crucial spécifique, les spéculateurs entrent rationnellement en jeu et absorbent brutalement la totalité des réserves restantes.

Ce niveau crucial des réserves, à partir duquel la crise se déclenche brutalement, correspond au niveau satisfaisant toutes les demandes de devises susceptibles de se déclencher si le pays devait abandonner la parité choisie. Ainsi les spéculateurs attaqueront, c'est-à-dire vendront de la monnaie domestique contre devises auprès de la banque centrale dès lors qu'ils craindront, en temporisant, de ne plus être servis au taux de change fixe habituel… Techniquement on peut calculer l'échéance à laquelle les spéculateurs absorberont d'un coup toutes les réserves restantes, à partir des « demandes de monnaie domestique » respectivement antérieure et postérieure à la crise de change. Ce calcul ne sera pas réalisé ici (Krugman [1979] ; Flood et Garber [1984]).

Pour séduisante qu'elle soit, cette présentation des crises de change reste trop « mécanique ». Elle a été complétée, dans la deuxième moitié des années 1990, par d'autres approches qui présentent ces crises comme « autoréalisatrices ». Dans cette hypothèse, même si les données fondamentales du pays sont bonnes, il peut suffire que les spéculateurs aient un doute sur la détermination de la banque centrale et attaquent tous en conséquence pour que l'attaque soit réussie. Ce succès serait d'autant plus assuré que les autorités monétaires compareraient les gains en crédibilité dus à la parité fixe et les coûts, en termes de croissance ou de chômage, d'une parité ainsi surévaluée : cette évaluation comparative atténuerait la détermination de la banque centrale et rendrait donc l'attaque plus facile…

Qu'en est-il donc des crises financières des années 1990 et en quoi confirment-elles ces théories des crises de change ?

2. *La décennie des crises financières*

a. Le Mexique ouvre le bal…

En janvier 1994, le Mexique « plane sur un nuage » avec son entrée dans l'Accord de libre-échange nord-américain (ALENA) aux côtés des États-Unis et du Canada. Quelques semaines plus tard, l'assassinat de Colosio, candidat officiel à la présidence de la République, et la révolte du Chiapas viennent jeter le trouble dans les esprits. Au plan économique, le Mexique est par ailleurs aux prises avec un déficit important de ses paiements courants, indiquant que le pays vit clairement au-dessus de ses moyens. Mais surtout, la montée des taux d'intérêt aux États-Unis rend les placements mexicains moins rentables, dès le début de 1994. Les détenteurs de capitaux commencent alors à quitter le pays et le Mexique ne parvient à les retenir qu'en leur offrant des bons du Trésor (les « *tesobonos* ») indexés sur le cours du dollar, de façon à prévenir toute crainte de perte sur le change. Enfin le Mexique maintient officiellement un ancrage nominal (régulièrement revu) de sa monnaie sur ce même dollar.

Graduellement la confiance s'érode et les réserves en devises s'épuisent, la banque centrale honorant systématiquement les demandes de dollars. Le gouvernement émet davantage de *tesobonos* et augmente leur rémunération. Mais rien n'y fait. Progressivement le Mexique laisse le peso se déprécier réellement (3 % par rapport au dollar) : sans effet… Enfin le 20 décembre 1994, une attaque brutale contre le peso amène les autorités à dévaluer cette monnaie, puis à la laisser flotter. Une véritable crise de confiance s'ensuit, notamment parce que le remboursement des *tesobonos* échus devient plus coûteux en pesos. Les investissements de portefeuille se retirent et le marché actions passe de l'indice 85 à l'indice 27 en trois mois.

Dans la forme, le déroulement des crises de change est bien respecté, à ceci près que le déficit public reste limité (et s'est nettement réduit dans les années qui précèdent). L'essentiel de la création monétaire ne vient donc pas d'un excès de dépenses de l'État, mais bien plutôt de la transformation en pesos des devises qui affluent avec les investissements de portefeuille depuis 1990. Autrement dit, ce sont ces apports de capitaux externes, le plus souvent dans une logique de court terme, qui déterminent la hausse de la masse monétaire, puisque la banque centrale doit obligatoirement créer de la monnaie en échange des devises pour préserver l'ancrage nominal…

Derrière cette crise, les responsabilités des autorités apparaissent importantes. Elles sont d'abord coupables d'avoir laissé filer le déficit courant : surcroît de biens de consommation importés (et non pas de biens d'équipement), faiblesse des exportations… Elles sont aussi responsables des désordres politiques. Elles ont géré le début de retrait des capitaux en ne dévaluant pas (ce qui aurait encore pu rassurer au début de l'année) et en n'augmentant que marginalement les taux d'intérêt. Par-dessus tout elles ont finalement surendetté le Trésor public en promettant un paiement inopportun en dollars...

En rester là serait néanmoins insuffisant. Derrière des fautes réelles de gestion (mais que les commentateurs voient surtout après...) se profile un engouement démesuré, dans le début des années 1990, pour les valeurs mexicaines. La libéralisation des mouvements de capitaux et la réduction de sa dette externe dans le cadre du plan Brady permettent au pays de retrouver une cote d'amour qu'il n'avait plus connue depuis la fin des années 1970. C'est l'aisance financière ainsi créée qui explique en premier lieu la montée des importations de biens de consommation. Cette aisance financière est aussi à double tranchant, comme l'a montré le reflux des fonds dès que les taux d'intérêt ont remonté aux États-Unis. Le Mexique a donc été le premier à faire l'expérience douloureuse de la volatilité des capitaux externes, et ce d'autant qu'il a relativement plus que d'autres misé sur les investissements de portefeuille.

b. Quand la Thaïlande fait trembler la planète...

Deux années plus tard, la Thaïlande semble reproduire le même schéma. Les autorités pratiquent, depuis 1984, un ancrage nominal strict, de fait sur le dollar américain, ce qui attire largement les capitaux étrangers, investissement de portefeuille mais aussi investissement direct. La croissance est en conséquence particulièrement rapide : 12 % en 1990 et encore 8 à 9 % au milieu de la décennie. Mais la balance courante se détériore aussi sous l'effet d'investissements directs qui importent trop abondamment biens d'équipement et produits intermédiaires (Jansen [1997]).

À partir de 1993, la Thaïlande parachève sa libéralisation financière en créant un centre bancaire « off-shore », c'est-à-dire une possibilité, pour les banques s'installant dans cette place, d'emprunter et de reprêter internationalement sans contrainte. En particulier elles peuvent emprunter en dollars et reprêter à des emprunteurs résidents. L'attrait de la place thaïlandaise et la fixité du baht, la monnaie locale, amènent alors une explosion presque inconcevable des emprunts extérieurs (qui passent de 20 à 75 milliards de dollars en trois ans). C'est notamment sous la forme d'une bulle spéculative sur l'immobilier que ces capitaux sont utilisés à l'intérieur de l'économie. Il existe alors manifestement un surfinancement externe en regard de la capacité du pays à absorber ces fonds. Le surinvestissement dans l'immobilier devient totalement évident dès l'été 1995.

Le pays est aussi pris dans les pièges de l'ancrage nominal vus au titre précédent : appréciation du taux de change réel qui s'entretient avec les apports réguliers de nouveaux capitaux et qui entretient le déficit courant. La surévaluation du baht n'est pas un mal en soi, puisque les investisseurs (et les banquiers de la place off-shore) savent qu'en cas de repli ils récupéreront, au taux de change en vigueur, un bonus de pouvoir d'achat à l'étranger… Les afflux de capitaux n'ont donc pas immédiatement de raison de s'arrêter…

Conscientes de la bulle en cours, les autorités réagissent dès 1995 en augmentant les taux d'intérêt. Mais il est sans doute déjà trop tard. En 1996, les exportations de semi-conducteurs connaissent une crise qui accentue le déficit des paiements courants. Parallèlement, l'appréciation du dollar (auquel le baht est lié) vis-à-vis du yen et du mark rend les produits locaux de moins en moins compétitifs. Enfin, le ralentissement d'activité obtenu par les autorités met en pleine lumière le surinvestissement immobilier et précipite les premières faillites. Les banques apparaissent alors perclues de créances douteuses, la Bourse cède 40 % en 1996, Finance One, importante compagnie financière, se déclare en cessation de paiement en mars 1997. La défiance se porte alors directement sur la monnaie domestique et, le 2 juillet 1997, le baht doit être dévalué, puis laissé libre de flotter. Il y a donc bien crise de change, mais avec excédent public cette fois, et toujours des apports massifs et rapides de capitaux externes.

Au-delà de cette crise et de la contagion mondiale (voir chapitre 5) qu'elle détermine, ce sont bien évidemment la libéralisation financière accélérée et surtout l'incroyable capacité des banques locales à emprunter à l'étranger qui font problème. Comment penser qu'un quasi-quadruplement en trois ans de la dette bancaire extérieure puisse se faire sans heurt ? Comment concevoir que l'investissement consécutif à ces prêts, dans l'immobilier notamment, puisse rester sain ? Le laxisme bancaire est à mettre en cause et exige des solutions énergiques : pour de nombreux auteurs, ce serait la garantie implicite par les autorités des pertes potentielles des banques qui serait en cause. Nous y reviendrons avec la gestion des crises financières (voir chapitre 11).

Dans le cas de la crise brésilienne du premier trimestre de 1999, on assiste d'abord à une crise de change beaucoup plus classique du fait d'un important déficit public. Pour maintenir les capitaux, les autorités haussent les taux d'intérêt, ce qui déprime l'activité et entraîne un déficit public encore plus lourd (du fait du poids des intérêts sur la dette publique), lequel renforce la défiance des capitaux étrangers… Le Brésil vit donc une aggravation de la crise, imputable à sa gestion malheureuse des taux d'intérêt. Mais parallèlement il parvient à restaurer la confiance au printemps grâce à de gros apports de fonds du FMI et à la mise en place d'une véritable supervision bancaire, tout en accélérant la réforme des comptes publics attendue depuis longtemps. La crise avorte donc partiellement tout en entérinant une dévaluation du real de quelque 30 % par rapport au dollar.

Il ressort de cette cascade de crises, quasiment ininterrompues depuis la crise de change du SME en 1993, que le processus en cours de globalisation financière et les choix de régimes de change n'ont guère fait bon ménage dans les années 1990. Mais le problème est plus vaste, puisqu'il comporte clairement une dimension de politique économique de la part des États confrontés à la libéralisation des échanges comme à la libéralisation financière. Il nous faut donc maintenant comprendre comment gérer l'économie ouverte (et par ailleurs globalisée dans sa dimension financière) avant d'aborder plus précisément les problèmes contemporains. Parmi ceux-ci, la gestion des crises financières internationales fera l'objet d'une attention toute particulière.

TROISIÈME PARTIE

Gérer l'économie ouverte

9. Les politiques économiques en économie ouverte

L'ouverture de l'économie constitue aujourd'hui une donnée incontournable qu'aucun responsable de politique économique ne peut ignorer. Elle conduit à la prise en compte de nouveaux objectifs (équilibre des paiements extérieurs ou stabilité du taux de change, par exemple). Elle implique aussi de nouvelles relations entre les variables économiques et conditionne ainsi l'efficacité des instruments de politique économique. Elle crée enfin des interdépendances internationales qui rendent l'économie d'un pays sensible aux choix de politique économique de ses partenaires.

A priori, de multiples combinaisons de politique économique sont concevables et la prise en compte de la dimension internationale des relations économiques est de nature à élargir l'éventail des choix possibles. Mais cet éventail dépend du régime de change adopté. L'adhésion à tel ou tel régime implique de renoncer à certaines formes d'intervention et d'accepter la contrainte de mécanismes particuliers d'ajustement automatique. Le repérage des grandes options possibles et des principes de fonctionnement constitue la première étape pour une compréhension des choix de politique économique (titre I).

Il est alors possible de proposer, dans le cadre d'une modélisation générale simplifiée, une analyse plus systématique de ces choix (titre II). Dans cette perspective, l'étude cherche notamment à apprécier l'efficacité relative des politiques monétaire et budgétaire selon le régime de change retenu. Elle permet aussi de mettre en évidence les effets de débordement de ces politiques, c'est-à-dire leur influence sur l'économie du partenaire étranger.

I. L'ajustement des paiements extérieurs

L'équilibre de la balance des paiements peut être vu comme un objectif en soi, à côté d'autres objectifs de la politique économique. Il peut aussi être appréhendé comme une situation de référence vers laquelle l'économie tend nécessairement à revenir à plus ou moins long terme. La première conception invite à analyser l'ajustement des paiements extérieurs dans une perspective générale de détermination des politiques économiques. Lorsque le second point de vue est privilégié, ce sont les mécanismes automatiques de retour vers l'équilibre qui retiennent l'attention.

Après avoir proposé une vue d'ensemble des grandes options ouvertes face à un déséquilibre des paiements extérieurs, cette section s'attache à présenter les mécanismes d'ajustement caractéristiques du fonctionnement des régimes de changes fixes et flexibles. Nous reviendrons plus précisément, dans la section suivante, sur l'analyse des politiques économiques et de leur articulation avec les conditions d'équilibre extérieur.

1. Les grandes options face à un déséquilibre des paiements extérieurs

Dans un cadre agrégé simplifié, un déséquilibre des paiements extérieurs peut être représenté sous la forme d'un écart entre offre et demande de devises sur le marché des changes. Dans le graphique suivant (voir figure 9.1), on suppose, à partir d'une situation d'équilibre, une augmentation exogène des besoins en devises. Au niveau de taux de change initial, il y a alors un déséquilibre caractérisé par une

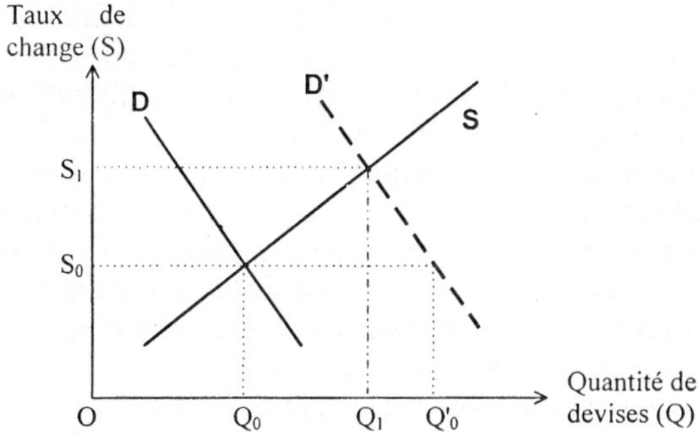

Figure 9.1. Apparition d'un déséquilibre sur le marché des changes

demande excédentaire de devises. Cela correspond à un déficit de la balance des paiements. Une analyse symétrique pourrait être faite dans le cas d'un excédent (demande de devises déficitaire).

Face à une telle situation, quatre options, non exclusives les unes des autres, sont envisageables : le contrôle des changes, le financement du déséquilibre, le changement de parité, l'action sur l'économie.

Le contrôle des changes consiste en une intervention autoritaire pour restreindre la liberté d'action des opérateurs sur le marché. Graphiquement, cette option revient à contraindre le déplacement des courbes d'offre et de demande de devises (limitation ou interdiction des achats de devises – notamment à des fins spéculatives –, obligation de conversion des devises retirées de l'exportation, par exemple). Sans nier l'efficacité possible à court terme de ce type de mesures, il faut en relativiser la portée. Il ne s'agit que d'un traitement symptomatique du déséquilibre. Si les causes persistent, le contrôle doit être maintenu, voire renforcé. L'altération du jeu du marché risque fort d'engendrer des effets pervers.

Une forme de marché parallèle peut apparaître pour contourner les restrictions imposées. Nous ne développerons pas davantage l'analyse de ce type d'intervention, auquel les principaux pays industrialisés ont renoncé en libéralisant les mouvements internationaux de capitaux.

Le financement du déséquilibre consiste en une intervention des autorités monétaires sur le marché des changes pour se porter contrepartie du déséquilibre. En liaison avec le graphique précédent, cela revient à offrir la quantité $Q_0Q'_0$ pour rééquilibrer le marché au taux de change initial S_0. Concrètement, la banque centrale puise dans ses réserves officielles en devises pour répondre à la demande excédentaire. À l'évidence, le recours à cette option exige un niveau de réserves suffisamment élevé. Pour que la restauration de l'équilibre soit durable, il faut en outre que le financement, qui ne peut être prolongé indéfiniment compte tenu de l'épuisement des réserves, induise un rapprochement de l'offre et de la demande de devises par le marché. C'est le mécanisme d'ajustement automatique en régime de changes fixes.

Le changement de parité revient à faire jouer un mécanisme de prix sur le marché des changes. Graphiquement, une variation du taux de change de S_0 à S_1 conduit à un nouvel équilibre entre offre et demande pour une quantité égale à Q_1. Ce mécanisme d'ajustement par le changement de parité peut s'effectuer de manière continue, sans aucune intervention des autorités monétaires. C'est le principe de fonctionnement d'un régime de changes flexibles. Il peut aussi s'agir d'un changement discrétionnaire de parité officielle (régime de changes fixes ajustables). Dans ce cas se pose la question de l'ampleur du changement à opérer. Dans tous les cas, la résorption d'un déficit par la hausse du taux de change (dépréciation ou dévaluation de la monnaie nationale) repose sur l'hypothèse d'une stabilité de l'équilibre sur le marché des changes. Graphiquement, cette condition ne serait pas remplie si, au point d'équilibre initial, la courbe d'offre était décroissante à un taux plus faible que la courbe de demande. Il conviendra de revenir plus précisément sur les conditions d'efficacité d'un changement de parité.

L'action sur l'économie se situe en amont du marché des changes. Elle vise à modifier les déterminants des comportements d'offre et de demande de devises pour restaurer une situation d'équilibre. Ce faisant, elle relève d'une logique à l'opposé d'un traitement symptomatique du type contrôle des changes. L'action sur l'économie autorise, en outre, la recherche d'une cohérence entre la restauration de l'équilibre des paiements extérieurs et la réalisation des autres objectifs économiques (plein emploi interne par exemple). Il convient alors d'analyser les conditions d'une combinaison de politique économique optimale du double point de vue de l'équilibre externe et interne.

Aucune des options décrites ne constitue une panacée. Toutes exigent certaines conditions d'efficacité. Et même si ces conditions sont remplies, l'ajustement des paiements extérieurs peut nécessiter des délais et s'accompagner d'effets non désirés. Dans la pratique, ces divers moyens d'action sont donc, le plus souvent, utilisés de façon complémentaire selon des modalités liées au contexte institutionnel que définit le régime de changes.

2. L'ajustement automatique en changes fixes

Considérons un régime de changes parfaitement fixes. Si l'on exclut le recours au contrôle des changes, l'apparition d'un déséquilibre des paiements extérieurs exige un financement intégral et immédiat pour éviter toute variation du taux de change. Il y a donc un déplacement des réserves en devises du pays en déficit vers le pays en excédent. Ce mouvement est à l'origine d'un mécanisme de résorption du déséquilibre initial. Ce mécanisme est double : il peut passer par une variation des prix (mécanisme classique) ou par une variation des revenus (mécanisme keynésien). Le schéma suivant (voir figure 9.2) illustre les enchaînements de ce double mécanisme.

Toutes choses égales par ailleurs, la variation des réserves de change implique mécaniquement une variation de même

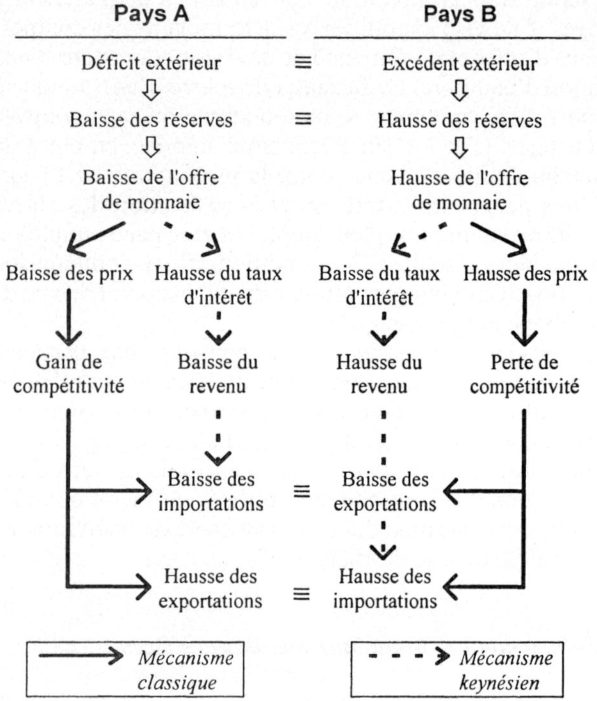

Figure 9.2. Ajustement automatique en régime de changes fixes

sens de l'offre de monnaie. Il s'ensuit une baisse (hausse) des prix ou/et du revenu dans le pays en déficit (excédent). L'effet prix se traduit par une modification de la compétitivité relative des deux pays. L'effet revenu joue à travers une modification de la demande exprimée par la propension marginale à importer (rapport de la variation des importations à la variation du revenu) positive. Les deux effets convergent vers une augmentation (diminution) des exportations nettes du pays en déficit (excédent).

Ce mouvement, qui contribue à résorber le déséquilibre initial, se poursuit jusqu'à l'élimination des mouvements des réserves qui en sont la cause, c'est-à-dire jusqu'à la restauration de l'équilibre des balances des paiements. Au mécanisme ainsi décrit, on peut ajouter un effet rééquilibrant supplémentaire lié à l'évolution des taux d'intérêt. Celle-ci est en effet de nature à susciter des flux de capitaux du pays en excédent (taux d'intérêt en baisse) vers le pays déficitaire (taux d'intérêt en hausse).

Pour que ces effets rééquilibrants jouent, il importe que l'offre de monnaie reflète les mouvements des réserves. Ceux-ci ne doivent pas être stérilisés par une politique monétaire qui agirait sur les autres composantes de l'offre de monnaie (crédit à l'économie) de façon à compenser les variations induites par le déséquilibre extérieur. On peut considérer que la plus ou moins grande flexibilité des prix détermine le partage entre les deux mécanismes de retour à l'équilibre. Mais d'autres conditions sont à prendre en compte. Ainsi l'efficacité du mécanisme classique ne dépend pas seulement de la flexibilité des prix, mais aussi de la sensibilité des exportations et des importations aux mouvements de prix. Quant au mécanisme keynésien, il est conditionné par l'ampleur des variations de taux d'intérêt et de revenu et par la sensibilité des flux commerciaux et financiers internationaux à l'évolution de ces variables.

Au total, l'ajustement automatique et les délais du retour à l'équilibre dépendent encore de conditions multiples caractérisant le fonctionnement général de l'économie. De plus, les mécanismes d'ajustement engendrent des modifications de la situation interne des pays. Des effets déflationnistes ou inflationnistes apparaissent selon que le pays connaît un déficit ou un excédent de ses paiements extérieurs. De tels effets induits peuvent alors correspondre à un conflit entre les objectifs d'équilibre externe, d'une part, et de plein emploi ou de stabilité interne, d'autre part.

3. L'ajustement par le changement de parité

Le changement de parité, réalisé de façon continue par le jeu du marché, constitue le mécanisme d'ajustement automatique dans un régime de changes flexibles. Il est aussi un instrument de politique économique dans un régime de changes fixes ajustables qui autorise des modifications discontinues de parité officielle. Dans les deux cas, il importe de connaître les conditions d'efficacité de cette procédure d'ajustement des paiements extérieurs et ses effets induits sur l'économie.

La résorption d'un déficit est censée être assurée par une dépréciation de la monnaie nationale (ou sa dévaluation, si l'on fait référence à un changement discontinu). Symétriquement, une appréciation (réévaluation) de la monnaie nationale doit réduire un excédent. Cette conclusion se comprend aisément si l'on se réfère à la représentation graphique donnée au début de cette section. L'apparition d'un déficit des paiements extérieurs correspond, sur le marché des changes, à une demande excédentaire de devises. Celle-ci provoque une hausse du prix de la devise (S), ce qui définit une dépréciation de la monnaie nationale. Dans le cas habituel d'une offre croissante et d'une demande décroissante par rapport au prix, la hausse du prix de la devise induit une réduction de sa demande et une augmentation de son offre jusqu'à l'élimination de l'excès de demande. La condition d'efficacité de l'ajustement par le changement de parité est donc la stabilité de l'équilibre du marché des changes, c'est-à-dire la capacité des forces du marché à restaurer, seules, un équilibre rompu pour une raison exogène quelconque.

Un éclairage complémentaire peut être donné en s'intéressant aux effets du changement de parité sur les comportements en amont des offres et des demandes de devises. Considérons pour cela les échanges de biens et services d'un pays qui connaît une dépréciation de sa monnaie.

Toutes choses égales par ailleurs, la hausse du taux de change renchérit les importations évaluées en monnaie nationale. À l'inverse et dans le même temps, les exportations apparaissent moins onéreuses lorsqu'elles sont évaluées en monnaie étrangère. Ce double mouvement correspond à un gain de compétitivité pour les produits nationaux par rapport aux produits étrangers. On en attend une augmentation des exportations et une réduction des importations. Ces variations correspondent à une augmentation du solde extérieur courant et jouent donc bien dans le sens de la réduction d'un déficit de la balance des paiements. Mais, à nouveau, le mécanisme décrit est soumis à des conditions.

Les conditions d'efficacité reposent sur le jeu d'effets de prix. Pour que ceux-ci puissent jouer, il ne faut pas que les producteurs, par des politiques de marges, compensent les variations de prix induites par le changement de parité. Il faut aussi que les flux commerciaux soient sensibles aux variations de compétitivité en termes de prix. Supposons *a contrario* une parfaite rigidité des exportations et des importations. Les volumes échangés ne seraient pas affectés par le changement de parité. Le renchérissement des importations résultant d'une dépréciation de la monnaie nationale se répercuterait alors intégralement dans une hausse de ces importations en valeur et engendrerait une diminution du solde des échanges courants.

L'analyse formelle des conditions d'efficacité du changement de parité repose sur l'étude des élasticités-prix des offres et des demandes d'exportations et d'importations (voir encadré 9.1). Elle conduit à l'énoncé du théorème des élasticités critiques (ou condition de Marshall-Lerner-Robinson). Lorsque les offres d'importations et d'exportations sont parfaitement élastiques par rapport aux prix, une variation du taux de change (prix de la monnaie étrangère) implique une variation de même sens du solde de la balance commerciale nationale si la somme des élasticités-prix de demande d'exportations et d'importations est supérieure à l'unité.

Encadré 9.1 : Expression des élasticités-prix

Les élasticités-prix caractérisent les comportements des agents par rapport aux variations de prix dans la monnaie locale. Offre d'exportations et demande d'importations émanent des agents nationaux et se réfèrent aux prix en monnaie locale. Demande d'exportations et offre d'importations émanent des agents étrangers et se réfèrent aux prix en monnaie étrangère. Le taux de change assure le passage d'une monnaie à l'autre.

On note respectivement Q_X et Q_M les quantités exportées et importées. P_i et P_i* (i = X, M) désignent respectivement les prix en monnaie locale et en monnaie étrangère (avec $P_i = S.P_i^*$). Les élasticités-prix s'écrivent alors :

- offre d'exportations :

$$\varepsilon_X = \frac{dQ_X / Q_X}{dP_X / P_X} = \frac{dQ_X / Q_X}{dP^*_X / P^*_X + dS / S},$$

- demande d'exportations :

$$\eta_X = \frac{dQ_X / Q_X}{dP^*_X / P^*_X} = \frac{-dQ_X / Q_X}{dP_X / P_X - dS / S},$$

- offre d'importations :

$$\varepsilon_M = \frac{dQ_M / Q_M}{dP^*_M / P^*_M} = \frac{dQ_M / Q_M}{dP_M / P_M - dS / S},$$

- demande d'importations :

$$\eta_M = \frac{dQ_M / Q_M}{dP_M / P_M} = \frac{-dQ_M / Q_M}{dP^*_M / P^*_M + dS / S}.$$

L'hypothèse de parfaite élasticité des offres (ε_X et ε_M tendent vers l'infini) signifie une constance du prix exprimé dans la monnaie du pays d'origine du flux considéré (national pour les exportations et étranger pour les importations). Sous cette hypothèse et en supposant une situation initiale d'équilibre ($P_X.Q_X = P_M.Q_M$), la condition d'efficacité du changement de parité se ramène à : $\eta_X + \eta_M > 1$.

En pratique, il n'est pas certain que cette condition soit bien vérifiée à court terme. L'ajustement des offres et des demandes nécessite souvent du temps. Dans la période qui suit immédiatement un changement de parité, les mouvements de la balance commerciale refléteront davantage les variations de prix que celles des quantités. Ainsi, une dépréciation (ou dévaluation) de la monnaie nationale a pour effet immédiat un renchérissement des importations, qui détériore le solde de la balance commerciale. Ce n'est qu'après un certain délai que l'on observera les effets bénéfiques attendus sous la forme d'une hausse du solde commercial à mesure que les volumes échangés se modifieront dans le sens d'une réduction des importations et d'une augmentation des exportations. C'est en se référant à ce mouvement de baisse immédiate suivie d'une hausse du solde commercial que l'on désigne ce phénomène sous l'expression « courbe en J ».

La prise en compte de ce phénomène est importante. Elle signifie que des flux financiers doivent compenser l'effet initial déséquilibrant sur la balance courante. En leur absence, une économie en déficit se trouverait prise dans un engrenage pervers de dépréciation de sa monnaie, suivie d'une aggravation du déficit provoquant une nouvelle dépréciation... Il importe donc que le changement de parité s'inscrive dans un contexte général qui ne dissuade pas les opérateurs financiers d'investir dans le pays en déficit. C'est dire l'importance que peut revêtir une politique d'accompagnement témoignant de la volonté des autorités économiques de restaurer l'équilibre extérieur.

À côté de ses effets sur le solde de la balance des paiements, le changement de parité exerce également une action sur d'autres variables économiques. On note en premier lieu une action sur le prix des biens échangeables. En règle générale, celui-ci est tiré à la hausse par une dépréciation de la monnaie nationale (renchérissement mécanique pour les biens importés, pression de la demande étrangère accrue pour les biens exportés). Ce mouvement implique l'apparition de pressions inflationnistes (en cas de dépréciation de la monnaie nationale) ou déflationnistes (en cas d'appréciation) sur le niveau général des prix dans le pays. Cette pression est d'autant plus forte qu'est élevé, dans l'économie, le poids des secteurs produisant des biens échangeables dont le prix tend à croître. La politique économique doit s'efforcer de contenir ces pressions sur le niveau général des prix, afin d'éviter le développement d'un processus de spirale inflationniste ou déflationniste. À titre d'exemple, un pays qui aurait une politique trop laxiste face à des pressions à la hausse des prix consécutives à la dépréciation de sa monnaie risquerait de perdre, du fait de l'inflation, le gain de compétitivité procuré par le changement de parité et donc de subir une nouvelle dépréciation de sa monnaie en liaison avec la persistance d'un solde courant détérioré.

Le changement de parité affecte aussi le niveau général d'activité économique. En favorisant la demande étrangère de produits exportés et la demande nationale de substituts aux importations, la dépréciation de la monnaie nationale peut exercer une influence expansionniste. Celle-ci dépend cependant de l'existence de capacités productives sous-employées. En situation de plein emploi l'effet expansionniste sera moindre, même si l'on assiste à une réaffectation des ressources en faveur des secteurs de production des biens échangeables. Le mécanisme inverse est à l'œuvre en cas d'appréciation de la monnaie nationale. Par ailleurs, l'évolution du revenu peut aussi être affectée par un effet lié à une modification des termes de l'échange. On considère généralement qu'une dépréciation de la monnaie nationale tend à détériorer les termes de l'échange si la spécialisation est relativement plus forte dans la production des biens exportés que dans celle des biens importés. Mais cet effet peut être atténué, voire inversé, en cas de rigidité de l'offre d'exportations. Le poids du pays sur le marché mondial doit aussi être pris en considération. Plus ce poids sera faible et plus l'ampleur de l'effet termes de l'échange sera limitée.

Une dernière remarque peut être formulée en comparant les effets associés aux deux mécanismes d'ajustement automatique des paiements extérieurs. La résorption d'un déficit (excédent), *via* une diminution (augmentation) des réserves dans un régime de changes fixes, s'accompagne d'effets à la baisse (hausse) des prix ou/et du revenu. À l'inverse, le même type d'ajustement des paiements extérieurs, *via* une dépréciation (appréciation) de la monnaie nationale, tend à exercer une influence à la hausse (baisse) de ces variables. Ainsi, les conflits d'objectifs (équilibre externe et équilibre interne) que l'on peut s'attendre à observer ne se posent pas dans les mêmes termes selon le régime de changes. Les choix de politique économique devront donc être considérés de manières différentes.

II. Les choix de politique économique (modèle Mundell-Fleming)

Généralisant le modèle IS-LM, le modèle élaboré dans les années 1960 par Mundell [1962] et Fleming [1962] fournit un cadre théorique simple pour étudier les interactions macroéconomiques réelles et financières en économie ouverte. Ce faisant, il complète les analyses présentées dans la section précédente, qui mettaient davantage l'accent sur les mouvements de la balance courante. Pour prendre en compte la mobilité des capitaux, le modèle Mundell-Fleming retient une approche par les flux. Cette approche et l'hypothèse de rigidité des prix qu'il retient rendent le modèle sans doute plus pertinent dans une perspective de court ou moyen terme. À long terme, les équilibres de stocks doivent être pris en compte.

Quelles que soient ses limites, le modèle de Mundell-Fleming constitue une base utile pour la compréhension des mécanismes mis en jeu par les choix de politique économique. Il peut d'ailleurs faire l'objet d'enrichissements multiples (introduction d'effets de patrimoine, levée de l'hypothèse de constance des prix, prise en compte des anticipations…). Ces développements (Koenig [1997]) ne seront pas exposés ici. Après une présentation du modèle dans sa forme la plus simple, cette section analysera l'efficacité des politiques budgétaires et monétaires, puis s'attachera à mettre en évidence les effets de débordement dans un cadre à deux pays.

1. Le cadre d'analyse

En première analyse, nous considérerons le cas d'une économie ayant un poids négligeable dans l'économie mondiale. Les variables relatives au reste du monde seront ainsi supposées exogènes et constantes.

Le modèle de Mundell-Fleming s'articule en trois blocs interdépendants. À chaque bloc est associée une relation d'équilibre :

- l'équilibre du marché des biens ;
- l'équilibre du marché de la monnaie ;
- l'équilibre de la balance des paiements.

Chacun de ces équilibres peut être représenté par une courbe dans le plan revenu (Y) taux d'intérêt (i) [voir figure 9.3].

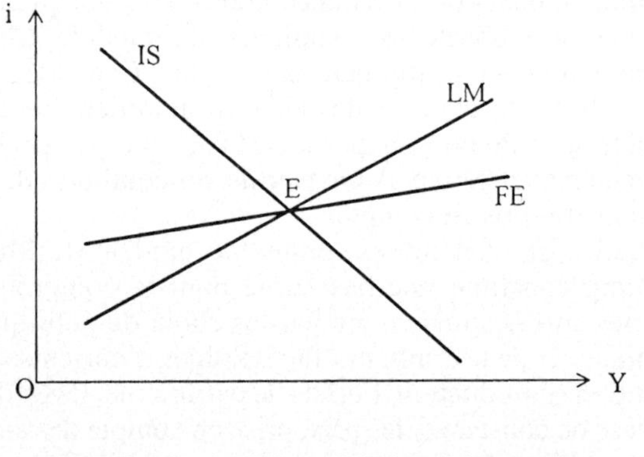

Figure 9.3. L'équilibre global de l'économie

L'équation d'équilibre sur le marché des biens (courbe IS) peut s'écrire sous une forme simplifiée :

$$S + M = I + G + X.$$

La somme de l'épargne (S), fonction croissante du revenu, et des importations (M), fonction croissante du revenu et décroissante du taux de change (noté e dans toute cette section), doit être égale à l'équilibre au total de l'investissement (I), fonction décroissante du taux d'intérêt, des dépenses publiques (G) exogènes et des exportations (X), fonction croissante du revenu étranger exogène et du taux de change. La courbe IS est décroisante dans le plan (Y, i). Toute augmentation (diminution) de l'une des composantes de la demande (I, G ou X) provoque son déplacement vers la droite (gauche).

L'équation d'équilibre sur le marché de la monnaie (courbe LM) peut s'écrire :

$$H + R = L.$$

Le membre de gauche de l'équation décrit l'offre de monnaie avec ses deux composantes : le crédit interne (H), variable exogène contrôle par les autorités monétaires, et les réserves en devises (R). À l'équilibre, cette offre doit être égale à la demande de monnaie (L) qui est une fonction croissante du revenu et décroissante du taux d'intérêt. La courbe LM est croissante dans le plan (Y, i). Elle se déplace vers la droite (gauche) sous l'effet d'une hausse (baisse) de l'offre de monnaie.

Le solde de la balance des paiements (noté B) est donné par l'équation :

$$B = X - M + K.$$

C'est la somme du solde commercial (X – M) et des entrées nettes de capitaux (K). Celles-ci sont une fonction croissante du taux d'intérêt national et décroissante du taux

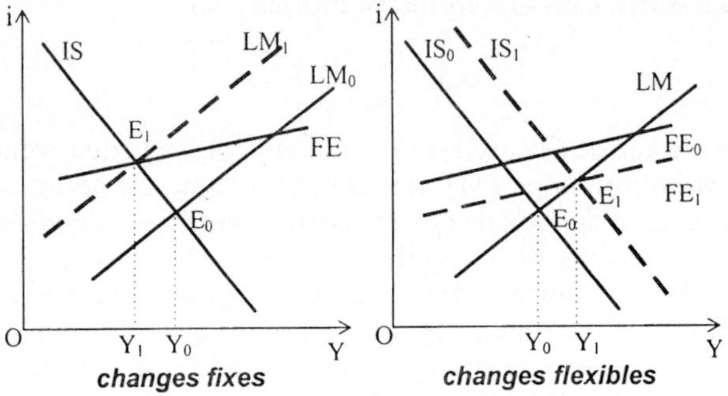

Figure 9.4. La restauration de l'équilibre de la balance des paiements

d'intérêt étranger. La situation d'équilibre (B = 0) est représentée par la courbe FE. Cette courbe est croissante dans le plan (Y, i). Sa pente est d'autant plus faible qu'est forte la mobilité des capitaux. À la limite, en cas de parfaite mobilité, les flux financiers exigent l'égalité du taux d'intérêt national avec le taux étranger. La courbe FE est alors horizontale et son ordonnée est donnée par le niveau du taux d'intérêt mondial. Une augmentation (diminution) de ce taux provoque un déplacement de la courbe vers le haut (bas). Par ailleurs, la courbe FE se déplace vers la droite (gauche) en cas d'augmentation (diminution) du solde commercial indépendante des variations du revenu national (Y). Tout point situé au-dessous (au-dessus) de la courbe FE correspond à un déficit (excédent) de la balance des paiements.

Nous pouvons représenter, dans ce cadre d'analyse, les mécanismes de restauration de l'équilibre des paiements extérieurs dans les régimes de changes fixes et flexibles. Supposons pour cela une situation initiale de déficit de la balance des paiements (un raisonnement symétrique s'applique au cas d'excédent). Cela signifie que le double équilibre sur les marchés de biens et de la monnaie ne coïncide pas avec l'équilibre externe. Graphiquement l'intersection de IS et LM (E_0) se situe au-dessous de FE (voir figure 9.4).

En régime de changes fixes, le solde négatif de la balance des paiements (B) doit être financé en utilisant les réserves (R). On assiste à une baisse de l'offre de monnaie qui se traduit par un déplacement de LM vers la gauche, jusqu'au rétablissement de l'équilibre global (en E_1). La contraction de l'offre de monnaie induit une baisse du revenu qui freine les importations et une hausse du taux d'intérêt, qui attire des capitaux internationaux. On retrouve ici le mécanisme keynésien de retour à l'équilibre en changes fixes.

En régime de changes flexibles, le déficit entraîne une dépréciation de la monnaie nationale (hausse de e). Cette variation de parité engendre une augmentation du solde commercial, indépendamment des variations de revenu (on suppose remplies les conditions du théorème des élasticités critiques). Cela se traduit par un déplacement des courbes IS et FE vers la droite jusqu'à la restauration de l'équilibre (en E_1). On note que l'accroissement de la demande résultant de l'augmentation des exportations nettes de marchandises a deux effets induits. D'un côté, il exerce un effet positif sur le revenu, ce qui atténue l'amélioration du solde commercial. D'un autre côté, il conduit à une hausse du taux d'intérêt qui suscite des entrées nettes de capitaux.

La comparaison des deux graphiques illustre par ailleurs l'inversion des effets induits de l'ajustement sur le revenu national selon que le processus de cet ajustement est celui des changes fixes ou des changes flexibles.

2. L'efficacité relative des politiques économiques

Le modèle peut maintenant être utilisé pour analyser les conséquences des politiques monétaire et budgétaire dans les deux régimes de changes de référence. Cette analyse sera réalisée en supposant une situation initiale d'équilibre général de l'économie et en conservant l'hypothèse d'invariance de la situation dans le reste du monde.

Considérons tout d'abord la politique monétaire (voir figure 9.5). Celle-ci s'exprime dans le modèle par une action sur la composante interne de l'offre de monnaie (H). En cas d'augmentation de cette offre, la courbe LM se déplace vers la droite (de LM_0 en LM_1). La modification de l'équilibre interne se caractérise par une diminution du taux d'intérêt et une expansion du revenu (passage de E_0 à E_1). Cette évolution affecte la balance des paiements. D'un côté, l'augmentation du revenu engendre celle des importations : il y a une dégradation de la balance commerciale. D'un autre côté, la baisse du taux d'intérêt national provoque une sortie nette de capitaux. Ces deux effets convergent pour faire apparaître un déficit de la balance des paiements. L'équilibre E_1 est donc incomplet et ne saurait être que transitoire et l'appréciation de l'efficacité de la politique monétaire suppose que l'on prolonge l'analyse pour tenir compte des mécanismes de résorption du déséquilibre extérieur.

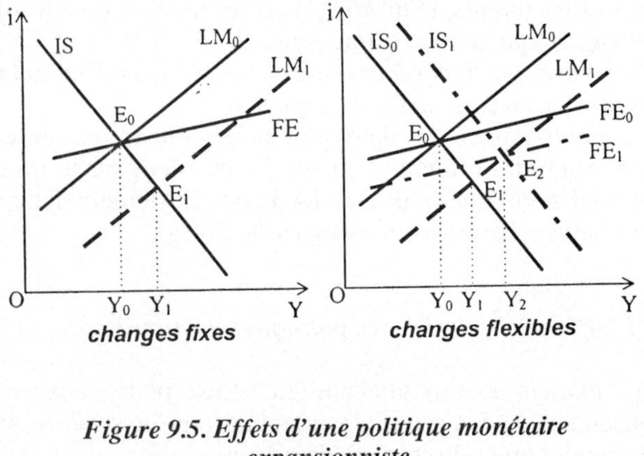

Figure 9.5. Effets d'une politique monétaire expansionniste

En régime de changes fixes, c'est la variation des réserves qui assure cette résorption. Le déficit de la balance des paiements entraîne une diminution des réserves, et donc de l'offre de monnaie. La courbe LM revient donc vers la gauche jusqu'à ce que l'on retrouve une intersection des courbes IS et LM sur la courbe FE. Il y a alors retour à l'équilibre initial E_0. La politique monétaire se révèle donc inefficace pour agir sur le revenu national en régime de changes fixes.

En régime de changes flexibles, le déficit des paiements extérieurs conduit à une dépréciation de la monnaie nationale. Celle-ci se traduit par un déplacement des courbes IS et FE vers la droite. L'équilibre est alors rétabli en E_2. Le mécanisme de restauration de l'équilibre de la balance des paiements renforce l'effet expansionniste sur le revenu. La politique monétaire apparaît donc efficace pour agir sur le revenu national en régime de changes flexibles. On peut même ajouter que cette efficacité est maximale en cas de parfaite mobilité des capitaux avec un taux d'intérêt mondial constant. Dans ce cas, la courbe FE horizontale ne se déplace pas et l'équilibre final est atteint au point d'intersection de cette courbe avec LM_1.

Considérons maintenant la politique budgétaire (voir figure 9.6). Dans le cadre du modèle, celle-ci consiste en une action sur les dépenses publiques (G). Une politique expansionniste se traduit par un déplacement de la courbe IS vers la droite (de IS_0 à IS_1). Il en résulte un nouvel équilibre interne (E_1) avec une hausse du revenu et du taux d'intérêt. À nouveau, cette modification correspond à l'apparition d'un déséquilibre extérieur. La hausse du revenu s'accompagne d'une hausse des importations et dégrade donc la balance commerciale. Dans le même temps, la hausse du taux d'intérêt national attire des capitaux dans le pays. Ces deux effets ont des conséquences opposées sur la balance des paiements. Si la sensibilité des mouvements de capitaux au taux d'intérêt est suffisamment forte, c'est l'effet positif qui l'emporte. Ce cas se traduit graphiquement par une pente de la courbe FE plus faible que celle de LM. Il y a alors apparition d'un excédent de la balance des paiements.

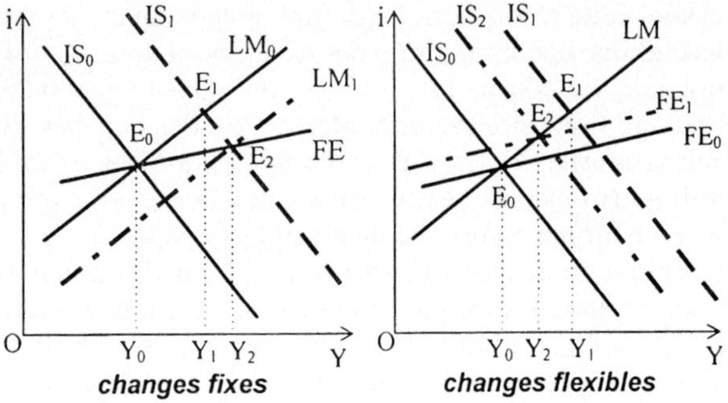

Figure 9.6. Effets d'une politique budgétaire expansionniste

En régime de changes fixes, cet excédent est à l'origine d'une augmentation des réserves et donc de l'offre de monnaie (LM se déplace de LM_0 à LM_1). Il en résulte un effet expansionniste accru sur le revenu national. La politique budgétaire apparaît donc efficace pour agir sur le revenu national en régime de changes fixes. On peut même ajouter que cette efficacité est maximale en cas de parfaite mobilité des capitaux (courbe FE horizontale).

En régime de changes flexibles, l'excédent de la balance des paiements conduit à une appréciation de la monnaie nationale. L'effet exercé sur le revenu national est négatif et se traduit par un déplacement vers la droite des courbes IS (de IS_1 à IS_2) et FE (de FE_0 à FE_1). L'efficacité de la politique budgétaire pour agir sur le revenu est donc atténuée en régime de changes flexibles. Cette efficacité devient même nulle en cas de parfaite mobilité des capitaux. Dans ce cas, puisque la courbe FE est horizontale, la restauration de l'équilibre ne peut se faire qu'au point d'intersection des courbes LM et FE invariantes, c'est-à-dire en E_0.

Ces conclusions sur l'efficacité de la politique budgétaire seraient renversées si l'on envisageait une très faible sensibilité des mouvements de capitaux au taux d'intérêt. Dans ce cas, le sens du déséquilibre de la balance des paiements serait modifié (l'effet négatif des flux commerciaux l'emporterait sur celui positif des flux financiers). Les mécanismes d'ajustement joueraient donc à l'inverse de ce qui vient d'être décrit.

À la lumière des résultats précédents, on comprend aisément la proposition faite par Mundell pour une assignation des politiques économiques en régime de changes fixes. La politique budgétaire doit être affectée à l'objectif de plein emploi interne ; la politique monétaire doit être conduite en fonction de l'objectif d'équilibre externe. Cette proposition demande sans doute à être nuancée. D'un côté, le modèle présente un caractère simplificateur qui conduit, par exemple, à ignorer les problèmes de stabilité des prix. D'un autre côté, même en supposant qu'il donne une approximation satisfaisante de la réalité, l'utilisation non coordonnée des instruments de politique économique, même réalisée conformément au principe d'affectation, risque de faire passer l'économie d'un déséquilibre dans un autre tant que l'on ne dispose pas d'une information parfaite sur la valeur des paramètres.

Une dernière remarque peut être faite pour souligner une différence importante entre les deux régimes de change en matière de politique économique. Du fait que l'une des composantes de l'offre de monnaie est endogène au fonctionnement d'un régime de changes fixes, la conduite d'une politique monétaire autonome apparaît illusoire dans un tel régime.

3. Les effets de débordement

Par essence, les variables représentatives d'une activité internationale peuvent être reliées à chacune des économies participant à cette activité. Une exportation nationale est une importation pour l'étranger, un déficit de balance des paiements pour un pays est un excédent pour la zone regroupant l'ensemble de ses partenaires. Nous venons de voir que les décisions de politique économique, quelles qu'elles soient, affectent les relations économiques entre le pays qui les prend et le reste du monde. En faisant l'hypothèse d'un petit pays ayant un poids négligeable sur le marché mondial, nous avons pu ignorer les répercussions de ses choix sur ses partenaires. C'est cette hypothèse que nous levons maintenant pour mettre en évidence les effets de débordement de la politique économique d'un pays.

L'analyse s'appuie sur l'extension à deux pays du modèle Mundell-Fleming. Chacune des deux économies est décrite par un ensemble de relations semblables à celles présentées précédemment. Toutes les variables, à l'exception des variables de politique économique, deviennent endogènes. Les exportations d'un pays sont les importations de son partenaire et dépendent donc de son revenu. Les entrées de capitaux de l'un sont des sorties pour l'autre. Les soldes de balance des paiements sont opposés et les variations de réserves ou de taux de change jouent en sens opposés. Afin de simplifier l'analyse et son illustration graphique, nous supposerons une parfaite mobilité des capitaux. Les courbes représentatives de l'équilibre des balances des paiements seront donc des droites horizontales correspondant à un même taux d'intérêt déterminé sur le marché mondial. L'analyse est conduite à partir d'une situation d'équilibre général, en supposant constantes les variables de politique économique du pays étranger.

Envisageons tout d'abord le cas d'une politique monétaire nationale expansionniste (les mécanismes inverses joueraient en cas de politique restrictive) [voir figure 9.7]. L'expansion de l'offre nationale de monnaie (déplacement de LM vers la droite de LM_0 à LM_1) implique une expansion similaire de l'offre mondiale de monnaie. Il en résulte une baisse du taux d'intérêt d'équilibre (de i_0 à i_1), qui déplace les courbes FE. Comme dans le modèle à un pays, la politique monétaire expansionniste induit un déficit de la balance des paiements nationale (intersection de IS_0 et LM_1 au-dessous de FE_1). Le modèle fait apparaître la contrepar-

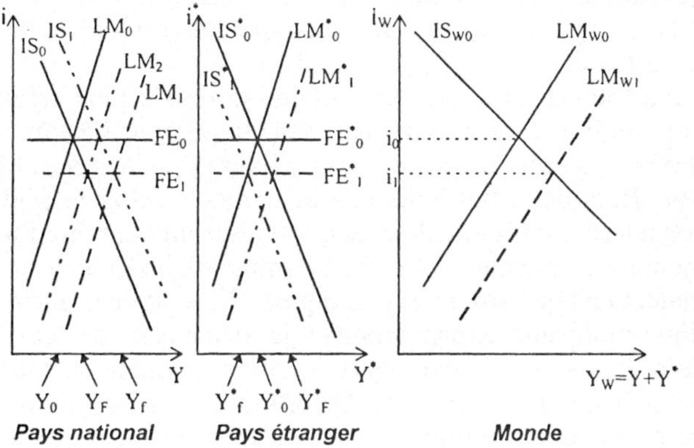

Figure 9.7. Effets de débordement de la politique monétaire

tie de ce déficit sous la forme d'un excédent de la balance étrangère (intersection de IS^*_0 et LM^*_0 au-dessus de FE^*1).

En changes fixes, ce déséquilibre implique un mouvement de réserves du pays national vers le pays étranger. Il y a donc une contraction de l'offre de monnaie dans le premier (passage de LM_1 à LM_2) et une expansion dans le second (passage de LM^*_0 à LM^*_1). Comme dans le modèle à un pays, le mécanisme d'ajustement en changes fixes atténue l'effet expansionniste de la politique monétaire dans le pays qui la met en œuvre. Cet effet n'est toutefois pas totalement annulé ($Y_F > Y_0$). Dans le même temps il se diffuse vers le pays étranger ($Y^*_F > Y^*_0$).

En changes flexibles, le déséquilibre induit une dépréciation de la monnaie nationale (appréciation de la monnaie étrangère). Il en résulte un effet expansionniste pour le pays national (passage de IS_0 à IS_1) et un effet restrictif sur le pays étranger (passage de IS^*_0 à IS^*_1). On retrouve une amplification de l'effet de la politique monétaire sur le revenu du pays qui utilise cet instrument. Mais il apparaît que ce surcroît d'effet expansionniste s'accompagne d'un effet récessif sur le partenaire ($Y^*_f < Y^*_0$).

Au total, la politique monétaire se révèle plus efficace pour agir sur le revenu national en régime de changes flexibles qu'en régime de changes fixes ($Y_f > Y_F > Y_0$). Mais ses effets de débordement sont inversés selon le régime considéré. En régime de changes fixes, seule importe l'augmentation globale de l'offre de monnaie à l'échelle mondiale. Quel que soit le pays qui prend l'initiative d'une politique monétaire expansionniste, le mécanisme de transfert de réserves assure une répartition internationale du supplément de monnaie ainsi créé On retrouve bien l'impossibilité de mener une politique monétaire autonome en régime de changes fixes.

Dans le cas d'une politique budgétaire expansionniste (passage de IS_0 à IS_1 sur la figure 9.8), compte tenu de l'hypothèse retenue sur la mobilité internationale du capital, le pays national connaît un excédent de balance des paiements. En effet, les entrées nettes de capitaux font plus que compenser la détérioration de la balance commerciale résultant d'une augmentation des importations. Sur le marché mondial, l'augmentation de la demande globale liée à l'expansion des dépenses publiques du pays national s'accompagne, à offre de monnaie constante, d'une hausse du taux d'intérêt d'équilibre (passage de i_0 à i_1). Il y a donc un déplacement de la contrainte d'équilibre externe des deux pays (déplacement des courbes FE). À l'excédent de balance des paiements du pays national (intersection de IS_1 et LM_0 au-dessus de FE_1) correspond un déficit pour le pays étranger (intersection de IS^*_0 et LM^*_0 au-dessous de FE^*_1).

L'inversion du sens du déséquilibre induit par la politique économique explique une inversion des conclusions par rapport à celles tirées de l'étude de la politique monétaire.

En régime de changes fixes, le mouvement des réserves accroît l'offre de monnaie dans le pays national (passage de LM_0 à LM_1) et la contracte dans le pays étranger (passage de LM^*_0 à LM^*_1). Comme dans le modèle à un pays, le méca-

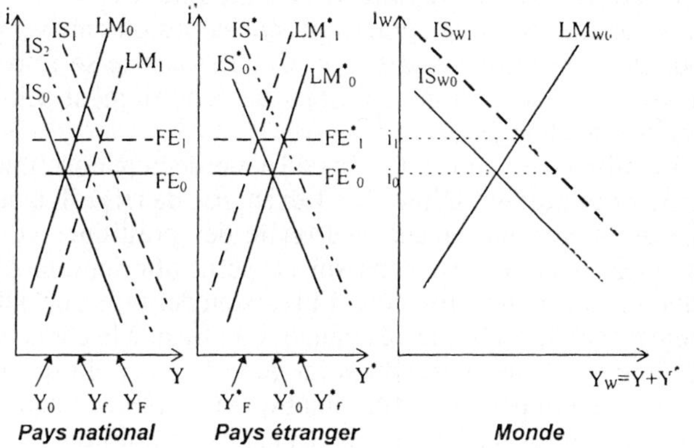

Figure 9.8. Effets de débordement de la politique budgétaire

nisme d'ajustement en changes fixes renforce l'effet expansionniste de la politique budgétaire dans le pays qui la met en œuvre. Ce surcroît d'effet expansionniste est obtenu aux dépens du pays partenaire qui subit un effet de sens opposé ($Y^*_F < Y^*_0$).

En régime de changes flexibles, la résorption du déséquilibre induit par la politique budgétaire passe par une appréciation de la monnaie nationale (dépréciation de la monnaie étrangère). Ce mouvement du change, en affectant les échanges commerciaux, modifie les conditions d'équilibre sur les marchés des biens (passage de IS_1 à IS_2 et de IS^*_0 à IS^*_1). Il y a donc un effet restrictif sur le revenu du pays national et expansionniste pour celui du pays étranger. L'effet premier de la politique budgétaire sur l'économie nationale est donc atténué, mais non annulé ($Y_f > Y_0$). Un phénomène de diffusion apparaît à travers une expansion du revenu étranger ($Y^*_f > Y^*_0$).

Au total, l'efficacité de la politique budgétaire pour agir sur le revenu national se révèle plus grande en régime de changes fixes qu'en régime de changes fixes ($Y_F > Y_f > Y_0$). Les conclusions sont symétriques de celles obtenues à propos de la politique monétaire. Cette symétrie se retrouve aussi dans l'inversion des effets de débordement selon le régime de changes.

La mise en évidence d'effets de débordement constitue un résultat important. D'un côté, l'existence de tels effets justifie une coordination internationale des politiques économiques. Nous reviendrons sur ce point ultérieurement au chapitre 11. D'un autre côté, l'inversion des effets de débordement selon le régime de changes montre que le choix de ce régime n'est pas neutre du point de vue de la politique économique. On peut encore ajouter que les effets de débordement observés ici à partir de décisions de politique économique peuvent aussi apparaître à la suite de tout choc exogène affectant l'une ou l'autre des économies, sous la forme d'une modification de l'équilibre sur son marché des biens (déplacement de IS) ou de la monnaie (déplacement de LM). On comprend donc que la prise en compte de ces chocs et de leur caractère symétrique ou non entre les pays constitue un aspect important du choix du régime de changes.

10. Les politiques de change

Gérer l'économie ouverte ne consiste pas seulement à tirer habilement parti d'un régime de change donné en combinant au mieux politique monétaire et politique budgétaire, tout en tenant compte d'effets de débordement souvent complexes. Une telle politique montre en effet rapidement ses limites, à court comme à long terme.

À court terme, elle prend le comportement du taux de change comme mécaniquement déterminé par les flux de capitaux (obéissant eux-mêmes à l'écart d'intérêt) et les choix de la banque centrale (défense d'une parité fixe ou flexibilité). Or non seulement les flux de capitaux sont susceptibles d'obéir à des considérations très diverses (dépassant le seul écart d'intérêt propre au modèle Mundell-Fleming), voire apparemment irrationnelles, mais encore la banque centrale peut être contrainte dans ses choix de fixité (notamment par la spéculation). Il faut donc mener une politique de change active, tenant compte de ces contraintes. Cela passe notamment par une intervention des banques centrales sur le marché des changes (titre I), mais aussi par les tentatives de création de zones cibles de change, susceptibles de stabiliser la monnaie nationale en souplesse (titre II).

À long terme la politique économique peut consister, indépendamment de toute relance immédiate, à établir une convergence des performances économiques nationales vers celles du pays le plus prospère d'une zone donnée, comme ce fut le cas en Europe à partir du début des années 1980. Dans ce cas le change intervient à la fois comme outil de la convergence, mais aussi comme horizon de celle-ci : la convergence obtenue permet en effet la fixation de parités intangibles entre les économies concernées, voire la création d'une monnaie unique. Dans cette perspective, c'est la théorie des « zones monétaires optimales » qui est le plus à même d'éclairer les politiques choisies (titre III).

I. L'intervention des banques centrales

L'efficacité des interventions « officielles » (c'est-à-dire de la banque centrale) sur le marché des changes a longtemps fait l'objet d'un scepticisme marqué des économistes, scepticisme qui ne s'est véritablement dissipé qu'au début des années 1990 alors que les banques centrales étaient largement engagées, depuis les accords du Plaza en 1985, dans un interventionnisme systématique. Traditionnellement ces interventions sont censées être efficaces par deux canaux entièrement différents, l'un réel, l'autre psychologique…

1. L'intervention effective sur les marchés des changes

Commençons par le canal réel. C'est l'achat ou la vente directe de devises étrangères contre monnaie domestique qui permet théoriquement de rétablir (ou de maintenir) une parité considérée comme souhaitable. Ainsi une banque centrale qui voit sa monnaie se réévaluer au-delà d'une limite fixée doit acheter des devises étrangères et vendre de la monnaie nationale (c'est-à-dire concrètement en émettre). En comptabilité, la banque centrale récupère à son actif les devises étrangères achetées et, parallèlement, inscrit un montant de « réserves » à son passif au compte de la banque qui lui a vendu les devises. Dans l'opération, l'achat de devises contre monnaie domestique fait bien s'apprécier la devise (se déprécier la monnaie nationale).

Il se pose alors cependant un problème. L'émission de monnaie nationale pour acheter les devises constitue une augmentation immédiate de l'offre de monnaie, c'est-à-dire de la masse monétaire. On peut alors craindre une reprise de l'inflation domestique, laquelle est en général jugée non désirable… Plus techniquement nous dirons alors que la banque centrale modifie l'équilibre du marché des actifs dans les différentes monnaies, puisqu'elle fournit de sa propre monnaie aux détenteurs de portefeuilles multidevises. Elle peut alors craindre que la hausse de la masse monétaire nationale ne débouche sur un taux accru d'inflation. En effet, l'achat de devises étrangères gonfle le poste « or et devises » à l'actif de la banque centrale et vient ainsi grossir les contreparties de la masse monétaire, donc augmenter cette dernière. Elle peut en conséquence tenter de « stériliser » (c'est-à-dire neutraliser) cet effet monétaire en vendant parallèlement des actifs en monnaie nationale : elle dégonfle ainsi son poste « crédits à l'économie ou au Trésor », diminuant par ce biais les contreparties de la masse monétaire.

Mais, dans ce cas, une difficulté bien connue surgit : cette tentative de stérilisation risque fort de ruiner l'effort pour apprécier la monnaie étrangère (déprécier la monnaie nationale)… Ce résultat n'est pas particulièrement simple à expliquer. Démontrons-le d'abord sur un exemple, puis exprimons-le de façon générale.

Supposons que le taux de change soit unitaire : 1 unité de monnaie nationale vaut 1 unité de monnaie étrangère. Supposons que les agents veulent, en moyenne, détenir un portefeuille fait d'une valeur de 10 en monnaie, en liquidité (par exemple 5 en monnaie domestique et 5 en monnaie étrangère) et d'une valeur de 10 en titres (par exemple 5 en titres étrangers et 5 en titres domestiques) : ils veulent donc une moitié de liquidité dans leur portefeuille et s'y tiendront. Supposons enfin qu'ils sont indifférents dans la répartition de leur actif titres entre titres nationaux et étrangers : il y a alors parfaite substitution des titres.

Quand la banque centrale achète des devises étrangères en émettant de la monnaie nationale, les agents lui vendent leurs devises et se retrouvent donc avec 2 en devises, 8 en monnaie nationale et toujours 10 en titres (5 en titres étrangers et 5 en titres domestiques). Ils ne connaissent donc pas d'excès de liquidité en regard des titres. Dans ces conditions, si la banque centrale se met, pour stériliser l'émission de monnaie domestique, à vendre des titres nationaux, les agents qui les achètent ne vont pas donner de la monnaie nationale. Alors, en effet, leur ratio de liquidité diminuerait, ce qu'ils refusent par hypothèse. Ils vont plutôt vendre des titres étrangers (contre monnaie nationale), puis acheter les titres nationaux. Au passage, leur pondération entre liquidité et titres restera bien constante comme ils le souhaitent. Mais la vente d'actifs étrangers tendra à faire se déprécier la monnaie étrangère (s'apprécier la monnaie nationale), soit le contraire de ce que voulait la banque centrale et qu'elle avait provisoirement obtenu… Il y aura donc une stricte compensation de la dépréciation voulue de la monnaie nationale. Ou encore inefficacité de l'intervention…

Plus généralement nous dirons que, dans la mesure où actifs en monnaie domestique et actifs en devises étrangères sont de parfaits substituts d'une part, dans la mesure où les portefeuilles initiaux des acteurs sont à l'équilibre entre titres et liquidités d'autre part, les « modèles de portefeuille » indiquent sans ambiguïté que les acteurs du marché vont vendre leurs actifs étrangers, au taux de 1 pour 1, pour détenir ces actifs en monnaie domestique nouvellement émis. Dès lors, leur comportement revient à vendre un montant de devises étrangères exactement égal au montant de monnaie domestique fourni et stérilisé par la banque centrale, grâce à la vente d'actifs en monnaie nationale. Autrement dit, l'offre de monnaie domestique par la banque centrale, qui voulait créer une situation d'offre excédentaire sur le marché de la monnaie domestique afin d'en faire baisser le prix (déprécier le taux de change), rencontre une demande équivalente de la part des acteurs du marché. Il en résulte un effet nul sur le taux de change (Taylor [1995, p. 35] ; Krugman et Obstfeld [1992, p. 574-580]). Autrement dit, les interventions officielles stérilisées seraient inefficaces pour modifier le taux de change dans le sens voulu…

En pratique on sait bien qu'actifs en monnaie domestique et actifs en monnaie étrangère sont loin d'être de parfaits substituts. Dès lors, les acteurs du marché ne vont sans doute pas vendre autant d'actifs étrangers qu'il y a d'actifs domestiques nouveaux à acheter et ils vont acheter le supplément en puisant dans leurs liquidités en monnaie domestique, troisième composante de leurs portefeuilles. Dès lors, l'intervention des autorités aura probablement un effet positif dans le sens voulu, mais peu ou prou atténué en regard du résultat escompté sur le taux de change. Il n'en reste pas moins que l'efficacité des interventions officielles stérilisées apparaît en partie douteuse. Quant aux interventions non stérilisées, elles sont certes efficaces mais moins utilisées aujourd'hui dans la mesure où, dans l'exemple, elles reviennent à engager une détérioration éventuellement cumulative des fondamentaux nationaux puisque la hausse de l'offre de monnaie est *a priori* inflationniste (dans le cas inverse, s'il s'agit de réapprécier la monnaie nationale, la vente de devises diminuerait la masse monétaire nationale, ce qui serait immédiatement préjudiciable à la croissance).

2. L'intervention psychologique sur les marchés

Mais c'est en second lieu, par l'effet de signal qu'elles fournissent au marché, que les interventions officielles sont efficaces. Classiquement on considère que la banque centrale fournirait alors au marché, avec sa détermination affichée à reconnaître telle parité comme souhaitable (et à agir en conséquence), une information fondamentale que le marché aurait ignorée ou sous-estimée… Cela reviendrait à « présumer que les autorités ont une information supérieure à celle des autres participants au marché et qu'elles voudraient révéler cette information à travers leur intervention » (Taylor [1995, p. 35]). En pratique, il semble plus réaliste de considérer que les autorités cherchent alors à polariser les anticipations (éventuellement mimétiques) des acteurs du marché vers une valeur déterminée du taux de change (ou une plage de valeurs).

Des deux modalités d'intervention, la seconde apparaît sans équivoque beaucoup moins contestable. Des données d'enquête sur les anticipations concernant par exemple le cours dollar-mark ont montré que les annonces officielles de politiques interventionnistes affectent aussitôt les anticipations des acteurs. De même, il a été montré (Dominguez et Frankel [1993]) que les interventions en général modifiaient les taux de change d'autant plus clairement qu'elles étaient publiquement annoncées. Ces études apparaissent d'autant plus crédibles qu'elles utilisent des données historiques au jour le jour fournies par les banques centrales américaine et allemande. Dans le même esprit et avec les mêmes données historiques, Catte, Galli et Rebecchini [1992] ont montré que, sur la période 1985-1991, neuf des dix points majeurs de retournement du cours dollar-mark ont coïncidé avec une intervention concertée des autorités monétaires. Ils concluent en suggérant que « les signaux fournis par les interventions peuvent aider à coordonner les anticipations des agents, conduisant ceux-ci à converger vers un modèle particulier de l'économie et à choisir une valeur du taux de change semblable à celle qui est ciblée par les autorités » (Taylor [1995, p. 37]).

Il apparaît donc que, notamment par l'effet de signalisation qu'elles engendrent, les interventions officielles seraient beaucoup plus efficaces qu'on ne le pensait (académiquement en tout cas) dans les années 1980. Elles constitueraient bien un outil (certes insuffisant et à perfectionner) capable de polariser des anticipations mimétiques sur une plage donnée de valeurs du taux de change… Pour que cela soit possible, il semble que deux conditions soient indispensables. En premier lieu, il faut que le marché soit dominé par les « *noise traders* » et autres investisseurs « chartistes », ces agents semblant plus sensibles que d'autres à la présence de banquiers centraux sur le marché (Cartapanis [1994b, p. 19]). En second lieu, il faut que les acteurs du marché aient, sur le moment, une faible confiance en leur propre opinion et soient ainsi prêts à accepter une opinion ayant les accents de la compétence et/ou de la puissance… Par ailleurs, on sait que les acteurs « chartistes » ont tendance à augmenter leurs positions lorsque les « fondamentaux » estimés par eux donnent la même indication que leurs « *charts* » : il devient donc plus efficace, pour une banque centrale, d'agir au moment où les conclusions de l'analyse technique portant sur le change dans un proche avenir convergent avec le sens de variation voulu par les autorités. La polarisation des anticipations, par l'action des banques centrales, apparaît donc non seulement possible mais encore constituer désormais une réalité incontournable du marché.

En définitive, il apparaît que les interventions de la banque centrale sont d'autant moins contestables qu'elles agissent par le canal de l'information, par le côté psychologique, et ce en cherchant intelligemment à prendre les acteurs du marché à leur propre jeu. Cette subtilité des interventions officielles se retrouve également dans la pratique des zones cibles, deuxième volet des politiques de change.

II. Théorie et pratique des zones cibles

Que faut-il penser, dans cet esprit, des expériences de zones cibles d'une part, de la dégradation historique du SME en zone cible explicite, de 1993 à 1999, d'autre part ? Dans quelle mesure peut-on dire qu'elles stabilisent ou réorientent les anticipations ? On sait que les accords du Plaza, en 1985, puis surtout les accords du Louvre de 1987, auraient institué une zone cible pour les principales monnaies, c'est-à-dire une plage de valeurs que les autorités monétaires reconnaissent comme acceptable et/ou conforme aux fondamentaux et aux frontières de laquelle elles s'engagent à intervenir. Dans la zone cible issue du Plaza, les frontières ont été tenues secrètes (mais les marchés s'en sont néanmoins fait une idée, probablement assez juste) et auraient été réaménagées régulièrement en fonction des fondamentaux. On est alors en présence d'une zone cible « implicite » alors que le SME issu des événements d'août 1993 constituait une zone cible « explicite », puisque les marges de 15 % autour de la valeur pivot de chaque monnaie en écu étaient officielles.

1. Approche théorique des zones cibles

La théorie des zones cibles constitue certainement l'un des progrès les plus spectaculaires de la théorie du change depuis une dizaine d'années. Elle montre que, tout au moins en théorie, si les chocs non monétaires susceptibles de faire varier le taux de change suivent un processus aléatoire, alors la seule existence d'une zone cible détermine une amplitude de variation du taux de change nettement plus faible, pour un choc donné et en l'absence même d'intervention officielle concrète, que ce ne serait le cas en l'absence de la zone. Par ailleurs, le taux de change, en réponse à ces chocs exogènes, mettrait beaucoup de temps à atteindre sa valeur-frontière, ce qui assurerait un certain temps de réponse aux autorités monétaires (phénomène dit de « *smooth-pasting* »). Ces résultats ont été établis par Krugman [1991] dans un article d'une rare élégance (voir encadré ci-contre) et ont ainsi théorisé la confiance politiquement accordée aux zones cibles.

Malheureusement, la trajectoire que devrait suivre le taux de change à l'intérieur de la zone cible, dans le modèle de Krugman, n'est pas vérifiée empiriquement. Cela peut être dû au fait que les autorités, loin de rester passives, commenceraient à réagir de façon intramarginale, c'est-à-dire bien avant que le taux de change ne s'approche des frontières. Mais plus fondamentalement, le modèle de Krugman suppose explicitement que le marché des changes est efficient, ce qui est bien sûr plus que problématique, mais soulève surtout un paradoxe de taille. Si les autorités ont établi des zones cibles, c'était précisément pour corriger une inefficience criante du marché imputable à des comportements non rationnels (au sens fréquentiste du terme). Théoriser les zones cibles à partir d'une hypothèse d'efficience devient alors au mieux insuffisant, au pire contradictoire avec la réalité que les zones cibles cherchent précisément à « apprivoiser »…

Les zones cibles selon Krugman

Une vue naïve des zones cibles pourrait estimer que le taux de change fluctue librement à l'intérieur de la zone et que les banques centrales n'interviennent que lorsque les frontières sont atteintes. En fait, l'existence de la zone contraint les trajectoires futures possibles du change, affecte le taux de change même si ce dernier est à l'intérieur de la bande et si la zone n'est pas activement défendue…

Utilisant un modèle monétaire à prix, Krugman le simplifie en posant que le taux de change S est tel que :

$$s = m + v + a.E(ds)/dt$$

avec s, m et v, les logarithmes de S, M (offre de monnaie) et V, choc exogène non monétaire (sur les productivités ou la demande, par exemple). Le paramètre a est supposé constant et E désigne l'espérance mathématique.

Il suppose que M est *a priori* fixe pour simplifier, si bien que m peut être considéré comme constant, voire nul dans un premier temps (M normée à l'unité). L'offre de monnaie n'est modifiée que pour assurer que s ne dépasse pas sa valeur plafond s′ (alors m est abaissé puisque la monnaie nationale se déprécie trop) et sa valeur plancher s » (alors m est augmenté). De son côté, V suit une « marche aléatoire » caractéristique d'un processus de Wiener-Lévy, ce qui n'est sans doute pas réaliste mais permet d'isoler méthodologiquement la dynamique propre à la zone cible. Si m = 0 et si v suit une marche aléatoire, on pourrait penser qu'il n'y a aucune anticipation de variation du taux de change, soit E(ds)/dt = 0. En conséquence, le taux de change s devrait être égal à v si bien que, en supposant que v augmente, s serait sur la première bissectrice dans un repère (m + v, s), tout au moins jusqu'à ce que s rencontre s′, son plafond, ensuite de quoi s suivrait une droite horizontale.

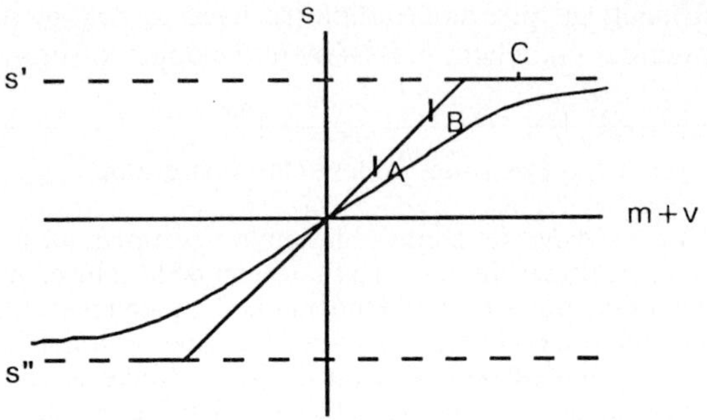

Figure 10.1. Zones cibles et effet « lune de miel »

En fait, cela serait une vue naïve. Supposons que s se situe au point B, proche du plafond. Alors si v diminue on peut attendre une diminution égale de s (déplacement de B en A) tandis que si v augmente, il faut nécessairement penser, la banque centrale intervenant (déplacement de B en C), que la hausse de s sera plus faible que la hausse de v. En moyenne de ces deux attentes, par conséquent, on aura une espérance de diminution légère de s… Dès lors le point B n'est pas un point d'équilibre pour les acteurs du marché : ceux-ci porteront aussitôt le change en un point situé en dessous de B. Si l'on applique le même raisonnement pour un choc v négatif, quand s s'approche du plancher d'une part, si on l'étend aux lieux plus éloignés des extrêmes (où l'effet d'anticipation joue de moins en moins mais existe néanmoins), on obtient non plus une droite croissante suivie d'une horizontale, mais une courbe en S caractéristique de ce que devrait être, sous ces hypothèses, la trajectoire du taux de change… On voit que la courbe S est beaucoup plus plate que la droite cassée précédente : le taux de change se maintient donc à l'intérieur de la zone, du simple fait que celle-ci existe, sans même que les autorités aient à intervenir… C'est ce que Krugman appelle joliment l'effet « lune de miel »…

Un deuxième effet, dit de « *smooth pasting* » (soit peut-être « collage en douceur » en français), est aussi intuitivement compréhensible dans cette représentation. Il caractérise le fait que la courbe en S va être tangente aux plafond et plancher, va en quelque sorte se coller très doucement à ces niveaux extrêmes. Supposons que s augmente (dépréciation de la monnaie nationale) et s'approche du plafond en donnant l'impression de devoir le traverser. Alors les spéculateurs, sachant que la banque centrale va intervenir de façon imminente, doivent racheter la monnaie nationale (ils espèrent la revendre plus cher après l'intervention officielle). Ce faisant ils engendrent une baisse de s, ce qui revient à dire qu'ils éloignent en permanence le taux de change de son niveau plafond, ils l'empêchent toujours de heurter la frontière, mais de moins en moins au fur et à mesure que v augmente et finissent par le « coller » délicatement et progressivement à son support : smooth pasting ! (Krugman *in* Krugman et Miller, 1992, p. 9])...

Il n'empêche ! même si les taux de change ne suivent pas les trajectoires prévues par la théorie, ils semblent être moins instables dès lors qu'existent des zones cibles instituées.

2. L'expérience du SME de 1993 à 1999

Le SME des années 1979-1993 constituait un régime de change quasi fixe si l'on prend en compte les très faibles marges de fluctuation possibles. En élargissant ces marges à 15 %, le SME issu des événements de l'été 1993 constituait une zone cible explicite. Or cette zone a fonctionné de façon étonnamment correcte, au moins pour les devises importantes. De fait, dès que le franc se dépréciait nettement en dessous de son cours pivot, l'anticipation qu'il se réapprécierait devenait, semble-t-il, dominante et le ramenait vers le milieu de la bande, et ce, bien avant qu'il se soit approché de son plancher : cette constatation a été faite (Léonard [1995]) entre juin-août 1993 et janvier 1994 (dérive de 4 % face au mark plus que compensée sur environ six mois), entre novembre 1994 et août 1995 (dérive de 3,5 % corrigée sur neuf mois).

Un autre point important est apparu aussi dans le cadre de l'élargissement des marges du SME, à savoir la possibilité d'un écart de taux d'intérêt plus important entre les monnaies participantes sans que le taux de change ne bouge significativement... Dans le cadre en effet du modèle de Krugman, où le taux de change franc-mark devient, pour simplifier, une fonction linéaire de l'écart d'intérêt entre la France et la RFA, augmenter les marges revient à augmenter l'écart possible de taux d'intérêt et ce d'autant plus que le phénomène de « *smooth-pasting* » (voir encadré) sera à l'œuvre (CEPII [1993]). En d'autres termes, plus la courbe en S sera plate aux extrémités, moins une modification des taux d'intérêt (variation de la variable v [voir encadré]) aura de l'influence sur le taux de change... Cela dit, l'exigence de crédibilité sur les marchés a largement dissuadé, entre 1993 et 1999, les autorités monétaires d'utiliser cette marge de manœuvre sur les taux d'intérêt pour stimuler la croissance...

Il doit donc apparaître clairement que l'existence de zones cibles stabilise *a priori* les taux de change d'une façon doublement intéressante. En premier lieu, l'existence de valeurs extrêmes (connues ou devinées) cristallise une certaine « rationalité aux frontières », établit une bande à l'intérieur de laquelle le mimétisme peut effectivement jouer, mais dans des limites théoriquement et de fait plus étroites, semble-t-il, que ne l'indiquent les valeurs extrêmes. De ce fait, les autorités ne cherchent pas à attaquer de front les phénomènes de contagion mimétique, mais tentent de les laisser jouer dans un espace restreint : elles laissent faire la spéculation, mais en la canalisant de façon relativement souple, voire discrète... Autrement dit, la logique du combat des banques centrales contre une certaine « irrationalité » du marché relève, en un sens, plus du jeu de go que du jeu d'échecs : quand on ne peut porter de coups mortels à un adversaire puissant, il faut circonscrire son territoire, le cantonner tactiquement à jouer dans un espace restreint, ce qui permet en retour de le dominer quand il se hasarde à découvert sur le terrain adverse… En second lieu, l'existence d'une parité centrale, jugée au départ irréaliste, dans le cadre du SME (un peu plus de 3,35 francs pour 1 mark) a largement polarisé les anticipations : c'est l'anticipation de réappréciation présentée plus haut qui, jouant dès que le mark dépassait 3,45 ou 3,50 francs, ramenait en permanence ce dernier entre 3,40 et 3,45 francs. Jusqu'à établir en 1997-1998 le franc à sa parité pivot, choisie finalement comme parité intangible entre mark et franc dans le cadre de la création de l'euro. Il s'agit là d'un résultat tout à fait remarquable même s'il n'est pas entièrement imputable à l'existence d'une zone cible explicite…

Peut-on perfectionner ce système en réglementant habilement la spéculation sur le marché des changes, de façon à imposer un coût aux mouvements mimétiques ? C'est là le sens de plusieurs propositions faites ces dernières années, qui reviennent, selon l'image de Tobin, à « mettre des grains de sable dans les rouages » apparemment trop bien huilés de la spéculation internationale (Eichengreen, Tobin et Wyplosz [1995]). On peut, en premier lieu, instaurer des taxes sur les mouvements de capitaux mais il y a peu de chances que la communauté financière internationale, qui vient de se livrer à une véritable surenchère à la baisse de la fiscalité financière, accepte un renouveau de la taxation (les défauts d'une telle taxe seront analysés au chapitre 12). Plus intéressantes semblent être les propositions d'instauration de réserves obligatoires sur les prêts en monnaie domestique aux non-résidents. C'est en effet essentiellement à l'aide de tels prêts que les non-résidents spéculent contre une monnaie en la vendant à terme juste après l'avoir empruntée. Il va de soi que de telles réserves, en renchérissant de fait le coût total de ces emprunts, pourraient en freiner la demande. Mais dans ce cas on instaurerait une réelle discrimination envers les non-résidents, qui serait, à l'évidence, contraire au traité de Maastricht et peu dans l'esprit de la libéralisation actuellement impulsée dans le cadre de l'après-GATT. Néanmoins, l'instabilité récurrente du marché des changes oblige nécessairement à étudier de telles mesures…

Il faut le reconnaître, la puissance actuelle des acteurs du marché, lorsqu'ils agissent dans le même sens, est sans commune mesure avec les faibles moyens d'intervention dont disposent les banques centrales, même en coordonnant leurs efforts. Or on ne reviendra pas sur la liberté de circulation des capitaux et la globalisation financière, qui ne constituent qu'une extension de la liberté de mouvement des biens et services engagée depuis 1945 et qui apparaissent à beaucoup d'économistes comme globalement positives. Permettant notamment le financement des déséquilibres courants (actuellement les États-Unis) et le financement du développement des pays jeunes, elles contribuent en principe à éviter des bulles spéculatives du fait d'un excédent potentiel d'épargne au Nord. Encore faut-il que l'instabilité intrinsèque qu'elles introduisent dès aujourd'hui soit gommée ou circonscrite dans des limites précises : les zones cibles ne constituent certes pas l'outil souverain pour pallier les crises de change, mais c'est l'un des plus efficaces que nous connaissions actuellement et leur perfectionnement laisse espérer des progrès sensibles.

III. Le concept de zone monétaire optimale

Nous avons vu aux chapitres 8 et 9 que le taux de change constitue une importante variable d'ajustement pour une économie soumise à des déséquilibres courants (ou à des déséquilibres de sa balance globale des paiements). Ainsi une économie connaissant un déficit extérieur pourra, soit laisser sa monnaie glisser et se déprécier nominalement (dans le cadre d'un régime de change flexible), soit dévaluer sa monnaie (dans le cadre d'un régime de change fixe), restaurant ainsi la compétitivité-prix perdue. La variabilité du taux de change donne donc un élément de souplesse non négligeable dans la gestion des déséquilibres extérieurs.

Faire l'économie de cette souplesse est cependant envisageable, pour de multiples (et très bonnes) raisons, comme l'a bien montré l'expérience du SME : désir de stimuler le commerce entre pays membres, du fait de la fixité volontaire du change, souci de convergence en matière d'inflation ou de comptes publics, etc. Néanmoins, le refus d'une telle facilité impose alors que les pays concernés constituent, au moins en tendance, une zone monétaire optimale. Tentons de préciser ce que recouvre ce concept en spécifiant d'abord l'origine et la définition de cette expression, puis en retraçant son évolution.

1. Définition et origine du concept

Une aire géographique peut être qualifiée de « zone monétaire optimale » si un déséquilibre dans les balances de paiements bilatérales de deux entités quelconques de cette aire peut être corrigé sans modification des taux de change bilatéraux. Inversement, une zone monétaire optimale se caractérise donc par la possibilité d'une monnaie unique entre ses membres (ou plusieurs monnaies liées par des parités intangibles). Cette absence de flexibilité au plan monétaire doit alors logiquement être compensée, nous allons le voir, par exemple par une flexibilité accrue concernant la mobilité externe des facteurs de production.

La réflexion sur l'optimalité des zones monétaires remonte en fait aux années 1950, dans le cadre du débat opposant les avocats des changes flexibles aux tenants des vertus des changes fixes, alors institués dans le cadre du système monétaire international de Bretton Woods. L'argument des « flexibilistes » est connu : lorsqu'un pays A connaît un déficit soudain de sa balance courante (à l'époque, les mouvements de capitaux sont faibles et relativement passifs, donc balance courante et balance globale sont très proches) vis-à-vis du pays B, la dépréciation de la monnaie de A est la façon la plus simple de rétablir l'équilibre externe de A sans qu'il doive recourir à des mesures plus draconiennes. Quelles sont en effet les alternatives ? Soit subir une récession créatrice de chômage : la contraction d'activité en A serait de fait un moyen de réaliser l'ajustement en diminuant les prix des biens en A. Soit baisser ses prix et ses salaires réels (pour mieux exporter), mais une telle mesure peut être socialement inacceptable. Soit encore laisser ses facteurs de production le quitter au profit de B : une émigration des travailleurs vers le pays B conduirait ce dernier à plus importer de A (en raison de la demande de ces nouveaux travailleurs). Mais une telle émigration signifierait aussi un appauvrissement relatif du pays A, voire une perte de ses forces vives et une dévitalisation possible de son tissu productif. Autrement dit, face à trois modes d'ajustement réel, jugés soit socialement irréalisables, soit particulièrement ambigus et de toute façon lents, la flexibilité du change apparaissait comme un remède particulièrement rapide, simple et souple à utiliser.

C'est en 1961 que Mundell introduisit le concept de « zone monétaire optimale » dans un article qui tentait de relativiser l'universalité de l'argument des tenants d'un change flexible. Dans un exemple demeuré célèbre, il supposait que l'est du Canada et des États-Unis produisait des automobiles tandis que l'ouest des deux pays produisait du bois. Si la demande se portait brutalement sur le bois au détriment des automobiles, on aurait peut-être un déséquilibre des paiements entre États-Unis et Canada, mais on aurait surtout un déséquilibre plus grand des échanges entre l'est et l'ouest du continent (excédent de l'ouest). Dans ces conditions, la flexibilité du dollar canadien face au dollar américain serait de faible utilité (et sans doute même d'utilité nulle) et seul un transfert de main-d'œuvre et/ou de capital de l'est vers l'ouest empêcherait de connaître du chômage (et/ou baisse des prix) à l'est et de l'inflation (et/ou pénurie de main-d'œuvre) à l'ouest. Mundell en déduisait que les zones monétaires optimales correspondaient à des régions de production relativement homogène. Autrement dit, la flexibilité serait utile dans le cas où l'est aurait sa monnaie propre et l'ouest la sienne : alors le raisonnement flexibiliste serait valide.

On aurait tendance aujourd'hui, à la lumière de l'expérience européenne, à reformuler positivement cette intuition de Mundell. Un pays A produisant du bois et un pays B faisant des voitures pourraient paradoxalement constituer à eux deux une zone monétaire optimale. Il suffirait que la mobilité de la main-d'œuvre et/ou du capital productif fût importante entre eux pour que tout déséquilibre de paiements fût régulé par transfert de facteurs de production du pays déficitaire vers le pays excédentaire. A et B n'auraient donc plus besoin d'une flexibilité de leur change et pourraient utiliser une monnaie unique.

Il reste que cet ajustement « réel », par transfert de facteurs de production, est nécessairement lent et entérine toujours une perte de revenu dans le pays déficitaire et une hausse de revenu dans le pays excédentaire. Il s'agit donc d'un ajustement réel, sans doute douloureux et qu'il est compréhensible de vouloir éviter. Dans cette logique, il est alors intéressant de rechercher tout ce qui, en dehors de la mobilité des facteurs de production, permettrait l'ajustement externe avec monnaie unique ou fixité du change. C'est là qu'intervient l'évolution théorique du concept de zone monétaire optimale, au-delà des premières intuitions de Mundell.

2. L'évolution du concept de zone monétaire optimale

Dans le cas de déséquilibres ponctuels, c'est d'abord la mobilité des capitaux « financiers » ou la possibilité de financements à court terme qui est envisageable comme substitut à la flexibilité du change ou à l'ajustement réel. Un crédit bancaire extérieur ou une aide d'un pays partenaire peuvent permettre de payer le déficit courant. L'année d'après, si ce déficit est ponctuel, il ne se reproduira pas et le coût du financement ponctuel sera amorti rapidement. Dans le cas de déséquilibres structurels, ces mêmes flux financiers peuvent atténuer la difficulté d'ajustements réels et permettre la réalisation de ces derniers sur une longue durée. Ingram proposait ainsi, en 1962, de définir les zones monétaires optimales à partir d'un tel critère de mobilisation possible des financements nécessaires. Ce qui revient à invoquer une certaine forme d'« intégration financière » au sein de la zone, à l'image de ce qui peut exister dans une économie nationale.

Le débat se déplaçait ensuite du côté des biens produits et du commerce international : deux pays diversifiant leur production pourront voir se compenser les déséquilibres (ce que A perd sur un produit vis-à-vis de B, il le regagnera sur un autre bien). Autrement dit, plus deux pays seront commercialement diversifiés et plus ils seront à même d'éviter les déficits, donc plus ils pourront se passer du taux de change comme variable d'ajustement. Dans la même veine, Mac Kinnon [1963] montrait que, plus deux pays sont commercialement ouverts l'un à l'autre et plus ils ont intérêt à constituer une zone monétaire. En effet, si le déficit courant naît d'un choc sur un ou deux produits, ne pas constituer de zone et laisser la flexibilité du change devient ambigu : la dépréciation de la monnaie du pays A touchera en effet tous les produits de A, les producteurs pourront alors augmenter leur prix et accorder des hausses de salaires qui annuleront l'effet de la dépréciation. Au total, la dépréciation pourra ne pas rectifier le déficit et, au contraire, engendrer des déséquilibres internes. Finalement, entre deux pays très ouverts l'un à l'autre, la perte de l'instrument du taux de change apparaîtrait moins problématique.

C'est enfin la notion de corrélation entre les chocs exogènes affectant deux pays qui a été proposée comme critère de possibilité d'une zone monétaire optimale. Il est clair que si les chocs sont identiques ou similaires entre deux pays (par exemple, les effets de la hausse du prix du pétrole en Italie et en France), les déséquilibres qui s'ensuivront resteront du même ordre et la balance bilatérale en sera peu affectée. Dans ce cas, la flexibilité du change n'est pas véritablement utile. Il en va différemment dans le cas où les pays connaîtraient des chocs asymétriques (par exemple, la réunification allemande) fréquents, déséquilibrant en permanence les relations bilatérales et appelant une certaine flexibilité du change.

Depuis ces travaux fondateurs, la réflexion sur les zones monétaires optimales s'est notamment déplacée vers l'évaluation, par un pays donné, des coûts et des avantages de la participation à une zone monétaire. Il a ainsi été montré qu'une telle évaluation, sur une base se limitant aux seuls intérêts nationaux, pouvait déboucher sur la constitution de zones globalement sous-optimales. Une telle évaluation apparaît aussi biaisée par le fait que l'appartenance à une zone monétaire détermine, *a posteriori*, à la fois une intensification de l'ouverture mutuelle et une meilleure corrélation entre les cycles des pays concernés (soit une plus grande symétrie des chocs envisageables). Autrement dit, la zone monétaire engendre après coup les conditions mêmes qui permettraient d'estimer qu'une zone monétaire serait viable (Frankel et Rose [1998])... Mais au-delà de ces difficultés logiques, c'est évidemment dans l'analyse de la pertinence de l'union monétaire européenne comme zone monétaire optimale que le concept créé par Mundell a connu ses développements les plus intéressants.

3. L'Union européenne est-elle une zone monétaire optimale ?

Cette question apparaît tout à fait cruciale depuis la création de l'euro en janvier 1999. Une réponse négative amènerait en effet les plus grands doutes sur la possibilité de la zone euro de résorber sereinement les déséquilibres et les chocs dans l'avenir, avec la disparition des taux de change intra-européens comme variable d'ajustement. Il est cependant délicat de fournir une réponse claire à cette interrogation, d'abord parce que l'optimalité d'une zone peut, on vient de le voir, être plus la conséquence que la cause de l'unification monétaire. Mais par ailleurs la réponse à la question requiert de spécifier la définition de l'optimalité choisie. Nous procéderons ici simplement à l'examen du matériau empirique disponible au regard de l'ensemble des conceptions d'une zone monétaire optimale.

Pour ce qui est de la mobilité des facteurs à l'intérieur de la zone euro, elle apparaît pratiquement fort réduite en ce qui concerne la main-d'œuvre. La mise en place du marché unique, au début des années 1990, n'a amené que des modifications marginales de la relative immobilité du facteur travail. Et ceci laisse penser que la création de l'euro n'aura pas, sur ce plan, l'effet structurant possible : le poids des habitudes et des identités de terroir semble faire reculer l'hypothèse, chère à Mundell, d'une réelle mobilité du travail.

En revanche, la mobilité du capital (hypothèse d'Ingram) est d'ores et déjà beaucoup plus importante, aussi bien à court qu'à long terme. L'intégration bien réelle des marchés de capitaux (crédits bancaires, investissements de portefeuille) rend aisé le financement de déséquilibres à court terme. Par ailleurs, la progression historique des flux d'investissement direct dans l'Union renforce clairement cette intégration financière.

En ce qui concerne la diversification et l'ouverture commerciales entre membres (critère de Mac Kinnon notamment), qui, toutes deux, permettent de se passer relativement du taux de change pour s'ajuster, les résultats sont positifs. Le commerce interne à l'Union (ou à la zone euro) représente plus de 60 % du commerce total, tandis que la diversification commerciale de la plupart des pays de la zone est acquise. La multiplicité des échanges de biens, par ailleurs souvent de nature intrabranche, illustre clairement cette diversification.

Enfin, qu'en est-il de l'Union européenne concernant la nature des chocs exogènes subis ? On sait que la plausibilité de chocs asymétriques serait négative dans la perspective de se passer des taux de change. Or, à l'exception du choc totalement asymétrique de la réunification allemande du début des années 1990, l'Europe semble se prêter relativement mal à des chocs asymétriques. De tels chocs, en effet, pourraient surgir si les branches industrielles étaient très différentes ou inégalement réparties entre les pays membres. Or l'industrie européenne est sectoriellement bien diversifiée d'une part, géographiquement répartie de façon homogène d'autre part.

Il n'en reste pas moins que les causes d'apparition d'aléas spécifiques restent nombreuses (Yvars [1997]). C'est par exemple dans l'organisation différente des marchés du travail (ou les traditions de négociation collective) que pourraient prendre racine des asymétries importantes. Ce sont également les inputs nécessaires à la production qui sont obtenus dans des conditions largement distinctes par les différents membres (notamment pour ce qui est des hydrocarbures si l'on inclut la Grande-Bretagne). Mais de même l'accroissement de la spécialisation intra-européenne pourrait diminuer le niveau d'optimalité de la zone en recréant un espace pour des chocs asymétriques.

Au total, il semble difficile de dire que la zone euro constitue vraiment une zone monétaire optimale, même si elle satisfait un certain nombre de critères. Si on la compare au Canada ou aux États-Unis, autres « continents » développés pourvus d'une monnaie unique, le bilan n'est pas en faveur de l'Europe, notamment pour ce qui est des chocs asymétriques possibles (Brociner [1997]).

En conclusion de ce chapitre, il apparaît que la gestion du change constitue bien un champ autonome de l'économie internationale. Cette gestion dépasse largement le cadre des visions qui réduisent le taux de change à une fixité choisie ou à une pure traduction mécanique des flux de capitaux. Cette importance va être tout particulièrement mise en lumière dans le dernier chapitre, consacré à quelques enjeux contemporains…

11. Les enjeux contemporains

Le phénomène de mondialisation, ou de globalisation, qu'il se manifeste dans l'organisation des activités productives et commerciales des firmes ou dans celle des opérations financières, caractérise les mutations de l'économie internationale contemporaine. Face à un tel mouvement, il semble de plus en plus difficile de concevoir une gestion efficace de l'économie sur la base de considérations purement nationales. Ce dernier chapitre propose trois axes de réflexion dans cette perspective.

En invitant à accompagner l'intégration croissante des marchés par une mise en cohérence des politiques nationales, l'analyse pose la question de la coordination internationale des politiques économiques. C'est notre premier axe de réflexion. En adoptant un point de vue théorique général, le titre I s'efforce de démontrer l'intérêt d'une telle coordination mais aussi de souligner les difficultés de sa mise en œuvre, voire les risques d'effets pervers qui peuvent y être associés.

Les questions liées à une réforme du système monétaire et financier international sont aujourd'hui largement débattues. Les crises financières récentes suffisent à démontrer l'enjeu d'une réflexion sur ce thème. Ce sera le deuxième axe développé dans ce chapitre (titre II).

Le dernier axe de réflexion est fourni par l'union monétaire européenne. Celle-ci représente sans doute la tentative la plus ambitieuse pour accompagner, dans un cadre régional, l'intégration des marchés par une intégration des politiques. À travers une mise en perspective du processus qui a conduit à l'adoption d'une monnaie unique, le titre III propose une présentation analytique, plutôt qu'historique, de cette expérience originale qui n'en est qu'à ses débuts.

I. La coordination internationale des politiques économiques

Nous avons vu qu'en économie ouverte, les politiques économiques engendrent des effets de débordement. Ces effets invitent à une concertation entre les pays lors du choix de leurs politiques. Cette concertation peut être désignée par les expressions « coopération » ou « coordination » internationale. Même si les deux termes sont parfois utilisés indistinctement, on réserve généralement le premier pour désigner des procédures générales d'échange d'informations sur les évolutions économiques et les intentions en matière de politique. Le terme « coordination » désigne plus précisément un processus par lequel les pays choisissent leurs politiques économiques de façon à accroître leur bien-être collectif en exploitant positivement les interdépendances entre leurs économies. Formellement, la coordination des politiques renvoie à l'idée de recherche d'une solution optimale d'équilibre coopératif au sens de la théorie des jeux.

Après avoir précisé la notion d'interdépendance et présenté le principe d'analyse de la coordination, nous évoquerons les principaux problèmes que soulève la mise en œuvre de cette coordination.

1. L'interdépendance économique internationale

Cooper [1985] propose de distinguer les notions de dépendance mutuelle et d'interdépendance. La dépendance mutuelle s'exprime dans la vulnérabilité des pays face à une suspension des relations économiques internationales. Cette notion peut être utile dans l'analyse de situations exceptionnelles fortement conflictuelles (guerre, embargo...). Le terme d'« interdépendance » est réservé au fonctionnement d'économies dont l'ouverture n'est pas remise en cause. L'interdépendance est alors liée à la sensibilité des ajustements économiques nationaux à l'évolution économique à l'étranger, évolution qui est elle-même influencée par la situation de l'économie nationale. C'est cette notion qui est au centre des justifications de la coordination internationale des politiques.

Pour préciser davantage cette notion, Cooper distingue quatre formes d'interdépendance économique :

• On trouve tout d'abord l'interdépendance structurelle, qui découle de l'interconnexion des échanges. Elle implique que les événements économiques qui surviennent dans un pays influencent de façon significative les événements économiques dans le reste du monde.

• La deuxième forme est l'interdépendance entre les objectifs de politique économique. Celle-ci apparaît lorsque les objectifs nationaux et étrangers portent sur des variables qui ne peuvent être considérés indépendamment les uns des autres (taux de change ou soldes de balance des paiements, par exemple).

• Il existe, en troisième lieu, une interdépendance face aux chocs. Elle est liée à l'existence d'une corrélation entre les chocs exogènes qui frappent les pays, indépendamment des effets induits qui relèvent de l'interdépendance structurelle.

• L'interdépendance des politiques économiques, enfin, apparaît lorsque la détermination de la politique optimale de chaque pays dépend des mesures prises par les autres pays. Cette interdépendance stratégique, qui découle des autres formes d'interdépendance, est au centre des justifications de la coordination internationale des politiques économiques.

2. Justification de la coordination internationale

La référence à une forme stratégique d'interdépendance explique le recours à la théorie des jeux pour formaliser l'analyse et justifier la coordination. Le principe de cette justification est simple. Il se ramène à l'étude d'une configuration de type « dilemme du prisonnier ». Dans cette situation, tant que le jeu reste non coopératif, la poursuite, par chaque acteur, d'une politique optimale de son point de vue aboutit à une situation d'équilibre sous-optimal. On peut donner une illustration graphique de l'analyse.

Considérons un monde à deux pays (A et B). Supposons que chaque pays contrôle un instrument de politique économique (x_A et x_B). En tenant compte des relations qui lient les objectifs aux instruments dans un cadre avec interdépendance structurelle, les préférences de chaque pays peuvent s'exprimer comme une fonction des deux instruments. Dans une formalisation relativement générale (la plus fréquemment retenue), cette fonction peut être représentée par une famille d'ellipses correspondant à des niveaux de bien-être national d'autant plus faibles que l'on s'éloigne du centre. Comme les objectifs, préférences et paramètres structurels des deux économies n'ont aucune raison d'être identiques, on obtient deux familles distinctes de courbes (voir figure 11.1).

L'ensemble des combinaisons (x_A, x_B) optimales au sens de Pareto est donné par la courbe O_AO_B, lieu des points de contact entre courbes d'indifférence de A et de B. Chaque point de cette courbe (tel C) correspond au maximum de bien-être d'un pays pour un niveau donné de celui de l'autre. L'intérêt de la coordination internationale apparaît en montrant que, en son absence, l'équilibre non coopératif n'appartient pas à cet ensemble de combinaisons Pareto-optimales.

En l'absence de concertation mais en tenant compte de l'interdépendance des politiques, un pays est conduit à choisir, pour l'instrument sous son contrôle, la valeur qui maximise son bien-être pour une valeur donnée de l'instrument de

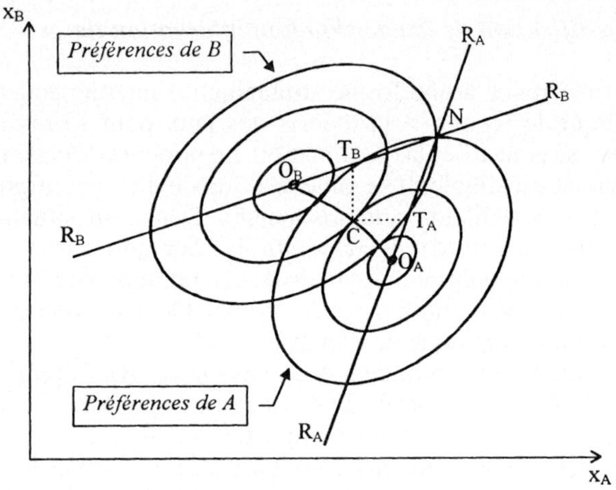

Figure 11.1. Équilibre non coopératif et optimum

son partenaire. On peut ainsi définir des fonctions décrivant l'évolution de la variable de contrôle de chacun des pays en réaction à l'évolution de la variable de contrôle du partenaire. Ces fonctions de réaction sont représentées par les droites R_A et R_B. La confrontation de ces fonctions détermine l'équilibre non coopératif, dit « équilibre de Cournot-Nash » (point N sur le graphique). Cet équilibre apparaît sous-optimal. Il s'agit pourtant bien d'un équilibre. Aucun pays n'a intérêt à s'en écarter pour une valeur de son instrument plus proche de celles données par les combinaisons de la courbe O_AO_B s'il n'est pas assuré d'un mouvement similaire de la part de son partenaire. Seule la coordination internationale des décisions permet une amélioration de la situation de l'un au moins des pays, sans détérioration de celle de l'autre.

L'avantage que procure la solution d'équilibre coopératif tient cependant aux caractéristiques du jeu. Dans certains cas particuliers, la solution d'équilibre non coopératif peut coïncider avec un optimum parétien, même s'il existe une forme d'interdépendance structurelle. C'est le cas notamment si l'on suppose que le nombre d'instruments contrôlés par chaque pays est égal au nombre d'objectifs qui entrent dans sa fonction de préférence et qu'il n'existe pas d'interdépendance entre les objectifs des pays. Néanmoins, même dans ce cas, la coordination des politiques économiques peut être avantageuse pour faire face à une incertitude sur les paramètres de l'économie (Ghosh et Masson [1988]) ou pour accélérer la réalisation de la solution optimale.

Au total, la coordination internationale se trouve largement justifiée d'un point de vue théorique. Cela ne signifie pas que sa mise en œuvre soit aisée dans la pratique ni qu'elle ne puisse s'accompagner d'effets pervers.

3. Difficultés de mise en œuvre et risques d'effets pervers

Si l'on s'en tient au cadre théorique simple qui vient d'être utilisé, l'obtention d'une solution optimale pose un problème d'incohérence temporelle. Une fois conclu un accord sur une combinaison optimale des instruments, un pays qui considère que son partenaire s'en tiendra aux termes de l'accord a intérêt à renier son engagement initial. En effet, pour une politique donnée du partenaire, le maximum du bien-être national est toujours obtenu en se situant sur la droite de réaction. En se reportant à la figure 11.1, si l'accord prévoit une combinaison (x_A, x_B) correspondant au point C, les deux pays ont intérêt à tricher : le pays A en choisissant x_A, pour x_B donné par l'accord, de façon à atteindre T_A sur R_A et le pays B en choisissant x_B, pour x_A donné par l'accord, de façon à atteindre T_B sur R_B.

L'analyse doit alors être poursuivie dans le cadre d'un jeu dynamique ou répété. Cette extension conduit à des développements qui ne sauraient être présentés ici. Notons seulement qu'elle autorise des conclusions très variées quant à l'issue des rencontres entre les joueurs. Dans certaines configurations, il est même possible de concevoir l'émergence spontanée d'un équilibre coopératif, les risques de représailles conduisant à l'adoption de stratégies constituant une forme d'accord tacite entre les partenaires (Axelrod [1984]).

En laissant de côté ces aspects dynamiques de l'analyse, la mise en œuvre de la coordination internationale des politiques économiques peut se heurter à des difficultés que nous regrouperons sous trois rubriques : l'asymétrie entre les pays, l'incertitude et la multiplicité des acteurs.

L'asymétrie entre les pays peut poser problème dans le choix d'une solution particulière parmi l'ensemble des combinaisons optimales. Un critère d'efficacité conduirait à adopter parmi ces combinaisons celle à partir de laquelle tout déplacement sur l'ensemble optimal (courbe O_AO_B) engendrerait un gain marginal pour l'un des pays égal à la perte marginale de l'autre. Un critère d'équité voudrait que la solution coordonnée procure à chacun un gain identique par rapport à l'équilibre non coopératif. Deux problèmes surgissent alors. D'un côté, on doit être en mesure de définir une méthode d'évaluation du bien-être des pays, qui autorise une comparaison de leurs gains ou de leurs pertes respectifs. D'un autre côté, lorsqu'il n'existe pas une symétrie parfaite entre les pays, rien ne dit que les critères d'efficacité et d'équité conduisent au même résultat. Ainsi, même si les pays s'accordent sur le principe d'une coopération, le choix d'une solution acceptée par tous peut exiger des négociations difficiles.

Nous avons signalé que l'incertitude pouvait être invoquée pour justifier la coordination des politiques économiques. Cet argument vaut dans le cas où l'incertitude ne pèse que sur la valeur des paramètres du modèle de l'économie. Mais elle peut aussi être source de difficultés et d'effets pervers si les autorités des différents pays ne se réfèrent pas au même modèle. La difficulté apparaît dans la nécessité de choisir un modèle commun de référence pour déterminer une solution coordonnée optimale. Le risque d'effets pervers réside dans le fait que l'on ne peut assurer que ce modèle est plus pertinent que les modèles retenus par les pays en l'absence de coordination. Des simulations réalisées par Frankel et Rockett [1988] ont illustré ce risque.

La troisième source de difficultés et de risques d'effets pervers est peut-être la plus importante. Elle peut prendre des formes variées qui se ramènent fondamentalement à une « incomplétude » de la coopération entre des acteurs multiples, c'est-à-dire à une situation dans laquelle la coopération est établie entre certains acteurs, mais non entre tous. Le caractère sous-optimal de l'équilibre non coopératif n'est avéré que par référence à une situation coopérative entre tous les acteurs d'un jeu. Dans la pratique, la coordination internationale des politiques économiques ne correspond pas toujours à une telle coopération généralisée. Le problème est alors assimilable à celui d'un optimum de second rang. À partir d'une situation non coopérative, rien ne garantit qu'une coopération partielle engendre un gain pour ceux qui y participent.

Ainsi Canzoneri et Henderson [1991] démontrent, dans le cadre d'un modèle à trois pays, que la coordination des politiques de deux d'entre eux peut, sous certaines hypothèses relatives aux interdépendances structurelles, détériorer leur situation du fait des réactions induites dans la politique non coordonnée du pays tiers. Un problème analogue peut apparaître, dans un modèle à deux pays, si la politique économique de chaque pays résulte des décisions non coordonnées de plusieurs acteurs. Ainsi, un accord passé entre des autorités monétaires peut échouer si leurs décisions coordonnées ne sont pas concertées avec les choix de politiques budgétaires des deux pays. De même, si l'on prend en compte la dimension politique des décisions, un accord de coordination passé entre les gouvernements peut se révéler sous-optimal dans la mesure où les préférences idéologiques du parti au pouvoir ne reflètent qu'imparfaitement celles de la collectivité et du fait de comportements stratégiques dans le cadre du jeu interne entre le gouvernement et son opposition (Tabellini [1990]).

Enfin, le caractère partiel de la coordination peut résulter de la persistance d'un équilibre non coopératif entre les autorités économiques et les agents privés. Ce cas a été plus particulièrement analysé à propos de la coordination des politiques monétaires. Dans la lignée des travaux de Barro et Gordon [1983], les choix de politique monétaire sont modélisés sous la forme d'un jeu non coopératif entre l'autorité monétaire, qui a intérêt à créer une surprise inflationniste pour agir sur l'emploi ou la croissance, et les agents privés, qui forment rationnellement leurs anticipations en matière de politique monétaire. L'équilibre d'un tel jeu est caractérisé par un biais inflationniste sans effet réel (en l'absence de chocs aléatoires) puisque les anticipations rationnelles empêchent l'effet de surprise de l'inflation. Lorsque le modèle est étendu à deux pays et si l'on suppose que l'interdépendance structurelle amplifie les écarts inflationnistes entre les pays, l'absence de coordination internationale des politiques monétaires peut conduire à une réduction du biais inflationniste par crainte de cet effet d'amplification. En revanche, cette crainte diminue ou disparaît en cas de coordination, puisque les écarts d'inflation peuvent être évités. Les agents privés anticipent rationnellement cette évolution et l'équilibre du jeu non coopératif entre ces agents et les autorités monétaires débouche sur un biais inflationniste plus élevé en présence d'une coordination internationale des politiques monétaires qu'en son absence. C'est la situation de coordination contreproductive décrite par Rogoff [1985] lorsque la politique monétaire est soumise à un problème de crédibilité.

4. Formes de la coordination internationale

La théorie démontre l'intérêt d'une coordination internationale des politiques économiques et envisage la possibilité d'effets néfastes lorsque celle-ci est incomplète. Face à la difficulté d'établir *a priori* une coordination complète et aux risques d'effets pervers qui en découlent, certains auteurs préfèrent que l'on s'en remette à une solution établissant une forme de concurrence entre les politiques économiques nationales. Le cadre d'action resterait *a priori* non coopératif mais, à mesure que les agents prendraient conscience des effets négatifs induits par l'interdépendance entre les économies, on assisterait à une évolution des choix nationaux de politique économique. Le caractère sous-optimal de l'équilibre pourrait alors de fait disparaître *a posteriori*.

La référence à la théorie de l'optimum de second rang peut donner quelque crédit à cette solution concurrentielle. Néanmoins, des réserves doivent être formulées. De manière générale, pour produire ses effets favorables, la concurrence doit être praticable et efficace. Des phénomènes d'asymétrie entre les partenaires peuvent biaiser l'issue d'une confrontation concurrentielle, non coopérative, entre un nombre restreint d'acteurs n'ayant pas un poids individuel négligeable sur le fonctionnement global du système. La solution concurrentielle impose en outre des coûts d'ajustement qui ne doivent pas être oubliés, mais doivent être comparés à ceux de la coordination. Par ailleurs, la concurrence ne signifie pas nécessairement l'interdiction de toute forme de coopération internationale. L'échange d'informations entre les pays peut améliorer le jeu de la concurrence. Il peut même apparaître indispensable de conclure un accord minimal sur le cadre dans lequel doit se dérouler cette concurrence.

Fondamentalement, la préférence que l'on pourrait accorder à une solution concurrentielle ne semble pas tant une condamnation du principe même de la coordination qu'un rejet de la forme que l'on craint qu'elle prenne dans la pratique. On peut alors envisager une attitude moins radicalement opposée à la coordination en déplaçant le débat sur la question des formes de cette coordination.

Deux formes principales sont habituellement distinguées. Sous la première, la coordination est fondée sur des règles générales simples ou des codes de conduite. La seconde forme est discrétionnaire et repose sur des négociations et des accords ponctuels entre les pays.

La coordination fondée sur des règles est souvent considérée comme préférable à la coordination discrétionnaire.

La souplesse de cette dernière, la possibilité de révisions répétées de l'accord peuvent constituer une incitation à l'activisme. Or cet activisme comporte des risques, en raison du caractère insuffisant des connaissances sur la dynamique variable des réactions des économies aux mesures de politique économique. Les tentatives de réglage fin par des accords ponctuels *ad hoc*, révisables au gré de la conjoncture, peuvent favoriser des formes de marchandage entre les partenaires et accroître l'instabilité et l'incertitude. À l'inverse, le recours à une règle stable incite les différentes autorités à considérer le caractère répété du jeu dont elles sont les acteurs. Elle évite que l'on s'en tienne à une évaluation à trop court terme des gains, ce qui constitue un avantage non négligeable puisqu'une limitation de l'horizon temporel du jeu peut renforcer les tentations de tricherie. Enfin, et dans le prolongement de cette dernière idée, le recours à une règle renforce les effets de réputation qui sont un élément important de la réussite de la coordination, notamment lorsque l'on tient compte des anticipations que les agents économiques peuvent former en matière de politique économique. L'accord international peut être une façon de se lier les mains et, par là, d'agir sur les anticipations des agents privés.

Tous ces arguments en faveur d'une coordination par des règles ne signifie cependant pas qu'une forme discrétionnaire ne présente que des inconvénients. Même si elle comporte peut-être plus de risques, elle n'est pas sans avantages. Dans un monde qui n'est pas purement déterministe, les règles, pour être optimales, doivent être contingentes aux états du monde possibles. Il est illusoire de vouloir définir un tel système de règles contingentes à tous les cas possibles. Dans ces conditions, la souplesse d'une coordination discrétionnaire devient un atout. Cela est notamment le cas lorsque l'interdépendance se manifeste dans les chocs exogènes et aléatoires qui frappent les économies.

La coordination internationale des politiques économiques représente un enjeu important. Il paraît souhaitable qu'elle se développe dans un cadre régi par des règles capables de limiter les risques d'effets pervers. Mais il importe aussi que ses modalités puissent être adaptées aux diverses formes que prend l'interdépendance entre les économies. Règles et actions discrétionnaires sont peut-être alors plus complémentaires qu'antagoniques.

II. La prévention des crises financières

Les crises financières à répétition des années 1990 ont été vécues comme de graves traumatismes dans les pays immédiatement concernés : plusieurs millions de travailleurs brutalement privés de ressources en Asie, montée de l'économie parallèle (et mainmise des mafias) en Russie, fermetures d'entreprises viables au Brésil, faute de financements. Elles ont également à deux reprises (fin 1997 et à l'automne 1998) laissé penser qu'une déflagration généralisée des marchés financiers pouvait suivre la crise asiatique ou la crise russe. En 1999 encore, tous les augures ont pronostiqué un effondrement prochain de Wall Street aux conséquences imprévisibles…

Ces crises internationales, propres à l'ère de la globalisation financière, posent d'emblée une série de problèmes concernant le système financier international. C'est d'abord le problème du régime de change choisi par une économie et des moyens utilisés pour discipliner les relations entre les monnaies : en marge d'une réforme complète du système monétaire international (nullement à l'ordre du jour), la vogue récente des « ancrages nominaux » apparaît éminemment critiquable… C'est ensuite la poursuite du mouvement de libéralisation financière qui est directement en cause : peut-on laisser les capitaux libres de se mouvoir (surtout à court terme) et les banques locales (ou l'État) contracter des emprunts étrangers sans mesure et sans contrôle ? C'est enfin le FMI qui est en cause pour ne pas avoir prévu les crises et parfois même, si l'on en croit ses détracteurs, pour avoir aggravé le mal… Ces différents problèmes débouchent sur quatre ensembles de mesures possibles pour réformer pratiquement le système.

1. Régimes de change et ordre monétaire international

La question de la stabilité du change (qu'elle soit nominale ou réelle) pourrait sans doute être partiellement réglée si existait une zone cible crédible entre dollar, euro et yen... Dans ces conditions, les parités nominales entre les trois devises fluctueraient peu et rien n'empêcherait de revoir régulièrement les cours pivots pour assurer une stabilité réelle de ces parités, en tenant compte des écarts d'inflation enregistrés. Par ailleurs, une telle zone cible pourrait permettre une relance économique plus vigoureuse dans l'Union européenne. Assimilée à un régime de change fixe, la zone cible permettrait alors, dans le cadre du modèle de Mundell-Fleming, avec effets de débordement (voir chapitre 9), de retrouver une efficacité relative de la politique monétaire européenne. Il a néanmoins été montré (Léonard et Norel [1997]) que cette efficacité dépend du bon vouloir des trois partenaires, notamment de l'existence d'une défense symétrique des parités (et d'une non-stérilisation des interventions des banques centrales qui matérialisent cette défense). Sans entrer ici dans la complexité du débat, concluons que l'instauration d'une zone cible entre les trois devises serait sans doute à la fois monétairement stabilisante et favorable à la croissance, notamment en Europe.

Souvent évoquée avant la création de la monnaie européenne, mais clairement réfutée par Washington dans les premiers mois de 1999, une telle hypothèse permettrait pourtant déjà à de nombreux pays d'ancrer leur monnaie sur l'une quelconque des trois devises, sans craindre une appréciation réelle de leur monnaie, en raison d'une variation inattendue du cours de l'une de ces devises exprimé dans chacune des deux autres. On sait qu'une telle mésaventure a aggravé les problèmes de la Thaïlande en 1995 du fait de l'appréciation continue du dollar, référence de l'ancrage nominal thaïlandais, vis-à-vis du yen et du mark (voir chapitre 8). Il n'en reste pas moins qu'un tel ancrage nominal conserverait toutes ses autres ambiguïtés, liées notamment, on l'a vu, à l'encouragement qu'il offre à l'entrée de capitaux étrangers, lesquels amènent création monétaire, hausse relative des prix et appréciation durable du taux de change réel. Et qui contribuent surtout à la dépendance du pays à l'égard des capitaux à court terme…

En marge du débat sur une hypothétique zone cible tripolaire, la réforme des régimes et des politiques de change nationales est aujourd'hui clairement à l'ordre du jour. Il semble désormais exclu de conseiller à quelque pays que ce soit une fixité trop rigide de son taux de change. Les difficultés de l'Argentine et de son « *currency board* », durant l'année 1999, semblent avoir aussi quelque peu calmé les ardeurs des partisans d'un ancrage nominal extrême (sauf chez les partisans d'une dollarisation pure et simple des économies en développement). Mais le balancier ne s'inverse pas au point de prôner un change totalement flexible. Ce régime présente en effet d'aussi redoutables dangers que la fixité résolue : non seulement il pousse à laisser filer l'inflation, mais encore il ne met pas à l'abri des spéculations monétaires, ne favorise guère le commerce international, gêne l'investissement direct étranger durable…

La piste la plus séduisante semble être aujourd'hui de calculer des taux de change réels d'équilibre de long terme, c'est-à-dire par exemple qui respectent l'exigence d'une balance des paiements courants équilibrée sur la longue durée ou encore qui permettent d'atteindre le taux de croissance potentielle de l'économie (défini à partir de la croissance naturelle de la population active et de la productivité apparente du travail). Cela fait, la politique de change visera à rapprocher autant que possible le taux de change courant de cette valeur, elle-même évolutive, de façon à ce que le taux de change de la monnaie nationale ne puisse pas handicaper le développement. De nombreux problèmes théoriques et techniques empêchent cependant ce principe d'être opérationnel aujourd'hui…

2. *Quelle limitation des mouvements de capitaux ?*

C'est en deuxième lieu la limitation des mouvements de capitaux qui est aujourd'hui âprement discutée, avec notamment l'idée de la « taxe Tobin », cet impôt sur les capitaux spéculatifs inventé en 1978 par l'un des plus fameux prix Nobel de l'après-guerre. La mesure paraît évidente : taxer les capitaux flottants spéculatifs permettra d'empêcher les crises financières (les bulles ayant moins de possibilités de se déclencher) et le produit de la taxe pourrait être affecté au développement, à la lutte contre le chômage ou encore à la résorption de la grande pauvreté. Au-delà de l'évidence, plusieurs problèmes rédhibitoires se posent.

En premier lieu, il est exclu d'attendre de cette taxe qu'elle vienne constituer une source de financement significative. Même réduite à 0,50 ou 0,25 %, elle amènerait sans doute une diminution colossale des flux actuels enregistrés, car l'essentiel de ces flux est purement technique, sert à rendre le marché fluide (recherche du cours de marché par tâtonnement) et à arbitrer notamment le marché des changes au comptant avec le marché à terme. Ainsi non seulement cette taxe rapporterait le dixième ou moins des fonds escomptés, mais encore elle rendrait vraisemblablement le marché des changes fonctionnellement déficient, précisément en interdisant les mouvements les plus « techniques ». Il semble par ailleurs difficile de distinguer les opérations d'arbitrage des opérations spéculatives à court terme : acheter du peso mexicain en vendant des dollars dans un but « technique » ou amener des fonds spéculatifs dans une banque mexicaine relèvent formellement de la même opération concrète…

En deuxième lieu, la « taxe Tobin » n'est sans doute applicable que si tous les pays la mettent en œuvre simultanément : faute d'un accord planétaire, les capitaux iraient dans les endroits dépourvus de taxe, au détriment des pays qui voudraient contrôler les capitaux dans un légitime souci d'empêcher les crises financières chez eux. Ils perdraient donc en volume d'épargne disponible ce qu'ils gagneraient peut-être en sécurité.

Un troisième groupe de problèmes se pose autour de la faisabilité technique du projet. Qui déclarerait et à qui ? Quel pays (sur les deux toujours concernés) percevrait le produit de la taxe ? Faudrait-il taxer différemment les mouvements d'investissement direct, de pur arbitrage, d'investissement de portefeuille ? Comment alors les distinguer sans risquer un contournement de la réglementation par les opérateurs ? Comment taxer les opérations les plus dangereuses, portant sur les options par exemple, sachant que l'essentiel d'entre elles ne donnent pas lieu à un mouvement de capital proprement dit ?

Enfin, il est exclu qu'une telle taxe dissuade vraiment la spéculation contre une monnaie à l'aube d'une crise : comment penser qu'une taxe de 0,25 % empêcherait les spéculateurs de vendre telle monnaie asiatique quand l'anticipation de dépréciation de cette monnaie se situe autour de 30 ou 40 %.

En revanche, deux pistes de contrôle des mouvements de capitaux, analogues dans l'esprit mais différentes dans la forme, semblent pouvoir être explorées.

Pourquoi ne pas reconnaître, aux pays susceptibles de connaître une crise, le droit d'instaurer ponctuellement et à titre exceptionnel des taxes beaucoup plus élevées, ou encore d'interdire purement et simplement, à titre transitoire, l'emprunt de leur propre monnaie (de façon à en éviter la revente dans le cadre d'attaques spéculatives) ? Évidemment ambiguës dans la mesure où elles risquent d'aggraver la défiance, de telles mesures peuvent aussi permettre de stabiliser une situation qui commence à se dégrader, par exemple en attendant des apports significatifs de fonds ou en pratiquant une dévaluation de la monnaie à froid pour en rendre le cours plus réaliste, évitant ainsi la phase catastrophique de la crise.

De la même façon l'expérience chilienne est souvent citée, dans la mesure où elle aurait réussi à interdire de fait les capitaux à très court terme. Le gouvernement est confronté, au début des années 1990, à une surchauffe de son économie, éventuellement inflationniste, ce qui le pousse à augmenter les taux d'intérêt pour refroidir l'activité. Cette hausse de rémunération, doublée d'une excellente image du pays à l'étranger, pousse les capitaux flottants à investir son économie. Craignant une appréciation nominale et réelle de sa monnaie, le gouvernement chilien tente, à partir de 1991, de limiter ces capitaux. Pour cela il libéralise les sorties de fonds. Mais surtout il instaure une réserve non rémunérée d'une durée de un an, déposée à la banque centrale, égale à 20 %, puis 30 % du montant entré, sur tout crédit externe (sauf crédit commercial) ou tout dépôt en monnaie étrangère (plus tard également, sur l'investisement direct jugé spéculatif). Ce qui revient, pour l'apporteur de capitaux, à sacrifier les intérêts de un an sur la somme mise en réserve, même s'il n'entend rester que un ou deux mois dans le pays... Dans ces conditions, les capitaux à moins de un an sont largement dissuadés.

Si l'on y regarde de plus près, cette mesure est en fait équivalente à une taxe Tobin : la non-rémunération de la réserve obligatoire en donne la valeur. Il s'agit cependant d'une taxe plus subtile, puisque différenciée de façon continue suivant la maturité de l'apport de fonds. Il s'agit ensuite d'une taxe qui ne touche pas les transactions normales de change. Enfin, il s'agit d'une taxe à l'entrée seulement et non pas d'une taxe sur l'ensemble des mouvements de capitaux. Cependant, comme nous l'avons théoriquement évoqué, de nombreuses voies de contournement de cette exigence de réserve non rémunérée ont été répertoriées : déguisement de capitaux à court terme en investissements directs ou en crédits commerciaux, surfacturation des exportations chiliennes, sous-facturation des importations...

Toujours est-il que le Chili peut s'enorgueillir de n'avoir pratiquement pas souffert de la crise mexicaine en 1995. De même la crise asiatique de 1997 ne l'a touché que plus tard, par la limitation de ses exportations, mais sa monnaie n'a pas été emportée dans la tourmente (pourtant sensible au Brésil par exemple). Il est probable que le Chili hébergeait à l'époque peu de capitaux à court terme et que ceux qui s'y trouvaient eussent répugné à sortir, dans la mesure où une nouvelle entrée était de toute façon compliquée… Il est certain que la très bonne image du pays à l'époque l'a aussi préservé : on ne peut donc conclure à l'efficacité réelle de la méthode employée…

3. *L'indispensable surveillance des activités bancaires*

Comment empêcher les banques des pays émergents d'emprunter inconsidérément sur les marchés de capitaux ou, ce qui est complémentaire, de prêter à tort et à travers ? Comment également discipliner les grandes banques internationales ? Le problème n'est pas nouveau et a déjà fait l'objet de longs débats, notamment dans les années 1980, à l'occasion du surendettement bancaire des PVD. La crise de la dette de cette décennie-là avait contribué à l'instauration, pour toutes les banques de l'OCDE, d'un rapport minimal entre leurs fonds propres et leur actif, lui-même évalué en tenant compte du risque afférent aux différents crédits consentis. Toujours perfectionné depuis, ce « ratio Cooke » ne peut cependant faire à lui seul de miracle : sans un comportement responsable des actionnaires et dirigeants des grandes banques, il ne peut constituer un indicateur fiable car les risques sont presque toujours mal évalués. En pratique, on considère que les dirigeants d'une banque peuvent avoir individuellement intérêt à mener une politique plutôt agressive, d'emprunts comme de prêts, quitte à ne pas informer complètement les actionnaires des risques encourus. Dans le même esprit, la garantie implicite par les autorités étatiques amène les actionnaires des banques à accepter une politique risquée, dans la mesure où les gains peuvent être importants alors que les pertes potentielles seront pour l'essentiel à la charge du contribuable (le cas du Crédit lyonnais est présent dans toutes les mémoires…). Dans ces conditions, la surveillance des banques doit être renforcée, notamment en développant les méthodes internes de contrôle. Mais la pénalisation financière des actionnaires des banques doit aussi être remise au goût du jour, afin de les obliger clairement à prendre leurs responsabilités. Plus spécifiquement, le rapport Davanne [1998] a proposé une ouverture du capital des banques des pays émergents comme des pays moins avancés aux participations de grandes banques étrangères, de façon à diffuser largement les normes de contrôle que ces grandes banques commencent peu ou prou à appliquer.

4. La place du FMI

C'est enfin le rôle du FMI qui doit (et vraisemblablement va) être modifié… L'organisation de Washington est couramment accusée d'ingérence excessive dans les politiques économiques d'États souverains. Vieux débat des années 1980, ce problème (dit de la « conditionnalité », c'est-à-dire des conditions mises à un retour des crédits) se résume souvent à dire que le FMI permet la stabilisation des grands équilibres (comptes publics, balance courante ou globale) grâce à une politique de rigueur déterminée, mais hypothéquerait souvent le développement à plus long terme en imposant des remèdes purement et uniquement libéraux (privatisations, suppression inconditionnelle de toute protection douanière, libéralisation financière), sans effet incontestable et durable sur la structuration du tissu productif. Si une telle conclusion est à peu près unanimement acceptée dans les milieux critiques du néolibéralisme, le débat reste vif sur deux autres critiques adressées au FMI.

Le FMI est accusé notamment de manquer de moyens financiers et de n'être donc pas à la hauteur dans la gestion ou la prévention des crises. Mais, paradoxalement, il est aussi accusé de garantir implicitement des pratiques économiques imprudentes dans la mesure où il financerait « en dernier ressort » les pays tombant dans la crise (comme on l'a vu, depuis 1994, avec des montants sans cesse plus importants). Cette double critique, évidemment contradictoire, refléterait pour certains une confusion dans l'analyse. Le FMI doit, par ses statuts, aider à financer les PVD, confrontés à des déficits de leurs paiements courants. Il n'est cependant pas apte pour autant à jouer le rôle très précis de « prêteur en dernier ressort ». Dans une économie nationale, ce rôle revient à l'institution chargée d'injecter, de façon discrétionnaire, de la liquidité dans l'économie en créant de la monnaie nouvelle, à savoir la banque centrale. Cette action s'impose lorsque les situations de crise financière entraînent des défauts de paiement qui, eux-mêmes, obligent à des ventes massives d'actifs, lesquelles aggravent encore la crise financière… Ce rôle ne peut être assuré par un FMI dont les statuts lui interdisent de créer de la monnaie, l'obligent à n'agir que contractuellement après de lourdes négociations avec les gouvernements des pays membres, et dont les ressources sont limitées. La souplesse et l'efficacité d'un prêteur en dernier ressort ne sont donc pas son apanage. La solution logique est alors, soit de conférer cette capacité de prêt en dernier ressort à la banque centrale américaine, soit de transformer de fait le FMI en embryon de banque centrale mondiale. La première solution est évidemment dangereuse, car elle donne un pouvoir abusif au Federal Reserve Board (Fed) ; la seconde apparaît politiquement impossible à engager. Reste alors à développer une coopération entre les principales banques centrales pour constituer enfin un prêteur en dernier ressort plus cohérent (Aglietta [1998]).

Au-delà de ces différentes pistes de prévention des crises et de réforme du système financier international, certains économistes (Artus [1999]) s'interrogent sur ce qui est peut-être à la racine de l'instabilité financière actuelle, à savoir l'exigence de rendements particulièrement élevés pour les portefeuilles financiers. Sous l'influence des firmes américaines les plus performantes, les promesses de rentabilité faites aux actionnaires ont nettement progressé dans les années 1990 et ont été atteintes au prix d'un endettement croissant. Par ailleurs, les fonds de pension et autres investisseurs institutionnels ont également contribué à cette hausse, tandis que la concurrence accrue entre gestionnaires de portefeuilles avivait encore cette exigence… Or atteindre une telle norme suppose d'investir assez massivement sur des valeurs risquées, celles-ci étant (au moins pour un temps) aussi les plus rémunératrices… Autrement dit, la prise systématique de risque et donc la construction de situations capables de dégénérer en crises financières seraient partie prenante du fonctionnement présent du capitalisme occidental. Si cette analyse est juste, la décennie 2000 pourrait malheureusement faire oublier les crises des années 1990, de par l'ampleur et le nombre des accidents possibles…

III. L'union monétaire européenne

Le plus souvent dans l'histoire, les processus d'unification monétaire ont accompagné, voire suivi des processus d'unification politique. Lorsque ce n'était pas le cas, l'union a pu s'appuyer sur un élément de référence accepté par tous les partenaires (étalon monétaire métallique ou leadership d'un pays, par exemple). En l'absence de conditions similaires, l'union monétaire européenne constitue une expérience originale. La marche vers cette union est faite de volontarisme et de pragmatisme. Les pays de l'Union ont montré, par des engagements fermes, leur volonté de faire progresser la construction communautaire. Cette progression s'est appuyée sur une stratégie fonctionnaliste qui tend à mettre l'accent sur des considérations plus techniques que politiques afin de ménager, autant que faire se peut, les susceptibilités nationales.

Cette stratégie, à l'œuvre depuis le début de la construction communautaire, n'est pas absente du traité de Maastricht, qui fonde le projet d'union monétaire. C'est ainsi qu'une place largement dominante y est accordée aux questions économiques et que la procédure et les institutions d'une union monétaire y sont précisément définies tandis qu'une relative incertitude demeure sur le devenir des instruments de la souveraineté nationale en matière budgétaire et fiscale.

L'objectif de cette section n'est pas de retracer l'histoire détaillée de l'unification monétaire européenne. Le point de vue analytique sera privilégié et si la genèse de l'union monétaire européenne est évoquée, ce sera pour en dégager les options fondamentales sous-jacentes au projet. Cette mise en perspective doit permettre de mieux comprendre les questions en suspens sur la gestion de l'union monétaire, questions qui illustrent dans le même temps divers éléments théoriques traités dans les chapitres précédents.

1. Enjeu et exigences d'une monnaie unique

Fondamentalement, l'organisation des relations monétaires internationales pose la question du change avec ses deux régimes de référence : la fixité des taux de change ou leur flexibilité. La comparaison de ces deux régimes sous leur forme pure montre que chacun possède ses avantages et ses inconvénients. Le premier correspond à un idéal d'unicité de la monnaie, même si des dénominations différentes subsistent, et élimine les coûts liés à l'incertitude en termes de conversion monétaire. Le second renvoie à un idéal d'équilibre décentralisé réalisé par le jeu du marché, et procure un élément de souplesse pour les ajustements internationaux.

Sans revenir sur l'analyse théorique de ces deux régimes de change, il importe de souligner la dimension politique du choix de l'un ou de l'autre. Parce qu'il équivaut à l'unicité de la monnaie, le régime de fixité des taux de change ne peut se maintenir durablement que si l'émission monétaire est régie de façon unitaire (même si matériellement elle s'exprime dans des supports et sous des dénominations diverses). On ne peut opter de façon durable pour un régime de changes fixes sans accepter une perte d'autonomie en matière monétaire. La nécessité d'un arbitrage entre autonomie des politiques monétaires nationales et fixité des taux de change devient d'autant plus pressante que l'intégration financière internationale est forte. C'est le triangle d'incompatibilité : on ne peut assurer simultanément la fixité des taux de change, l'autonomie des politiques monétaires nationales et la liberté de circulation des capitaux. Il n'est donc pas surprenant que l'idée d'unification monétaire, lancée dès la fin des années 1960, ait resurgi dans le sillage du projet d'achèvement du marché unique, puisque celui-ci impliquait la libre circulation des produits et des facteurs productifs, et donc du capital.

Dans l'absolu, il n'est sans doute pas abusif d'affirmer qu'un consensus très large pourrait être trouvé en faveur de l'instauration d'une bonne monnaie européenne. L'enjeu est double : interne et externe. À l'intérieur, l'union monétaire participe du projet unificateur d'ensemble. La monnaie unique complète le marché unique et parfait son intégration en y facilitant les transactions. Au-delà même, par son aspect symbolique et par ce qu'elle implique en termes de choix de politique économique, la monnaie unique possède une dimension politique au sens le plus large. À l'extérieur, l'apparition d'une monnaie unique européenne peut devenir le catalyseur d'une réorganisation du système monétaire international, l'euro pouvant prétendre rivaliser avec le dollar américain dans son rôle de devise clé.

L'enjeu est double, mais il s'accompagne aussi d'une exigence de qualité. L'intérêt d'une monnaie unique ne prend tout son sens que si cette monnaie présente des garanties suffisantes pour répondre de manière adaptée aux besoins de l'activité économique. Cela requiert que soit préservée la stabilité des prix sans que soit totalement abandonnée la possibilité de faire face ponctuellement à des perturbations aléatoires de l'économie. Les analyses modernes mettent l'accent sur ce qu'il est convenu d'appeler le problème de crédibilité de la politique monétaire. Ces analyses montrent que, face à des agents rationnels, le maintien d'un certain pouvoir discrétionnaire pour réagir aux chocs exogènes conduit, par le jeu des anticipations, à un biais inflationniste. On doit donc s'interroger sur la plus ou moins grande aptitude des autorités monétaires à convaincre de leur volonté de préserver la stabilité des prix alors même qu'il leur est possible d'agir sur l'activité économique, en trompant les anticipations du public en matière d'inflation. Une forme d'arbitrage apparaît inévitable entre crédibilité et flexibilité de la politique monétaire. Cet arbitrage correspond à un équilibre dans ce qui s'analyse comme un jeu entre les autorités, qui définissent la politique monétaire, et les agents économiques, qui cherchent à l'anticiper. Le remplacement des monnaies nationales par une monnaie unique signifie un changement d'équilibre. Son acceptation requiert que la nouvelle combinaison d'équilibre, en termes de crédibilité et de flexibilité, soit au moins équivalente à l'ancienne.

Satisfaire une telle exigence apparaît d'autant plus difficile qu'est grande l'hétérogénéité des pays appelés à participer à l'union monétaire. Dans la lignée des analyses théoriques traitant des zones monétaires optimales, on a souvent souligné que l'Union européenne ne correspondait pas totalement aux critères définissant ce type de zone. Cela revient à dire que les conditions ne sont pas remplies pour que l'on puisse aisément se passer de l'élément de souplesse que des taux de change flexibles apportent dans les ajustements entre les économies de la zone. Par ailleurs, les autorités monétaires des différents pays n'ont pas toutes la même réputation en matière d'attachement à la stabilité des prix. C'est dire que les éventuels gains en crédibilité que peut apporter une union monétaire ne se répartissent pas de façon uniforme entre les pays partenaires.

2. L'opposition de deux conceptions

En admettant que l'on s'accorde sur l'intérêt de disposer à terme d'une bonne monnaie unique, il reste possible de tracer deux chemins pour atteindre un tel objectif. En simplifiant l'analyse, en la caricaturant quelque peu, on peut résumer les deux conceptions en présence en différenciant l'ordre de priorité donné aux deux qualificatifs de la monnaie que l'on veut bonne et unique.

Dans la première conception, instaurer une monnaie unique apparaît prioritaire. Cette contrainte initiale permet de bénéficier immédiatement de l'élimination des coûts liés aux conversions monétaires. Elle peut engendrer des gains en termes de crédibilité monétaire bien plus rapidement que tous les efforts menés séparément par les pays pour faire oublier leurs propensions inflationnistes. On mise enfin sur cette contrainte pour amener les responsables nationaux à prendre les mesures nécessaires à une convergence de leurs économies dans la perspective d'un fonctionnement harmonieux de l'union.

Pour la seconde conception, l'ordre des choses doit être inversé. L'objectif prioritaire est une bonne monnaie. On mise sur une forme de concurrence entre les monnaies pour inciter les autorités monétaires nationales à faire converger leurs politiques respectives vers celle du pays le plus vertueux en matière monétaire. Lorsque toutes les monnaies nationales seront devenues également bonnes, leurs valeurs relatives les unes par rapport aux autres n'auront plus aucune raison de varier et les taux de change deviendront de fait fixes. Le passage à la monnaie unique apparaît alors comme un couronnement.

Dès les premiers projets d'union monétaire en Europe, des partisans de l'une et de l'autre approche se sont manifestés. On les a parfois désignés en opposant les « économistes » et les « monétaristes », selon qu'ils jugeaient prioritaire l'intégration économique ou l'intégration monétaire, respectivement. Le débat n'est pas seulement académique. Les intérêts nationaux diffèrent selon le degré de stabilité monétaire atteint par chaque pays, selon le niveau de crédibilité monétaire que lui procure sa réputation. Ainsi, les pays traditionnellement peu inflationnistes, la RFA au premier rang, ont souvent montré leur préférence pour la thèse du couronnement.

Pour dépasser l'opposition des deux conceptions en présence, la marche vers l'intégration monétaire ne pouvait être que progressive et fondée sur des solutions de compromis Le « serpent monétaire », puis le SME ont illustré cette volonté d'avancer dans la recherche d'une zone de stabilité monétaire tout en ménageant une marge suffisante de flexibilité. Mais l'un des problèmes posés par le compromis tient aux différences initiales entre les pays en termes de crédibilité. La fixité du taux de change implique une certaine convergence des économies en présence. Mais la convergence aura du mal à se faire sur une voie moyenne si l'un des pays n'y trouve qu'un intérêt limité. Pour s'assurer de sa participation, ses partenaires devront alors s'aligner sur lui et supporter davantage la charge de l'ajustement. Ainsi, pour être accepté par toutes les parties, le compromis requiert une forme d'asymétrie du régime de changes fixes. Encore faut-il que cette asymétrie ne débouche pas sur une trop forte inadéquation entre l'orientation donnée à la politique monétaire par le pays leader et la situation économique des pays suiveurs. En d'autres termes, il ne faut pas que, pour ces pays, les gains de crédibilité qu'ils peuvent attendre soient plus que compensés par des pertes en termes de capacité de réponse face aux chocs qui affectent leurs économies.

L'asymétrie souvent constatée, et parfois critiquée, du SME trouve ici son explication. Sans elle, la RFA, pays dont les objectifs anti-inflationnistes sont les plus crédibles, aurait refusé de participer à l'accord. On peut d'ailleurs penser que c'est le refus de cette asymétrie, dans une période de chocs importants, qui a conduit le « serpent monétaire » des années 1970 à ne plus réunir que les quelques monnaies satellites du mark. Le relatif succès du SME tient sans doute à la fois à une meilleure acceptation de l'asymétrie et à la souplesse dans la gestion du système (réalignements périodiques des taux de change). Dans la même ligne d'interprétation, les difficultés traversées par le système au début des années 1990 peuvent être liées, au moins partiellement, à l'apparition de chocs importants et asymétriques (réunification allemande notamment), dans un contexte où la baisse généralisée de l'inflation tendait à atténuer les problèmes de crédibilité et où les ajustements de taux de change devenaient plus exceptionnels. Le caractère de compromis entre fixité et flexibilité, sur lequel était fondé l'édifice, a sans doute été un facteur de sa réussite, mais il pouvait aussi devenir un élément de sa fragilité à partir du moment où la libération des mouvements de capitaux rendait plus aiguë la nécessité d'arbitrage décrite dans le triangle d'incompatibilité.

Les discussions préparatoires au traité de Maastricht furent à nouveau l'occasion de voir s'exprimer les deux conceptions du cheminement vers l'union monétaire. L'une de ces expressions fut le débat autour du choix entre monnaie commune et monnaie unique. Les partisans d'une monnaie commune souhaitaient s'en remettre à une forme de concurrence entre la monnaie européenne et les monnaies nationales, pour amener à la convergence de fait des politiques monétaires des États membres. Les partisans d'une monnaie unique préféraient poser le principe de la disparition des politiques monétaires nationales au profit d'une gestion centralisée de la monnaie dans l'union. Le choix s'est finalement porté sur la monnaie unique. Des éléments techniques, économiques et aussi politiques peuvent expliquer ce choix.

La décision d'instaurer une monnaie unique n'a pas pour autant fait disparaître toutes les divergences de vues. Le traité de Maastricht offre à nouveau l'illustration du compromis nécessaire pour emporter l'adhésion des parties en présence. La détermination d'une date limite pour le passage à l'union monétaire et la définition précise des institutions correspondent bien aux aspirations des « monétaristes ». Mais le traité contient aussi une concession aux « économistes ». C'est la définition de critères auxquels doivent satisfaire les candidats à l'entrée dans l'union monétaire.

La volonté d'aboutir, traduite par une convergence des politiques économiques, alliée à une conjoncture favorable et à une certaine souplesse dans l'interprétation des critères, a permis d'éviter l'écueil qu'aurait pu représenter un arbitrage difficile entre respect des critères et respect des délais. L'union monétaire a pu être mise en place, à l'échéance prévue, en réunissant la quasi-totalité des pays de l'Union européenne qui souhaitaient y adhérer.

3. La politique économique en union monétaire

L'union monétaire se caractérise par une parfaite fixité des taux de change entre les monnaies des pays membres et par une flexibilité vis-à-vis des monnaies tierces. L'analyse de l'efficacité des politiques économiques dans un tel cadre peut se comprendre en combinant les conclusions obtenues dans les deux configurations de référence en matière de change (voir chapitre 8). La politique monétaire produit des effets convergents sur des pays liés par un change fixe, et opposés sur des pays liés par un change flexible. L'inverse vaut pour la politique budgétaire. Dans une perspective d'action sur le revenu, la politique monétaire de l'union monétaire ne se justifie donc que pour faire face à une perturbation symétrique, affectant de façon similaire toutes les économies des pays membres. En cas de chocs asymétriques, la politique budgétaire semble mieux adaptée. Mais celle-ci reste définie au niveau national et il convient de tenir compte de ses effets de débordement à l'intérieur de l'union et vers les pays tiers.

Dans un modèle à trois pays, dont deux forment une union monétaire, une politique budgétaire expansionniste dans un pays de l'union produit une hausse du produit de ce pays et une baisse de celui de l'autre pays membre. Elle détériore le solde commercial du pays initiateur et améliore celui des deux autres pays. Toutes choses égales par ailleurs, cette politique induit aussi une hausse du taux d'intérêt et, à travers les mouvements de capitaux liés, une appréciation des monnaies de l'union (dépréciation de la monnaie du pays tiers). Cet effet est de nature à stimuler l'activité économique du pays tiers. Il atténue, en revanche, la hausse du produit dans le pays initiateur et renforce l'effet négatif sur le partenaire dans l'union. Si une politique budgétaire expansionniste est mise en œuvre par le pays tiers, elle affecte positivement le revenu des trois pays puisque, sous l'effet des mouvements de capitaux, on assiste à une dépréciation des monnaies de l'union vis-à-vis de la monnaie tierce.

Ces résultats, qui découlent d'une analyse sur la base d'un modèle simple de Mundell-Fleming élargi à trois pays, devraient sans doute être en partie nuancés si l'on relâchait certaines hypothèses simplificatrices de ce modèle (prise en compte de la flexibilité des prix et du jeu des anticipations d'inflation sur le taux de change notamment). Ils suffisent néanmoins à montrer que le passage à l'union monétaire n'élimine pas le besoin de coordination des politiques économiques. Conformément à l'analyse générale dans ce domaine, une coordination de l'ensemble des politiques des trois pays permet d'atteindre une solution optimale. En revanche, l'intérêt d'une coordination limitée aux seuls pays membres de l'union n'est pas garanti. En cas de chocs affectant de la même façon les trois économies, une coopération limitée aux pays membres de l'union permet de limiter les effets de débordement négatifs au sein de la zone de changes fixes. Cela suffit à rendre avantageuse cette coopération, puisque les effets de débordement en provenance du reste du monde jouent à l'opposé du choc à combattre. Cette conclusion ne tient plus s'il y a une asymétrie entre les chocs affectant les pays de l'union et le pays tiers.

4. La coordination des politiques au sein de l'union

Dans une perspective plus générale, l'union associe un pouvoir monétaire unique et un pouvoir politique pluriel. Cette association originale comporte des risques que certains dispositifs d'accompagnement visent à prévenir. La présentation de deux scénarios extrêmes permet de prendre la mesure du problème (Aubin [1998]).

Dans le premier scénario, la BCE cherche à obtenir, par une politique accommodante, le soutien d'une majorité de pays membres. Il existe alors le risque d'une flexibilité excessive de la politique monétaire et donc d'un biais inflationniste trop élevé.

Le niveau d'aversion envers l'inflation peut en effet correspondre à la médiane des préférences et non aux préférences les plus fortes en matière de stabilité des prix. Le souci de satisfaire une majorité de pays, mais non leur totalité peut conduire à ne pas prendre en compte toutes les compensations entre les chocs qui affectent simultanément mais de manière exactement opposée plusieurs pays membres. Ainsi, dans une union à trois pays, une politique monétaire définie pour satisfaire une majorité d'entre eux pourrait devenir expansionniste pour répondre à un choc affectant négativement l'activité de deux d'entre eux, même si, à l'échelle de l'union, le niveau agrégé d'activité demeurait inchangé, voire accru, en raison d'un choc simultané positif sur le troisième pays. De plus, les pouvoirs politiques nationaux peuvent être incités à accorder un poids relatif plus important à l'objectif de soutien de l'activité économique, en raison d'une dilution de leurs responsabilités en matière de stabilité monétaire et financière à la suite du transfert de compétences à la Banque centrale de l'union.

Les risques d'un tel scénario renvoient aux craintes des « économistes ». Les dispositions du traité de Maastricht constituent une forme de prévention de ces risques. Ainsi les critères de convergence peuvent s'interpréter comme destinés à éviter l'entrée de pays n'ayant pas prouvé, par des efforts soutenus, un attachement à la stabilité monétaire similaire à celui que manifestent les pays les moins inflationnistes. Les dispositions qui fixent un objectif prioritaire de stabilité des prix et le statut d'indépendance de la BCE doivent garantir contre une dérive de la politique monétaire une fois l'union réalisée. Ces dispositions peuvent donner naissance au second scénario.

Dans ce second scénario, la BCE poursuit ses objectifs dans un cadre non coopératif face à un pouvoir politique insuffisamment uni. Le risque est alors celui d'une politique monétaire trop rigide, axée vers la stabilité des prix. Face à une telle orientation de la politique monétaire se pose la question de la stabilisation des chocs après l'unification et de l'intérêt de parvenir à une forme de fédéralisme budgétaire.

Au-delà, c'est tout le problème du financement des politiques publiques qui peut être posé. La disparition de la faculté de créer de la monnaie pour financer le déficit peut conduire soit à des politiques budgétaires excessivement restrictives, soit à une augmentation sensible de l'endettement public. La seconde solution peut avoir la faveur des décideurs publics, eu égard aux possibilités offertes sur le marché financier intégré dans l'Union européenne, du moins tant que les marchés ne différencient pas avec suffisamment de force les dettes publiques des pays membres. L'accumulation de dettes publiques, en parallèle avec une politique monétaire restrictive, risque à terme d'engendrer des problèmes de soutenabilité et de crédibilité, facteurs de crise et d'instabilité pour l'ensemble du système.

Prévenir ces risques apparaît indispensable si l'on veut conserver la confiance nécessaire au fonctionnement harmonieux de l'union monétaire. C'est dans cette perspective que l'on peut comprendre l'adoption d'un pacte de stabilité ou, plus généralement, de règles destinées à discipliner les politiques budgétaires des pays membres.

L'adoption par l'union monétaire européenne de dispositions préventives permet sans doute d'éviter que n'apparaissent les situations extrêmes décrites dans ces deux scénarios. Cela ne saurait suffire à assurer l'optimalité de l'équilibre tant qu'il n'existe pas une gestion active et coordonnée de l'ensemble des politiques dans l'union. Ce manque de coordination n'est pas sans effet dans les relations avec les pays tiers. On peut craindre que l'éclatement de la politique économique de l'union entre une politique monétaire commune et des politiques budgétaires nationales n'affaiblisse les pays membres de l'union s'ils ne présentent pas un front uni face à leurs partenaires. Pour certains, la monnaie unique européenne est appelée à battre en brèche la suprématie du dollar américain sur la scène internationale. Une telle perspective semble difficilement envisageable si la monnaie européenne ne s'appuie pas sur une politique économique cohérente dans l'union.

Une évolution vers une solution de type fédéral dans laquelle une véritable politique budgétaire communautaire verrait le jour semble souhaitable. Sa coordination avec la politique monétaire commune serait sans doute plus aisée et elle pourrait apporter une réponse aux besoins d'ajustement entre les pays sans remettre en cause les principes de discipline imposés aux finances publiques des États. Une telle solution suppose une augmentation sensible du budget fédéral européen et donc une réorientation des États vers l'Union des prélèvements obligatoires. Une telle évolution implique un renforcement du pouvoir fédéral et un mouvement vers l'union politique. Même si elle ne semble pas à l'ordre du jour, elle s'inscrit cependant bien dans la logique de la stratégie fonctionnaliste qui a fait progresser l'Europe depuis cinquante ans.

Conclusion

L'importance des relations économiques internationales dans le monde contemporain est considérable. Elle est telle qu'aucune question économique, dans quelque domaine que ce soit, ne semble pouvoir être sérieusement traitée en faisant abstraction de sa dimension internationale. Le développement des relations économiques internationales n'est pas seulement quantitatif, reflété par la croissance du volume des échanges de biens, de services ou d'actifs monétaires et financiers, il est aussi qualitatif. C'est sans doute ce que veut signifier le recours de plus en plus fréquent aux expressions de « mondialisation » ou de « globalisation ».

Ce phénomène complexe de transformation de l'économie mondiale se traduit de façons multiples. La structure géographique des échanges est altérée (apparition de nouvelles puissances industrielles et commerciales, émergence de nouveaux marchés financiers) et l'on assiste à une modification continue de la distribution des avantages relatifs sous l'effet de la concurrence et de l'innovation. Toutes les dimensions de l'activité économique sont touchées dans un mouvement qui affecte simultanément et de manière interdépendante les fonctions commerciales, productives, technologiques et financières. Ces profondes mutations impliquent aussi une remise en cause des niveaux d'analyse. Leur complexité et leur caractère multidimensionnel conduisent à envisager, de façon complémentaire, les perspectives microéconomiques (à l'échelle de l'entreprise ou de l'opérateur financier), mésoéconomiques (à l'échelle d'un secteur) et macroéconomiques (à l'échelle d'un pays, voire d'un groupe de pays ou du monde dans son ensemble).

Les progrès technologiques et la libéralisation des échanges ont contribué au mouvement de mondialisation. Dans le même temps, ce mouvement a créé de nouvelles incitations à l'innovation et a pu fournir de nouveaux moyens à sa mise en œuvre. La diffusion des technologies a été favorisée et les progrès de la finance ont permis des transferts d'épargne entre pays ou groupes de pays. À tous les niveaux (entreprises ou États), les acteurs de la vie économique ont pris conscience du fait que, dans un monde en mutation rapide, le repli sur soi ne permet pas le maintien des positions acquises, mais aboutit à une régression. L'innovation et l'adaptation aux changements sont la condition de survie et de croissance.

Pour autant, la mondialisation comporte ses propres dangers. Le risque existe que le système puisse se soustraire, au moins temporairement, à l'influence des valeurs fondamentales. La stabilité d'ensemble n'est jamais définitivement acquise. Le problème se pose avec une acuité toute particulière dans les domaines monétaire et financier, où la vitesse de transmission de l'information et de révision des positions peut initier des mouvements brutaux et de grande ampleur, vecteurs potentiels de crises se propageant largement à travers des marchés de plus en plus intégrés.

La nécessité de structurer le système, la prise en compte des limites que les contraintes extérieures font peser sur les politiques nationales sont de nature à susciter un changement d'attitude des responsables de politique économique. Il y a une prise de conscience de la responsabilité partagée des gouvernements nationaux dans le fonctionnement de l'économie mondiale. Les tentatives de gestion concertée au sein d'une zone géographique ou d'un groupe de pays particulièrement influents en constituent les premiers signes. Le changement dans ce domaine reste cependant limité. En matière de politique économique, la dimension nationale demeure souvent prépondérante dans les choix. On est tenté de dire que, même si l'économie devient « mondiale », l'économie politique reste, au sens littéral, « internationale ».

Nous avons essayé, à travers cet ouvrage, de montrer l'évolution des relations économiques internationales contemporaines. Mais l'objectif n'était pas seulement de décrire les faits, il était aussi, et surtout, d'apporter au lecteur les outils d'analyse permettant d'appréhender ces faits. De ce point de vue, il importe de remarquer que si la réalité des relations économiques internationales s'est transformée, sa modélisation a aussi connu des évolutions notables.

La remise en cause des niveaux d'analyse qu'implique le phénomène de mondialisation a conduit à un rapprochement des disciplines. Les croisements sont de plus en plus fréquents entre l'économie internationale et l'économie industrielle, la théorie de la finance ou la géographie économique, par exemple. Par ailleurs, l'analyse a pris acte du caractère réducteur des hypothèses fondatrices de concurrence parfaite, d'efficience des marchés ou de rationalité des anticipations.

Reconnaître les limites de ces hypothèses ne signifie pas qu'il faille ignorer les analyses qu'elles fondent. Ce serait jeter le bébé avec l'eau du bain. Pour simplificatrices qu'elles soient, ces analyses possèdent leur domaine de validité et fournissent des instruments dont la connaissance et la maîtrise sont nécessaires avant d'explorer de nouvelles voies. Dans cet esprit, les développements récents de la recherche n'ont été que brièvement évoqués dans cet ouvrage. Il importait de les signaler, mais ce n'était pas le lieu d'en faire une présentation détaillée. Nous espérons seulement avoir pu donner au lecteur à la fois l'envie et les moyens de les aborder.

Bibliographie

Ouvrages généraux et manuels

AGLIETTA M., 1997, *Macroéconomie internationale*, Paris, Montchrestien.

ALLEGRET J.-P., 1997, *Économie monétaire internationale*, Paris, Hachette.

ARVISENET P. (D'), PETIT J.-P., 1996, *Échanges et finance internationale*, 2 vol., Paris, *Banque*.

BERNIS G. (DE), 1987, *Relations économiques internationales*, Paris, Dalloz.

BOUËT A., 1998, *Le Protectionnisme : analyse économique*, Paris, Vuibert.

BOURGUINAT H., 1992, *Finance internationale*, Paris, PUF (rééd. 1999).

GUILLOCHON B., 1994, *Économie internationale*, Paris, Dunod.

KRUGMAN P. et OBSTFELD M., 1992, *Économie internationale*, Bruxelles, de Boeck, trad. fr. d'*International Economics, Theory and Policy*, New York, Harper Collins, 1991.

MELO J. (DE) et GRETHER J.-M., 1997, *Commerce international. Théories et applications*, Bruxelles, de Boeck.

MESSERLIN P. A., 1998, *Commerce international*, Paris, PUF.

MUCCHIELLI J. L., 1987, *Principes d'économie internationale*, Paris, Économica.

Introduction

CHAVAGNEUX C., 1998, « Peut-on maîtriser la mondialisation ? une introduction aux approches d'économie politique internationale », in *Économies et sociétés*, série P, n° 4, 25-68.

KEBABDJIAN G., 1999, *Les Théories de l'économie politique internationale*, Paris, Le Seuil.

STRANGE S., 1988, *States and Markets*, Londres, Pinter.

—, 1996, *The Retreat of the State - The Diffusion of Power in the World Economy*, Cambridge, Cambridge University Press.

Première partie

ARTHUIS J., 1993, *Incidences économiques et fiscales des délocalisations hors du territoire national des activités industrielles et des services*, Paris, Sénat.

BALDWIN R. E., 1971, « Determinants of the commodity structure of US trade », in *American Economic Review*, 61, 126-146.

BHAGWATI J., 1958, « Immiserizing growth : A geometrical note » in *Review of Economic Studies*, 25, 201-205.

BOUËT A., 1992, *Représailles et commerce international stratégique*, Paris, Économica.

BRANDER J. A., 1981, « Intra-industry trade in identical commodities », in *Journal of International Economics*, 11, 1-14.

—, « Strategic trade policy », *in* G. M. GROSSMAN et K. ROGOFF (sous la dir. de), *Handbook of International Economics*, vol. III, Amsterdam, Pays-Bas, chap. 27.

BRANDER J. A. et KRUGMAN P., 1983, « A reciprocal dumping model of international trade », in *Journal of International Economics*, 15, 313-321.

COURLET C., 1990, *Les Industrialisations du tiers-monde*, Paris, Syros.

DEARDORF A. V., 1982, « The general validity of the Heckscher-Ohlin theorem », in *American Economic Review*, 72, 683-694.

DUNNING J. H., 1981, *International Production and the Multinational Enterprise*, Londres, Allen and Unwin.

FINDLAY R. et. KIERZKOVSKI H, 1983, « International trade and human capital : a general equilibrium model », in *Journal of Political Economy*, 91, 957-978.

FINDLAY R. et WELLISZ S., 1982, « Endogenous tariffs, the political economy of trade restrictions and welfare effects », *in* J. N. BHAGWATI et T. N. SRINIVASAN (sous la dir. de), *Import Competition and Response*, Chicago, University of Chicago Press.

GRAHAM F. D., 1923, « Some aspects of protection further considered », in *Quarterly Journal of Economics*, 28, 199-227.

GROSSMAN G. M. et HELPMAN E., 1994, « Protection for Sale », in *American Economic Review*, 84, 833-850.

—, 1995, « Trade wars and trade talks », in *Journal of Political Economy*, 103.

GUILHON B., 1998, *Les Firmes globales*, Paris, Économica.

HECKSCHER E., 1919, « The effect of foreign trade on the distribution of income », in *Ekonomisk Tidskrift*, 21, 1-32.

HELPMAN E. et KRUGMAN P., 1989, *Trade Policy and Market Structure*, Cambridge, Mass., MIT Press.

HILLMAN A. L., 1988, *The Political Economy of Protection*, Fundamentals of Pure and Applied Economics, Harwood Academic Publishers.

JONES R. W., 1971, « A three factors model in theory, trade and history », *in* J. BHAGWATI, R. W. JONES, R. MUNDELL et J. VANEK (sous la dir. de), *Trade, Balance of Payments and Growth*, Amsterdam, Pays-Bas, 3-21.

KEMP M. C. et WAN H. Y., 1976, « An elementary proposition concerning the formation of customs unions », in *Journal of International Economics*, 6, 95-97.

—, 1993, *The Welfare Economics of International Trade*, Fundamentals of pure and applied economics, 54, Harwood.

KENEN P. B., 1965, « Nature, capital and trade », in *Journal of Political Economy*, 73, 437-460.

KRUGMAN P., 1979, « Increasing returns, monopolistic competition, and international trade », in *Journal of International Economics*, 9, 469-479.

—, 1980, « Scale economies, product differentiation and the pattern of trade », in *American Economic Review*, 70, 950-959.

—, 1989, « Industrial organization and international trade », *in* R. SCHMALENSEE et R. WILLIG (sous la dir. de), *Handbook of Industrial Organization*, Amsterdam, Pays-Bas.

—, 1991, « Is bilateralism bad ? », *in* E. HELPMAN et A. RAZIN (sous la dir. de), *International Trade and Trade Policy*, Cambridge, Mass., MIT Press.

—, 1993, « Regionalism versus multilateralism : analytical notes », *in* J. DE MELO et A. PANAGARIYA (sous la dir. de), *New Dimensions in Regional Integration*, Cambridge, Mass., Cambridge University Press.

LAFAY G., 1979, *Dynamique de la spécialisation internationale*, Paris, Économica.

LANCASTER K., 1979, *Variety, Equity and Efficiency*, New York, Columbia University Press.

—, 1980, « Intra-industry trade under perfect monopolistic competition », in *Journal of International Economics*, 10, 151-175.

LASSUDRIE-DUCHÊNE B., 1971, « La demande de différence et l'échange international », in *Économies et sociétés*, juin.

LEONTIEF W., 1953, « Domestic production and foreign trade : The American position re-examined », in *Proceedings of the American Philosophical Society*, 97, 332-349.

—, 1956, « Factor proportions and the structure of American trade : Further theoretical and empirical analysis », in *Review of Economics and Statistics*, 38, 386-407.

LINDER S. B., 1961, *An Essay on Trade and Transformation*, New York, Wiley.

MARKUSEN J. R., 1983, « Factor movements and commodity trade as complements », in *Journal of International Economics*, 14, 341-356.

MATHIEU C. et STERDYNIAK H., 1994, « L'émergence de l'Asie en développement menace-t-elle l'emploi en France ? », in *Observations et diagnostics économiques*, 48, janvier.

MAYER W., 1984, « Endogenous tariff formation », in *American Economic Review*, 74, 970-985.

MILL J. S., 1848 ; rééd. anglaise 1909, *Principles of Political Economy*, Londres, Longmans, Green and Co.

MOORE M. et SURANOVIC S., 1993, « Lobbying and Cournot-Nash competition », in *Journal of International Economics*, 35, 367-373.

MUCCHIELLI J. L. et MAZEROLLE F., 1988, « Commerce intra-branche et intraproduit dans la spécialisatoin internationale de la France », in *Revue économique*, 39(6), novembre.

NOREL P., 1997, *Problèmes du développement économique*, Paris, Le Seuil.

OHLIN B., 1933, *Interregional and International Trade*, Cambridge, Mass., Harvard University Press.

ORGANISATION MONDIALE DU COMMERCE, 1996, *Rapport annuel* - dossier spécial : « Commerce et investissement étranger direct », Genève.

—, 1998, *Rapport annuel* - dossier spécial : « Mondialisation et commerce international », Genève.

POSNER, M. V., 1961, « International trade and technical change », in *Oxford Economic Papers*, 13, 323-341.

RAINELLI M., 1996, *Le Commerce international*, 5e éd., Paris, La Découverte, coll. « Repères ».

—, 1997, *La Nouvelle Théorie du commerce international*, Paris, La Découverte, coll. « Repères ».

RICARDO D., 1821 ; rééd. fr. 1977, *Des principes de l'économie politique et de l'impôt*, Paris, Flammarion, coll. « Champs ».
RODRIK D., 1995, « Political economy of trade policy », *in* G. M. GROSSMAN et K. ROGOFF (sous la dir. de), *Handbook of International Economics*, vol. 3, chap. 28, Amsterdam, Pays-Bas.
SAMUELSON P. A., 1971, « Ohlin was right », in *Swedish Journal of Economics*, 73, 365-384.
SMITH A., 1776 ; éd. fr. 1859, *Recherches sur la nature et les causes de la richesse des nations*, Paris, Guillaumin, 3 vol.
TINBERGEN J., 1965, *International Economic Integration*, 2e éd., Amsterdam, Elsevier.
VANEK J., 1968, « The factor proportions theory : the n-factor case », in *Kyklos*, 21, 749-756.
VERNON R., 1966, « International investment and international trade in the product cycle », in *Quarterly Journal of Economics*, 80, 190-207.
—, 1979, « The product cycle hypothesis in a new international environment », in *Oxford Bulletin of Economics and Statistics*, 41, 255-266.
VIMONT C., 1993, *Le Commerce extérieur français, créateur ou destructeur d'emplois ?*, Paris, Économica.
VINER J., 1950, *The Customs Union Issue*, Londres, Stevens & Sons.
WOOD A., 1990, « How much does trade with the South affect workers in the North ? », in *World Bank Research Observer*, janvier.

Deuxième partie

AGLIETTA M., 1995, *Macroéconomie financière*, Paris, La Découverte.
—, 1997, *Macroéconomie internationale*, Paris, Montchrestien.
AGLIETTA M., BRENDER A. et COUDERT V., 1990, *Globalisation financière, l'aventure obligée*, CEPII, Paris, Économica.
AGLIETTA M. et MOUTOT P., 1993, « Le risque de système et sa prévention », in *Cahiers économiques et monétaires*, 41.
ALLEGRET J.-P., 1997, *Économie monétaire internationale*, Paris, Hachette.
ARTUS P., 1995, *Anomalies sur les marchés financiers*, Paris, Économica.
—, 1997, *Économie des taux de change*, Paris, Économica.

ARVISENET P. (D') et PETIT J.-P., 1996, *Échanges et finance internationale - les enjeux*, Paris, *Banque*.

BANQUE DE FRANCE., 1998, *La Balance des paiements et la position extérieure de la France 1997*, Paris.

BANQUE DES RÈGLEMENTS INTERNATIONAUX, 1994, *Rapport annuel*, Bâle.

BARTHALON P., 1998, « Crises financières : un panorama des explications », in *Problèmes économiques*, 2595, décembre.

BENASSY A., 1991, « Les anticipations de change sont-elles rationnelles ? », in *Économie prospective internationale*, 3e trimestre, n° 47.

BERNIS G. (DE), 1987, *Relations économiques internationales*, Paris, Dalloz.

BIKHCHANDANI S., HIRSHLEIFER D. et WELCH I., 1992, « A theory of fads, fashions, customs and cultural change as informationnal cascades », in *Journal of Political Economy*, vol. 100.

BLANCHARD O. et WATSON M., 1984, « Bulles, anticipations rationnelles et marchés financiers », in *Annales de l'INSEE*, n° 54.

BORDES C., 1992, « Feldstein-Horioka, dix ans après », *in* E. GIRARDIN (sous la dir. de), *Finance internationale, l'état actuel de la théorie*, Paris, Économica.

BOURGUINAT H., 1992, *Finance internationale*, Paris, PUF (rééd. 1999).

BOURGUINAT H. ET ARTUS P., 1989, *Théorie économique et crises des marchés financiers*, Paris, Économica.

BRANSON W., HALTHUNEN H. et MASSON P., 1977, « Exchange rate in the short run », in *European Economic Review*, décembre.

CADIOU L., 1999, « Que faire des taux de change réels d'équilibre ? », in *Économie internationale*, 77.

CAIRE G. et CALDERON C., 1996, « Crise mexicaine de 1995 : les leçons d'une expérience hétérodoxe de stabilisation macroéconomique », in *Économie appliquée*, t. XLIX, n° 2, 79-105.

CALVO G. et MENDOZA E., 1996, « Mexico's balance of payments crisis : a chronicle of a death foretold », in *Journal of International Economics*, 41, 235-264.

CARTAPANIS A., 1994, « Le rôle déstabilisant des mouvements de capitaux sur le marché des changes : une question de contexte », in *Cahiers économiques et monétaires de la Banque de France*, 43.

CHAMPION P.-F. ET TRAUMAN J., 1978, *Mécanismes de change et marché des eurodollars*, Paris, Économica.

CHESNAIS F., 1994, *La Mondialisation du capital*, Paris, Syros.

CHESNEY M. ET LOUBERGÉ H., 1992, *Les Options de change*, Paris, PUF.

CHESNEY M., MAROIS B. et WOJAKOWSKI R., 1995, *Les Options de change, évaluation et utilisation*, Paris, Économica.

COBBAUT R., 1987, *Théorie financière*, Paris, Économica.

CORSETTI G., PESENTI P. et ROUBINI N., 1998, « What caused the Asian Currency and Financial Crisis ? », in *Mimeo*, mars.

DAVANNE O., 1990, « La dynamique des taux de change », in *Économie et statistique*, 236, octobre.

DAVIS E. P., 1992, *Debt, Financial Fragility and Systemic Risk*, Oxford, Clarendon Press.

DENIZET J., 1976, *La Grande Inflation*, Paris, PUF.

DONER R., UNGER D., 1993, « The politics of finance in thai economic development », *in* S. HAGGARD et S. MAXFIELD, *The Politics of Finance in Developing Countries*, Ithaca, Cornell University Press, 93-122.

DORNBUSCH R., 1976, « Expectations and exchange rate dynamics », in *Journal of Political Economy*, vol. 84.

DORNBUSCH R. et WERNER A., 1994, « Mexico : stabilization, reform and no growth », in *Brookings Papers on Economic Activity*, 1.94, Brookings Institution, Washington.

DUPUY J.-P., 1992, *Introduction aux sciences sociales - logique des phénomènes collectifs*, Paris, Ellipses.

EICHENGREEN B., 1997, *L'Expansion du capital*, Paris, L'Harmattan.

FELDSTEIN M. et HORIOKA C., 1980, « Domestic saving and international capital flows », in *Economic Journal*, juin.

FLOOD R. et GARBER P., 1984, « Collapsing exchange rate regimes – some linear examples », in *Journal of International Economics*, 17.

FONDS MONÉTAIRE INTERNATIONAL, 1993, *Manuel de la balance des paiements*, IMF, Washington.

FONTAINE P., 1996, *Gestion du risque de change*, Paris, Économica.

—, 1997, *Gestion financière internationale*, Paris, Dalloz.

FRANKEL J., 1987, « Quantifying international capital mobility in the 1980's », *in* DAS (sous la dir. de), *International Finance : Contemporary Issues*, New York, Routledge.

—, 1993, *On Exchange Rates*, Cambridge, Mass., The MIT Press.

FRANKEL J. et FROOT K., 1987, « Using survey data to test standard propositions regarding exchange rate expectations », in *American Economic Review*, 1, mars, 133-153, repris *in* J. FRANKEL, 1993.

FRENKEL J., 1976, « A monetary approach to the exchange rate : doctrinal aspects and empirical evidence », in *Scandinavian Journal of Economics*, 78(2), mars, 200-224.

FROOT K. et THALER R., 1990, « Anomalies : foreign exchange », in *Journal of Economic Perspectives*, 4(2), 179-192.

GARTNER M., 1993, *Macroeconomics Under Flexible Exchange Rates*, Londres, Harvester Wheatsheaf.

GILLOT P. et PION D., 1991, *Le Nouveau Cambisme*, Paris, Eska.

GIOVANNINI A. et JORION P., 1989, « The time variation of risk and return in the foreign exchange and stock markets », in *Journal of Finance*, juin, 44(2), 307-325.

GOLDSTEIN N., MATHIESON D. et LANE T., 1991, *Determinants and Systematic Consequences of International Capital Flows*, IMF Occasional Papers, 77, mars.

GRAUWE P. (DE), 1999, *La Monnaie internationale, Théories et perspectives*, Bruxelles, de Boeck Université.

GRAUWE P. (DE) et DEWACHTER H., 1993, « A chaotic monetary model of the exchange rate », *in* FRISCH et WÖRGÖTTER, *Open-Economy Macroeconomics*, New York, St Martin's Press.

HALTIWANGER J. et WALDMAN M., 1985, « Rational expectations and the limits of rationality : an analysis of heterogeneity », in *American Economic Review*, 75(3), juin.

ITO T. 1990, « Foreign exchange rate expectations : micro survey data », in *American Economic Review*, juin.

JACQUILLAT B. et SOLNIK B., 1997, *Marchés financiers – gestion de portefeuille et des risques*, Paris, Dunod.

JANSEN K., 1997, *External Finance in the Development of Thailand*, Londres, Macmillan.

KEBADJIAN G., 1999, *Les Théories de l'économie politique internationale*, Paris, Le Seuil.

KNIGHT F., 1921 ; 1971, *Risk, Uncertainty and Profit*, Houghton Mifflin Company et University of Chicago Press.

KRUGMAN P., 1979, « A model of balance-of-payments crisis », in *Journal of Money, Credit and Banking*, vol. 11, n° 3, août, 311-325.

—, 1996, « Are currency crises self-fulfilling ? », in *NBER Macroeconomics Annual*, 345-378.

—, 1998, « What happened to Asia ? », in *Mimeo*.

KRUGMAN P. ET OBSTFELD M., 1992, *Économie internationale*, Bruxelles, de Boeck, trad. fr. d'*International Economics, Theory and Policy*, New York, Harper Collins, 1991.

LAKHOUA F., 1997, « La crise financière thaïlandaise », in *Techniques financières et développement*, n° 46, mars-avril, 62-70.

LÉONARD J. (sous la dir. de), 1996, *Les Mouvements internationaux de capitaux*, Paris, Économica.

LEWIS K., 1989, « Changing beliefs and systematic rational forecast errors with evidence from foreign exchange », in *American Economic Review*, septembre.

MAC KINNON R., 1982, « Currency substitution and instability in the world dollar standard », in *American Economic Review*, 72(3).

MATHIS J., 1998, *Marchés internationaux des capitaux*, Paris, Économica.

MATHIS J. et DEHOVE M., 1986, *Le Système monétaire international*, Paris, Dunod.

MICHALET C.-A., 1976, *Le Capitalisme mondial*, Paris, PUF ; 1997.

MOOSA I., 1997, « Resolving the Feldstein-Horioka puzzle », in *Economia Internazionale*, vol. L, n° 3, août.

MOSCHETTO B.-L., 1998, *Mimétisme et marchés financiers*, Paris, Économica.

NADAL-DE SIMONE F., SORSA P., 1999, *A Review of Capital Account Restrictions in Chile in the 1990's*, IMF Working Paper, Washington.

NERE J., 1973, *La Crise de 1929*, Paris, Armand Colin.

NOREL P., 1990, *Les Banques face aux pays endettés*, Paris, Syros-Alternatives.

–, 1995, « La financiarisation du change », in *Les Études du CERI*, n° 9, Paris, Fondation nationale des sciences politiques.

—, 1997, « Remarques sur la multiplication euromonétaire », in *Économie appliquée*, n° 4.

—, 1999, « La crise thaïlandaise de 1997 », in *Mondes en développement*, n° 106.

OBSTFELD M., 1996, « Models of currency crises with self-fulfilling features », in *European Economic Review*, 40, 1037-1047.

OLIVEIRA MARTINS J. et PLIHON D., 1990, « Les déséquilibres mondiaux », in *Économie et satistique*, n° 232, mai.

ORLÉAN A., 1989, « Pour une approche cognitive des conventions économiques », in *Revue économique*, n° 2, mars.

—, 1989, « Comportements mimétiques et diversité des opinions sur les marchés financiers », *in* H. BOURGUINAT et P. ARTUS, *Théorie économique et crises des marchés financiers*, Paris, Économica.

—, 1995, « Bayesian interactions and collective dynamics of opinion : herd behavior and mimetic contagion », in *Journal of Economic Behavior and Organization*, n° 28.

PEYRARD J., 1995, *Les Marchés des changes - opérations et couvertures*, Paris, Vuibert, 49-78.

PLIHON D., 1994, « Mouvements de capitaux et instabilité monétaire », in *Cahiers économiques et monétaires de la Banque de France*, n° 43.

—, 1999, *Les Taux de change*, Paris, La Découverte.

RADELET S. et SACHS J., 1998, *The Onset of the East Asian Financial Crisis*, présenté à la conférence sur les crises de change du NBER, février.

RAINELLI M., 1986, « Loi du prix unique et théorie de la parité des pouvoirs d'achat - un retour à Cassel, Aftalion et Viner », in *Revue d'économie politique*, n° 1.

RIVOIRE J., 1989, *Histoire de la monnaie*, Paris, PUF.

SACHS J., TORNELL A. et VELASCO A., 1996, « The Mexican peso crisis : sudden death or death foretold ? », in *Journal of International Economics*, 41, 265-283.

SAPIR J., 1998, *Le Krach russe*, Paris, La Découverte.

SGARD J., CADIOU L., AGLIETTA M. et BENASSY-QUERE A., « La crise financière en Asie », in *La Lettre du CEPII*, octobre 1997, repris in *Problèmes économiques*, n° 2559, 11 mars 1998.

SIMON Y., 1992, *Techniques financières internationales*, Paris, Économica.

—, 1994, *Les Marchés dérivés, origine et développement*, Paris, Économica.

STEIN J. L., 1996, « Real exchange rates and current accounts - The implications of economic science for policy decisions », in *Économie appliquée*, t. XLIX, n° 3, 49-94.

STOCKMAN A. C., 1987, « The equilibrium approach to exchange rates », in *Federal Reserve Bank of Richmond Review*, n° 73, mars-avril, 12-30.

TAKAGI S., 1991, « Exchange rate expectations – a survey of survey studies », in *IMF Staff Papers*, mars.

TAYLOR M., 1995, « The economics of exchange rates », in *Journal of Economic Literature*, vol. XXXIII, mars.

TRIFFIN R., 1947, « National central banking and the international economy », in *Postwar Economic Studies*, n° 7, 46-81.

WARR P., 1996, *Thailand's Macroeconomic Miracle – Stable Adjustment and Sustained Growth*, Washington, World Bank.

WILLIAMSON J., 1985, *The Exchange Rate System*, Washington, Institute for International Economics.

Troisième partie

AUBIN C., 1998, « Banque centrale et pouvoir politique dans une union monétaire », in *Revue d'économie financière*, 45, janvier, 197-212.

AXELROD R., 1984, *The Evolution of Cooperation*, New York, Basic Books.

BARRO R. et GORDON D., 1983, « A positive theory of monetary policy in a natural rate model », in *Journal of Political Economy*, 91(4), août, 589-610.

BERGSTEN F. *et alii*., 1999, *Architecture financière internationale*, Paris, La Documentation française, coll. « Conseil d'analyse économique ».

BLEIER M. *et alii*, 1997, *Optimum Currency Areas*, IMF, Washington.

BROCINER A., 1997, *L'Europe monétaire*, Paris, Le Seuil.

CANZONERI M. B. et HENDERSON D. W., 1991, *Monetary Policy in Interdependent Economies*, Cambridge, Mass., MIT Press.

CARTAPANIS A., 1994b, *Les Politiques d'intervention des banques centrales sur le marché des changes : influence et crédibilité*, université d'Aix–Marseille-II, CEFI, document de travail n° 1994-11, mai.

CATTE P., GALLI G. et REBECCHINI S., 1992, *Concerted Interventions and the Dollar : An analysis of Daily Data*, Banca d'Italia, juillet, cité par TAYLOR (1995).

CEPII., 1993, « Nouveau SME : la règle du jeu », in *La Lettre du CEPII*, septembre, repris dans *Problèmes économiques*, n° 2358, janvier 1994.

COOPER R. N., 1985, « Economic interdependence and coordination of economic policies », *in* R. W. JONES et P. B. KENEN (sous la dir. de), *Handbook of International Economics*, vol. 2, Amsterdam, Pays-Bas.

DAVANNE O., 1998, *Instabilité du système financier international*, Paris, La Documentation française, coll. « Conseil d'analyse économique ».

DOMINGUEZ K., FRANKEL J., 1993, « Foreign exchange intervention, an empirical assessment », *in* J. FRANKEL, 1993.

EICHENGREEN B., TOBIN J. et WYPLOSZ C., 1995, « Two cases for sand in the wheels of international finance », in *Economic Journal*, janvier.

FLEMING J. M., 1962, « Domestic and financial policies under fixed and floating exchange rates », in *Economic Journal*, 9, 367-379.

FRANKEL J. et ROCKETT K. E, 1988, « International macroeconomic policy coordination when policy makers do not agree on the true model », in *American Economic Review*, 78, juin, 318-340.

FRANKEL J. et ROSE A., 1998, « The endogeneity of the optimum currency area criteria », in *Journal of International Economics*.

GHOSH A. R. et MASSON P., 1988, « International policy coordination in a world with model uncertainty », in *IMF Staff Papers*, 35(2), juin, 230-258.

INGRAM J. C., 1962, *Regional Payments Mechanisms : the Case of Puerto Rico*, Chapel Hill, University of North Carolina Press.

KAWAI M., 1990, « Optimum currency areas », in *New Palgrave Dictionary of Economics*.

KOENIG G., 1997, *Macroéconomie internationale*, Paris, Économica.

KRUGMAN P., 1991, « Target zones and exchange rate dynamics », in *Quarterly Journal of Economics*, vol. CVI, août.

KRUGMAN P. et MILLER M., 1992, *Exchange Rate Targets and Currency Bands*, Cambridge University Press.

KRUGMAN P. et OBSTFELD M., 1992, *Économie internationale*, Bruxelles, de Boeck, trad. fr. d'*International Economics, Theory and Policy*, New York, Harper Collins, 1991.

LÉONARD J. et NOREL P., 1997, « Dollar-euro : des principes aux enjeux d'un système coopératif », in *Revue du Marché commun et de l'Union européenne*, n° 405, février.

MAC KINNON R., 1963, « Optimum currency areas », in *American Economic Review*, LIII, septembre.

MIOTTI L. et QUENAN C., 1999, « Argentine : chocs, crise, currency board ou dollarisation », in *Zones émergentes*, n° 6, juin.

MUNDELL R. A., 1961, « A theory of optimum currency areas », in *American Economic Review*, LI, septembre.

—, 1962, « The appropriate use of monetary and fiscal policy for internal and external stability », in *IMF Staff Papers*, 9, 70-79.

ROGOFF K., 1985, « Can international monetary policy coordination be counterproductive ? », in *Journal of International Economics*, 18, février, 199-217.

TABELLINI G., 1990, « Domestic politics and the international coordination of fiscal policies », in *Journal of International Economics*, 28, 245-265.

TAYLOR M., 1995, « The Economics of Exchange Rates », *Journal of Economic Literature*, vol. 33, mars.

YVARS B., 1997, *Économie européenne*, Paris, Dalloz.

Table des matières

DEUXIÈME PARTIE

Finance internationale

TROISIÈME PARTIE

Gérer l'économie ouverte

RÉALISATION : CURSIVES À PARIS
IMPRESSION : BUSSIÈRE CAMEDAN IMPRIMERIES À SAINT-AMAND (CHER)
DÉPÔT LÉGAL : MARS 2000. N° 36112 (001286/1)